中共迪庆州委宣传部　编

独与天地相往来
走进世界的香格里拉

云南出版集团
云南人民出版社

图书在版编目（CIP）数据

独与天地相往来：走进世界的香格里拉 / 中共迪庆州委宣传部编. -- 昆明：云南人民出版社，2023.4
ISBN 978-7-222-19932-3

Ⅰ.①独… Ⅱ.①中… Ⅲ.①散文集—中国—当代 Ⅳ.①I267

中国国家版本馆CIP数据核字(2023)第047554号

责任编辑：刘　焰
助理编辑：李明珠
装帧设计：  云南非鸟文化传播有限公司
责任校对：解彩群
责任印制：窦雪松

DU YU TIANDI XIANG WANGLAI——ZOUJIN SHIJIE DE XIANGGELILA
独与天地相往来——走进世界的香格里拉

中共迪庆州委宣传部　宣

出　版	云南出版集团　云南人民出版社
发　行	云南人民出版社
社　址	昆明市环城西路609号
邮　编	650034
网　址	www.ynpph.com.cn
E-mail	ynrms@sina.com
开　本	720mm×1010mm　1/16
印　张	33.25
字　数	330千
版　次	2023年4月第1版第1次印刷
印　刷	云南出版印刷集团有限责任公司华印分公司
书　号	ISBN 978-7-222-19932-3
定　价	188.00元

如需购买图书、反馈意见，请与我社联系
总编室：0871-64109126　发行部：0871-64108507　审校部：0871-64164626　印制部：0871-64191534

版权所有　侵权必究　印装差错　负责调换

云南人民出版社微信公众号

《独与天地相往来——走进世界的香格里拉》
编纂委员会

总 策 划：罗朝峰　张卫东

编委会主任：孔维华　鲁志军　李清培

编委会副主任：松建明　刘桂芬　周建芳　取　初
　　　　　　　卢鑫钰　和维洁

编委会成员：安丽云　唐　晓　和康忱　杨　超
　　　　　　农　布　李建生　李　钢　和　淇

撰　　　文：范建华　汪　榕　宋　磊　秦会朵

图 片 供 稿：范建华　徐晋燕　李建生　赵　汀
　　　　　　吴世平　杨　涛　林　森　李东红
　　　　　　方震东　马晓峰　申云山　周世中
　　　　　　施俞丞　浦　江　和桂华　马秀娟
　　　　　　吴　寅　赵天祐　李映怀
　　　　　　扎西罗丹　等

序　文

迪庆，意为吉祥如意的地方，是人间的净土，是世界的香格里拉

中国西南部，滇川藏三省区交界处，4000万年前大陆板块碰撞，引发了剧烈的地质挤压、隆升和切割，板块褶皱造成高山、深峡、大江交替展布。青藏高原南延，横断山脉壮丽雄奇，峰岭间江河奔腾，"三江并流"的世界奇观造就了极致之美。迪庆位于这片独特地貌的核心区域，容纳了神奇美丽的地质地貌景观、丰富多彩的生物生命形态、斑斓和谐的多元民族文化以及光辉灿烂的美好未来。

心中的日月在这里熠熠生辉，天地之间的迪庆是殊胜之地。

这里山水无极，有着独一无二的自然风光

迪庆境内，雪山林立，巍峨雄奇。北部梅里雪山有太子十三峰，峰峰孤绝，遗世傲然，最高峰卡瓦格博也是世间绝无仅有的胜景，金色阳光铺洒，雪峰洁净，荡涤幽晦。雪峰下，世界稀有的低纬度明永冰川亘古安然，寂静展现自然界的气候奇迹。白马雪山铺陈绵延，贯穿迪庆南北，庇护万千生灵，宽广中无所不容，细微处尽是人间绝色。碧罗雪山从名字到内容都如此美丽，山里永远有值得探索的风景，永远有未知的奇遇。迪庆中东部的格宗雪山、石卡雪山、哈巴雪山间衔接了大片大片的草甸。在广袤的原野上极目远眺，山峰在远处静默，天地之间层峦叠嶂。

有山的地方就有水，山高水也长。迪庆的高山冰湖寒澈清冷，倒映出林野间的万般颜色，浅绿、深绿、墨绿、翠绿是水的妆容，绿的色块丝丝缕缕抽出，汩汩流动，泛出白色花朵，是质洁心清的本来面貌。属都湖、碧塔海、碧沽天池、阿布吉措、七彩瀑布、南姐洛都是水的舞台，是迪庆最灵动的精灵。金沙江从青藏高原奔腾南下，河流在哈巴雪山和玉龙雪山比肩深切的峡谷陡然收束，巨流咆哮，波涛汹涌，造就虎跳峡的雄浑气势。澜沧江由北向南划过迪庆中西部，串联起时而陡峭、时而舒缓

的两岸青山，水网支流漫延，如碧色血脉灌溉一方丰饶。西边的怒江斜斜穿过州境，与澜沧江、金沙江隔高山并行，三江之间直线距离最短的地方只有76千米，形成了"三江并流"的世界奇观。

迪庆的风景里总有扑面而来的惊喜，无论是古城朝晖、夕韵悠长，还是轻风残雪、枕星而眠，总有满天光辉为你而亮。

这里生态文明，生物众多，是举世闻名的物种基因库

特殊的地理环境和气候条件使迪庆成为地球上生物资源多样性最具代表性的地区之一，堪称"地球物种基因库""动植物王国"。迪庆占我国国土面积不到0.4%，却拥有全国20%以上的高等植物和全国25%的动物种数。迪庆持续打造生态文明建设高地，深入推进"蓝天、碧水、净土、青山"保卫战，以生态文明示范州的创建为引领，深入推进以高原生态森林城市为载体的"绿美迪庆"建设，全州森林覆盖率从2012年的73.95%提升到77.63%。

迪庆州内栖息着滇金丝猴、熊猴、豹、云豹、雪豹、林麝、黑麝、高山麝等国家一级保护野生哺乳动物，以及黑鹳、金雕、白尾海雕、白背兀鹫、胡兀鹫、斑尾榛鸡、四川雉鹑、雉鹑、白尾梢虹雉、黑颈长尾雉、绿孔雀、黑颈鹤和丹顶鹤等珍稀鸟类；

还有国家一级重点保护的云南红豆杉、高寒水韭、银杏、光叶珙桐等植物。迪庆是世界著名的高山花卉种植基地，每年春暖花开，绿毯般的草甸上、幽静的森林中、湛蓝的湖边，到处是花的海洋，两百多种杜鹃，近百种龙胆、报春及绿绒蒿、杓兰、百合等野生花卉将迪庆装点成"天然花园"。花园里盛产羊肚菌、松茸、黑木耳等野生可食用野生菌类，以及冬虫夏草、白雪茶、红雪茶、贝母、天麻、当归、雪莲花、藏红花、红景天等珍贵的野生药材。

迪庆优良的生态环境滋养出一片世外桃源，格桑花的色彩是其间最好的馈赠。

这里民族团结，边疆稳固，中华民族共同体意识牢固

迪庆神奇美丽的土地上，藏族、汉族、傈僳族、纳西族、白族、彝族等 26 个民族友好和睦，共同诗意栖居于这片古老家园，为铸牢中华民族共同体意识，维护国家统一、民族团结创造了全国的迪庆样板。迪庆州广大干部群众团结一心，感恩奋进，牢牢抓好稳定、发展、生态和边疆稳固四件大事，把握维护稳定第一位的任务，始终把铸牢中华民族共同体意识作为民族工作的主线和涉藏工作的战略性任务，坚持"拥护核心，心向北京"，"党的光辉照边疆，边疆人民心向党""感恩共产党""感恩新时代"成为迪庆各民族共同的心声。

进入新时代，迪庆坚守各民族兄弟"像石榴籽一样紧紧抱在一起"的民族团结信念，高度重视民族工作，让民族团结之花盛开在雪域高原。2021年1月，迪庆州被命名为"全国民族团结进步示范州"，为云南建设全国民族团结进步示范区打造了新亮点。

迪庆是各民族共有的家园，人们和睦互助、携手发展、团结进步，守望着人们对美好生活的向往。

这里经济发展，文化多彩，各民族交往交流交融

迪庆州全面实施易地扶贫搬迁、产业扶贫等"九大工程"，在"三区三州"率先实现整州脱贫，同全国全省一道实现全面建成小康社会的目标。迪庆第一、二、三产业增加值均实现增长，成功打造了"香格里拉""三江并流""茶马古道""梅里雪山"四大旅游品牌，2021年全州旅游总收入94.82亿元，比2011年增加17.32亿元。同时，工业、电矿产业、民营经济稳步发展，商贸物流业有序发展，梨园水电站、里底水电站、香丽高速公路等一大批重点建设项目相继建成并投入使用，基础设施薄弱局面得到明显改善，各族群众获得感、幸福感和安全感不断增强，并为进一步推动共同富裕奠定了良好的物质基础和思想基础。

绚烂多彩的民族文化、美不胜收的歌舞节庆、风格迥异的民族风俗，精美绝伦的民族工艺在这里汇集。迪庆是世界上罕

见的多民族、多语言、多种宗教信仰和风俗习惯并存的地区，迪庆人民在雪域高原生存发展，创造了自己独特的文化类型，要素构成十分丰富。极具地方特色的节日就有上百个，有藏族"藏历新年""赛马节"，傈僳族"阔时节"，纳西族"二月八"，彝族"火把节"，等等。这些节日内容包罗万象，是人们政治、经济、生产、生活、文学艺术等文化内容交往交流交融的重要载体。全州多宗教并存，宗教界人士爱国爱教，呈现宗教和顺、社会和谐、民族和睦的良好局面。

迪庆多民族相互尊重、相互欣赏、相互学习、相互借鉴，共同孕育了灿若星河的多元文化，交融汇聚成中华文化的大美。

这里未来锦绣，前途光明，将是世界瞩目的璀璨明珠

高质量发展是"十四五"乃至更长时期迪庆经济社会发展的主题，关系社会主义现代化新时代新迪庆建设全局。展望未来，迪庆将全面贯彻新时代党的治藏方略，努力把迪庆藏族自治州建设成为民族团结进步示范区的标杆、世界的"香格里拉"，把习近平总书记和党中央的亲切关心、全国和全省的大力支援转化为推进长治久安和高质量发展的强大动力，把迪庆发展得更好、建设得更美，建设成为团结、富裕、文明、和谐、美丽、平安的社会主义现代化新时代的新迪庆。

行走于迪庆的天地之间，我们不忘初心、牢记使命，就是要把生态屏障保护、民族团结进步、边疆稳固和民生改善作为迪庆全部工作的根本出发点和落脚点。横断峰拥，我们要以钢铁脊梁担起生态发展、边疆稳定的厚重使命；三江奔流，我们要用生命血液践行铸牢中华民族共同体意识的责任；站立潮头，我们要以坚定的信心面向未来。迪庆的明天一定会更美好！

目录 CONTENTS

神山相亲——横断山的礼赞 /01

从哈巴雪山进入迪庆 /10

荒野阿布吉山谷 /24

触碰石卡雪山的巅峰 /30

圣洁天域里的格宗雪山 /36

生命庇护所白马雪山 /42

众山之巅梅里雪山 /51

秘境碧罗雪山 /58

礼赞横断纵谷

——迪庆高原独有的高山风貌 /68

圣水相和——三江并流的呼唤 /73

穿行虎跳峡 /82

森林背后的纳帕海 /90

最美的香格里拉大峡谷 /96

从腊普河到长江第一湾 /102

美不胜收的七彩瀑布 /106

花上碧沽 /112

澜沧江的多彩斑斓 /118

迪庆和澜湄次区域的亲密连接 /126

最亲密的三江姐妹 /129

江河间的美好愿景

——迪庆水资源利用 /136

万物相关——苍穹下的生命 /143

一山有四季　十里不同天 /146

山中精灵滇金丝猴 /156

观鸟天堂纳帕海 /164

高山植物基因库 /182

漫漫春光　杜鹃花海 /192

桃源秘境普达措 /200

生命的自由与欢乐

——迪庆生物多样性保护 /214

功业相成——茶马古道串联的城镇 /219

茶马古道远 /226

腾飞的香格里拉 /232

云上天路 /242

鲜花汇聚的小中甸 /248

醉在奔子栏 /252

顾盼阿墩子 /257

金江上江江畔柳 /264

维西故事 /267

高质量发展的未来

　　——迪庆奋斗精神的千年传承 /274

天地相生——山水间的聚落 /277

秘境中的尼汝村 /286

汤堆村的"火与土之歌" /296

隐于山腰上的傈僳族同乐村 /306

雪山偏爱的哈巴村 /317

神山守护者——雨崩村 /322

启别村和千年银杏王 /330

"一跃千年"的巴拉村 /338

寻找中国还活着的古村落

　　——迪庆乡村振兴战略 /346

和谐相随——共有的精神家园 /351

从和睦四瑞说起 /358

众神的盛宴 /363

东巴圣地白水台 /370

古老的大宝寺 /375

松赞林寺的神圣 /378

最美东竹林寺 /384

虚空吉祥飞来寺 /389

茨中教堂的传说 /392

多元和谐寿国寺 /396

传说中的达摩祖师洞 /401

共融的乐土
　　——迪庆民族团结进步示范区 /404

美美相形——异彩纷呈的民俗生活 /411

在天地间唱歌跳舞 /416

多姿多彩的服饰 /440

手工造纸活化石 /446

洛桑家族的传统 /460

日常礼仪里的精神 /467

在节日里狂欢 /476

快递一份到家 / 490

等您来，等您再来
　　——迪庆多彩斑斓的幸福生活 /506

参考文献 /508

后　记 /512

神山相亲——横断山的礼赞

大地的泥土、树木、风、奔腾的波浪
无限的生命充满激情、脉动和能力
一个神灵矗立在我面前
它有惊人的美貌，年迈、威严
它目光如炬
手指着浩瀚的不朽诗篇
四周扩展着无边无际的蓝色

风在呼啸，如波涛般的音乐
拱起的天空
和刺破天空的雪峰
在白日里闪光
就像光先于一切，是一切的前奏曲
在夜幕中航行
就像重叠的山峦、土地、岩石、巨树，是周而复始的循环
万物无声无息

脚下是神圣的土地
头上是太阳
无边无际的景象
遥远朦胧的青峰
最终和我心神相通

迪庆州地处青藏高原与云贵高原碰撞接合部，横断山纵谷区，集中了横断山脉最丰富的地形地貌特征，大山的皱褶深处，隐藏了多种多样特征显著的地理风貌，而生活在这一区域的人们，豪迈开朗、热情奔放，是横断山自然风格的人

▲ 梅里雪山

文体现。当地理上的横断与民族间的纵向交流重合，人们重新审视充满人文气息的地理"大横断"概念和在文化上延展了的"藏羌彝"民族走廊，会更加欣喜于迪庆这片土地的丰富多样与精彩独特。

总的来说，迪庆州的自然地理面貌分为三大类型。

第一种类型是海拔 2800 米以上的高原、中高山和高山地区，约占迪庆全州土地面积的 1/3。海拔 4000 米以上的高寒地区，一年有半年积雪，难有人类生存，再往上则是高山流石滩、冰荒漠和雪山冰漠带，有一些现代冰川存在。除少数向阳坡面生长有小杜鹃、刺柏、山杨柳外，地面部分被高山蒿草或苔藓、地衣覆盖，其余部分则是砾石和裸露的岩石或雪原。海拔 4000 米以下的地面属于高寒山区和高寒坝区，除山岭外，山间形成了大小不等的高山坝子和湖泊，这一地区为冷杉、红杉、云杉及混生高山栎类和桦类的生长地，其间有大片的高山草甸，亚高山林间草甸和沼泽草甸草场，是良好的牧场。土壤是棕壤、暗针叶林土和草甸土，气候干燥，气温低，土壤并不肥沃，只适合种植青稞、洋芋、燕麦、小麦、荞麦、蔓菁一类能抗寒和耐土地贫瘠的作物，都是一年一收，产量也不高。

第二种类型是海拔 2200 米到 2800 米的山区，占迪庆全州土地面积的 48% 左右。这一区域内垂直绝对高度和相对高度相差较大，从地貌上看，山高谷深，坡陡，田地散而小，且多梯田坡地，属中温带季风气候，地面植被以云南松、栎类、杜鹃及混交林为主，有的地方有珙桐花和各种兰花，以及珍贵的澜沧黄杉。土壤属红壤、棕壤及棕色暗棕叶林土。作物以玉米和小麦为主，荞麦、洋芋、青稞次之。少数江边地区可以种水稻。

第三种类型是海拔 1500 米到 2200 米的河谷地区，主要分布于金沙江、澜沧江和它们所属的水系沿岸，是山脚水滨形成的冲积平原和冲积成的河漫滩、冲积扇，大部分属于梯田台地，平坦的土地不多。这一区域气候炎热，季节分明，属南温带及北亚热带季风型气候。其中金沙江、澜沧江两江上游和北部河谷地区雨量较少，气候干燥，而下游及南部则雨量充沛，春秋温暖，夏季炎热。这些地区的农作物有水稻、小麦、蚕豆、豌豆、四季豆等，是迪庆州的主要产粮区，植被主要有云南松、常绿灌木林、混交林及山地河谷杂草草场。

迪庆州的粮食产量不高，但是林业、牧业、副业条件较好，森林覆盖率高，是云南重点牧区。迪庆整体地貌及生态，与青藏高原属于同一类型，尤其是香格里拉和德钦两县市，同青藏高原的民族与文化保持着密切的关系，同属于中华文化的重要组成部分，而维西县则体现出游牧经济向农业经济交融发展的特色，与丽江、大理坝区的白族、彝族、纳西族，以及怒江的傈僳族等民族文化相互交融影响。

3 月，迪庆高海拔区域还是一片冰天雪地的景象，而在温暖的响鼓箐山谷，花已经把春的信息带到了这里。这里地处青藏高原南缘，横断山脉纵谷区，是世界自然遗产"三江并流"腹心地，从海拔 1486 米的澜沧江河谷，到海拔 6740 米的梅里雪山卡瓦格博峰，迪庆境内的绝对高差达 5254 米。巨大的高差，造就了迪庆雪山、冰川、森林、峡谷、江河、湖泊等复杂多样的地理环境，囊括了亚热带、温带、寒温带、寒带等众多气候类型和生态系统，使这里成为动植物生息繁衍的乐园和众多珍稀物种的避难所。红豆杉、光叶珙桐等古老的孑遗物种在这里躲过了寒冷的第四纪冰川期，起源于更新世早期的中甸叶须鱼依旧在碧塔海中游弋，处于食物链顶端的金钱豹正在例行巡视自己的领地，而在不远处的丛林里，黑熊正在悠闲地散步，赤麂正在觅食。迪庆森林覆盖率高达 77.63%，境内有高等植物 5000 余种，占全国同类植物总数的 16%，占云南的 33%，与整个西藏自治区数量相当。有鸟类 337 多种，野生哺乳动物 125 种。复杂多样的地理环境和气候类型，孕育出包罗万象的物种群落和生态系统，成就了迪庆香格里拉举世瞩目、丰富多彩的生物多样性，被誉为"天然高山花园""动植物王国"和"地球物种基因库"等等。

夏天是迪庆香格里拉最美丽的季节，广袤的草原芳草连天，杜鹃花、报春花、马先蒿、绿绒蒿、龙胆等各种野生花卉将迪庆香格里拉这个天然高山花园装扮得格外美丽。夏天也是迪庆的藏族人最忙碌、最辛苦的季节，也是收获的季节，采松茸、挖虫草成为他们最重要的收入来源之一。随着迪庆生物多样性保护工作的深入实施，松茸、虫草等林下资源得到了有效保护，可持续发展的理念在产区农牧民中逐渐深入人心。而海拔超过 4500 米的流石滩，看上去依旧是一片荒凉，这里年平均气温低于零摄氏度，超过半年的时间被冰雪覆盖。即便是在盛夏时节，这里的温度也随时会骤降到零摄氏度以下，而在这恶劣的环境中，此时正有生命的奇迹在碎石岩缝间悄然绽放。雪兔子、苞叶雪莲和塔黄等高山冰原带的多年生草本植物，一生中只有一次开花的机会，为了生命中唯一一次美丽的绽放，它们往往需要在高山流石滩中蛰伏酝酿超过 10 年的时间，一旦开花，生命就进入倒计时，等到瓜熟蒂落，生命便随成熟的种子一同散落于这片高山大川中。

秋冬季节，气温一天天下降，欢腾的动物开始往温暖的地方迁徙，牛羊从高山上的草甸牧场慢慢地往下走，在冬天来临之前，它们会回到山下的家。维西同乐村柿子树光秃秃的枝丫上，挂满了火红的果实，广场上晒着金灿灿的稻谷，一串串沉甸甸的玉米棒挂在屋梁上。梅里雪山也迎来了它最美的时刻，天朗气清，高天辽阔，湛蓝的天幕下，日照金山的盛景几乎每天都会如约而至，让曾经苦苦等待不得见的人们感动不已。冰雪覆盖荒原，万物都把自己包裹起来，收敛藏匿，但是在静默中，生命的力量在蓬勃生长，不断酝酿。雪山下的村庄裹上了厚厚的白色，深深浅浅不同调子的蓝色天空是巨大的幕布，金色的光芒洒下来，未曾封冻的水面便泛出灼目的光芒，祭祀神山的仪式便随着春节的临近一天天频繁起来。

▲ 日照金顶

从哈巴雪山进入迪庆

雪山神秘而高远，它令人敬仰，又明净清澈。晴朗的日子，雪山与碧蓝的天际相接，光明景和；阴雨时节，山形影影绰绰，雨雾丝蔓，似有万千情愫。人间匆匆过客，都是雪山的局外人，倏忽往来，不过是雪山万年生涯的一瞬。但在人的有涯之生里，我们还是会想要去往雪山，亲近雪山，在目光所及之处，和雪山聊聊天。

哈巴雪山是最容易与人亲近的雪山之一。它矗立在迪庆的东南端，与丽江的玉龙雪山隔金沙江相望，河流在两座大山间奔流，形成了壮观的虎跳峡。"哈巴"是纳西语，意思是金子

▲ 哈巴雪山

的花朵。山顶终年冰封雪冻，主峰海拔 5396 米，挺拔孤傲，四座小峰环立周围，从高空俯瞰，像灿烂的花朵，又像闪着银色光芒的皇冠。

哈巴雪山位于青藏高原向云南高原过渡的地带，是喜马拉雅造山运动及其后第四纪构造运动的强烈影响下急剧抬升，为沙鲁里山南延的云岭山脉东支中甸大雪山的主要山脉，是金沙江上游著名的极高山之一。哈巴雪山属于横断山纵向岭谷区中段，"三江并流"世界自然遗产核心区。这里是我国三大特有物种分化中心之一，也是中国 17 个生物多样性保护关键地区之一，世界自然基金会将其列为全球 25 个优先重点保护的生物多样性热点地区之一。

从金沙江河谷到哈巴雪山主峰，呈现出河谷中亚热带、山地北亚热带、山地暖温带、山地中温带、山地寒温带、高山寒带、高山冰雪带等气候带，拥有完整的山地气候垂直带谱。同一气候带内，东坡和西坡，阴坡（北坡、东北坡）与阳坡（南坡、西南坡），迎风坡（西坡、西南坡）与背风坡（东坡、东北坡），山脊、山坡与河谷、箐沟，太阳辐射总量、日照时数、气温、降水、蒸发、相对湿度、干燥度等存在显著差异，形成多样而复杂的小气候，为生物多样性的发育演化奠定了优越而多样的气候生态条件，并形成了迥然不同的自然景观，兼具动植物物种多样性、群落类型多样性、景观多样性特征。

哈巴雪山雪线以上的高山地区发育有现代海洋性冰川和永

久积雪，以及相应的现代山岳冰川地貌。在雪线以下至树线附近，冰缘作用强烈，发育有大面积的季节性冻土和永久性冻土，以及石海、石河、石带、热融滑塌和岩屑堆等冻土地貌。第四纪历次冰期的冰川作用形成了许多冰斗、冰蚀洼地、冰蚀槽等冰蚀地形，部分冰斗和冰蚀洼地在冰后期积水即形成冰蚀、冰碛湖泊，数量众多，但面积不大。

哈巴雪山山势上部较为平缓，下部则陡峭壁立，是一座适合初级登山爱好者攀登的山峰，既有攀爬雪山的艰难挑战，也容易实现成功登顶的喜悦欢欣，几乎是登山爱好者的必登之地。哈巴雪山峰顶月亮湾形如弯月，是一个巨大的平缓坡带，不同于其他雪山峰顶那么挺拔险峻，而且比江对岸的玉龙雪山矮了一头。去雪山的途中要经过哈巴村，村子位于雪山西面山脚下，海拔 2600 米，属于香格里拉市三坝乡，是个以纳西族为主，回族、藏族、汉族混居的村落。正是它，把登山客和雪山紧紧地联系在一起。

哈巴雪山山麓白地村旁边，有我国最大的冷泉型淡水碳酸盐泉华台地白水台。白水台的泉水中含有大量的碳酸钙，由于有阳光直射，地表温度升高，碳酸氢钙迅速发生化学反应，二氧化碳随水蒸发，还原物碳酸钙就呈白色微粒沉积下来，之后又不断覆盖地表，长年累月就形成台幔，当地的纳西族把白水台称为"释卜芝"，意思是"逐渐长大的花"，形象地诠释了白水台形成变化的过程。白水台形成的历史有 20 万—30 万年，台地厚度达 214 米，台面面积约 3 平方千米，呈高低错落的梯田形状，人们感叹大自然的鬼斧神工，把它叫作"仙人遗田"。

　　远观白水台，青山绿树中，洁白的泉华顺着山形层层叠叠，宛如凝固的瀑布，静静地悬挂在葱翠欲滴的山腰，又好像在高耸的青山上镶嵌了一片片白玉雕刻而成的银色镜屏，在阳光下泛出潋滟波光。走近了，才发现景致壮观开阔，这晶莹耀眼的银屏，竟似千百台叠起的琼台玉阶，又像千百道云波雪浪，自下而上，一台台，一层层，堆云凝雪，纯白如脂，莹润如玉，纤尘不染，宛如片片斜月散落人间。台面上，有的如鳞细波，曲折有致；有的如银环滚动，连环相扣；有的如绢扇平铺，折痕四射；有的如花瓣相拼，形成各种奇花异卉；有的如大小梯田，叠层而起。白水台随山就势，大小错落，妙趣天成，山光云影，叠叠映照。

　　早在唐宋时期，白水台就成为滇西一带著名的游览胜地，相传释里达多法师在此修炼，在白水台边的石壁上刻有"释里达多"禅定处的碑文。明嘉靖年间纳西族土司木高的诗作也题刻在摩崖之上。"五百年前一行僧，曾居佛地守弘能。云波雪浪三千垄，玉埂银丘数万塍。曲曲月留尘不染，层层琼涌水长凝。长江永做心田主，羡此高人了上乘。"木高的诗作将白水台的形状、颜色、声音、情态描绘得淋漓尽致，不仅是迄今为止咏颂白水台艺术水平最高的诗歌，同时也是研究纳西族历史文化的重要资料。1935 年，人类学家陶云逵发现摩崖诗作之后，方

▲ 哈巴雪山

▲ 白水台

国瑜、李霖灿、和志武等著名学者都对此做过深入研究。木高，纳西名为"阿公阿日"，是明代统治丽江以及中甸（今香格里拉）等地区的土知府，别号"长江主人"，是明朝世袭第九代土知府。木高以武功著称，也擅长写诗，是纳西族最早以汉文写作的木氏作家群六位作家之一。20世纪末，木高的摩崖石刻作为"白水台东巴文化胜迹"的重要历史文物，被列入云南省第四批省级重点文物保护单位。

李霖灿先生在丽江住了许多年，在金沙江两岸的山山水水中探访纳西族东巴文化的神秘，白水台是他文字里着墨最精彩的部分。"白水台前初惊眼，悬流真作白玉注。漫疑凝脂塑云水，却喜白玉泻瀑布。琼流瑶液何时起？银塍玉埂已无数。涌波迭台相堆积，漪纹网路自回互。细细缕织云水态，莹莹石上流不去。

终日静观看不足,如展秋水洛神赋。大士何须一苇航,请试人间凌波步。万斛水云任君行,写入图画疑神助。风动风息皆有痕,水流水凝岂无故。对照明镜澈纤尘,安得水住心不住。乡人箫鼓舞龙神,约我讴歌同欢娱。曲尽归来月当头,一片鲛绡水晶路。便拟举手谢世人,瑶台非遥从此渡。"即便如此,白水台的景致,依然有画卷和文字所远远不能及的地方。碧蓝的晴空里,清风倒映在白色的泉华上,一丝一丝拂过,淡得看不见的浅水,轻轻皱起涟漪,人在水波里荡漾,悠悠地飘忽起来。云雾在山间游动,树影在眸间青翠,阳光、云朵,若有若无的清新味道,都在静谧地喧哗着,那么安静,又那么热闹。

　　登上白水台台顶,这里是一片开阔的平地,水流舒缓,数株古树参差错落,枝干旁逸斜出,自由伸展出美丽的姿态,勾连天地。沿古树林下的小径前行，斑驳的光影投射下来，风摇影动，枝叶曼舞，又是一番别样的景致。树林深处，有水声哗哗作响，循声慢行，溪流腾跃，溯溪而上，是一潭巨大的泉眼，泉潭深幽，涌水不绝，深不可测。泉潭四周以山石相砌，引水下流，水流湍然，掬水可饮，滋味清洁，潭畔有古树，树影婆娑，姿态清幽，令人流连。

　　白水台所在的白地村，是纳西族东巴文化的故乡，在当地流传的东巴经保留了世界上最古老的象形文字，这里古朴原始的东巴舞经考证是最古老的东巴舞谱。在纳西族的传说里，东巴教鼻祖丁巴什罗与弥勒佛斗法失败，丁巴什罗向弥勒佛要座位。弥勒佛说他抓把雪，丢到哪里，哪里就是丁巴什罗的地盘。结果这把雪撒到白水台，白水台变成了白色，成为丁巴什罗的修行地。丁巴什罗到了白水台后，就把那里的岩石凿成台台梯田，教人们开田种地。于是人们在斜坡上开起了层层梯田，引来白水台的泉水灌溉农田，过上了安居乐业的日子。从此人们每年农历二月初八都要到白水台祭祀，感谢丁巴什罗，青年男女欢聚在一起，跳起欢快的"阿卡巴拉"。关于纳西族在白水台的集会，也有很多其他说法：有的说是因这自然景观而产生的白石崇拜，最早到此的纳西族人就是为这神奇白石的存在而定居下来；有的说是因为白水台上的龙潭而举行的敬龙王节；……

　　作为自然界的神奇景观，白水台美不胜收。作为人化自然，哈巴雪山也有讲不完的传说故事。在当地人的传说里，玉龙雪

▲ 上：跳东巴舞　　下：跳阿卡巴拉

山和哈巴雪山是兄弟，是姐妹，抑或是伴侣。在哈巴村、三坝和大具等地方的纳西族中，流传着这样的传说——

在很久很久以前，金沙江南岸和北岸有两家阿普（天神），掌管着两岸的人丁万物、山石土木。南岸的阿普家生了一个白白胖胖的公子，北岸的阿普家生了一个秀丽的姑娘，公子的名字叫垩鲁，姑娘的名字叫哈巴。哈巴三岁学煨茶、挤奶、捞酥油，五岁学背水、烧饭、绩毛线；垩鲁三岁学放羊、犁地、撒荞子，五岁学打猎、伐木、盖房子。十六岁，垩鲁成年了，他每天走七十七个寨子，翻三十三道山梁，如果有谁家的当家人病了，地没种上，垩鲁就赶来野猪把地翻好，撒上荞子。哈巴姑娘每天要走六十四个村子，涉三十六条河水，谁家的牛群、羊群走

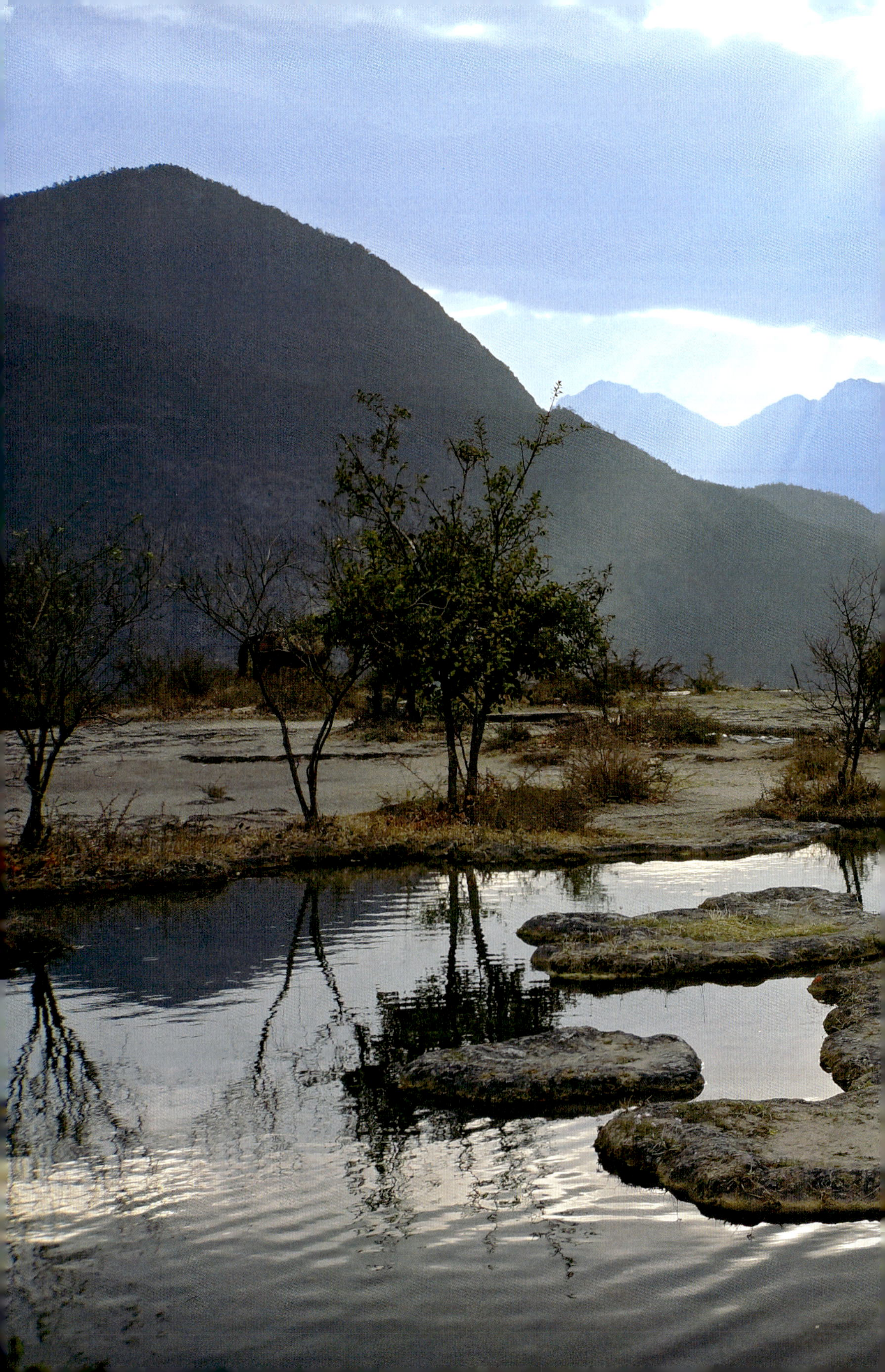

▲ 白水台

远了,哈巴就把走远的牲口赶回窝。那时候,金沙江两岸的纳西族都不为这些事担心,生活过得舒服极了。

有一年,一连九个月天上都没有下一滴雨,金沙江两岸的花儿晒酥了,草烤脆了,庄稼烧焦了,树木枯黄了。热跑了麂子,饿死了山羊,晒死了牦牛,人们都活不下去了,哈巴对垩鲁说:"阿哥,阿妹决心把心拿出来拯救万物。请你到东海摘来仙桃,七七四十九天后鸡叫前给我吃下去,我就能起死回生。"垩鲁含泪告别了哈巴,奔向东海去摘仙桃。哈巴姑娘仰天把自己的血喷出来,血在空中化成了甘露。甘露落在花儿上,花儿开放了;甘露落在草上,草发芽了;落到树上,枯树抽条了;落到羊身上,羊站起来了;落到牦牛身上,牦牛救活了;落到人身上,人马上有了精神从地上爬起来了。甘露碰到风,就变成声音大声喊"哈巴雪山里有大块的金子,大家快去挖金子来买粮食"。人们听见了喊声,就都拿着锄头去挖金子,人们挖到了好多金子,可是哈巴却昏死过去,一动也不动了。

垩鲁跨过了八十八条河,翻过了九十九座山,走了二十四个晚上,行了二十五个白天,来到东海边,采到了仙桃。他转身就往回走,他又走了二十四个白天,二十四个晚上零四更,终于又看见了哈巴姑娘,她已经瘦得不成样子,连睁眼的力气也没有了,可是还有一些贪心的人不停地在哈巴姑娘的心上挖啊刨啊找金子。垩鲁踉踉跄跄地向前跑,不小心踩通了拉市海,紧接着传来了震天动地的山塌声。垩鲁公子一下子扑上去,可是哈巴雪山的山峰已经全没了，只剩下埊鲁双手扶住的肩头，仙桃稳住了雪山没塌完的部分，哈巴姑娘再也不能起死回生了。埊鲁也化成了雪峰，永远陪伴在哈巴雪山身边。从此以后，哈巴雪山就比玉龙雪山矮了一头。

金子般的哈巴雪山矗立在金沙江北岸，蕴藏着丰富的矿产资源和生物资源，是人类共有的生态宝库。带着淡淡忧伤的民间传说，讲述了珍爱自然、敬畏神山的朴素信仰。人们这样形容攀登哈巴雪山之后的心情："走进雪山，是我身心的归零。伫立在雪山之巅，在自然的怀抱里，宛如回到生命的本真。走出雪山，是清零后的重启，映入眼帘的是满山红杜鹃，宛若生命的重生。"哈巴雪山是迪庆之门，走进哈巴雪山，便进入了雪域高原，便会经历一次圣洁的洗礼，灵魂像风。从哈巴雪山进入迪庆，我们不仅进入了横断山的核心区域，还进入了一趟与神山相亲、与万物共生的忘归之旅。

荒野阿布吉山谷

在生态领域，荒野是一个有着特殊内涵的概念，是地球上仅存的最完整的、最不受干扰的野性自然区域。这些最后的、真正的野性区域，人类不对其进行控制并且没有开发出道路、管线或其他工业基础设施。荒野是超越了治理区域的天然土地，是塑造民族性格的土地，是一个能够规避文明，与地球重新结合，并且发现自然疗法、价值和意义的罕见的天然地方。在荒野，自然过程占主导的区域，由本地生境和物种组成，具有足够大

的面积使得自然过程具有有效的生态功能，它尚未被改变或者被轻微改变，没有外来或开发的人类活动、聚居点、基础设施或视觉障碍物。

然而，荒野越来越罕见了。阿布吉山谷是离我们最近的荒野。从小中甸去往香格里拉的道路旁边，只有足够地道的资深迪庆通，才会准确地预先判断并清晰看见道路前方远山腰上有一座金色的庙宇。从庙宇前山下的岔路东向进入，是颠簸的土路，偶尔看见几头牦牛在吃草，此外并无人烟。前行10多千米之后，路边出现了一幢简陋的平房，平房前面横着的铁杆拦住去路，

▲ 阿布吉牧场

这里是香格里拉国有林场小中甸分场和平桥管护点护林员值守的地方。肤色黝黑的大叔从平房里走出来，拿着一本皱巴巴的登记册，记录进山的人员、车辆和时间，他用不太流利的汉语提醒，不能带火种进山，然后手动拉起铁杆放行。

土路顺着一条小河的方向蜿蜒前行，颠簸且曲折，绕过一道山梁之后，手机彻底没了信号，只剩最单纯的拍照功能。风景也渐渐不同，远处是壁立陡峭的石山，山峰冷峻，冬雪消融，显露出青灰色的峰岭，散落着几星积雪。山峰错落层叠，变化万千，山腰大约铺了些深墨色的植物，像传统中国画里的皴墨，怎么看都觉得意蕴悠远，绝不乏味。远山近处是海拔低一些的山峦，茂密的针叶林姿态挺拔，一棵一棵遗世独立却又密密匝匝。

山脚下的森林前面是草甸，溪流在草甸上拉出弯弯曲曲的线条，线条旁边零星地分布着藏式木楞房，木片搭成的房顶上压着大大小小的石块。草甸是牧民们的夏季牧场，迪庆的春天来得很晚，4月草地只有零星的绿芽，6月才会在碧绿中开出星星点点的花朵，花朵颜色鲜艳而丰富，花株却不大，是小而美的存在，不能被忽视。7月的阿布吉山谷才真正从冬日的沉睡中醒来，一片玫红色结成串串的草本花海，在阳光下鲜艳无比，这片叫不出名字的野地花海是我们见过的最美丽的山谷花海。草甸上，牛羊在悠闲地吃草，溪流汇聚出波光粼粼的小河，如同一条从天上飘落的洁白丝带，静静流淌。阳光如万支利箭刺穿层层乌云，射在远处铁青色的山脉上，整个草场都沐浴在金色的光辉里。

穿过牧场再往山里走,道路更加艰险,一片巨大的废弃林场出现在眼前,砍伐过后的巨大树根还留在土里,很多粗大的

▲ 阿布吉草甸

树干没有运走,在自然力的作用下渐渐腐朽,苔藓在木头上蔓生,朽木直愣愣地站着,刺向青灰色的天空,二十世纪八九十年代采伐林木留下的痕迹历历在目,提示我们一段并不久远的历史。林场在哈巴雪山北面,山里没有村庄,不像南坡气候物产适宜,有人群聚落。

阿布吉山谷最令人神往的是阿布吉措,她是一个高山顶上的冰湖,从牧场往山上爬行,有10多千米,能够到达海拔约4000米的阿布吉措。登山的难度有点大,全是牛马走出来的小路,要蹚过溪流,也会在悬崖边行走,从山下到湖边,海拔逐

渐从 2000 多米上升到 4000 多米，不能爬太快，有高原反应的人尤其要谨慎。阿布吉措除了采摘雪茶等物产的藏族人、巡山的护林员和偶尔造访的资深驴友外，很少有人到达，是真正人迹罕至的地方。同时，阿布吉措也是真正美极了的地方。阿布吉措由纳西语音译而来，意为"啊，好壮观的湖"。相传有一位纳西族牧民像往常一样上山放牧，为了寻找一头走失的牛，顺着牛的脚印到达山顶，他被眼前壮丽的美景惊呆了，牛群在仙境般的雪域花海中食草，在清澈的天池边饮水。牧民惊呼一声"阿布吉"，话音未落就下起了连绵细雨……牧民向村民述说了山上的美景及高呼会引来下雨的传奇经历，从此"阿布吉"的名字就流传开来。

▲ 阿布吉措

雪山下的冰湖并不少见，阿布吉措却是独特的。除了传奇的神山传说故事，这里还有最丰富的荒野色彩。湖水的颜色变幻万千，天空阴霾的时候，湖是浅浅的青；晴朗的日子，湖是幽深的蓝。盛夏，湖碧绿如翡翠，凛冬，湖静寂如深虹。湖边的花花草草也总是不甘寂寞，竭尽全力调配着各种色调，似乎一定要用万千斑斓消融远处山峰上万年不消的白雪皑皑。山是一帧一帧的画，随意截取，都是不需点染的千秋笔墨。

在神湖周边铺满草地的山坡上，找一片心仪的地方，坐下或躺着，风掠过耳边低语，湿润的空气里有清冽的草木气息。路过一朵云，再路过一朵云，人在这个时候，才是自然的一分子。万籁俱寂的时候，安然地与自己对话，天地是我们的朋友。人生分秒向前，哪怕有一个白天、一个夜晚，或者只是片刻，我们能够超越时空活过，在漫长而短暂的生涯中，也是无憾的心灵休憩。

阿布吉措湖边可以搭帐篷，荒野之夜的原野，山风和流岚为伴，树在发芽，草在破土，雪在融化，花在绽蕊，雪山 6 月晚到的春天那么忙，却那么安静，是最不一样的体验。

触碰石卡雪山的巅峰

对于不想或不能徒步登山，又想领略迪庆雪山迷人风光的人来说，石卡雪山是最好的选择。

"石卡"是藏语名字，意思是"有马鹿的山"，鹿是藏传佛教的吉祥物。据说佛祖在鹿野苑讲经说法的时候，就有鹿在旁边聆听护法，今天我们走进任何一个藏传佛教寺院，都能在宗教的建筑、雕塑或绘画艺术上看到两只鹿跪坐在法轮前面的形象。石卡雪山野生动物众多，而马鹿则是雪山具有神性的象征。

石卡雪山距香格里拉市区7千米，距香格里拉机场4.5千米，现在已经建成为国家级AAAAA景区，景区入口有一条4级柏油

▲ 石卡雪山傍晚

路与214国道相连，交通十分方便。石卡雪山建设有相连的两段大索道，全长4157米。游客乘坐索道，大约30分钟就可以到达石卡雪山山顶。乘坐索道而上，首先可到达亚拉青波牧场，其西南面则是景区极富传奇色彩的灵犀湖。天气十分晴朗的时候，站在石卡雪山山顶极目远眺，巴拉格宗、色纽雪山、哈巴雪山、梅里雪山、天宝雪山、白马雪山、玉龙雪山等雪山构成一个庞大的雪山族群，为世界少见的奇观。

石卡雪山北与纳帕海自然保护区相接，南与"三江并流"世界自然遗产千湖山景区毗邻，东与松赞林寺和独克宗古城遥遥相望，西面是神秘峡谷与奔腾不息的金沙江，占地面积约65平方千米。景区最高点石卡神山主峰海拔4500米，最低点纳帕草甸海拔3270米，相对高差1230米，几乎包容了滇西北"三江并流"世界自然遗产地亚高山带和高山带所有自然垂直带立体生态景观资源。地质地貌多样性是石卡雪山景区一大特色景观资源。由于其地处青藏高原横断山三江纵谷区，地质结构复杂，有多种地层出露，砂岩、石灰岩、板岩和硅质岩交错分布，剖面、断层、褶曲和结理等构造特征十分明显。地貌上，除了拥有众多的神秘峡谷、冰蚀湖泊、草甸溪流和砾石溶洞外，还有各种角峰、"U"形谷、冲积扇、冰川碛物和古冰川地貌等等。亚高山草甸、冰蚀湖泊、"U"形山谷、高山草甸等多种地貌散布其中，构成了石卡雪山丰富的地貌景观。

石卡雪山是季节性雪山，冬天有雪，每年5月份后，冰雪

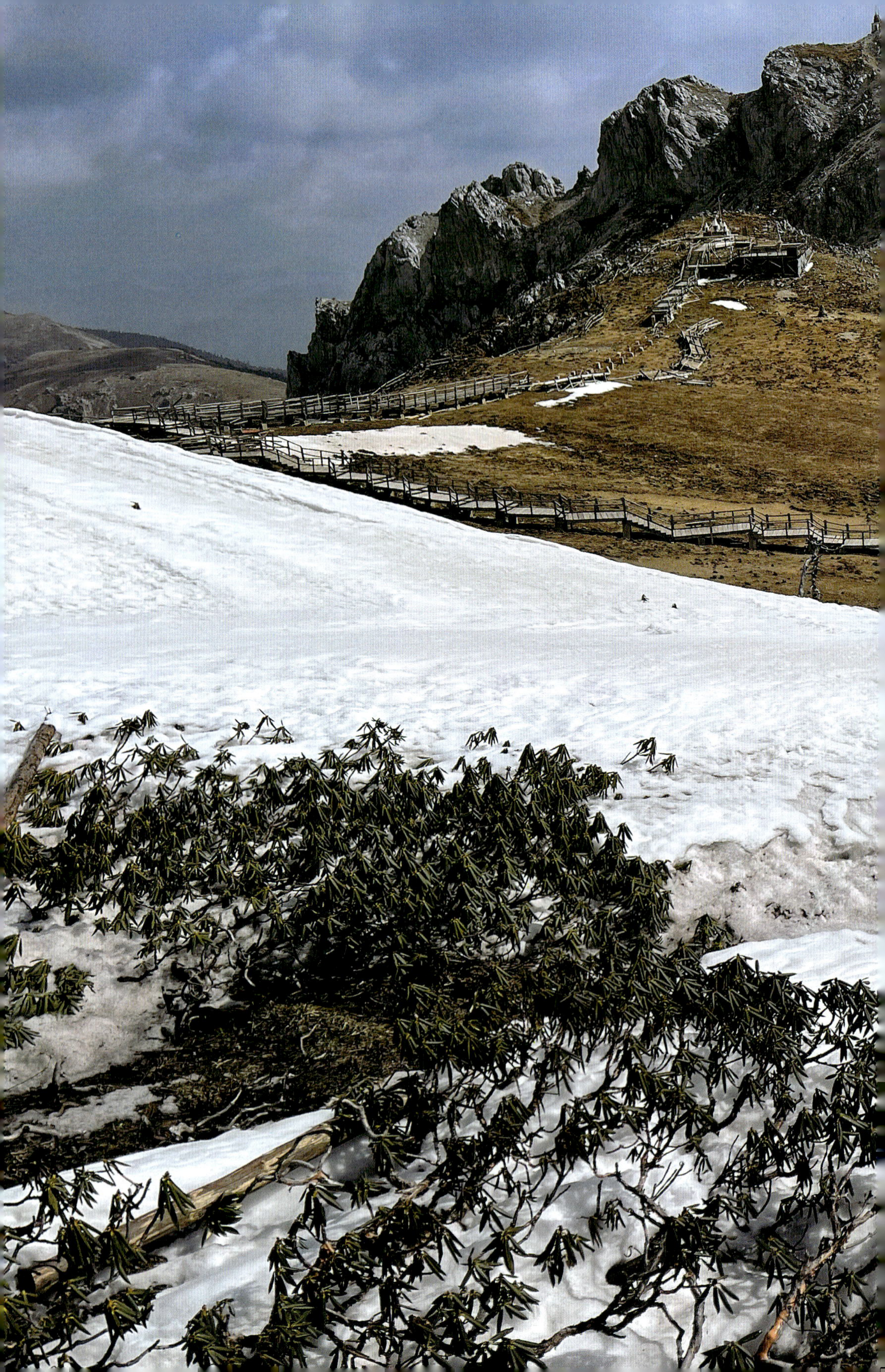

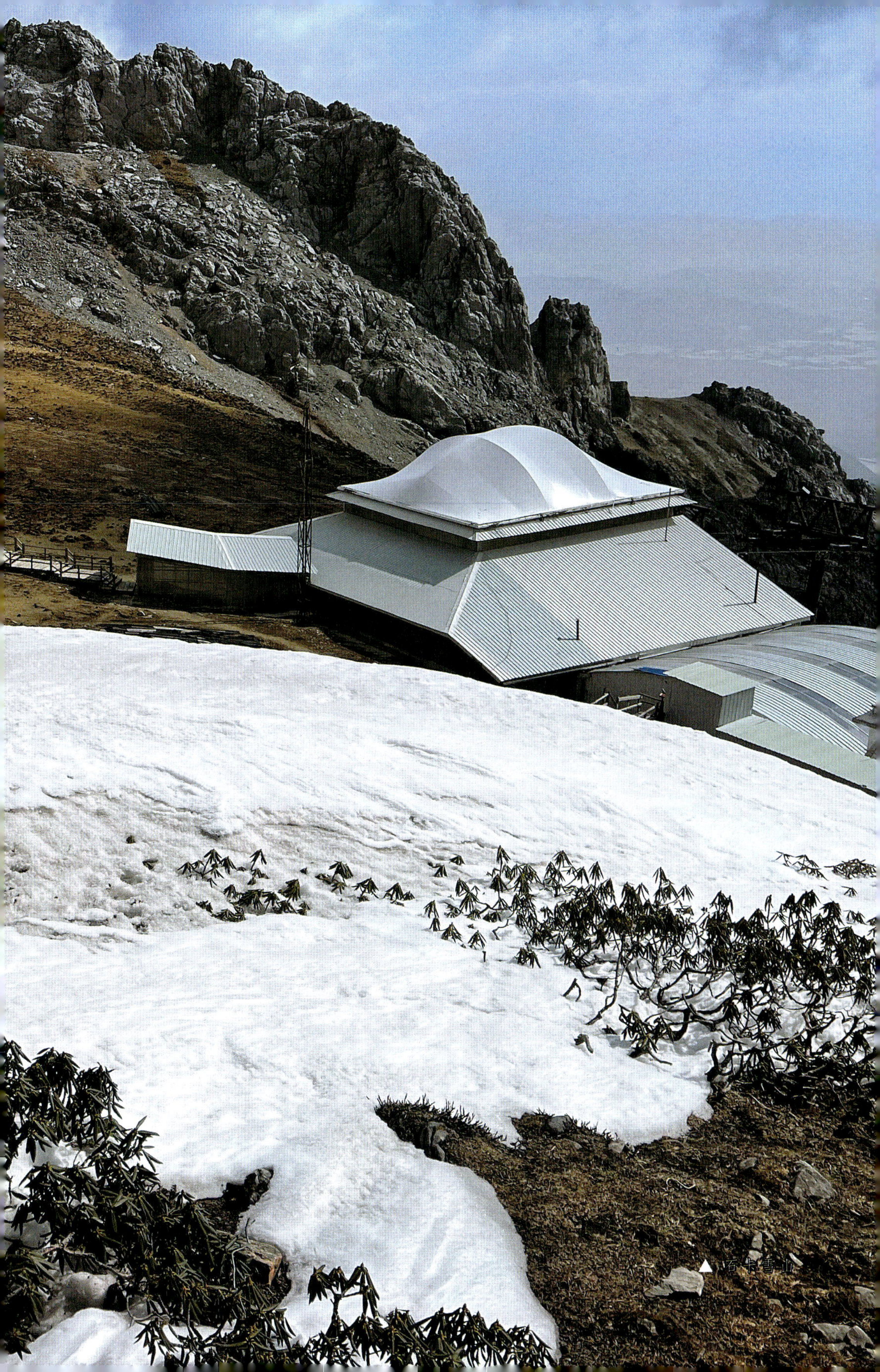

融化，呈现高山草甸，鲜花盛开，牛马成群。经初步调查统计，景区内至少有种子植物73科203属399种。其中国家保护植物12种，如玉龙蕨、高寒水韭、松茸菌和油麦吊云杉等。有151种珍稀名贵药材，如冬虫夏草、雪茶、珠子参、卷叶贝母、岩白菜、秦艽、金不换、桃儿七和雪上一枝蒿等。野生鸟类和哺乳动物在100种以上，其中国家级重点保护珍稀濒危动物30种，如豹、黑颈鹤、斑尾榛鸡、胡兀鹫、黑熊、棕熊、小熊猫、林麝、血雉、藏马鸡、勺鸡和大绯胸鹦鹉等。

每到春末至夏季，杜鹃花、报春花、绿绒蒿、马先蒿、银莲花等高山花卉竞相开放，构成了石卡雪山美丽而独特的风景。5月下旬杜鹃花开放，漫山遍野的冠状杜鹃恣意盛放，将山野点染得明艳动人。6月黄花杓兰、7—8月红色的偏花报春、蓝色的金脉鸢尾和绿色的绿绒蒿次第开放，9月份后大果红杉和桦杨槭树染成金黄色。每一个时段，石卡雪山都有值得前往的最美景色。冬季雪后的石卡雪山全然进入了白色的梦幻世界，到处是白色的云朵、白色的山峦、白色的草甸和白色的藏房，雪山也似乎触手可及，给人空灵之感。随季节的变换，大自然更换着不同颜色的衣服，让石卡雪山魅力无穷，形成了"春看绿草夏看花，秋观秋色冬观雪"的丰富景观。在雪山里穿行，一切景物成了完美的图画。著名景点情人坡非常值得游览，站在银装素裹的情人坡上面，可以欣赏到痴情男女们留下的成双成对的雪人，冬阳映照下，趣味横生。

藏族人一般选择当地村落附近较独立的山体或有特点的山体作为神山，哪里有人居住、出现村落，哪里就会出现神山。藏族村村有山神，地区还有大山神，人们每月初一、十五要去祭祀山神——煨桑、诵经、插经幡，神山上的草木因此受到额外的保护。历史上，坐落于神川铁桥东城独克宗与铁桥西城（今丽江塔城）之间的石卡雪山，是连接吐蕃与南诏的纽带，东南与玉龙雪山遥相呼应，西北与梅里雪山遥遥相望，是唐朝时期滇藏茶马古道进入藏区的第一座神山。这神山帮助吐蕃赞普实现了与南诏国和睦相处、互利共赢的愿望，促成了南诏公主与吐蕃赞普的美好姻缘；这神山帮助世世代代前来朝圣的茶马古道商贾一路顺风、生意兴隆；这神山使香格里拉众生生活安康、幸福吉祥。

这种神山崇拜，蕴含的正是藏族人民崇拜自然、热爱生命的心理写照，是他们千百年来依存于大自然中生息、繁衍，得益于大自然的馈赠厚爱的感恩心结，从而形成藏族人民热爱大自然、敬畏大自然、保护大自然的传统生态文明观。

圣洁天域里的格宗雪山

峡谷里的树已经冒出了小小的绿绿的芽，格宗雪山上的草甸依然枯黄一片，厚厚的雪堆积在远处的坡地上，在清晨明亮的阳光反射下发出刺目的光芒。一大团白得发亮的云，浓浓地锁住眼前万仞。在蓝莹莹的天际间，太阳的光芒异常盛大，熠熠灼目，却没有什么温度。山腰的云雾缓缓流动，似散非散，雪山也就若隐若现。

格宗雪山位于云南省香格里拉市西北部的尼西乡境内，西与四川得荣县太阳谷相连，东与格咱乡碧壤峡谷相通，距县城76千米，距香格里拉机场81千米，最高峰海拔5545米，是云南省第十一高峰、香格里拉市第一高峰，尚无攀登记录。

格宗雪山大致成东南西北走向，山脊呈排牙状，西南侧三条横向小山梁分别连接巴拉格宗雪山的格宗奔松峰。格宗奔松呈金字塔状，西南向的山体受气候影响，风蚀、雪蚀严重，积雪较少，山槽多为碎石；东北侧山体海拔4500米以上可见积雪，向上多为雪岩或冰岩混合，海拔4600米处有一鞍部，较为平缓。雪山主峰为锥体，坡度较大，攀爬难度较高。万壑绝壁，绿草葱茏，繁花如织。格宗雪山四周均有终年不化的现代冰川，冰舌可下延至海拔3700米左右，如同卡瓦格博冰川，属于世界上分布海拔最低和纬度最低的现代冰川之一，不仅有极高的观赏性，而且有重要的科研价值。最热的七八月份，从乃当牧场看雪山，冰川集中在海拔 4000—5000 米之间。格宗雪山西北侧是巴拉格宗大冰川，冰川雪水融化水冲刷切割地层断裂缝，形成冰川河流南喀拉曲。

我们在残雪将融的草场等待雪山显露峥嵘，巴拉村美丽的女孩阿花就开始给我们讲格宗雪山的传说。

在当地，格宗雪山又叫作"格宗奔松"或"格宗布姆奔松"，意思是格宗三姐妹，她们是绒赞卡瓦格博山神的女儿，要嫁到东北方贡嘎神山家里去做"贡嘎奔松"（贡嘎三王子）的妻子。藏历羊年，当三位美丽的公主在侍从的陪伴下，带着无数金银财宝和乐器来到这片无人涉足的境地时，天色大亮，害羞的三位公主从此就留在了巴拉，成为格宗雪山上的三座主峰。"格宗奔松"是美丽和快乐的化身，主管着本区域百姓的相貌、身段、歌喉和寿命，因此，在当地有一种说法，生活在雪山周围各村落的姑娘，个个都长得貌美如花，不仅身材苗条，而且能歌善舞。男孩子个个雄伟高大，老人长寿，恋人幸福美满。

关于巴拉格宗，还有一个尘封千年的英雄传奇，为她增添了无限的神秘感。1300 多年前，巴塘地区的土司斯那多吉英勇善战，赢得了广泛的敬畏。然而连年征战，却让他的妻子仁称拉姆感到了疲惫，只想找一块净土过安详的生活。一天，荣胜而归的斯那多吉回到家中，发现美丽善良的妻子拉姆不知所终。老管家告诉他，部落中的老僧人来了，说了自己神奇的梦境，"那里山高，树绿，水清，有闪耀着祥光的雪山，还有宽阔的牧场"，拉姆听后就跟他走了。拉姆的离开令斯那多吉痛苦万分，他决定带领部下去寻找那个神奇的梦境，寻找自己心爱的妻子。在神的指引下，跋山涉水、历尽艰辛，他们最终来到巴拉格宗神山脚下。老僧人神奇的梦境，那么真实地呈现眼前，斯那多吉也终于找到了自己日思夜念的拉姆。从此，这个在巴塘地区显赫的家族，一个英雄的部落消失了，而在巴拉格宗雪山的脚下，出现了一个名为"巴拉"的小村庄，飘出袅袅炊烟。

事实上，无论是东旺、巴拉、尼西，还是奔子栏和羊拉等格宗雪山周围的姑娘，历史上都以身材苗条、相貌美丽、能歌善舞而闻名。国家一级歌唱家宗庸卓玛就是羊拉峡谷飞出的"金凤凰"，青年藏族女歌手金珠卓玛是来自东旺峡谷的"百灵鸟"。在原来的香格里拉县城，还流传着一个故事，曾经有一个巴拉村的姑娘在县城街头走着，大家的眼睛都被她的美貌吸引了，青年小伙们奔走相告："城里来了一位美丽的仙女，大家快来看。"轰动全城，人们纷纷蜂拥到街上，只为一睹姑娘的芳容。

格宗雪山群峰在白雪的覆盖下，有"一峰天做柱，万仞雪为衣"的神秘壮观。我们伫立在寒冷清冽的风中，天地之间只有白云在翻涌，远山近山都是天地的孩子。雪山周围比较著名的山峰除了格宗奔松，还有独几巴增、布炯、奔钦、奔炯、格钦、格炯、孜冷桑玛、宾底、一帮、曲登、班丹拉姆和斯哈独几思从，共计十三座，正好与梅里雪山的太子十三峰和康巴地区藏传佛教的十三林寺相应。伴随着高寒冰融作用，雪山峰柱形成

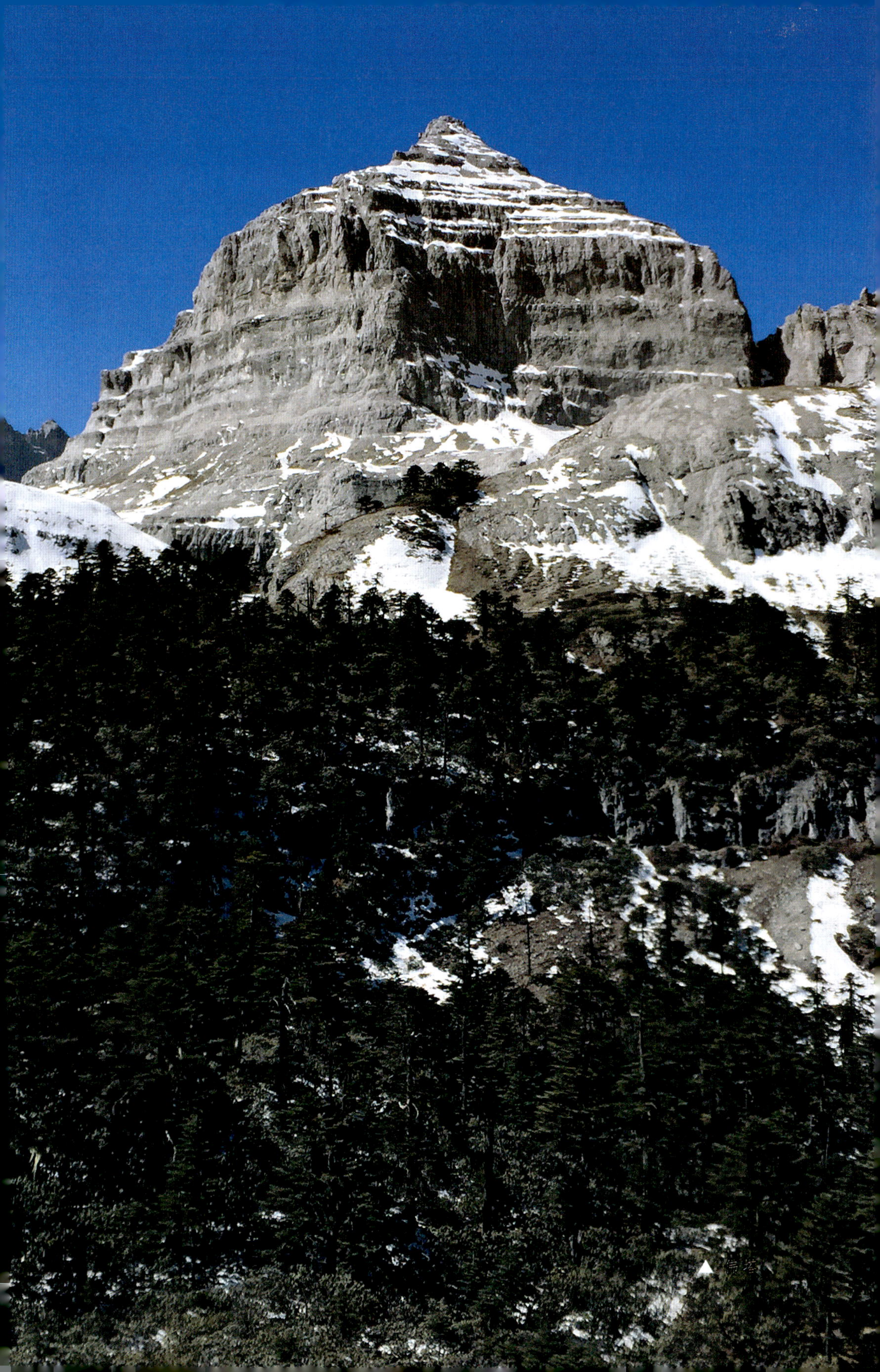

了各种各样的象形景观，巨大的崖壁、峰丛、山柱组合在一起，形成了沟谷两侧变化万端的景致，有的像佛祖端坐云端，有的像将军仗剑而立，双眼所及无不神态各异，栩栩如生。

在格宗雪山景区，我们能看到神奇的三座雪峰，它们拔地擎天，形状像天然的佛塔、展开的经书和端坐诵经的僧人，十分逼真，惟妙惟肖。在藏传佛教中，佛塔、佛经、佛像各有不同的意义。佛塔一般为白色，所以又称为"曲登嘎波"（白塔），是用来装藏舍利和经卷等物品的宗教建筑物。位于格宗雪山东北边的曲登神山，酷似一座方形白塔，被白雪覆盖的时候，更像一座藏地常见的精美绝伦的"曲登嘎波"。在浩渺的蓝天下，云朵围绕着天然佛塔，变换出各种不同的姿态，给人一种时空凝固、天地人神一片空寂的感觉。雪山圣洁、孤傲、挺拔、伟岸，冰清玉洁，雄踞天宇，在雪山下流转过的时光，铸成了生命中的永恒，天地不语，世界安静得只剩下天荒地老。

这座巍然耸立、壁立于众生之上的天然佛塔，是一座载入藏文经卷《大藏经》中的神秘圣洁的神山圣塔。格宗雪山的景致险而毓秀，奇中有巧，仿佛仙境，虽然雪山看起来近在咫尺，但是坡陡谷深，又如在天边。曲嘎山下有彩色的风马旗飘荡，是当地人对神山寄予的信仰。在香巴拉天然佛塔旁边，是端坐诵经的僧人山峰和形似经卷的经书山峰，他们被形象地视为藏传佛教的"佛、法、僧"三宝，整个场景就像一个僧人看着眼前的经书，在虔诚地祈祷。在当地的传说里，佛祖的使者老僧人旺堆，在成功指引斯那多吉远离战争之后，在香巴拉天然佛塔的庇佑下，潜心静修，终成正果，化成一座大山，继续守护这片秘境神域和居住在这里的巴拉人。放眼望去，老僧人断罪在佛塔前念诵经文的天然造型，在藏族人心中宛如神迹，受到无上的尊崇与敬畏。

长期以来，藏传佛教的信众认为，如果围绕着巴拉格宗景区的"曲登嘎波"转山，做了错事的人，通过忏悔，可以实现心灵的安宁；有梦想的人，可以得到追梦的力量。对于爱好徒步的游客来说，围绕巴拉格宗雪山转山，或者是从巴拉村穿越到得荣县的太阳谷，是一条十分艰险但也美景无限的徒步路线。全程徒步需要6天左右的时间，而且马匹只能到达乃当牧场附近，此后需要自己携带给养和装备。格宗雪山附近曾经是无人涉足的秘境，传说中神仙居住的地方，渺渺人间稀有的圣地，即便是现在，这个有着176平方千米洁净地域的地理标记和名称，在众多地图上也是缺失的。这里山叠山、山连山，山外还有山，那些远远近近的山峰，一重一叠，披着素玉般的白雪，倚靠在天的怀抱中。

行走于奇绝的风光，看世间不知何时能再会的美景，矫健的鹰掠过天空，阳光给万物镶嵌金边，积雪和冰川变换着色彩，石壁嶙峋峥嵘，山林苍翠葱茏……这些藏在秘境中的景致，总是让我们相信，曾经走过的那些路，都是生命中不可或缺的存在。

生命庇护所白马雪山

沿214国道从香格里拉向北走，一路翻山越岭，山山水水的景致也逐渐变得更加大开大合，前方远远的山脊上，有重檐歇山顶的金色建筑，依山势时隐时现，是著名的康藏十三丛林东竹林寺。山路蜿蜒，远山的聚落时而逼近眼前，时而绕过山岭消失不见。苍茫的大山上有细而弯曲的白线，那是人类行走活动的轨迹，显目却苍凉。道路侧面就是深深的峡谷，著名的巨大江河金沙江只是眼前细细的一条线，远而窄地蜿蜒着。汽车转急弯的时候，仿佛直奔谷底而去，却又在紧要的时候，堪堪擦肩回旋。横断山岭纵谷区的高山峡谷，今天依然是艰险的存在。沿奔子栏镇至白马雪山顶，可观赏不同气候带的自然景观及板块缝合线地理、地质、地貌奇观，可谓"半山白雪半山花，顶穿皮袄腰披纱。谷底赤膊汗满颊，一山四季汇天涯"。

在横断山区，白马雪山不像梅里雪山那样孤篇横绝，雄踞迪庆自然和人文的巅峰；也不像哈巴雪山那样为广大驴友、登山者和自助游客所耳熟能详。人们不仅分不清到底应该叫"白马雪山"还是"白茫雪山"，甚至也很难准确指出这片苍茫山峦的最高峰。当然，这些并不能影响迪庆白马雪山地位的分毫。白马雪山是金沙江和澜沧江的分水岭，巨大的山脉无边无际，人类个体在其间渺小而平凡，若非资深地理专家，很难确切地指着眼前的土地，描述白马雪山的起止范畴。毕竟，山的外面，还是山。

一般来说，我们依据白马雪山国家级自然保护区的范围划定来认识白马雪山。1983年，云南省政府批准建立白马雪山自然保护区；1988年，国务院批准其晋升为国家级自然保护区。之后，保护区范围多次扩大。现在，白马雪山保护区纵贯迪庆州中部，面积281640公顷，北起德钦县巴杂垭口，东部以格里雪山山脊为界，南至维西县攀天阁乡的安一村，西部到维西巴迪乡的结义村。行政区划隶属于迪庆藏族自治州德钦、维西两个县境内的9个乡镇，包括德钦县升平镇、奔子栏乡、霞若乡，维西县的巴迪乡、叶枝镇、康普乡、白济汛乡、攀天阁乡和塔城镇，占两县土地面积的23%，保护区及其周边社区有7.3万人，占两县总人口的36%。

▲ 白马雪山国家级自然保护区

▲ 白马雪山树林

白马雪山保护区内，海拔5000米以上的山峰有20座，主峰扎拉雀尼峰，海拔5640米，相对高差超过3000米。区内植被垂直分布明显，在水平距离不足40千米内，有7—16个植物分布带谱，相当于我国从南到北几千千米的植物分布带，蔚为奇观。本区的国家级重点保护植物有星叶草、澜沧黄杉等10多种，国家级重点保护动物有滇金丝猴、云豹、小熊猫等30多种，有"寒温带高山动植物王国"之称，具有很高的科学研究价值。国家一级保护动物滇金丝猴就深居在保护区的崇山峻岭之间，这里也是我国面积最大的滇金丝猴保护区。夏季进山，道路两侧随处可见大片的杜鹃花，其高山杜鹃林已入选中国十大最美林区。到了秋季，整个山坡上五彩斑斓，仿佛一块被打翻了的调色板，非常壮观养眼。

白马雪山自然保护区面积辽阔，山区植被茂密，无论是空气质量还是景观都令人心旷神怡。如果想要进山游玩，只能选择步行进入。要进山的旅行者需要先到保护区管理局办理审批手续后，方可入内。保护区内有大面积的云杉、冷杉林，但都属于未开放区域。需要注意的是，每年12月到来年3月是大雪封山的季节，一旦降雪，则基本不可通行。沿着214国道滇藏线翻越白马雪山自然保护区，需要翻越两个垭口，分别是海拔4000米的说拉拉卡垭口和海拔4292米的白马垭口，海拔较高，风大，需要注意保暖和预防高原反应。

▲ 白马雪山垭口

　　匆忙赶路的旅人，也会在公路边的白马雪山保护区观景台前停下来，看看眼前这座伟岸的雪山。山脊的弯道朔风寒凉，翻卷着人们的衣服和头发，恣肆地灌进人们的耳鼻，尘封的感官在自然里变得灵敏，那些迟钝的触觉和嗅觉忽然就尖锐起来。极目看去，浓厚的云层翻滚在山巅，烈日却将云层撕开一个大洞，洞旁边的云团白极了，炫目而强烈。白晃晃的光线射向一列列山峰，照在未曾消融的千年雪川上，白色的积雪就更加浓艳了，是一种饱和到极致的白。山腰上有植被的地方却又在极白的映衬下变成了黑色，强烈的光线对比让黑色更黑，白色更白，明明是彩色的世界，却在纯粹中变成了黑白两色的角力。

顶峰对面的天空是湛蓝的，同样蓝得纯粹又干净，是无法形容的洗练，几团白云发着亮眼的白光，懒懒地挂在平缓的山坡上。蓝天下，山上的树分了层次，远处的密密匝匝看不清楚，如同坡岭上厚厚的毯子。近一点的树木能看见一棵一棵姿态各异，绝无相似，它们并肩携手，却都长成了自己的样子；颜色也不同，有的偏黄，有的叠翠，有的浓有的淡，有的青有的浅。而眼前的松树则挺拔又青翠，在风里对着人摇头晃脑，甚至能让你听见叶子们的笑声，树枝上挂着浅白绿的苔藓树胡子，叶子们笑的时候，它们就一起跳舞，跳着跳着，好像还唱起了歌。

　　白马雪山就是如此丰富，只要人们有心停留下来，就能看见万物都在热烈地活着，风在摇它的叶子，草在播它的种子，我们静静地站着，不说话，就十分美好。

▲ 白马雪山

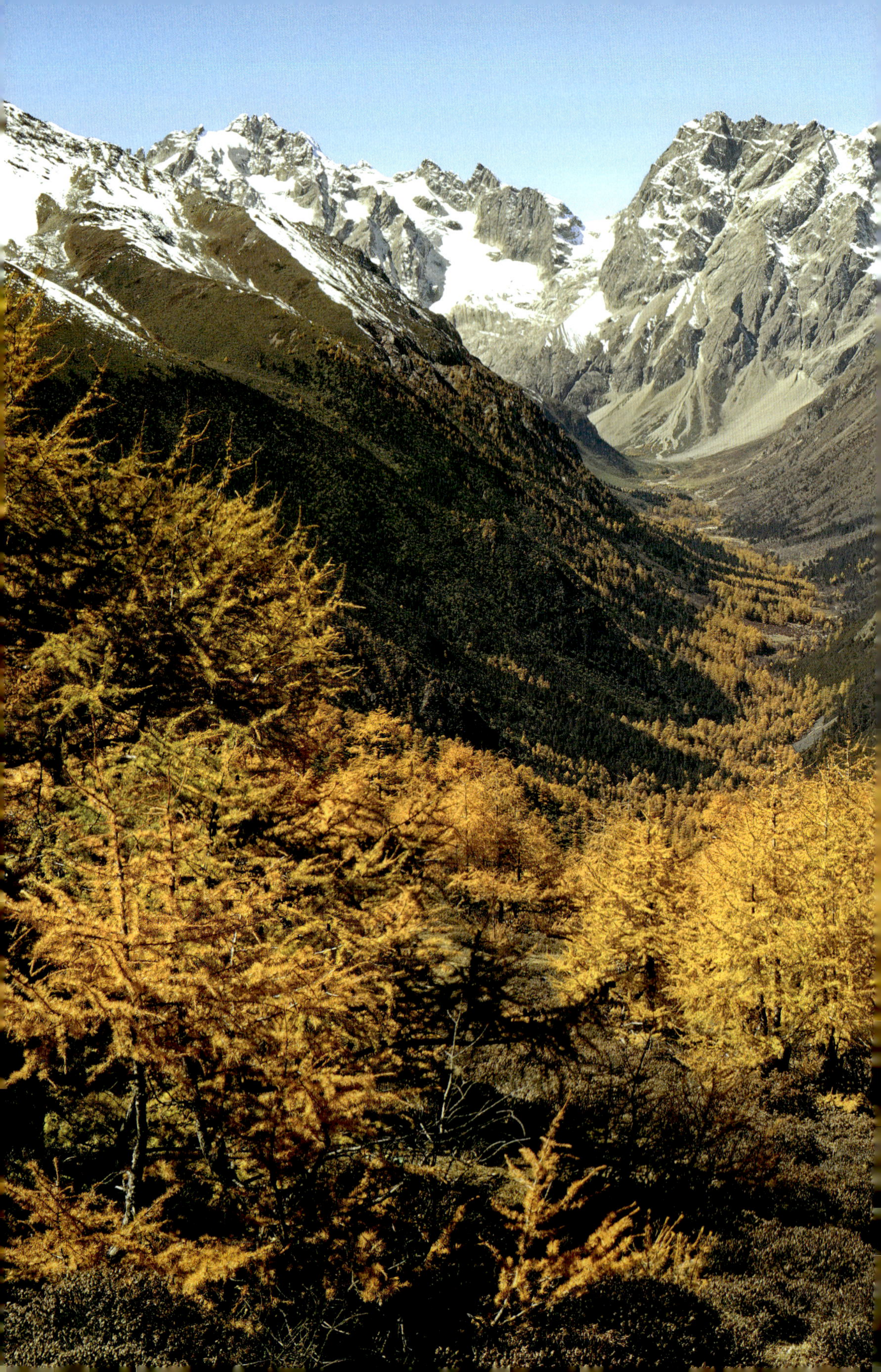

▲ 秋天的白马雪山

▲ 梅里雪山

众山之巅梅里雪山

过了白马雪山,汽车开始一路下坡,德钦县城升平镇的海拔只有3400米,这是一个普通的县城,处在两山夹缝之间的狭长地带,在高山峡谷交错的滇西北高原上,有这样一个稍微平整一点的地方是弥足珍贵的。我们没有在县城停留,直接去了"梅里雪山的观景台"飞来寺。飞来寺距县城10千米,由于梅里雪山旅游的开发,这里成了客栈、酒吧、餐饮一条街。我们住在"梅里永恒"客栈,干净整洁,里面有很多旅行者留下的对梅里雪山的感言和照片。

梅里雪山是藏传佛教八大神山之首,是藏族精神世界中最为神圣的雪山,朝拜梅里雪山是他们一生中最虔诚、最神圣的大事。每年都有云南、西藏、青海、四川、甘肃等地的大批信众赶来朝拜,匍匐登山的场面令人叹为观止。秋末冬初转山人最多，其他季节也偶可见到。这样围绕神山的转经活动已持续了700年。分为内转经和外转经，内转从百转经庙开始，经飞来寺抵达雨崩，再沿卡瓦格博峰直下到达明永冰川，需5天左右时间；外转则要顺时针方向绕神山一周，需走15—20天。藏族人会花几个星期围绕着梅里雪山700年不变的转山路朝圣。他们四肢匍匐在地，虔诚地把头往地上叩，就这样一步一磕头地往前走，身上没有任何行囊，只有一件藏衫和手工纺织的围裙，随身携带的食物也仅够路上吃的。在这条艰难的路上，死神随时等待着因虚弱而倒下的人。当他们离开现实生命的时候，他们已经向神灵展示了自己伟大的信仰，他们也相信来世会有幸福美好的生活。

与转山风景相伴的，是背着旅行包的驴友。一生当中至少一次的转山朝见是每一个藏族人的夙愿，也是许许多多背包客的夙愿。在艰苦的行走中磨炼意志，享受挑战自己的快乐，怀着尊重的心和藏族人们一起感受朝圣之旅，转山之后，是心灵清洗后的宁静和触手可及的美丽。他们同转山人一样，也体会到了神山的全部魅力。

德钦境内雪峰林立，海拔在4800米以上的山就有13座，被称为太子十三峰，主峰卡瓦格博海拔6740米，是云南省的海拔最高点，至今无人登顶。梅里雪山北连西藏自治区阿东格尼山，南与碧罗雪山相连接，明永冰川从卡瓦格博脚下海拔6000多米的极寒冰雪线以下一直延伸到海拔2660米处的亚热带原始森林中，全长 11.7 千米，是世界稀有低海拔、海洋性现代冰川。梅里雪山是云南最壮观的雪山群。相传，卡瓦格博原是九头十八臂的凶恶煞神，后被莲花生大师点化，皈依佛门，受居士戒，做了千佛之子格萨尔的守护神，成为胜乐宝轮圣山极乐世界的象征，护法雪域。与卡瓦格博相邻的面茨姆峰，据说是卡瓦格博的妻子。天气晴朗的时候，卡瓦格博、面茨姆及之旁的五冠峰、将军峰等十三座山峰都清晰可见。尤其是秋冬时节，略感寒凉冷冽的清晨，金色太阳喷薄而出，染红深蓝色的天幕，阳光铺洒在白雪皑皑的梅里雪山卡瓦格博峰上，峡谷底部的水汽蒸腾而起，幻化成翻滚的云雾之海，环绕雪山底部，形成"日照金山""雾锁深峡"的雄奇景致。有时候，浓浓的云雾会很

▲ 日照梅里

快地从下方的山谷里升腾而起，将雪山笼罩在厚厚的云雾之中，雪山真容恍若只是在梦中出现了短短一瞬。雪山下的藏族人会告诉你，这样的奇观，只有善良修行有佛缘的人才能得见。

藏族人、僧侣、转山人、探险家、驴友、摄影师、诗人，不管是谁，面对金字塔般的卡瓦格博，总会极尽赞叹，或者张大嘴巴激动得无言，或者匍匐下去。敬畏之心，油然而生。

其实，不是来到这里的每个人都能看到雪山，不是每一天雪山都会脱出云雾，不是每个季节的雪山都一样的表情、一样的容颜。距县城10千米的飞来寺因此成为"客栈之镇"，这个因一座小寺院而得名的小山坡，正面对着卡瓦格博，是雪山天然的观景台。有人在这里痴等了一月，早起晚守，雪山就是不肯露脸一秒，而他刚离去后的第二天早上，却是"日照金山"——这样的故事在飞来寺的每家客栈都流传着不同的版本。

此时此景，总会让人想起1992年中日联合登山队攀登梅里雪山的故事。

那一年，号称全日本实力最强的京都大学登山队一行11人，与6名中国登山队员组成了中日联合登山队。他们的目标是登顶迪庆州德钦县境内的梅里雪山主峰卡瓦格博。这样一座神山，当地居民从来没有想过要去征服，要去登顶，而秉持另一种文化观点的登山队员们向往着挑战人类与自我的极限，张扬他们的运动精神。早在1987年，日本登山队员就在德钦进行了长时间的考察和调研。

日本登山队员认为一切准备就绪，于 1991 年年底开始挑战这座还没有被人征服的雪山。当地的藏族人不能接受这件事，他们无法想象被人类踩在脚下的神山怎么还能维护自己的威严，失去了神秘和神性的雪山又拿什么保佑雪域。藏族人阻止、劝说登山队员，甚至向自己的神山祈愿。也许是文化的冲突破坏了"天时、地利、人和"的充分条件，也许是自然地理气候条件的变幻莫测增加了登山的难度，准备充分、设施先进的中日联合登山队一行 17 人，于 1992 年新年伊始，向卡瓦格博顶峰发起最后冲刺的时候，竟然遭遇突如其来的暴风雪，在卡瓦格博海拔 6470 米的高度上全部罹难，无一生还。

后来，登山队员的亲属们来到梅里雪山祭奠死去的亲人，当地的藏族老百姓很认真地跟他们说，登山队员们惹怒了神山，但是他们被神山接去做驸马了，是到了天堂了，让亲属们不要难过，好好地过以后的生活。而登山队员的妻子和孩子们看到金光灿灿的日照金山，无一不痛哭失声。在那一刻，他们深深地理解了作为儿子、丈夫或爸爸的登山者，为什么会痴迷于这样的景色和这样冒险的运动。据说，此后很多年，会有登山队员的妻子在固定的时间，带着一年一年长大的孩子，回到梅里雪山，她们不再希望后来人继承遗志，继续登顶，而是慢慢理解了当地人的想法与信仰。

2000 年，美国大自然保护协会和当地政府在德钦县召开了一次国际会议，数十位中外学者、官员、僧人、活佛、NGO（无政府组织）代表和当地村民一道商讨了卡瓦格博的环境与文化保护的问题。各方人士还签署了关于禁止在梅里雪山进行登山活动的倡议书，呼吁政府立法保护神山。2001年当地人大会议正式立法，不再允许攀登卡瓦格博神山。美丽的雪山从此以它那静默无言的尊贵矗立在无人惊扰的天地间。

中日联合登山队的铩羽，是那一年举世震惊的大事，让无数世人骤然发现这里有这样一片神秘而美丽的地方。也许还是在那一年，也许就在那一年以后，还有许许多多知名和不知名的背包客、探险家、科考队进入梅里雪山。他们像历史长河中的很多行商客旅一样，忍受着旅途的辛劳，也许还带着一本《消失的地平线》，带着对神秘风情的想象，充满了对雪山神奇风光的向往，踏上这片土地。他们也许遭遇过艰险的旅途，也许遇见过不可思议的传奇，也许看见了传说与梦想中的奇观，也许与当地人结下深厚的友谊，也许会带着遗憾离开。就是这样，

登山队员们在迪庆发现了神山不可亵渎，外来的行旅在这里发现了爱和梦想触手可及，身份迥异的文人在这里发现了举世无双的美景和不可思议的生活方式。我想，当香格里拉还叫中甸的时候，这片土地就已经如此存在了千百年，这里的故事既不缺少色彩，也不缺少传奇，这里有"心中的日月"，也有"幸福的、没有忧愁的香巴拉王国"，这里还拥有改变人们认识、情感、信仰和心灵的神秘力量。

离开梅里雪山那天，天空晴朗，拿着铁钩挖虫草、找松茸的藏族小伙在山路上俯冲，看见我们，大喊一声"扎西德勒！"——蓝天下的雪山圣洁美丽，我们一步三回头，看雪山静静地目送我们，仿佛面带微笑。回到都市，神话世界里那些迷幻的风景与故事，那些改变了我们基因的空气和味道，都被大家不动声色地小心珍藏。在身心疲惫的时候，在灰暗的时光里，慢慢拣出记忆，然后再次相信人间的纯净。

▲ 梅里雪山

秘境碧罗雪山

碧罗雪山是一个仅听名字就觉得很美好的山，走进碧罗雪山，会发现真实的碧罗雪山更加迷人。

碧罗雪山所在的怒山山脉，是澜沧江和怒江的分水岭，怒山山脉北段是太子雪山，最高峰是梅里雪山的卡瓦格博峰，中段就是碧罗雪山，南段进入保山称为怒山。碧罗雪山在行政区划上主要归属怒江傈僳族自治州，部分位于迪庆州维西县境内。碧罗雪山的主峰老窝山海拔4500米，与澜沧江河谷落差3200米。原始生态系统保存十分完整。山中气候变化异常，飞瀑密布，高山湖泊云集，被人们称作"万瀑千湖之山"。

没有深入碧罗雪山的人，无法想象碧罗雪山的神奇与博大。山峰是奇高的，一座山峰又一座山峰，好像永远没有尽头，永

▲ 梅里雪山

远不知道里面藏着什么宝藏。山里的各色植物错落参差，高而挺拔的巨松，布满锋锐的刺的荆棘，细小而处处蔓生的苔藓……放眼望去，树木的枝干遒劲，旁逸斜出，圆形、椭圆形、星形、八角形、心形、针叶形的各色叶子挤挤挨挨，叫人分不清哪片叶子出自哪根枝丫。碧绿、墨绿、深绿、浅绿中，透出红色、黄色、紫色、蓝色、粉色的花花果果，真的仿佛上天把所有的绿色调在一起，哗啦地撒落在山岭上，就铺陈出深深浅浅层次丰富、明度、亮度、饱和度相互搭配的万千色彩来。

除了植物的颜色，碧罗雪山还安放了万物的声响。风过林梢，是沙沙的低语，你看得见树影摇晃，却听不清它们的呢喃；流水出深涧，有时叮咚，有时哗啦，有时唰唰，好像带了山的情绪；小鸟扇着翅膀从一棵树飞往另一棵树，扑棱地告诉你它飞过天空，来过存在过；如果静下心来，当然还能听见花开的声音，草破土的声音，小小的虫子在大山里轻轻地鸣唱，远处有牛羊在咀嚼，金丝猴拽着树枝腾空而起，麂子、马鹿踩过腐叶和枯枝灵巧地奔跑；阳光穿透树叶，冰雪慢慢消融，人在碧罗雪山里，也褪去了城市的拘谨，变成自然的精灵。

不是每一个外来的访客都可以轻松地走进碧罗雪山，碧罗雪山属于那些世代与它为伴的山民。有当地向导的带路，我们才偶然间撞进碧罗雪山里最美的一段风景，一个名叫南姐洛的神奇之地。

就连当地人也说不清楚，南姐洛这个名字是来自藏语、傈

▲ 碧罗雪山南坡落叶松林。

傈僳语还是纳西语,汉语音译的时候,也犹豫是译为"南几洛""南姐洛",还是"南极落",到底哪一个词才能恰如其分地描绘这神秘的美景所在呢?去过南姐洛的人不多,但人们都竭尽所能地形容它:"遗落在地球上的最后一滴眼泪""美丽的山水画卷""从头凉到脚的清凉之地""最原始的仙境""醉人秋色,层林尽染"……而最多的形容是"美爆了",天地之美,令人词穷。我只能说,若碧罗雪山有十分美,南姐洛或许独得二三分吧。其静若何,松生空谷;其艳若何,霞映澄塘,如是而已。

从维西县的巴迪乡出发,穿沧燕桥过江,在沿着山路行驶40分钟左右,我们到达南姐洛山下唯一的客栈。说是客栈,其实是守林人的住所,随着户外游客的到来,守林人将房屋修整了一下,可以接待住宿和提供简单的餐饮。抵达客栈的时候,已经是下午6点多了,我们围坐在藏式的火炉边烤火。6月是山里花开的最美时节,人体的感受却还是寒凉,屋子里没有网络,大家终于放下手机,开始聊天。等饭的时候饥肠辘辘,开始在柴火上烤中午剩下的馒头来吃。这一刻,时光仿佛倒流了几个世纪。

据管理南姐洛的生态护林员介绍,当前,南姐洛处于未开发时期,植被多样且丰茂,湖水清澈静谧,所有美景皆来自大自然的鬼斧神工,没有人为雕琢。目前,为了保障游客的生命安全,维护南姐洛的洁净,不允许游客在湖边、雪山脚下搭帐篷过夜,也不允许游客带生食进山。阿尺打嘎村组织村民和生态护林员每天进山捡拾垃圾，检查是否有游客滞留。

第二天一早，客栈的女主人起来帮我们煮鸡蛋、烙饼，这是当天中午的干粮。一切准备就绪之后，我们开始向着真正的碧罗雪山深处进发。作为一条正在开发中的旅游线路，我们可以乘坐越野车到达南姐洛的第一个雪山冰湖，后面的旅程则需要徒步。上山的车路非常凶险，需要沿着几十个转头弯开上海拔 4000 多米的陡峰，每一个弯都需要前进、后退打方向，再前进转弯，才能顺利地沿着陡峭的山路转过一个接近 300 度的大弯。路上还会遇见坍塌的土石，就不得不下车铺石垫路一番。司机艺高人胆大，有时果断，有时谨慎，终于将我们安全带到冰湖之畔。

杜鹃满山，飞瀑流霞，空气清冽，人在山中行，仿佛每一个细胞都被荡涤一新。眼前的雪峰看起来那么近又那么远，山巅的云极快地飘忽着，瞬息万变，一会儿露出碧蓝的天，金色的阳光，一会儿又团起层层乌云，堆叠出暗暗的、沉沉的清冷，没有一个地方比这里更适合坐看云起了。

最精彩的当然是峰峦下的湖面，依山就势，蜿蜒出天然的形状，像心形的就被叫作心湖。湖水太过澄澈，颜色就变化多端，云浓墨重彩的时候，湖水就寂静幽深，天空碧蓝如洗的时候，湖面就青蓝明亮；树林繁茂起来，心湖像一块天赐的翡翠，白雪勾勒青灰色山石的季节，一幅黑白水墨就铺展在山脚下。风光四时不同，我们竭尽所能，想要记住更多更久，最终也不过能留住瞬息。

神山相亲——横断山的礼赞

▲ 瀑布

▲ 碧罗雪山南姐洛

神山相亲——横断山的礼赞

湖面四周是汩汩清流，有的舒缓，有的湍急，流水凄清，不染纤尘，果然是世间最纯净的碧波。从简易的木桥上跨过宽一些的溪流，可以到达湖边，掬水在手，仿佛揭住了一缕湖中仙女的衣角，恋恋不舍，却又徒生唐突之感。择湖边巨石小坐，石上生苔藓，间杂着一条条洁白的雪茶，不留心看不出来，却是雪山难得的馈赠。和雪茶同样不起眼的，是星星点点的小花，也许是周围的色调太冷清了，也许是寒冷的气候里花朵开得太小了，雪山上的花朵都开得异常鲜艳，它们把最饱满激烈的颜色浓缩在地面上小小的花朵里，用这样的方式竭力彰显自己的存在。红要红得最饱满，黄要黄得最醒目，紫要紫得最艳丽，蓝要蓝得最明媚，那些稀释过的淡粉、浅紫、湖蓝，好像都不适合这凛冽的处所。

有人往雪山上攀爬，海拔高的地方，走几步路就喘息不停，在雪线上，小小的人影慢慢地移动，让人生出几分感动来。荒野里总是有不可预知的危险，我们是偶然闯入的不速之客，有些张皇失措，又有些谨慎窃喜。这美丽的地方，我悄悄来过，又静静离开，仿佛触碰了仙境，却是不能造次，不可久居的。仙境一般的南姐洛，是不能亵渎的存在，因为仙女在这里撒下了一串珠子，跌落在山谷里，变成了大大小小的湖泊。这珠子，有人说有9颗，有人说有11颗，有人说有13颗，碧罗雪山里大大小小的冰湖，到底有多少个，谁说得清呢？在冰川消融的时候，受到一些冰蚀作用，加上构造运动和堵塞，碧罗雪山形成了独特的冰川湖泊，角峰、刀脊，还有茂密的植被，一年四季都呈现不同的景致，那梦幻般的色彩令人过目难忘。

在南姐洛，我常常想起王安石《游褒禅山记》里写的："夫夷以近，则游者众；险以远，则至者少。而世之奇伟瑰怪，非常之观，常在于险远，而人之所罕至焉。"我见过这样的美景，就永远不虚此行。

礼赞横断纵谷

—— 迪庆高原独有的高山风貌

横断山是一个地理学名词，我们可以在地图上看到它大致的位置是在青藏高原和云贵高原接合部，云南、四川、西藏三省区的交界处。500万年前，印度板块与亚欧板块猛烈碰撞，青藏高原剧烈抬升，并向东西两端释放压力。在东端，它遭到扬子板块的顽强抵抗，短兵相接之处，大地互相挤压、紧缩形成大规模的褶皱与断裂。板块间的碰撞改变了山脉的走向，褶皱与断裂成为板块交界处的高山与深谷，是中国少有的南北走向的横断山区山脉群。

但是我们在地图上很难明确指出哪一座或者哪几座山是横断山。事实上，这也是一个地理学界争议很久的话题。早在1954年，任美锷认为横断山包括大渡河与怒江上游间所有的山岭。1983年，丁锡祉把横断山的范围初步定为西倚青藏高原，北与昆仑山脉、秦岭山地相接，东迄大渡河，南抵昆明—保山一线。陈富斌则认为"横断山自东而西包括邛崃山—大凉山脉、大雪山脉、沙鲁里山脉、宁静山—云岭脉、他念他翁山—怒山脉、伯舒拉岭—高黎贡山脉和色隆拉岭七大山脉"。王明业认为横断山广义的范围指四川西南部、云南西部和西藏东南部一带山脉之总称，狭义的仅指金沙江以西及澜沧江、怒江之间的山脉，并指出主要山脉有高黎贡山、他念他翁山、怒山、宁静山和云岭等，云岭又分为三支：点苍山、哀牢山和无量山。总的来说，横断山脉的范围至今仍然众说纷纭，有的认为是三山夹两江，有的认为是四条大山夹三江，基本可以归纳为"三脉说""四脉说""五脉说""六脉说""七脉说"，从南北界限来讲，有人认为北界在玉树，有人认为在昌都，也有的划到巴塘，而南界有的到大理，有的到保山，有的则认为可达云南南部临沧、普洱的国境线。

人们较为认同的是李炳元先生于1987年划定的范围，他从地貌特征出发，认为"山脉近南北走向，山川并列"和横断交通是横断山最主要的特征。认为横断山的南部界线在云南保山—大理—丽江—四川西昌一线，其根据是横断山山脉顶部的海拔大致都在4000米以上，留有古夷平面的特征，但是云南大理到国境的这一段山体海拔仅在2000米左右，从地貌上来看不具有"高山深谷"的横断山特色。2018年，《中国国家地理》提出了"大横断"的概念，主笔单之蔷认为要理解横断山，更需要考虑到多民族、多元化在这里的形成和演变，更需要认识到动植物演化、物种多样性对这里的影响。将生物、环境、人文等元素综合在一起考虑，从而更有利于解读"大横断"。总体来说，大横断山区域内共有平行的7条山脉和6条大江，从东到西，分别是岷山、邛崃山、大雪山—贡嘎山、沙鲁里山、芒康山、他念他翁山、伯舒拉岭—高黎贡山这7条山脉，与岷江、大渡河、雅砻江、金沙江、澜沧江、怒江这6条大江。如果仅从地貌角度考虑，横断山的西界就是伯舒拉岭—高黎贡山一线，东界是岷山，北界大约在石渠—若尔盖一线，南界可沿德宏、保山、临沧延伸至国境一线。

无独有偶，在民族学界，学者也在对传统的民族迁徙走廊藏彝走廊范围做出讨论。费孝通先生在1980年前后提出"藏彝走廊"概念来指称川、滇西部及藏东这一特定的民族区域，李绍明先生在费孝通先生概念基础上进一步提出："在川、藏、滇三省区的边境横断山脉中，分布着岷江、大渡河、雅砻江、金沙江、澜沧江、怒江六条由北往南流的大江及其众多支流，以上六江流经之地，从地理上而言包括川西高原区、滇西北横断山脉高山峡谷区、滇西高原区和藏东高山峡谷区。这一区域即藏彝走廊中游，迄今有着藏缅语族的各族如藏、羌、彝、白、纳西、傈僳、普米、独龙、怒、阿昌、景颇、拉祜、哈尼和基诺等民族；其下游则有壮侗语族的傣族和孟—高棉语族的佤、布朗和德昂等民族，以及苗瑶语族的苗、瑶等民族聚居其间。这个区域自古以来就是藏缅语族诸民族南下和壮侗、孟—高棉语族诸民族北上的交通走廊以及他们汇合交融之所。"范建华则从"藏彝走廊"拓展到"藏羌彝走廊"的角度，认为北界应延伸至青海同仁，甘肃合作一线，西界在西藏那曲、拉萨一线，南界至云南普洱景谷、宁洱，红河，西双版纳一线，东界可延伸至贵州毕节、广西百色北部一线。走廊内的民族包括汉、藏、彝、羌、门巴、珞巴、东乡、保安、撒拉、回、傈僳、普米、纳西、白、阿昌、德昂、景颇、苗、瑶、哈尼、拉祜、基诺、布朗族、佤族、傣族等民族。

在中国，"横"字在地理上指东西方向，"纵"指南北。如春秋战国时期的所谓"合纵连横"之术，其"合纵"是南北联合，"连横"是东西结盟的意思。另外，在日常语言中，"横"表水平，"纵"是竖直；横断山中的横断其实是"断"横，就是"竖直"把"横着"的断开了。横断山这一地理上的"横断"，却成就了民族学意义上的"走廊"。虽然横断山看来就像一重重屏障，但是山间是有一道道小支流沟通东西的。河流、冰川侵蚀了山体，在山脊上留下低矮的垭口，成为人们沟通交流、互通有无的天然通道。横断山限制了东西方向交流的规模和频率，使得东西两边的文化呈现出极大的差异性，也保持了各自的独立性，人群的流动趋向于从东西方向的横向交流，转为南北方向的纵向迁徙。

横断山区高耸的山势和丰富的降水，在迪庆广袤的土地上，堆叠了让人叹为观止的雪山盛景，也涵养了千山一碧、万木葱茏的景观，对于迪庆人而言，山是神，湖是神，山、湖和水都是祖先，是自己的生息之本，它们的熠熠光辉闪烁着生命的蓬勃和无穷的神圣，值得最虔诚的礼赞。

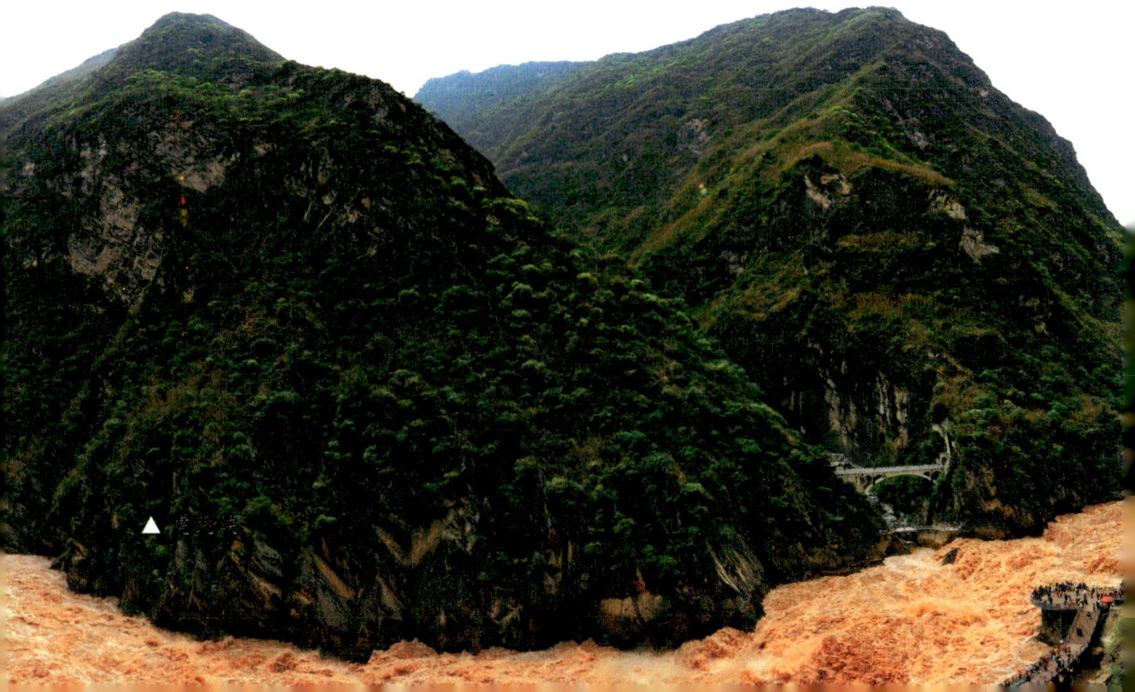

圣水相和——三江并流的呼唤

千万座山苍然横亘
巨龙般的江水昼夜奔流
千溪百泉滋养了绿树红花
沧水悠悠
叠浪滚滚
远方的祖先停留下来
他们用回顾的眼光看着我们
没有人迹的空间
什么能比它更伟大
水和水的呼唤在这里
比褐色坚固的土地更长久
比时涨时落的潮水更长久
这伟大的奔流
给大地留下名字

迪庆州河流分属长江及澜沧江两大水系，境内有澜沧江、金沙江自北而南贯穿全境，金沙江在境内流程430千米，流域面积16810.8平方千米，澜沧江在境内流程320千米，流域面积7059.2平方千米。全州共有大小支流221条，沿两江干流四射分布，形成典型的羽状水系。其中流量7—43.7立方米／秒的有10条，0.2—7立方米／秒的有94条，0.1—0.2立方米／秒的有117条。这些支流发源于海拔4200—6740米的211座雪峰、94个大小高原湖泊，多数支流具有水量充沛、汛期长、枯期流量稳定、水质好、落差大而集中、水能蕴藏量丰富等特点，水能理论蕴藏量为280.6万千瓦（不包括两江干流）。迪庆是"三江并流"水资源最富集的地方。整个"三江并流"地区水资源十分丰富，三条大江奔流的区域有"中华水塔"的称谓，但这

▲ 德钦梅里雪山下澜沧江畔的冰酒庄园

一地区地质地貌情况复杂，水土流失难以治理，地震、泥石流等灾害频繁，开发利用的难度很大，生态保护和水土涵养的任务十分艰巨。全州水资源总量为119.7亿立方米，可利用量达95.7亿立方米，水能资源开发潜力巨大。金沙江和澜沧江两江水系水能蕴藏量达1650万千瓦，占云南省水资源总量的15%，全州可开发利用水能资源在1370万千瓦以上。金沙江在迪庆境内落差达800米，多年平均流量为1200立方米/秒，水能资源理论蕴藏量941万千瓦，澜沧江在迪庆境内落差800米，多年平均流量660立方米/秒，水能资源理论蕴藏量达517万千瓦。迪庆州各族人民虽然有丰富的水资源，但在发展经济、解决贫困、环境治理等方面却受到多方制约，现代化进程缓慢，资源利用效率低，发展局限。迪庆州水资源在总量上较为丰富，但由于时空分布极不均匀，必须依靠水利工程，尤其是蓄水工程对水资源进行时空再分配，才能有效解决供需水矛盾。同时，迪庆水资源与人口、土地及生产力布局不相匹配。境内西部水多地少、东部水少地多，坝区地多水少、山区地少水多，水土资源分布极不平衡。宽阔奔腾的大江既是资源，也是制约，"三江并流"呼唤着更好的发展路径，更有效的发展方式和更好的发展理念，因地制宜地推动迪庆州利用后发优势，实现跨越式发展。

　　金沙江是中国第一大河长江的上游。在气势磅礴的横断山深处，金沙江波澜不惊地流淌在峻峭的高山峡谷之间。崇山峻岭将这一带长久与外界隔开，多种文化共同生活在同一个地理空间，成为金沙江流域的主要文化形态。金沙江流域范围广阔，跨越青海、西藏、云南和四川四个省区，流域内有藏族、彝族、纳西族和傈僳族等多个少数民族，在这里交会的还有"藏彝走廊""茶马古道"和"南方丝绸之路"，文化差异明显且类型多元。金沙江上游区域位于江河的源头，中国三江源国家公园，是国家最重要的生态保护区。金沙江中游区域则以云南迪庆、丽江以及大理为主，下游地处中国水电基地，又是长江经济带的一部分。

推动长江经济带高质量发展，是习近平总书记谋划、部署、推动的重大国家战略。近几年来，习近平总书记先后在重庆、武汉、南京三地召开座谈会并发表重要讲话。2020 年 11 月，习近平总书记在南京主持召开全面推动长江经济带发展座谈会时强调，要坚定不移贯彻新发展理念，推动长江经济带高质量发展，谱写生态优先绿色发展新篇章，打造区域协调发展新样板，构筑高水平对外开放新高地，塑造创新驱动发展新优势，绘就山水人城和谐相融新画卷，使长江经济带成为我国生态优先绿色发展主战场、畅通国内国际双循环主动脉、引领经济高质量发展主力军。多元文化背景下进行水资源开发利用和发展江河旅游经济是金沙江流域开发的重要路径。在迪庆州发展过程中，破除旧动能和培育新动能的关系，主动嵌入长江经济带的现代化经济体系，通过构建金沙江流域"藏彝走廊"文化旅游带，将会成为今后金沙江流域发展的重要抓手。长江文化是我国的生态文化屏障区，旅游开发是实现生态保护的方式之一。金沙江流域作为长江上游，亦是长江黄金旅游带的重要生态屏障，金沙江流域内生产水平较低，新兴产业起步晚，旅游开发是有效提高金沙江流域的自身发展水平的方式之一，以生态优先、绿色发展为目标才能实现和长江经济带的有效衔接。此外，金沙江流域的部分地区集高海拔、贫困和多民族为一体，党中央关于乡村振兴的战略规划为金沙江流域的经济发展提供了契机，金沙江流域作为川滇藏三省区的重要资源集地，是实施乡村振兴战略及推动乡村产业、文化、人才等各方面的发展的主要战场，旅游产业的发展能够带动群众增收并助力扶贫，为乡村振兴奠定基础。

澜沧江，是亚洲重要的国际河流，一江连六国，是东南亚流域国家的母亲河，而迪庆则是澜沧江重要的上游河段。我们知道，在青藏高原发源的河流中，全球气候变暖造成的积雪融化对澜沧江的影响是最大的。1951—2007年，澜湄流域冬季最低平均温升高了2℃，夏季最高平均温度升高了0.5℃，澜沧江上游的极端最高温呈现上升趋势。据预测，澜湄流域夏季温度在2021—2050年间会升高1.5—2.5℃。澜沧江发源地的积雪会随着温度升高而加剧融化，一部分积雪融化后流入地下，与地下水汇合，另一部分则会注入澜沧江，从而从源头上影响澜沧江的水量，短期内可能会增加澜沧江季节性水量，但从长远来看，积雪融水一旦殆尽，澜沧江水补给则会出现短缺，澜湄流域旱季会更加干旱。水量减少意味着农作物产量降低，从而加重澜湄流域农业人口的生存威胁，并导致人们被迫移居他处寻求生计，甚至带来区域性的生存和发展风险。可以说，澜沧江上游的生态保护和社会发展，关涉着流域内一江六国人民共同的福祉。2015年11月12日，中国与湄公河流域国家共同启动了澜湄合作机制进程，致力于构建澜湄命运共同体，共商澜湄流域水资源保护与利用的合理机制。澜湄合作开展六年来，取得了丰硕的成果，为流域民众带来了诸多实实在在的好处。迪庆应当积极发挥在澜湄流域中地理区位优势，以弘扬传承澜湄文化精神为引领，以生态文明建设为主要目标任务，协调地区保护与发展，提高人民福祉，推动澜湄合作与交流，实现区域经济协同互补，在承担生态职责的同时，积极融入并助力澜湄流域经济带发展。澜湄流域经济发展带是中国、老挝、缅甸、泰国、越南、柬埔寨六国的共同愿景，要把愿景变为现实，就要加强全方位的合作与联通。迪庆应该积极发挥在澜湄经济发展带的生态屏障作用，以澜沧江—湄公河上游水资源保护为核心，以产业发展和基础设施为枢纽，建设辐射带动整个流域发展的生态空间，促进次区域经济的提质增效升级。澜湄国家经济融合度的加深和次区域合作制度建设的加强，以及澜沧江—湄公河沿岸点—轴渐进扩散模式的发展，为流域经济发展带建设提供了重要的基础和机遇，必将凸显迪庆澜沧江流域生态保护的重要价值和意义，将为澜湄流域可持续发展提供根本保障，为实现澜湄地区跨越式发展带来机遇。澜湄次区域国家发展战略各有侧重,推进合作过程中既要考虑流域经济发展带建设的共性,也要顾及湄公河五国实际发展需求的个性,找准利益交集,统筹发展,形成合力。这些都需要充分发挥迪庆在生态文明、文化资源、民俗风情方面的特色和优势,大力发展生态旅游和文化旅游,形成流域内的文化认同和产业认同,融入澜湄经济带整体发展布局,参与商讨发展线路,充分调动各方资源,从而融入国际和国家战略,接轨区域发展高速通道,助力地方发展。

▲ 纳帕海

水是生命的源头，是万物的根本。人类文明的历史长河显示，民族的繁荣昌盛、社会的快步发展，都与水有着密切的联系。江、河、湖、海等水资源的保护和利用不仅是社会发展的标志，也是衡量国家的经济实力、社会发展和文明程度的重要维度。随着社会文明的进步、经济的快速发展和人民生活水平的提高，生态文明和高质量发展也得到了前所未有的重视和关注，迪庆奔腾的江水将见证这一新发展阶段取得的巨大成就。

穿行虎跳峡

金沙江发源于青海省唐古拉山主峰各拉丹冬雪山，正源为沱沱河，流经通天河，于青海省玉树州直门达以下，始称金沙江，是中国第一大河流长江的上游和主要干流，全域落差3300米，从青海下流3481千米，进入四川省宜宾市纳入岷江后，始名长江。因此，虎跳峡又有万里长江第一峡谷之称。

虎跳峡是世界上落差最大的峡谷。峡长17千米，谷地海拔1800米，江面落差200多米。有18个险滩，两岸雪山峭壁笔立于江面之上3000多米。金沙江自北向南而来，在香格里拉和丽江交接处的石鼓转了一个大弯，折向东北方向流淌，遇见了玉龙雪山和哈巴雪山的阻挡，从两山的夹缝中奔腾冲流而出，形成了雄奇险峻的虎跳峡景观。整个虎跳峡分为上虎跳、中虎跳、下虎跳三段，迂回道路25千米。各段江面奇窄，北岸只容一个单行的山道旁，飞瀑直泻，巨石横生。虎跳峡，纳西语称虎跳峡为"抚鲁阿仓过"，"抚鲁"意为银石山，"阿仓过"意为阿仓峡，全称意为银石阿仓峡。地处青藏高原、云贵高原的衔接部及滇西北横断山和滇东高原区两个地貌形态组合区域交界地带。

迪庆州境内的虎跳峡镇，当地人还喜欢延续着旧时的习惯叫作桥头，214国道在这里跨过金沙江，成为北向进入迪庆的门户。随着旅游业的发展，桥头作为交通要道的称谓渐渐被以AAAA级景区的虎跳峡取代。从今天的虎跳峡镇沿江前行10千米左右，就到了虎跳峡风景区，也就是俗称的上虎跳景区。这里是江面最狭窄的地方，最窄的地方只有 30 多米，最宽处也只有 60 多米。奔腾的江水被山峦挤压挟持，变得激怒而咆哮，激流怒吼，拍打着巨石，不断地腾起又落下。景区最壮观的地方，江中心有一块巨石横亘，横刀立马地与巨流抗衡，愤怒的巨龙当然不甘示弱，哗哗地撞击着，发出巨大的轰鸣。伫立在江岸边，才能真切而深刻地感受到，看似温婉静谧的大江，一往无前奔流时的义无反顾。传说中，山林里的老虎矫健异常，从江岸一侧腾空跃起，就能跳到对岸，虎跳峡因此得名。今天，我们无缘得见老虎的雄姿，景区只有猛虎的雕塑在静静讲述着虎跳峡的险峻。

上虎跳是虎跳峡最壮观的段落，而中虎跳则拥有值得细细品味的绝世美景。香格里拉东环线从上虎跳到白水台的道路正在修建，依哈巴雪山修建的道路并不宽阔，弯道也多，道路右边临着虎跳深峡，十分险峻。历史上，从上虎跳到下虎跳只有江北一条狭窄的人行山道，道路曲折艰险，路途中乱石嶙峋，常有飞瀑涧流阻滞。而江对面则有过之而无不及，玉龙雪山壁立千仞，便是飞鸟也难渡，悬崖峭壁之上根本无法开凿道路，至今鲜有人迹。

也因此，在迪庆境内的中虎跳就有了多种体验的可能，人们可以乘坐汽车，在山路蜿蜒中快速领略峡谷绝壁的壮美，看眼前的景致飞速变化，那苍灰色的千丈石壁扑面而来，又速速退却，垂眸下视，江水离得远了，似乎就安静了，在落差大的

独·与·天·地·相·往·来
走进世界的香格里拉

▲ 虎跳峡之中虎跳

地方，翻腾出些浪花，到有些欢快的意味。

在当地人的传说里，金沙江、怒江、澜沧江和玉龙山、哈巴山，原是五兄妹。三姐妹长大了，相约外出择婿，父母又急又气，要玉龙、哈巴去追赶。玉龙带着十三把剑，哈巴挎着十二张弓，抄小路来到丽江，面对面坐着轮流守候，并约定谁放过三姐妹，就要被砍头。轮到哈巴看守时，玉龙刚睡着，金沙姑娘就来了。去路被两个哥哥挡住了，怎么办呢？聪明的金沙姑娘想起了哈巴有爱打瞌睡的毛病，便边走边唱，一连唱了十八支歌。婉转动人的歌声果然使哈巴听得入了迷，渐渐睡着了。金沙姑娘瞅准这一机会，终于从两个哥哥的脚边猛冲过去，大声欢笑着飞奔而去。玉龙醒来见此情景，又气又悲，气的是金沙姑娘已经走远，悲的是哈巴兄弟要被砍头。他不能违反约法，只能抽出长剑砍下了哈巴的头，随即转过背去痛哭，两股泪水化成了白水和黑水，哈巴的十二张弓变成了虎跳峡西岸的二十四道弯，哈巴的头落在江中变成了虎跳石。

在中虎跳区域内，人们更喜欢选择的是虎跳峡"高路"（一路上山的小路）的徒步线路。从哈巴雪山山中的山路沿大峡谷前行，是虎跳峡被誉为"世界十大经典徒步线路之一"的"高路徒步线"，也是国内外知名的"十大最美徒步线路"，起于上虎跳桥头高路，止于中虎跳，全长约26千米。

上山的路坡度很陡，有时像悬在空中行走，坡度最高可以到80度左右，惊险而刺激。爬到半山，翻过眼前的山坳，景色豁然开朗，两边全是笔直陡峭的悬崖，如鬼斧神工用巨大的刀锋削出来一般，深深地、空空地俯视着峡谷。正前方是一处悬崖，突兀地伸向峡谷之中，形成一个天然观景台。观景台下的空谷中有两座大桥正在修建，桥的上游水面宽阔，缓缓流逝。桥的下游便是虎跳峡，河床突然变得狭窄，江水细长地流向远方。因为距离太近，山体庞大，山势陡峭，玉龙雪山仿佛横在人的眼前，山上白雪皑皑，忽隐忽现，给人一种大山压顶的压抑之感。

　　山路位于哈巴雪山的边沿，雪山山体连绵，一眼望不到顶，山坡虽然陡峭高大，但与玉龙雪山相比，山势相对平缓。漫山枯草，稀疏郁葱的松树下，零星地点缀着几栋依山而建的白色房子，房子的前后山中，有几块青青的麦地，也错落着一些已经泛黄的油菜地，自然地形成一幅壮美的高原田园景色。徒步途中要经过的"二十四道拐"是条很高很陡很窄的崎岖山路，盘山而上全是乱石，每个拐弯处的前方都是笔陡高耸的悬崖，崖下是虎跳峡，路和峡像斗气比谁更凶险似的，纷纷露出最凶险的狰狞。每个拐弯处都是悬崖峭壁，直面深谷中的虎跳峡。因为无遮无拦，弯处狂风阵阵，待人感觉非常恐惧后，立马又峰回路转，拐向另一处悬壁。山高坡陡，看不到山顶，只见头上的蓝天下偶尔飘过一些白云，人爬向山去，犹如登天梯一般。身后劲风肆意，枯草被吹得七零八落，小树也摇摇晃晃，感觉快要被折断似的。谷底的江水，咆哮声声，怒号数里可闻，轰轰汹涌夹着山风似向玉龙雪山呐喊，又似演绎千古风霜雪夜下马嘶人叫的凄惨。

山中嶙峋的大石头横七竖八地躺在山顶、路下、江上，雨水冲刷了周边的泥土，石头斜斜地挂在山坡上，随时等着下一场雨水过后的迁移。一些风口处，石头风化，留下一个个鹰嘴，供着游人摆弄着各种夸张的姿势。路下，是陡峭的山坡，虎跳峡的江水像一条龙，更像白色玉带，只闻滚滚轰鸣声。笔陡的山坡，高高的悬壁，羊肠小道就像系在山中的小腰带，留着一条长长的痕迹。高山上哗哗下流的瀑布仿佛天上的水落下来，被冲刷的沟谷一直伸向山顶，仿佛连着天，无数涓涓细流潺潺汇入谷底的江河，有的露出地表，有的藏于沟石之下，那沟石大而白。走在山间，不时有小雨丝扑面而来，淡淡的，想认真感受时它却俏皮躲开，走着走着，又偶尔飘来。有人说，这是哈巴雪山下的雨，也有人说，这是随风飘来的玉龙雪山山顶融化的雪。

▲ 奔腾江水中的虎跳石

独·与·天·地·相·往·来
走 进 世 界 的 香 格 里 拉

▲ 虎跳峡

徒步线路的后段，要沿着山路下到谷底，下到江边虎跳石的路都是依着悬壁凿出来或筑起来的简易山道，很是陡峭。从山上看虎跳峡，总体视角是"V"字形，感觉坡度较为缓和，走到谷底河床边才发现，那是错觉。虎跳峡两岸都是陡峭的悬崖，路下悬壁高约百丈，对岸几十米处是高耸入云的玉龙雪山，江水就从上游滚滚而逝，声若洪钟，天空只留一线，人也变得渺小。

走出中虎跳，地势逐渐变得开阔，玉龙雪山也收束了山势，显出一片开阔的田园来。从压抑逼仄的峡谷出来，顿觉豁然开朗，禁不住长舒一口气，下虎跳风光旖旎，南岸是丽江的大具，有稻田邑聚，人们怡然自乐，江边有渡口可以往返。

每个人一生中，都应该至少穿行一次虎跳峡，自然的瑰丽雄奇，人生的起伏跌宕，都能在这既短又长的峡谷里，走出别样的体悟。

森林背后的纳帕海

纳帕海湿地位于香格里拉市境内，是为保护鹤类及其栖息地设立的省级自然保护区。2004年12月，纳帕海被列入国际重要湿地名录。纳帕海是离城市最近的高原生态湿地保护区，距市区仅8千米，是香格里拉的城市绿肺。纳帕海湿地地势北高南低，南北长11.38千米，东西宽4.5千米，海拔约3260米，总面积约35平方千米，整个湿地位于大中甸盆地的中心地带，周围山上生长着茂密的原始森林，由于地势低洼，众多溪流汇聚于此形成了湖泊，由此纳帕海在藏语里也被称为"森林背后的湖泊"。

纳帕海西面有石卡雪山等高山巍然矗立。站在纳帕海极目远眺，湛蓝的天幕下，皑皑白雪堆叠在连绵的远峰上。远峰之

▲ 纳帕海

▲ 大中甸青稞晒架　　　　　　　　▲ 纳帕海边藏族人家

下的山峦,则被茂密的森林覆盖,山脚连绵的地方,就是波光粼粼的湖面。湖面上不时掠起飞鸟,在雪峰、森林和湖水之间划过翅膀的痕迹。湖水的边缘是草甸,草甸的边缘有藏族村庄和高大的青稞晒架,架子下面有悠然漫步的牛羊,牛羊脚下有黄红紫白的各色小花。雪山、草原、湖泊、候鸟、牦牛、花朵……壮阔与秀丽在纳帕海恣意生长。

纳帕海是云南低纬度、高海拔最具代表性的季节性湖沼湿地,是长江流域重要的生态屏障。保护区属寒温带高原季风气候区,年均降雨量619.9毫米,年均温为5.4℃,最冷月1月的月均温－2.5℃,最热月7月的月均温11.4℃。纳帕海受青藏高原寒流和山地高海拔和季风气候影响,干湿季分明,其中,6—10月为雨季,11月至来年5月为干季。湿季由于雨水补给,以及积雪消融,森林涵养的水源涌出等因素,周围青龙潭、纳曲河、旺曲河水源源不断地注入纳帕海,湿地明水面明显扩大。尤其是降雨丰沛的时候,落水洞排水不及,便集聚成湖,形成大面积的湖面,水草也开始迅速生长。到了秋季,降水大幅减少,

▲ 納帕海

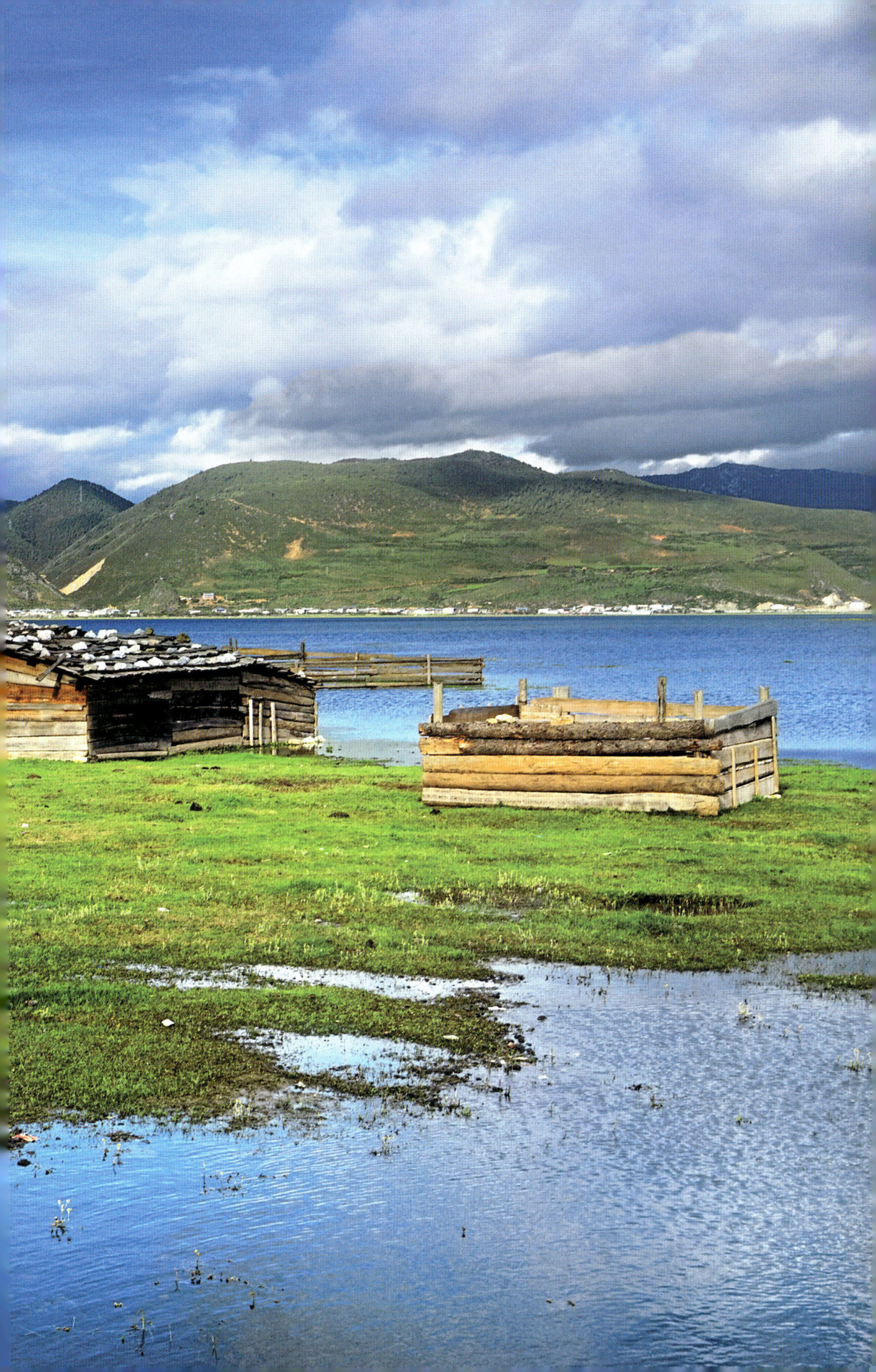

湖水逐渐由落水洞排出，水面萎缩，湖盆露出，形成大面积的浅水沼泽。湿地景观类型由明水面、沼泽和沼泽化草甸组成，纳帕海在空间上形成湖泊、原生沼泽、沼泽化草甸、草甸等空间分布格局。

在浪漫的当地人看来，夏季水源充沛的时候，纳帕海就是"纳帕措"，是巨大的高原湖泊，而旱季的时候，水退草长，这里就成了无边无际的"依拉草原"。纳帕海和依拉草原，是一个随时跟随着自然界的变化而变动的、没有确定区域的两个名字，但它们又常常是在不同时刻对同一片土地的称呼。每年5月，草原上刚刚吐出嫩芽，纳帕海已经绿草如茵，芳草连天。6月伊始，报春花、格桑花等各种不知名的野花，绽开蓓蕾，竞相开放，茫茫草原上，琼花瑶草争奇斗艳，相互媲美，各领风骚，成为真正的"五花草甸"。成群结队的牛羊随着草海的波浪，起伏不定，如在海中沉沉浮浮。它们是牧民最忠实的伙伴、草原上洒落的诗行，点缀在一望无垠的绿毯上。

纳帕海具有重要的生物多样性与特有性保护价值，分布有全球15种鹤类中唯一生活在高原的国家一级保护鸟类黑颈鹤和黑鹳等。纳帕海以保护黑颈鹤、黑鹳、灰鹤等国家重点保护鸟类、越冬水鸟及亚高山湿地生态系统为己任。截至目前共记录到鸟类177种、湿地植物61科171属261种。纳帕海自2016年起实施湿地生态效益补偿项目，累计投入资金3600万元，共恢复退化湿地10000亩，补偿标准为每年280元/亩；耕地补偿 427.81 亩，补偿标准为每年 1500 元／亩；湿地生态补偿覆盖纳帕海周边的 15 个村民小组 706 户，补偿标准为每年 4000 元／户；聘请湿地管护员 20 人，每人每年 2 万元。同时开展了废旧围栏拆除、哈木谷保护区核心区内牵马设施搬迁等湿地保护恢复项目。

据纳帕海省级自然保护区管护所所长陈志明介绍："1984 年成立保护区时，国家一级保护动物中黑颈鹤只有 61 只，黑鹳只有几只。近几年，在这里过冬的黑颈鹤增至 387 只，黑鹳达 416 只，成为国内黑鹳种群最大、最集中的越冬地和迁徙停歇地。原来纳帕海没有白尾海雕，现在有近 100 只，这就是保护的成效。"陈志明说藏族群众都不会捕捞纳帕海的鱼，也不会猎捕鸟类，千百年来与动物和谐共处。过去，村民有在纳帕海湿地放牧和挖海肥的习惯，对湿地破坏较大。在保护区的严格管理下，湖进人退，保护区内不再有放养藏香猪和挖海肥的现象，湿地保护内容写入各村村规民约，保护意识逐步深入人心。

在美丽的纳帕海，蓝天白云、青山如黛，金色的油菜花和草甸上的格桑花，相映成趣，蜂蝶翩跹；碧绿的青稞地沐浴着和煦的春风，拔节发芽；高高的青稞架昂首挺胸，直插云霄，等待着收获季节的到来；一马平川的草地，碧草连天，牛羊成群，骏马奔腾，牧歌悠扬，各种珍禽和水鸟的鸣叫声，此起彼伏，构织成雪山草原最和谐美妙的乐章，让人久久地驻足凝望，侧耳聆听。

最美的香格里拉大峡谷

冈曲河是金沙江在迪庆的一条重要支流，它从格咱乡后面的雪山群汇集涓涓细流，接收了格咱河、姜唐水、翁水河等几条大的流水，在木鲁一带水量增大，形成大河，奔腾到伏龙桥附近，汇入金沙江。冈曲河流过的峡谷，因峡谷一头名"香格"，另一头名"里拉"，现在被称为香格里拉大峡谷群，位于香格里拉市西北部80多千米处，峡谷口位于格咱乡的翁水村，距香格里拉市103千米。其中"巴拉格宗"一段被开发成香格里拉大峡谷旅游风景区。据考证，《消失的地平线》一书中所说的"蓝月亮峡谷"就是这里。过去，人们很难进入巴拉格宗峡谷，因为江河两岸是悬崖绝壁，又无顺河进入大峡谷之路，连巴拉村民也难以到达谷中，望尘莫及的人们只能遐思冥想。在这"上天无路，入地无门"的两千多米长的峡谷绝壁上，蜿蜒穿行在香格里拉大峡谷中的悬崖栈道似一条飞腾在江面上的巨龙，朝着东面格咱碧壤峡谷方向延伸。它的一草一木、

▲ 巴拉格宗峡谷

山石水土都是大自然原汁原味的杰作，走在水平的栈道上，仿佛进入龙宫神界，又仿佛进入梦幻世界。

抬头仰望，两翼群峰直通天际，悬崖峭壁直劈江中；两翼山体似画中的仙山神域，清香木、高山栎、藏柏和云冷杉等乔灌木构成的植被葱茏翠绿，点缀山崖，飘逸的云雾缭绕其间；望脚下，江水奔流，绿波拍岸，在栈道上行走的你与水声相伴，宛如仙翁侠客穿越在深峡中的水面上，又似飞龙乘云、腾蛇游雾。

过去，香格里拉大峡谷因为冈曲河两岸都是悬崖绝壁，是横断山切割最深的地段，壁立千仞。在峡谷中，几乎没有村落和人家，但是每隔一段，峡谷都会有一个名称，据说这是为了找人方便。冬季，巴拉村的人们为了给牲畜避寒，会把牛群赶到河谷中，前去放牛的人，便会事先把要去的地名告知家人，如果有什么事，村里人能够知道他去了哪里。峡谷几乎与世隔绝，没有进入大峡谷的道路。随着经济社会的发展，我们今天能够顺着平坦的木栈道轻松领略香格里拉大峡谷的秀美风光，不能不说是非常幸运的事情。

香格里拉大峡谷景区的旅游资源十分丰富，除了神圣雄奇的格宗雪山、巴拉村藏族文化风情体验，峡谷徒步和皮划艇漂流也是重要项目。木栈道悬空架设在谷底处的悬崖绝壁上，修建得十分自然，蜿蜒贴合在石壁上，就像一条飞腾在河畔的长龙，穿行在峡谷中，向着东面的碧壤峡谷方向延伸，虽然是人为的栈道，但最大限度地避免了对峡谷自然风光的影响。

▲ 巴拉格宗峡谷漂流

人们走在栈道上，两边的山峰直入云霄，云雾像哈达一样缠绕在山峰之间，宛如仙翁在腾云驾雾。峡谷两边的崖壁静静地对峙着，仿佛在用力为大地撑起一线青天。强烈的高原阳光穿过峡谷，洒在碧绿的冈曲河面上。清澈如镜的冈曲河盘旋在峡谷之间，仿佛一条碧绿色的玉带，舞动得那么纯洁优雅，又像是珍贵的翡翠，隐藏在山林间，秘密地美丽着。

栈道的尽头，是一个浅浅的河滩，景区在这里建了一个小港口，人们可以乘坐橡皮艇，顺冈曲河漂流而下，穿行在画廊般的峡谷里，又是别样的体验。船在前行，水在后退，抬头仰望两侧悬崖之上的一线蓝天，两岸山峰直通天际，悬崖峭壁劈开河谷，大峡谷的雄奇险峻更加直观。两侧山体似画中的仙山神域，清香木、高山栎、藏柏和云冷杉等乔木和灌木构成的植被葱茏翠绿，点缀山崖。黛绿色山崖上飞泻而下的瀑布溅起漂亮的水花，顺着瀑布俯瞰脚下，水很灵动，清澈见底似翠玉，绿波拍岸，还能看见水中游弋的小鱼。橡皮船在河中漂流，大家都安静无言，只听到船桨拍打河水的声音，人们屏息陶醉于这自然的山水画卷中。

香格里拉大峡谷群再往东行是碧壤峡谷，碧壤峡谷深而窄，壁高1000多米，最宽处约80米，最窄处仅10余米，可谓"一线中分天作堑，两山峡斗石为门"，河水从切割深度为1000—2000米深的峡谷中冲出，在2500米长的悬崖绝壁间，形成汹涌的激流、轰鸣的声响。深峡激流又笼罩在水雾云雾中，显得幽深神秘。

峡谷平均海拔3000米，生态环境保护良好，满山遍布葱郁滴翠的冷杉、云杉等树木。虽是高海拔地区，却能见棕榈树杂于其间。峡谷有一泉水名叫"喊泉"，泉眼深藏洞中，人到洞前大喊数声，一股泉水便从洞中的喷涌而出，掬之入口，其味甘甜。峡谷里的红山金矿、布拉金矿、碧桑金矿等矿藏，明清以来一直开采兴旺，和毗邻的奔子栏所产的沙金同称为"藏金"。走进碧壤峡谷如走进一条蜿蜒曲折的深巷，峡谷两岸尽是坡度为70度至90度的悬崖绝壁，仰观摇摇欲坠，壁高在1000米以上，高耸入云天，令人心惊胆寒。"鸟道羊肠持绝峰，涛声吼处助吟风"，恰到好处描写出碧壤峡谷有惊无险的雄姿。到迪庆观光旅游的人，不可能走完香格里拉峡谷群。不过，走进碧壤峡谷，也就领略了香格里拉峡谷群的主要风光。

▲ 巴拉格宗峡谷

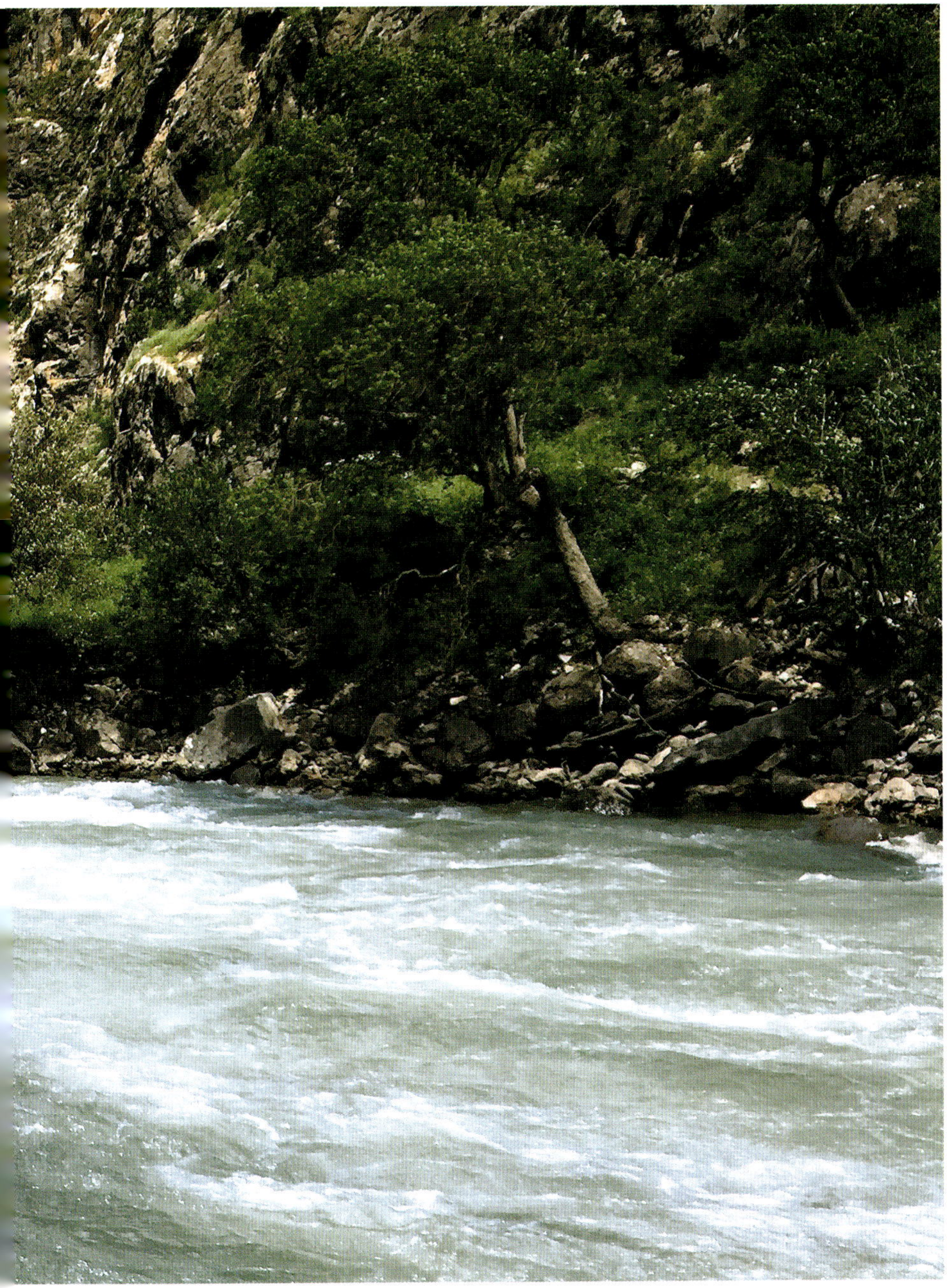

从腊普河到长江第一湾

过了维西县的攀天阁后，风光就渐渐不同了，金沙江的支流腊普河从这里流向塔城镇，河床很宽，北岸是平坦的柏油公路，道路旁边是依山的村镇，南岸则是大片大片的农田，一直铺陈到远处的山脚下，一个一个的村庄坐落在农田尽头，四周掩映着一团一团绿色的古树。村庄背依青山，前有良田，良田侧畔是清澈的河水，可灌溉饮用，滋养出一片富饶丰沃的田园景色。

河道岸边栽种了很多核桃树，春天的时候，核桃树发出嫩绿的叶芽，长长的核桃花垂下来，像丝绦一样随风飘摇。透过姿态优雅的树木枝干，远处劳作的农人们仿佛穿行在画框中，耕牛不紧不慢地吃着草，万物和谐宁静。人们有时会摘下细长的花条，焯水之后，稍稍清炒就是难得的春日美味，充满乡野的清欢。夏末秋初，核桃青色的果实沉沉地挂在树上，又是另外的景象。

▲ 石鼓长江第一湾

圣水相和——三江并流的呼唤

　　清冽的河水也适合养鱼，塔城人将河水引出，围成风和景明的鱼塘，鱼塘边闲闲地种了些杨柳，几树樱花。春日看花，夏日庇荫，树下吃鱼，是难得的人生雅事。住在塔城镇的人们也有些不疾不徐的雅致味道，他们谦谦地说话，对自家门前的风光，不炫耀，也不谦让。这就是婉转的江水滋养出的性格吧。

　　奔流的大江，到达地势平缓的地方，慢慢地减缓下来，上游裹挟的砂石土壤也随之沉积，形成肥沃的冲积扇地带，河流有时会改道，曾经的河床就肥沃无比，勤劳的人们耕耘其上，世代累积，养出了一方富裕之地。在"三江并流"林寒谷肃的迪庆高原，硬生生地厚赐了一块如江南般丰饶富庶的地方。

　　腊普河在其宗这个地方汇入金沙江，江河交汇的地方，风光壮阔。站在山上俯瞰，新旧两座大桥飞架南北，连通了两岸小而精致的集镇，碧绿的江水绕了一个"S"形的弯，又悠悠地

从两座小山岭间穿出去，隐住了前行的身影。远山苍翠绵延，近树郁郁葱葱，令人生出山河在胸怀的壮阔之情。

前人有诗写长江第一湾"江流到此成逆转，奔入中原壮大观"，石鼓渡口江面宽阔，水势缓和，适于摆渡，历来为兵家必争之地。蒙宪宗三年（1253年），忽必烈又在此"革囊渡江"。1936年4月，中国工农红军第二、第六军团在贺龙、任弼时、萧克率领下，从这里渡江，北上抗日。为了纪念这一中国革命史上的重要事件，当地政府在石鼓碑背后的高坡上，建起了碑高8.1米的"红军长征渡口纪念碑"，石碑立于突兀的高坡上，气势雄伟，庄严肃穆，俯临"第一湾"，能让人顿生崇敬之感。

金沙江继续南向奔流，过上江、金江两镇之后，在丽江的石鼓镇转了一个大弯，流向也变成了自南向东北而去。这个巨大的江流回环之处，被称为"长江第一湾"。这里的"湾"，已经不是转弯的弯，而是"湾区"的湾了，江水不只是在这里转向而已，它还留下了一大片肥沃的土地，是长江流域富庶和谐、农耕水利发达的重要代表性区域。长江上游的气势在这里突然显出平和，江面平缓开阔，弯出漂亮的弧线，春季的江水清澈，碧蓝碧蓝的，江心的沙洲宛如绘画的圣手，不经意间娴熟地一笔画出，便是无可挑剔的浑然天成。应该说这是自然之力的妙招，又怎能是人的匠心所能成的。

站在长江第一湾的观景台极目四望，江流平缓，河谷开阔，田畴交错，春天桃红李白，麦浪翻碧，油菜泛金，秋天稻谷飘香，瓜果满园，与村落瓦舍相映成趣。江边柳林如带，棵棵笔直挺拔，树冠茂密似盖，树下的江滩柔和细腻，分外姝静。夕阳下，江面金光耀眼，斑斓无比，耀眼的金光映得四山金黄，而观者也笼罩在金光之中。渔舟往来于青江之上，渔网抛撒处，金珠飞溅，景色奇美。江水平缓如镜，两岸是江南水乡一般的青山、精耕细作的农田，热闹的集市。高原上的这番景致令人称奇，附近的村镇人文荟萃，风光秀丽，物产丰富，素有"小江南"之誉。

在壮阔的天地间，看大江奔涌，想古今多少事，总令人感怀。而步入长江第一湾迪庆境内的沙碧村内，则会给人另一重体验，田里碧绿的青稞还在灌浆，清风拂过，碧浪滚滚，是一眼望不到边的宽阔与舒旷。青苗一年年一苍苍，生生复息息，遥远的故事苍茫如云烟，天地之间又有什么比脚下的土地和阳光下的耕耘更重要的呢？

▲ 石鼓长江第一湾

美不胜收的七彩瀑布

香格里拉的洛吉乡有一个尼汝村，尼汝村边流过一条河，叫作尼汝河，没有人知道是先有了村庄的名字，还是先有的河流的名字，但可以猜想，是因为有了河流，才有了人们定居耕作灌溉的村落生活。

尼汝河是金沙江的支流，这是一条充满人间绝色的河流。美好的风景总是不那么容易获得，关于尼汝河的传奇故事，也总是顺着流水在传扬，而那些生活在人间仙境中的村民，却又总是在美丽的风光里安然不自知。初到香格里拉，就听说了迪庆州的老州长年轻时约着好友，徒步5天探险尼汝，

▲ 尼汝七彩瀑布

回来后惊叹路途中风光绝美的故事。让生于斯，长于斯的老州长都感叹的风光，怎能不令人万分向往。事实证明，尼汝没有让人失望。

资深的本地通驴友杨超老师带我们从普达措公园里穿行，那是一条牧民日常行走的山间小路。穿越一片宽阔的草甸之后，我们走进了密林里，林下没有人烟，但有牛羊在吃草，针叶林下栽着中药材，仿佛是天然的森林，又仿佛有人类在其中活动。在起伏的山路上行走，不知道里程，有时也不辨方向，只觉得上坡又下坡，转一个弯又转一个弯。渐渐地，能听见水声，但却一直看不见流水。森林里的流水是欢快的，起伏叮咚，它们顺着漕涧奔流，在大大小小的石头间迂回，有时绕出一段柔美的弧线，有时从石块上轻松地跳跃而过。同行的老师说，如果在森林里迷了路，只要顺着流水走，就一定能走出森林，找到人家。这么一想，对森林里的流水就更加觉得亲切了。

密林里的空气带着水分，潮湿而温润，高大的树木遮天蔽日，有小雨落下，也不用打伞，丝丝凉意浸透身心，行走山路的疲累和热意也就消退了。每一口呼吸都香甜，每一声风吹叶摇都悦耳，就算是下起了足以浇透我们的雨，也是舒缓放松了我们的每一个细胞。

走着走着，眼前突然出现了一片开阔的石滩，原来拥挤的流水铺展开了，仿佛遇见了一群热闹的玩伴，水很清浅，石头们很安然。常年有流水拂过，石头露出水面的部分布满了苔藓，

▲ 尼汝七彩瀑布

苔藓乍一看是明黄色的，又不是那么明艳，好像加入了一两分棕色，大大小小的石块，就像披了大大小小的外袍，袍子是统一定制的，颜色款式都差不多，但看上去袍子们又不是同一个颜色，它们在同一个色调里千变万化，竟然装饰出了五彩斑斓的效果。因为每一块石头的位置不同，上面的苔藓由于阳光、流水的差别也姿态各一，颜色层次各有深浅，它们聚集在这片浅滩上，像精心排练的集体舞，又像默契合奏的交响乐，仿佛浑然天成，又仿佛匠心独具。我沿着河滩拍了很多照片，却没有一张是满意的，最后终于发现，再怎么精巧的设备，也无法还原自然的美景，也终于理解，为什么老州长对尼汝河如此情有独钟。天地有大美不言，而我们也无法描摹，无法复刻，无法带走。

▲ 尼汝七彩瀑布

两个小时之后，到了一片开阔的草甸，天放晴了，阳光恣肆地洒在草甸上，明媚热烈，山林里的气候就是如此，晴和雨随时会变幻。草甸边缘有一幢木屋，应该是牧民们的临时居所，木屋前面有几块简易的木板搭成凳子，木屋里依然没有人，两匹马在草甸上低头吃草。算算，从早上出发我们已经走了整整三个小时，到了中午吃饭时间，我们把湿了的外衣挂在树枝上晾晒，随处寻得木板凳子坐着休息，顺便吃了简易的干粮当作午饭。正午的阳光有些明亮，四周非常安静，草甸远处是青色的山，山的形状很独特，我无端地觉得山就是山，每一座山都有自己的模样，总是用具象的比喻来形容它们并不那么恰当。那山峦在蓝天下，从不同的角度看过去，就是不同的风景，总也无法穷尽。"横看成岭侧成峰，远近高低各不同"，这是山神秘深邃的地方。

　　离开牧场沿着水声向山下走，是修葺得非常完善的石板阶梯，非常陡峭，却也说明我们走在去往尼汝河七彩瀑布的捷径上。大约30分钟后，我们下到谷底，见到了汩汩流淌的清澈流水，比溪流大，又由于在林间，就比峡谷里的河小一些。顺着河流的方向往下走，有了水，整个山林就鲜活起来，人似乎也被附着了丛林里的精灵，变得钟灵毓秀了。当初听到七彩瀑布时，我总觉得当地人的表达有夸张的成分，能想象到的景致，也无外乎阳光下秀美的瀑布折射出七彩的光芒。直到这瀑布真正出现在我眼前，我才发现自己贫乏的想象力在自然界的奇观面前，是多么可笑。

七彩瀑布是由尼汝河岸岩洞中喷出的巨泉形成的华溶扇状台地，形成180度高约30米、瀑面边长330米的岩面，泉水从台地上层层叠落，形成滴瀑、线瀑、匹瀑，在阳光照耀下，彩虹环绕着瀑布，其景观石十分奇特壮丽，当地藏族人将此瀑称为神瀑。站在七彩瀑布下，看见那原生态的苔原上飞坠的水流，真的感觉到了仙境，水流滑落在瀑布脚下的水潭里都感觉是无声的，仿似一匹丝绸轻轻地滑落在水面上，只见它荡起涟漪，却无声无息，淙淙的溪流，流走的是泛着白沫的内心的浮躁，剩下的是在自然里的全部愉悦。七彩瀑布的彩，来自瀑布下面各种各样的植物和苔藓，因为瀑布是稀稀疏疏错落分布的流水群，就像一个天然的灌溉系统，滋养出无数的植物和苔藓群落，它们集结了绿色的所有层次，黄色的所有可能，又把黄色和绿色掺杂在一起，调出许许多多其他的色调，炫目而明媚。植物、苔藓、山石、土壤都是安静而美丽的，只有水是动的，它时而温柔、时而俏皮、时而狡黠，总是能勾住你的心，不舍得离开。

　　后来，我问杨超，如果以后再不能看见这样的美景，该怎么办呢？他哂然地笑笑，说迪庆像这样的地方还有很多很多呢，线路都藏在他的脑海里。真希望我默念一句"芝麻开门"，或许走进哆啦A梦的任意门，就能穿越到无边的绝色里。

花上碧沽

碧沽天池的美，没有去过的人是无从想象的。

4月，香格里拉的朋友告诉我们，碧沽天池冰封雪原，汽车开不上去，所以去不了。6月，天池最美的时节，终于可以抵达。

从小中甸镇联合村路口进入，在坑坑洼洼的土石路面上大约行驶30千米，渐渐地就走入了森林中。迪庆高原地貌的特殊之处在于，适于放牧的草甸往往都在高山脚下，翻过一些低矮的山岭，进入高大挺拔的雪山脚下，山巅虽然是皑皑白雪，山腰一带却布满了粗大挺拔的树木，不同种类的树木恣意生长，大片大片的森林不仅令人赏心悦目，也蕴藏了珍贵的中药材，以及野生菌等美食。森林之间，就会有星罗棋布的草场，这些草场就是牧民们夏季放牧的好地方。当夏日炎热的阳光照射干热的河谷，这里就是牦牛的避暑胜地，春天到来时，牧民们驱赶着牦牛群，随着向高处退走的雪线，逐渐上行，等到夏天过后雪线下降，牧民们又把牛群赶下山谷，雪线伸缩的草场区域，就是良好的天然牦牛牧场。草场边通常都有从森林中流淌出来的河流，河流汇聚得比较多的平缓凹陷的地方，就会形成湖泊。碧沽天池就是这样一个高山湖泊，因为旁边的碧沽牧场而得名。湖泊并不大，有0.21平方千米，平均水深1.62米，最深处也只有3米。由于地处森林深处，高山环保，湖极静，且极清。

汽车颠簸着在密林间穿行，高大的乔木开着花，一树一树的，在一片墨绿色中时不时地点缀一团星星点点的艳粉，或者一团明黄，或者素雅的白。盛放的花朵都是娇嫩而柔美的，花瓣玲珑剔透，花蕊姣美无瑕，但这些开在森林里大树上的满树繁花，却丝毫不显脂粉气，自在又坚韧，像高原上的人，姣美又强大。

贪婪地看着车窗外一树又一树擦肩而过的繁花，很多花又是寂寞的，除了和他们共生在一片自然里的藏族人，还有那些专程而来的资深植物学家，大多数造访的人是不知道这些花和树的名字的。它们长在深山，随应季节和气候，年复一年，无关别人的目光，活自己的故事。我和它们擦肩，我在脑海中留住了它们的幻象，它们却从未曾认识我。

眼前突然的开阔打破了个人静谧的遐思，不知不觉间我们已经置身于开阔的碧沽牧场。高原草甸的壮阔之处在于你一眼仿佛就能看到天边，而心里又清晰地知道，看起来很近的山的那边，是很难轻易徒步到达的远方。就是在这样一片广大而开阔的草甸上，开满了大团大团的杜鹃花，它们遍地衍生，形成壮观的花海。它们像是系在天池的美丽花环，令人心醉。白的高雅纯洁，黄的沉稳而又不掩饰美的格调，红的热烈绚烂，群芳竞相吐艳，色彩缤纷。

这一大片一大片的紫色杜鹃花海，是极致壮观的美景。花丛在大地上晕染好颜色，又留出些空白，空白处蜿蜒着几道车辙，拉出了画面的线条感。线条在繁盛的花团间流畅地延伸，远处停着的几辆车是花海里的点缀，在空空寂落的自然之间，增添了几笔爱花人的怜惜。花海一直铺排到天边，中间一线墨绿色的森林和山峰，坐在花间看云起云落。因为云如此近，我们看云的心才如此安宁，真正的行者，也许就是在自己去过的那些地方中，找到了反观自己内心的时刻吧。林间花开花落，总是有人轻轻造访，默默亲近，又安然离开。如此，杜鹃花便不寂寞，杜鹃花的美，便终于有人知。

　　碧沽天池的花海，花期是非常有限的，通常一种花的花期只有几天或十几天，而每年的气候、雨水不尽相同，花期也每年会有前后十多天的差异，人们并不能完全准确地赶在花期最盛的那几天到来。我们到达的时节，刚刚赶上紫色杜鹃盛花期的尾声，草地上的野花算不上十分密集，却也足够让人迷恋了。

▲ 碧沽天池杜鹃

天池边的草地上因为有湖水浸润经过，整片草地都成了湿地，踩上去有些潮湿，却还不至于下陷。在草地上盛开的是浅黄色的小铃铛，它们倒挂在花序顶端，散布于草丛之间，有风吹过，便纷纷随风摇曳起来。这是高原常见的报春花。湖边稍有些低洼的湿草地上，有星星点点的花朵开放。它们干脆浸泡在沼泽与浅水混合的草丛中，我想要靠近，却发现向前再多走出一步，就会踩进烂泥里。就在这片小小的花海前安心观赏吧，草原上的花，就像我们自己，平和朴素，但横看竖看，怎么都看不够。

我国约有报春花属植物300种，在很多省区市、不同环境里都有分布，然而能够形成花海的报春花，我所遇见的几次，都是恰好在湿草地上。相比于杂色钟报春仅见于藏东南，钟花报春的分布更为广泛，也是青藏高原的常见报春花之一。钟花报春和黄色型的杂色钟报春非常相似，但在云南西北部、四川西部等地，并无杂色钟报春，所见的都是钟花报春。碧沽天池钟花报春成片开放，像是漫延出的湖水，粼粼地反射着日光。夹杂在钟花报春之间，也有一些紫红色，植株比钟花报春略高，那些是偏花报春，从初夏开放，有些个体的花期可以一直延续到初秋。而正是有了紫红色的点缀，才显得这片报春花花海更有灵性，而不至于单调乏味。

碧沽天池这片清澈澄明的湖水，仿佛就是其周遭那个多姿多彩的花草树木的世界所捧出的纯洁的心魂。湖对面被原始森林所覆盖，树木高大挺拔，多为云杉和冷杉。这茂密苍翠的森

林涌动着大自然极旺盛的生命力,所以在其怀抱中的清水湖泊那么安宁娴静,远离纷扰,永不干涸。森林围护着它,也净化着它。前些年,著名导演陈凯歌在电影《无极》拍片中选外景地拍摄,他找遍全国各大山水,最后终于把最能体现他魔幻意境的"无极"之地定在了碧沽天池。也只有碧沽天池的那片悠然漂浮的云朵,那湾宁静致远的湖水,那片灿烂含笑的灌木小杜鹃和随季节变换的枯花水草才真正能将"无极"推向极致。

雪峰下的雪水湖泊和草原,依然有着微微的寒凉之意,日暮昔归,牛羊下栏,四合归寂,天池静如练,零碎的梦境,在花上碧沽,散落成满地斑斓。

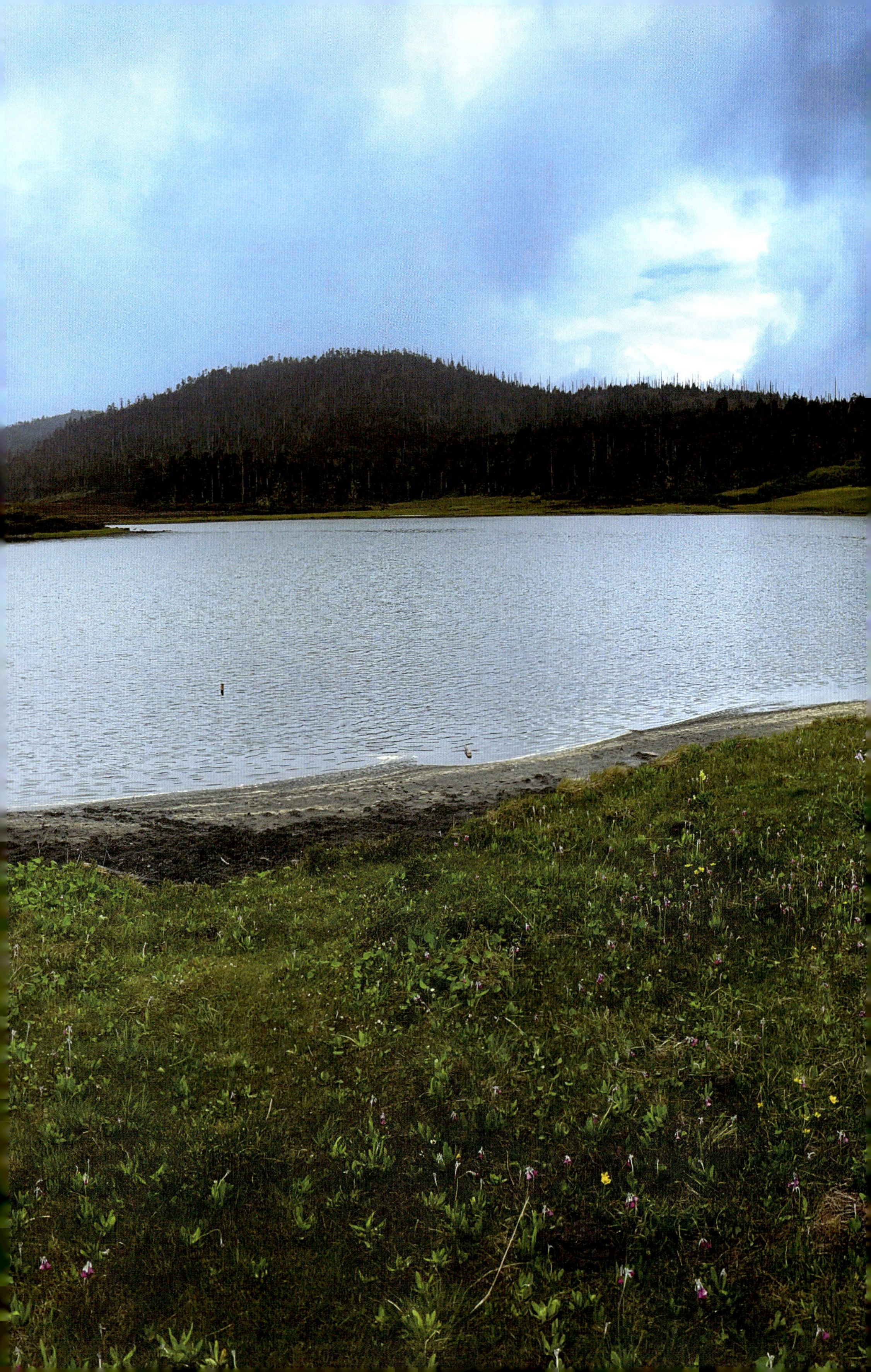

澜沧江的多彩斑斓

中国西北高原的唐古拉山下，青海省玉树藏族自治州，高山冰原的融水清冽净透，从点滴涓涓，到汩汩细流，蜿蜒出400多条大大小小的河流，这些流水归属扎曲和昂曲，它们在尕纳松多汇合，是藏语"黑白交汇处"的意思。这里，是澜沧江开始的地方。这一条世界第六大河，流域面积81万平方千米，从中国青藏高原唐古拉山起源，到越南胡志明市入海，全长4900多千米，穿行中国、老挝、缅甸、泰国、柬埔寨、越南六个国家，串联了雪域高山、温带丛林、热带雨林等多种生物圈和气候带，人们傍水而居，创造了灿烂的文化，多元多样，和谐美好。

站在青藏高原上往东南望，我们无从想象，这一缕缕冰清玉洁的水，怎样从海拔5000米的高峰，一路向南，流向4000米，3000米，2000米，1000米，500米，在游走4900多千米后，化作九条巨龙，汇入南太平洋。江之头与江之尾，有多少人能看得见开头，也猜得到结尾？

在越南九龙江口细数脉络，眺望西北。一个国家，又一个国家，数不清的支流，数不清的民族，数不清的山峰和深谷，隐藏了多少神秘的雾幛，承载过多少人的悲欢离合。人们要如何才能理解她初现时的清纯与纤美？青藏高原的涓滴融雪，云雾山中的蒸腾雾气，热带雨林的晶莹雨滴，汇聚成波澜壮阔的江河。澜沧江—湄公河是多彩斑斓的，也是万物相容、和谐相生的。

对于一个从小在澜沧江边长大的孩子来说，当时的我并不知道家后面的那条小河里，清澈的河水、倏忽的游鱼、光滑的鹅卵石对未来的我意味着什么。我在河里捞鱼摸虾，能够徒手抓住狡黠滑腻的泥鳅，用简易的网兜住新鲜蹦跶的河虾。夏天的下午，清凉的河水从我的脚面流过，我沉浸在河流之下，世界仿佛会永远这般亘古宁静。

后来，我知道这条小河有一个名字叫西洱河，它汇入了赫赫有名的澜沧江。后来，我知道澜沧江从北边来，它的源头在青海，它进入云南的地方，在迪庆州德钦县一个叫作德美的小村旁，我看见大江劈开葱茏的横断山，大开大合，波澜壮阔，

▲ 德钦澜沧江峡谷

气势如虹，豪迈恣意，不舍昼夜地奔腾而来。再后来，我飘荡在老挝万荣的河流里，一样清澈的流水，一样往来倏忽的游鱼，让我恍然回到童年，如同错身当年的时空。最后，我发现自己游走再远的地方，都会回到这条灿烂斑斓的大江边，看川上流水不舍昼夜。

澜沧江—湄公河滋养了世世代代的人，他们都有着与河流牵牵绊绊、言说不尽的故事。迪庆是这条大江最豁达的部分，它不像上游那般清澈纤细，如蛛网般汩汩密布，也不像下游那般宽阔平缓，在广袤的平原上漫步。在迪庆，澜沧江就是一条巨龙，奔流于海拔极高的大山间，山岭陡峭，前路遇阻，江流便需要拥有力量，才能一往无前，大江的干流两侧，是陡峭的山壁，人们几乎不可能去到江边，更别说在江边亲水而居。澜沧江冲刷而过的太子雪山区域，有最高峰卡瓦格博，站在飞来寺，可以一览海拔6740米高山的巅峰，也能俯瞰落差3000多米的澜沧江，高山与大江，在这里，不是温婉的流水，是人力所不能及的伟岸。所以，那么多人在大山大水间匍匐膜拜，那么多人在迪庆的山水间放下了小我的恩怨情仇、生活琐碎，毕竟天地辽阔，人渺小如沙砾，还有什么放不下的呢？

梅里雪山垂落的明永冰川，被视为"世界上最壮观的冰川"，是云南省最大、最长和末端海拔最低的山谷冰川，它从顶峰飞泻直下至2660米的森林地带，是世界上少有的低纬度低海拔高温度季风海洋性现代冰川。藏语把这条冰川叫作"明永恰"，

▲ 奔子栏金沙江峡谷

独·与·天·地·相·往·来
走进世界的香格里拉

▲ 白马雪山下的奔子栏

"明永"是冰川下的一个村寨，"恰"是冰川融化的水的意思。"明永"是火盆的意思，因为这个村子四周山峦起伏，气候温和而得名"明永"。由于明永冰川所处的雪线低，气温高，消融快，靠降水而存在，因而它的运动速度也快。到冬天，明永冰川的冰舌可以从海拔5500米往下延伸到海拔2800米处，如一条银鳞玉甲的游龙，从高高的雪峰一直延伸到山下，直扑澜沧江边，离澜沧江面仅800多米。

整个冰川南北延伸约5000米、东西宽约3000米，呈一个巨大的冰雪凹地，夏季晴天，冰雪融水汇集成湖。在明永冰川的南侧，为一条北东走向的山岭，有几个残留的山顶面，向北东倾斜，其海拔约为5500米。平顶山岭上的覆盖冰雪形成一个冰帽，西坡冰雪流入明永冰川大粒雪盆南侧的冰雪走廊，北坡冰雪流入悬崖下形成了5个悬冰川和再生冰川，因此，明永河谷上源冰川类型多样，明永冰川本身，其冰面地貌形态亦千变万化，构成了滇西北独特的冰川奇观。春夏季节，冰川消融，巨大的冰体轰然崩塌下移，响声如雷，冰雪四溅，直插江底，令人胆战心惊，叹为观止。

　　沿澜沧江往南行，过了云岭乡、燕门乡时候，德钦境内的

山势趋缓,澜沧江也逐渐宽阔起来,水流也变得和缓了些许,在茨中一带,渐渐出现了平缓的山坡地带,人们在江边坡脚开垦农田,引水灌溉,生产方式从高山寒冷地区的游牧形态转向定居农耕。生命的绵延不断,取决于大地持续的活力,澜沧江在维西境内舒缓平和,浇灌出了一个又一个聚居的村落和小集镇,连绵不断,显露出与冷峻的德钦截然不同的自然风光和人文风貌。最后,澜沧江从维西维登乡离开迪庆,进入怒江境内,再过大理、保山、临沧、西双版纳,从磨憨流出国境,结束澜沧江的名字,开启湄公河的旅程。

▲ 维西澜沧江畔的村落

迪庆和澜湄次区域的亲密连接

迪庆州居于澜湄次区域的重要段落，迪庆的经济社会发展、文化传承和生态保护对澜沧江—湄公河流域上下游的影响和作用都巨大，是整个澜湄次区域的重要连接点。澜湄次区域是指以澜沧江—湄公河为纽带，以中国、缅甸、泰国、老挝、柬埔寨、越南六个国家共同组成的地区，中国目前以与相关国家接壤的云南省和广西壮族自治区为主，澜湄次区域总面积约257万平方千米，总人口约3.2亿人。

澜湄次区域是世界上生物多样性、气候多样性和地理多样性最丰富的地区。从青藏高原的雪域圣地，经横断山六江并流区的高山深峡，到东南亚广袤的平原和热带雨林，涵盖了生物多样性保护关键地区、世界优先重点保护的生物多样性热点地区、特有物种分化中心、物种基因库等多个生物保护重要领域。澜湄次区域的生态安全和生态协同保护是世界关注的重点方向，也是澜湄次区域人们命运共同体的重要依托和根本载体。

2015年11月，中国与缅甸、泰国、老挝、柬埔寨、越南五个国家共同发起成立澜沧江—湄公河合作机制（简称澜湄合作）。澜湄合作的建立和发展，尤其是澜湄国家命运共同体建设目标的提出和推进，标志着中国与湄公河国家的双边和多边关系进入了历史最好时期。

生活在澜湄次区域的3.2亿中国人，创造了辉煌灿烂并且丰富多彩的历史文化，人们以水为媒，在一条河的共同滋养下相亲相携，通过信仰、节庆、习俗等文化生活方式沟通交流，谱写了不同国家、不同民族互敬互爱、交流交往的美好故事。澜湄次区域的地缘格局塑造了内容丰富多彩、形式各具特色的地方艺术，在音乐、绘画、文学、戏剧、工艺等领域异彩纷呈。同时，又能够在艺术形式、表现手法、物质载体方面具有一脉相承的文化特点，艺术之间的联系与脉络清晰可见，表现的人生主题不谋而合，是世界艺术领域最闪耀的部分之一。

澜湄合作开展五年多以来，流域内国家和地区在互联互通、产能合作、跨境经济、水资源、农业和减贫等方面形成了五大优先领域，建立起政治和安全、经济和可持续发展、社会人文交流三大支柱下的合作伙伴关系。召开了三次领导人会议，分别以"建设面向和平与繁荣的澜湄国家命运共同体""我们的和平与可持续发展之河""加强伙伴关系，实现共同繁荣"为主题，发布了《三亚宣言》（2016）、《金边宣言》（2018）和《万象宣言》（2020）。分别在中国西双版纳（2015）、柬埔寨暹粒（2016）、中国大理（2017）、老挝琅勃拉邦（2018）、老挝万象（2020）召开了五次外长会议。澜沧江—湄公河流域地区是中国周边最有基础和条件的"先行先试区"，争取在基础设施、区域产业链、数字经济、跨境公共卫生、水资源保护和气候变化等方面尽快确立一批"早期收获"项目，开展互利互惠合作，加快构建信任体系，形成示范和带动效应，推动湄公河地区的发展。

迪庆州和澜湄流域国家的许多地方和民族一样，还处在发展中阶段，面临着现代化的一系列发展需求和挑战。澜湄流域六国如果按照经济发展水平来看，中国和泰国的工业化水平相对领先，其次是越南，缅甸、老挝和柬埔寨三个国家位列世界最不发达国家行列。虽然中国、缅甸、泰国、老挝、越南、柬埔寨各自的发展阶段和程度不尽相同，但基础和条件十分相似，尤其是与中国西部地区的情况很相似，与云南、广西等省区一样属于多民族后发展地区，文化多样，资源富饶，但科技、人才、资金匮乏，有些地区还有局部冲突和矛盾。在现代化和城镇化发展过程中，受到内部因素和外部环境的制约，推动社会进步和经济繁荣步履艰难。澜湄合作，以水破题，以一条大江为纽带，串联起澜湄流域一江六国的各族民众，共同追寻美好生活，探索繁荣发展之路。迪庆州以澜沧江为载体，积极融入和贡献于国家的澜湄合作战略，将为地方和国家都带来福祉。

迪庆在澜湄次区域合作机制下，正逐步由高原文明向海洋文明发展，进一步融入世界经济大潮之中，全方位、多领域，全面对外开放，是迪庆人民践行习近平总书记给云南三个战略定位的具体体现。真正把迪庆建设成为"世界的香格里拉"，让高原人民充满自信地去敞开胸怀、拥抱世界。

最亲密的三江姐妹

迪庆是世界自然遗产——"三江并流"的核心区。三江姐妹在这里显得尤为亲密，金沙江、澜沧江和怒江在这里紧紧相依，并肩南流，从高空俯瞰的卫星图显示，三条大江并行而过的最狭窄之处仅60余千米，这便是世界地貌奇观——"三江并流"。

澜沧江发源于青海省唐古拉山山脉东北部，至西藏昌都折转南下，于德钦县佛山乡德美桥入境。流经德钦县佛山、云岭、燕门，维西县巴迪、叶枝、康普、白济汛、中路等乡镇，至维登乡碧玉河汊河口出境。境内有141条一级支流注入澜沧江。其中流量较大的有德钦境内的阿东河、维西境内的永春河2条。

金沙江发源于青藏高原唐古拉山山脉。正源沱沱河，经青海玉树称"通天河"，至四川巴塘河口后称金沙江。由德钦县羊拉归吾流入迪庆境内。右岸流经德钦县羊拉、奔子栏、拖顶，维西塔城，丽江，左岸从西部尼西乡幸福村土照壁入境香格里拉市，南流至金江镇兴文村撒苏碧与玉龙县石鼓镇之间，突然以125度大拐弯掉头东流，至洛吉乡洛吉村吉函再转向东南出境，绕境流程375千米，流经香格里拉尼西、五境、上江、金江、虎跳峡、三坝、洛吉等乡镇，形成"雪山为城、江河为池"的雄伟气势。迪庆境内共有80条一级支流注入金沙江，其中，流量较大的有德钦境内的珠巴洛河、丹达曲河，香格里拉市境内的有冈曲河、属都岗河、吉仁河、东旺河、尼汝河，维西境内的腊普河等8条。

迪庆州境内共有面积 10 亩以上的湖泊 94 个，其中，德钦 44 个，维西 7 个，香格里拉 23 个。主要分布于海拔 3000 米以上的高原平坝低洼处以及群山之中，全为淡水湖，多为河源。其中最大的有纳帕海、碧塔海、属都海，均为构造湖，其他海拔 3800 米以上的湖泊都是冰蚀湖。这些冰蚀湖大多位于群峰环绕的雪山之下，冷峰镜湖，形成独特的壮美景观。香格里拉市境内，沙鲁里山脉从四川甘孜州延入市境北端，分东西两支沿市境东西两侧逶迤连绵，汇合于市境两端，雪山耸立，河谷深邃，有海拔 4000 米以上雪山 47 座，纵列其间，参差错落的高原湖泊滋养了一代又一代迪庆人。

迪庆境内高山、峡谷、冰峰、江河、湖泊众多，世代在这里繁衍生息的各族人民用自己的语言给众多地理实体以形形色色的名称。由于人们的生活与大自然的关系十分密切，它们在命名的时候，对自然的地形、地貌、山系、水系等属性或形状的多样性都有非常精细的观察和体验，很大程度上体现了横断山区高山峡谷地带的地理环境和特色。迪庆各民族常见的水文名称有"河、江、水"，音译为"春、抢、区、曲、粗、措、错"等汉字，所以我们在地图上看到这样的字眼，多数与江河及水有关。比如德钦县奔子栏镇的曲龙村，曲是水或河，龙是沟，因为村子在河沟边而得名；德钦升平镇阿东村曲卡是河边的意思，因村子在一条小河边而得名；维西县的曲子洛村，"子"是精华或甘露的意思，"洛"是有沟渠的地方，"曲子洛"就是一条能治疗疾病的圣河之地；"曲古"是水磨转动的地方，"春读"是河水的交叉口，"春多乐"是布满鹅卵石的水沟，"抢贡"是河坎上的山岗或坡地，"区丁"是水上面的村子，"粗卡通"是湖边的平地，"粗格顶"是湖上方的断崖顶部平台，"错卡布顶"是湖边草坝上的村子……

在迪庆人的心目中，金沙江、澜沧江、怒江是三姐妹，关于它们的故事和传说很多很多。事实上，"三江并流"的主要区域就在迪庆，尤其是"三江并流"最狭窄的部分就在维西县的叶枝附近，三江的直线距离只有60千米，但是由于大山的阻隔，三江并肩却不能携手，它们并向奔腾而不交叉，形成神奇的"三江并流"景观。"三江并流"自然景观由怒江、澜沧江、金沙江及其流域内的山脉组成，涵盖范围达170万公顷，包括位于云南省丽江市、迪庆藏族自治州、怒江傈僳族自治州的9个自然保护区和10个风景名胜区。它地处东亚、南亚和青藏高原三大地理区域的交汇处，是世界上罕见的高山地貌及其演化的代表地区，也是世界上生物物种最丰富的地区之一。2003年7月，被批准为世界自然遗产。

专家们把"三江并流"地区划分为8个片区，分别为：高黎贡山片区、老君山片区、云岭片区、老窝山片区、哈巴雪山片区、千湖山片区、红山片区、白马—梅里雪山片区。

怒江的终点是印度洋，澜沧江在穿越6个国家后，入洋南海，金沙江在丽江折头往东，汇集雅砻江、大渡河、嘉陵江，于是

▲ 奔子栏金沙江大湾

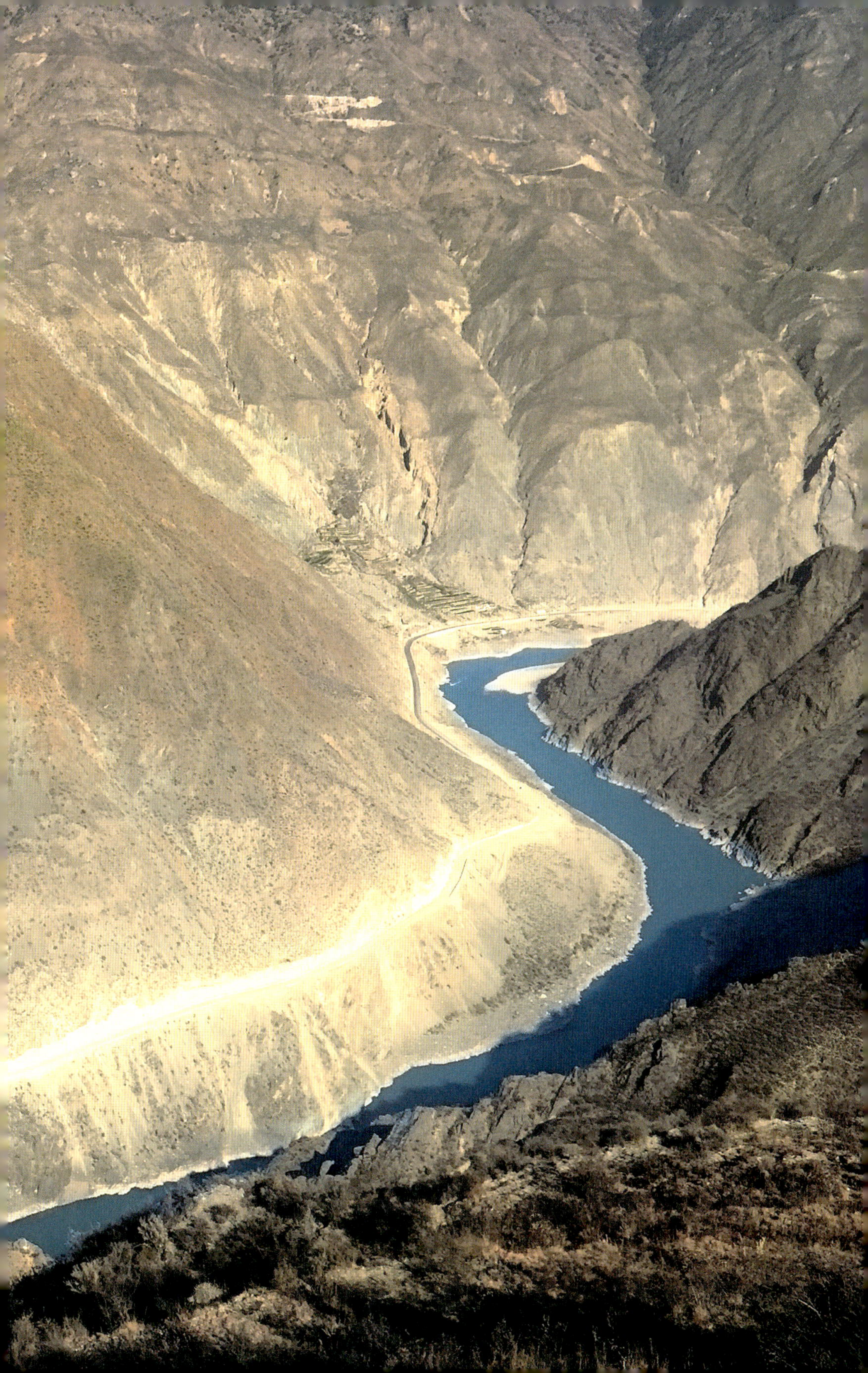

中国便有了长江。三条大江各有辉煌之前,在滇西北并肩奔流170千米,这一段并流,它们之间各相距不过几十千米,之间隔着4条巨大高耸的山脉。因为高山深峡,多种气候立体分布,使仅占中国0.4%的这小块地域,容纳了中国20%的高等植物,以及25%以上的动物种类。其间,分布着梅里雪山、白马雪山、哈巴雪山、玉龙雪山……座座金光耀眼的雪峰,老君山九十九龙潭、查布多嘎湖、听命湖、属都湖、碧古天池……潭潭迷人景致的湖泊,高黎贡山、月亮山、白水台、碧塔海、松赞林寺……大名鼎鼎的11个风景名胜区和7个自然保护区。

"三江并流"迪庆段,是三条大江最美丽、最丰饶的一段,如似它们相约在一起的青春,充满了虎跳峡的跌宕与激情,洋溢着依拉草原的浪漫与娇柔,透着梅里雪山的圣洁,还有怒江大峡谷的许多不可知。知道峡谷内的人民在溜索上往来如风,就知道被科学家划分为八大片区的"三江并流"并不像一座公园,

▲ 依拉草原

买票入园后有游道帮助你不漏过每一处景点。没有人可以设计出一条涵盖八大片区的环形游线，没有人可以说了解"三江并流"的所有秘密，也没人敢说到见到过"三江并流"的所有美丽，就如没有人可以登顶梅里雪山。八大片区的每一处，都值得人们数十次深入，每一次都可以经历不同的路线，可以有不同的收获。洛克与顾彼德眷恋在这里二十多年，现在我们知道，他们不过深入了两个片区。希尔顿只有在他的《消失的地平线》中，将这里描述为人间唯一的净土"香格里拉"，而最后仍忘记了进去的道路。

除了已开发成旅游景点的少数地点，如虎跳峡、白水台、碧塔海、属都湖、松赞林寺、东竹林寺等，其他"三江并流"的各深入地区，如翻越高黎贡山、进入南姐洛、阿布吉山谷、千湖山、攀登哈巴雪山、徒步巴拉更宗和碧壤峡谷、深入梅里雪山依然神秘……

江河间的美好愿景
—— 迪庆水资源利用

迪庆高原因为被怒江、澜沧江和金沙江及其所属的水系分割，形成多块高山平坝，间杂各种类型的峡谷地貌，峡谷和山峰之间的垂直变化大，气候、土壤、植被、森林及生态各异。有"一山分四季，隔山不同天，望天一条线，看地一条沟"的说法。传统的水资源利用集中在农业灌溉范畴内，迪庆州高山峡谷区在大气环流系统与巨大起伏而陡峻的山系和深切河谷的影响下，由西而东年均降雨量由多向少递减，自北而南以北部少、中部多、南部少的规律发生变化，河谷地区具有干凉、湿润、干暖、干热等多种变化。当地民众综合长期生产生活经验，形成了一些朴素的水资源利用方法，但由于高山峡谷的地形，普遍存在田高水低、水资源利用率低、人力成本消耗大、效率不高的情况。目前迪庆地区水资源农业开发利用主要为解决农业缺水问题。根据农田的分布和该地的自然条件，可将全区的农区分为农田相对集中、季节水源不足的河流河谷、盆地农区；农田成片、田高水低的干流沿岸农区；农田分散、田高水高的沟壑山地农区等类别。各区根据不同的地形、水土资源配置等特点采用因地制宜的解决方法。根据不同的区域采取"高水高用，低水低用"的指导方针，采用引、蓄、提结合的方式，在农田成片、田高水低的干流河谷区主要发展提水灌溉，在农田分散、田高水高的沟壑农业区主要采取自流引水灌溉方式。同时，考虑利用有利地形，在较高地区修建蓄水工程，实现几个小支流的联合供水，能够在很大程度上结合当地实际，解决水源灌溉问题。

在河流中上游，利用峡谷有利地形，修建一批骨干蓄水工程，以解决水源问题。因为平坝区均位于中小河流的中下游或中游，坝区上游一般来水量很大，且有峡谷分布，适宜修建水库。但同时也应看到一些坝区来水量不足，无水可蓄，对这些水源不足或地形条件不允许修建水库的灌区，只要有可能且经济合理，可考虑跨流域调水，解决水源问题。

分布于"三江并流"干流阶地、洪积扇上，农田条带状断续分布，在沿江两岸，农田与流域水平面的高差从几米到几十米，甚至几百米，形成田高水低的状况。多年来，这类地区主要开发支流引水灌溉。迄今，灌溉控制面积已占耕地的80%，但保证率不高，在中等干旱年份大约只能保证耕地的50%，这主要是由于部分支流水源没有保证。如要进一步解决这类地区水源问题，应在水源有保证的干支流上发展提水灌溉。提水灌溉对山坡生态破坏程度小，本身工程量也小，而且工程见效快，保证程度高。但与此同时，应考虑电力供应问题，"三江并流"地区干支流水能蕴藏量大，在本区，可选择支流上的有利地形修建中小型水电站以解决提水灌溉的电力问题，如果这类区域有国家电网，就有足够电力作为动力。

分布于山区的沟壑内，农田分散，而分布范围广。农田面

▲ 小中甸田园风光

积占三江地区的45%，该农区的水源基本上是支流水，田高水高，利用自流灌溉，可控制大部分耕地。支流水多源于高山林带，水源保证率较高，很少发生断流现象。但支流水受大气降水分配影响较大，在灌水高峰期，以及农田相对集中地区，播种、栽插季节会出现短时间水源不足。可建立多种形式的小水利设施，开发小塘、小坝、小水库、蓄水池、大口井、小型机电扬水站，围绕固定耕地，把大气水、地表水、地下水都利用起来。

除了农业灌溉，大规模的水资源利用还包括调水引水工程和大型电站建设，这些国家级的工程能够带动地方经济社会跨越式飞速发展，也是"三江并流"区域水资源利用未来发展的方向和重要途径。目前，滇中引水工程、乌弄龙电站建设、松鹤桥电站建设等水利工程都发挥了重大作用。

滇中引水工程是国务院确定的172项节水供水重大水利工程中的标志性工程，也是中国西南地区规模最大、投资最多的水资源配置工程。滇中地区是全国较干旱的地区之一，目前人均占有水资源量仅为700立方米左右，大大低于人均水资源量1700立方米的警戒线，特别是滇池流域仅为166立方米，处于极度缺水状况。仅在1950—2014年间，滇中发生严重干旱灾害的年份就有20余年，且干旱发生的持续时间越来越长、造成的损失越来越重。水资源匮乏已成为滇中地区可持续发展的瓶颈，滇中人民对水资源的需求愈加迫切和强烈。2018年3月16日，水利部正式对滇中引水工程初步设计报告准予行政许可，标志着滇中引水工程项目各项前期工作全部完成。滇中引水工程建成后，可从水量相对充沛的金沙江干流引水至滇中地区，缓解滇中地区城镇生产生活用水矛盾，改善区内河道和湖泊生态及水环境状况，将有力促进云南经济社会可持续发展。

乌弄龙水电站位于云南省迪庆州维西县巴迪乡境内的澜沧江上游河段上，是澜沧江干流水电基地上游河段规划"一库七级"梯级电站中的第二级电站，上邻古水水电站，下接里底水电站。电站枢纽为二等大型工程，电站以发电为主，水库正常蓄水位1906米，电站装机容量99万千瓦，年发电量44.6亿千瓦时。此外，迪庆州主要的水电站还有冲江河电站、松鹤桥电站、梨园电站等重大水电建设项目，都具有重要的生态、社会、经济发展价值。

一座巍峨的大坝屹立在香格里拉市属多岗河上，奔腾不息的河水在这里驻足。站在大坝上，放眼望去，高峡出平湖，一项造福迪庆人民的德政工程、民生工程——小中甸水利枢纽，已完成主体工程、灌区工程、移民搬迁工程等建设。如今，水轮机旋转产生的电流，点亮了古老高原的村寨；沿着输水管道流出的河水，滋润着田野……小中甸水利枢纽建设给这片古老、神奇又美丽的雪域高原带来了勃勃生机，给脱贫致富带来了希望。小中甸水利枢纽是国家重点扶贫工程和全国大型水库建设规划项目，是一座以发电、生态环境保护为主，结合防洪、灌溉和城乡供水等综合利用的水利工程，同时也是属多岗河流域综合开发的龙头水库,对改善长江中上游生态环境,促进涉藏地区农牧业发展,加快涉藏地区脱贫致富步伐,提高当地群众生产生活水平,把迪庆建设成为全国涉藏地区跨越发展和长治久安示范区具有十分重要的意义。

在横断山区域内建设电站难度很大,需要解决许多复杂的地质难题,还要考虑生态保护和环境承受限度,并且还关涉江河下游的发展问题,需要全面的勘测和细致科学的研究论证,运用现代先进的科学技术解决实施困难,而这些水利工程的科学建设,将是功在当代、利在千秋的伟业,是造福人民的伟大工程。迪庆州根据水文和河流特征,进行现代化的全局水利规划,实施蓄水工程、引水工程、提水工程、城镇供水工程和河流治理工程等系列水资源保护利用工程,将为迪庆州画下一个美好的发展愿景。

▲ 小中甸耕作的农民

▲ 雪鸽飞越神山

万物相关——苍穹下的生命

苍穹之下
万千物种
每个生命都值得被尊重
迪庆作为离"天地"最近的地方之一
天边犹如巨幕覆盖于远处的地平线上
如同"黑滴现象"一般
在最远处延展
交织
模糊不清
融分参半
而大地与苍穹间的万物则迸发出了最强的生命力
构成了最为丰富的生物多样性

如果你问世界上最疗愈的声音是什么？我想，居住在迪庆州的人们，内心不约而同都会有这样的答案：

鸟儿在清晨之时的欢快鸣叫，青蛙划破黎明水面的呱呱之声，清泉于深山老林之中的汩汩流淌……这些来自大自然的最朴实无华的声音，在他们看来，就是这世间最能抚慰心灵的疗愈之声。

泰戈尔说："这世界，只对他的爱慕者，揭下他广袤无边的面具，缩小成一首歌，缩进成永恒的一吻。"

而对于迪庆这片大地，你只有深入走进，他才会对你揭下他广袤无边又饱含变化的多样面具。一脚踏入迪庆，就会让你情不自禁地想亲近这片大地，因为那是来自人类对大自然的最细腻亲密的情意。那深山，那云雾，那森林，那雨滴，如同一条条庞大的水墨线条，用淡彩的笔触缓缓地勾勒出一幅渗透着古典中国风的山水画卷，让人不由得心生醉意！

在这里，你能看到长得最像人类的雪山精灵——滇金丝猴；你能看到世界唯一的高原鹤——黑颈鹤的幸福生活；你能看到濒临灭绝的天然珍稀抗癌植物——野生红豆杉；你还能看到具有和平的象征意义，被称为"鸽子树"的世界珍贵观赏树——光叶珙桐。这些珍稀的动植物在这片时空中，共同交织出一幅既灵动又恬静的唯美画面。

一山有四季　十里不同天

地形地貌对于区域的气候形成有着最为直接的影响，我们从历史和地理两个方面，对迪庆气候的形成进行了考察。由于地处南亚大陆与欧亚大陆的交界地带，在第三世纪末，受到了强大的喜马拉雅山造山运动的影响，特别是受印度板块的强大挤压，形成了大断裂带，在强烈构造运动的作用下，地势起伏大，其垂直分异明显。高海拔、高纬度，使香格里拉形成了温带——寒温带气候，其年平均气温4.7℃—16.5℃，年极端最高气温25.1℃，最低气温－27.4℃。

第一次到迪庆的经历至今仍记忆犹新。一行人从香格里拉市区出发，顺着香维公路，沿金沙江前行，再转澜沧江畔，在短短几小时的时间内便会经历山地亚热带、暖温带、中温带、寒温带、寒带过渡的立体垂直气候，感受"一山有四季，十里不同天"的特殊气候。

迪庆州因地形地貌特殊，气候类型多样，多种动植物在这里共生，它是全球生态系统类型、景观类型以及生物物种最为丰富、最为独特的地区之一。迪庆有金色的雪山、奔腾的江河、如茵的草甸、茂密的林海、宁静的湖泊、独特的文化，绘制成了一幅人与自然和谐共荣的美丽画卷，成为人们向往的旅游胜地。

当地的同志曾向我们专门介绍过"垂直气候带"的概念

和特征。它是指高山地区从山麓至山顶间的气候分带。随着海拔高度的增高，各种气候要素也不断发生变化，其中变化量最为剧烈的便是降水和温度。气候垂直差异越明显，垂直分带越多，气候多样性就越明显，各种动植物的种类、组合以及布局也就表现得越复杂。这也是山地气候资源丰富的一个重要原因。与此相反，若气候的垂直分带越少，则作物的种类、组合以及布局就越简单。

迪庆气候的垂直分布在香格里拉体现得更为明显。我们在不同季节先后多次来到香格里拉，对这里的气候有着切身的感受。香格里拉市所处位置属于高海拔低纬度区，气候随着海拔高度的变化而不断变化，出现多个气候带，属典型的"立体农业气候"。其中，季风气候对香格里拉的影响较为明显，此气候带受西南季风和南支西风急流的交替控制，干湿季节分明。

如果想要到香格里拉看缠绵的雨滴，那么6—10月就是最好的时节，此时是香格里拉的湿季，阴雨天气较多，雨量占全年降水量的10%—80%。香格里拉的雨季，时而天空的一抹蓝会消失，时而又日照大地，这也是唯一在雨季才能看到的美。于恬静时光中，搬一把椅子，依靠在窗前，看雨点淅淅沥沥地从空中洒落，一个人便可独自享受着这慵懒、安静的美……最美的不是下雨天，而是你去过雨季的香格里拉。

如果想要到香格里拉看绚丽的星空，最好是选在每年的

11月到5月之间，这一时段的晴天非常多，光照也十分充足，雨量占全年降水量的10%—20%，这时段就是它们的旱季。香格里拉的很多地方，都远离城市的辉煌灯火。夜晚的香格里拉，在静谧中折射出美丽的夜空。漫天的星星，距离似乎那么近，仿佛伸手就能碰触到。星光点点，撒入湖水中，流入溪水中，甚至会掉到草原上，落在草甸上，与野花交相辉映。"星汉灿烂，若出其里"，满天的星光陪伴着岁月在古城中缓缓流转……

随着多次深入考察，香格里拉的立体气候的丰富性让我们大开眼界：县境内雪山耸立，河谷深邃，气候随海拔高度的变化而不断变化，从海拔1503米的金沙江河谷到海拔5309米的哈巴雪山顶，依次有河谷北亚带、山地暖温带、山地温带、山地寒温带、高山亚寒带和高山寒带六个气候带。县气候幅宽、带窄形成"一山分四季"的典型立体气候。当河谷还是树木翠绿、鸟语花香、生机盎然的春天时，山巅之上却早已冰雪覆盖，严寒逼人。在这里你能看到各种珍稀的花草茂盛地生长，罕见的禽鸟自由地穿行。高山景色总是给人一种季节错乱的感觉，令人如入仙境却又意乱神迷。

香格里拉是典型的高原气候。以大小中甸坝子为主的香格里拉高原，平均海拔3450米，即使在8月也有可能飘落几朵雪花。在香格里拉，一年四季阳光日照都很充足，气温年较差小，全年无夏。但因其大气透明度高，太阳辐射强，白天增温剧烈，夜间降温快，一日之间，温差极大，所以才有了"一年无四季，一天有四季"之说。

除此之外，香格里拉气候的形成也受地形小气候的影响，南部迎来暖湿气流，降水较为丰富，气候湿润，北部则相对干燥。香格里拉有着复杂的地貌，其气候类型也呈现出复杂交错的特点，同一气候垂直带内又有草原气候、森林气候、湖盆气候等多个小地形气候，形成"隔里不同天"的气候特征。

气候的垂直变化带给我们的除了惊喜，偶尔也有意外的发现。在迪庆，气温、降水等气候要素随高度变化而具有显著的变化，尤其是气温的垂直递减率比水平递减率大几百倍。各气候要素受高度的影响而变化明显。例如在一次登高过程中我们发现，随高度的不断升高温度在逐渐降低；随高度的升高降水量逐渐增加，在降水量达到最大值后，又随高度而减小。

受垂直气候带来的降雨、气温等多因素的影响，迪庆形成了丰富的动植物、微生物资源等，也因此被称为"动植物王国"。据统计，其高等植物达187科5000余种，仅是国家保护树种就不下百种，国家一、二级保护树种更是不可胜数，最具代表性的诸如绿绒蒿等。当然，作为云南的一部分，迪庆的野生菌种类自然也不少，最具代表性的松茸，可是迪庆不可多得的美食。此外，迪庆有野生动物1400余种，其中国家一、二级保护动物80多种，著名的有滇金丝猴、黑颈鹤、雪豹、林麝、棕熊等。

▲ 碧塔海湿地

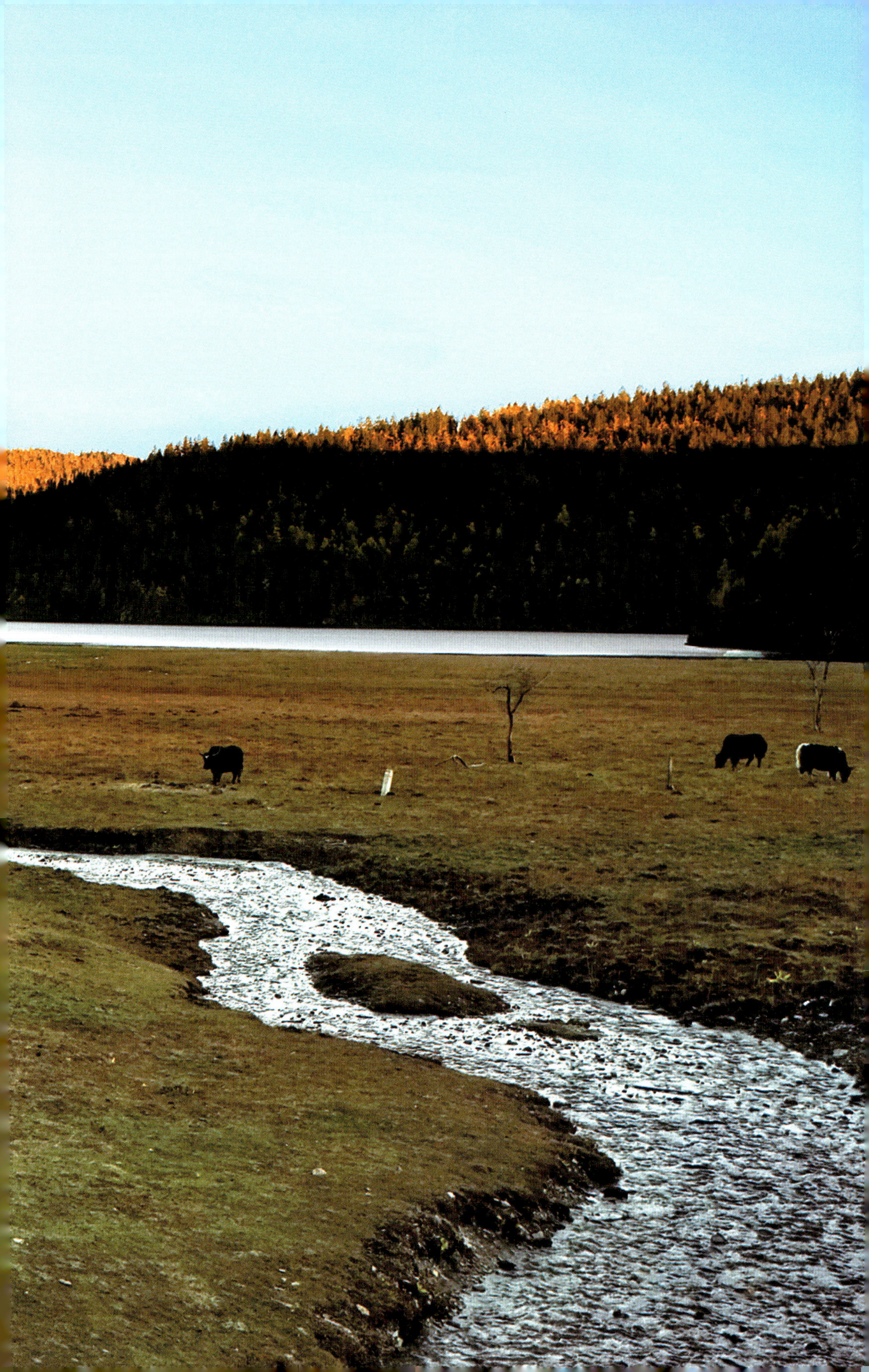

从灵动的滇金丝猴到百鸟争鸣的观鸟天堂，从宁静的纳帕海再到基因丰富的高山植物园等等。这一切，共同构建了迪庆多样、壮阔的自然景观。共同描摹了一幅人与自然和谐的万物共生图，令人向往。

复杂多变的立体气候不仅对动植物的分布产生了影响，更是构建了区域空间内不同民族的区位分布，深深地影响着当地人的生产生活方式。通过实地走访和当地人介绍，我们发现迪庆各民族在山水之间通过自己的智慧形成了自己独特的生活逻辑：白族生活在县域内海拔较低的地区，水稻种植是其最主要的农业生产方式；而金沙江河谷中生活的主体民族则以傈僳族为主，由于生活在"两山夹一江"的地理环境中，傈僳族的生产生活方式相对后进一些，他们以农牧活动为主的农业生产方式在一定程度上使得他们对于传统生活方式的保留较为完整，因此创造了独具匠心的峡谷陡坡农耕文化，形成了"壁耕奇观"。[1] 纳西族主要分布在丽江市的古城区和玉龙县，但纳西族独特的东巴文化发源地却在香格里拉的白水台。香格里拉的纳西族也有较多分布，主要与汉族、藏族、彝族等民族杂居相处，他们种植水稻、玉米、小麦、豆类等，大小麦一年两熟。彝族是香格里拉市境内分布较广的少数民族，主要生活在海拔 2000—3000 米的山地和湖盆坝子区，从事农牧生产，根据其垂直带上提供的自然条件，主要种植玉米、麦类、豆类和薯类。彝族村寨大多是以单一民族村寨为主，

---

[1] 明庆忠、史正涛、邓亚静、董铭：《试论山地高梯度效应——以横断山地的自然—人文景观效应为例》，载《冰川冻土》2006 年第 6 期。

其生产和生活方式、文化传统、风俗习惯等与四川大凉山彝族地区十分相似。藏族是香格里拉的主要民族，地处青藏高原东南部迪庆高原之上，多居住在海拔3000米以上的地区，主要以林牧为主，相似的垂直带上也分布着不同的农业生产方式。海拔在2800—3300米的垂直带上主要种植一年一熟的薯类和青稞，从3300米到香格里拉农业生产的最高处3900米就只有与林牧草相关的经济方式。①不同民族不同的农业生产方式也使土地利用的类型在垂直方向上大不相同。

垂直气候带同样造就着人文和民俗的不同。无论是居于高山的民族，还是住在河谷、草原上的民族，在迪庆高原上他们各自为适应自然环境而创造出不同类型的生产生活方式和文化类型。根据不同的自然条件，他们在民族服饰、建筑以及婚礼习俗等传统民俗中，保持着本民族特有的特点。以服饰为例，香格里拉的服饰有其鲜明的民族个性，同时也体现了服饰多样性的统一。他们有着繁多的服饰种类，奇特的图案样式，绚烂的服饰色彩，深厚的文化底蕴，充盈的审美意蕴。在服饰方面，他们每个民族都有自己独有的民族服装，但是由于居住地区的差异或者是民族支系的不同等因素，属于同一个民族的族群在他们的服饰样式、色彩、特色等方面也有所不同。其中，表现得最为明显得就是藏族服饰，藏族的服饰不仅保存着藏族共有的特征，而且其地方特色也体现得十分鲜明。尤其是妇女服饰，真可谓是"十里不同天，隔

---

① 马如彪、程峰、易邦进、付磊、蒋莲芳：《香格里拉土地利用垂直分异分析》，载《云南师范大学学报》（自然科学版）2011年第6期。

村不同服"。如大、小中甸的服饰，其服装在设计上既利于保暖，简洁舒适、便于日常劳作，又在极大程度上汲取了纳西族和白族的服饰特征。西藏芒康的藏族服饰同澜沧江流域的藏族服饰十分相似，但是金沙江流域的藏族服装却呈现出其独特的民族风格，金沙江流域的藏族服饰上身是长袖衫，绸缎坎绢，下身是长款百褶裙。丽江的纳西族与迪庆的纳西族虽然只相距一条江，但是两者在服饰上却各不相同，特别是三坝白地，它是纳西族东巴文化的发祥地，这个地区的民族服饰将该民族原始、古朴的个性在服装上凸显得特别明显，特别是女性服饰。女性大多数上身穿金绒对襟圆领长衫，下身着麻布或白布百褶长裙，腰系五彩带，背披一张白色长毛公山羊皮。

自然生态系统决定着人类生产生活方式，生活在迪庆的各族人民世世代代生存在这片雪域圣地，在这特殊的地理环境中生产创造了极具特色的文化类型。气候对于万物的影响不言而喻，气候在迪庆农业生产中扮演着重要角色，不同的气候为当地农耕、种植等事业提供了必要的自然条件。迪庆州巨大的地形高差引起气候垂直分异明显，这种变化包括常见的土地垂直变化与植被垂直变化，并且前者是后者的具体体现。与此同时，当地土地种植结构等也随海拔的变化呈现出一定的规律性，以耕地、林地为代表的土地利用类型所占的比例也不尽相同，最终形成了多样的土地开发利用模式。

大地之上，一切的生命都跟这块古老的土地紧紧相依，多样的地理地貌形态和垂直变化的气候类型使得这里的生物多样性更为丰富，进而也决定了生活在这里的人们创造出多样文化，但千百年来苍穹下的生命，生生不息，和谐共生，人与自然和睦相处，族群与族群之间友好共居，相互尊重，和谐和睦，这是一切生命自然的状态。

山中精灵滇金丝猴

　　迪庆境内的物种分布随立体气候影响而呈现出明显的梯度化差异，不同的海拔形成了不同的气候，造就、滋养和孕育了不同的精灵，其中最负盛名的滇金丝猴就生活在喜马拉雅山脉南缘横断山系，海拔2000—4500米的云岭山脉中。

　　2021年7月，我们有幸来到迪庆境内的白马雪山国家级自然保护区。作为我国为数不多的自然生态系统健康运转、具有丰富的生物多样性的自然保护区，其"三江并流"的特殊区域便毫无疑问成为滇金丝猴的家园。据了解，滇金丝猴被人类正式命名和科学记录已经有100多年的历史，最早发现这一物种的是法国传教士——比埃特。1890年，法国的一支动物采集队到达中国云南德钦县，他们在云南省西北部的白马雪山开展狩猎活动，他们猎获了7只滇金丝猴并制成标本，带回法国的巴黎自然历史博物馆。尽管中国作为滇金丝猴的原产地，但我国对于滇金丝猴的研究相对较晚。在1962年，动物学家彭鸿绶在一次巧合之下在云南德钦的畜产公司看到了滇金丝猴的皮，证明曾被认为已经消失的物种仍然存在。真正对该物种的实地考察始于20世纪70年代末，那时首次获得3个完整的标本，从而揭开了滇金丝猴神秘的面纱。1979年，中国动物学家终于在野外考察中亲眼见到了野生滇金丝猴种群的活动情况。[1]

---

[1] 于凤琴：《响古箐滇金丝猴纪事》，中国林业出版社2017年版，第35-67页。

滇金丝猴白里透红的面庞，抹了口红一样的嘴唇，温柔的性格独得人类喜欢，身份更是与那些到处抢夺游客食物的大胆猕猴大不相同，它们更像是猴中贵族。然而，虽名为"金丝猴"，可滇金丝猴并无金黄色的毛发，也许因其面部与川金丝猴相似。金丝猴起先被发现和命名都是川金丝猴，因而本种就被命名为滇金丝猴。在过去的动物分类学上，曾经把川金丝猴、黔金丝猴和滇金丝猴三个种群同命为金丝猴，滇金丝猴和黔金丝猴被称为川金丝猴的亚种，以产地不同而得名，均系我国所特有的、世界著名的、珍稀濒危的国家一级重点保护野生动物。其实，这三个种同为仰鼻猴属，如果按照体色来命名的话，分别叫作"金仰鼻猴""灰仰鼻猴""黑白仰鼻猴"则更为准确。[①]

通过对比不难发现，滇金丝猴体形较川金丝猴稍大，面部特征与川金丝猴相似，身上的体毛并不是金黄色，主要是灰黑色，具有光泽。手、足也呈黑色，所以也叫黑金丝猴，但上臂内侧、喉部、颈侧、臀部及股部均为灰白色，形成明显的对比色。它

▲ 滇金丝猴

[①]孙雪冰、吴银玲、程权：《会笑的猴子——滇金丝猴的生存与生态保护》，载《今日民族》2021年第4期。

的大白斑长在臀部的两侧，斑上的毛又白又长，背部和肩部的毛也较长，雄猴的头顶中央还有尖形的长长的黑色毛冠，眼周和吻鼻部呈青灰色或肉粉色。身体背侧、手足和尾均为灰黑色，背后具有灰白色的稀疏长毛。身体腹面、颈侧、臀部及四肢内侧均为白色。初生的幼仔全身的被毛为浅灰色，两眼大而有神，四肢的指（趾）尖都是红色，尤其美丽的是口唇呈樱桃红色，就像涂了口红的少女一般。

专家介绍说，滇金丝猴是世界上栖息海拔最高的灵长类动物。生活于海拔 3000 米以上的高山暗针叶林带，活动范围可从 2500—5000 米的高原山地，而平时多在 3500—4500 米高度的云杉、冷杉林中活动。栖息地属亚热带山地常绿、落叶阔叶混交林，亚热带落叶阔叶林，常绿针叶林以及次生性的针阔叶混交林等四个植被类型，随着季节的变化，它们不向水平方向移动，只在其生活的环境中做垂直移动。滇金丝猴在吃食上也与别的猴群不太一样，它们必须是跑着吃，吃各种树枝和杂灌木上不同的叶子、树干上的虫子、松萝、嫩枝条、芽孢等等。而且它们每天都要吃三十多种植物。除此之外，滇金丝猴族群内部也有着极其严密的规范。滇金丝猴采用集群生活，社会结构以家庭为单元形式存在，采用"家长负责制"，且守土有责。家庭之间以邻为友，友好相处，互不侵犯。成年滇金丝猴不可到别的家庭串门走动，违反者要遭受警告、驱赶或是更严重的惩罚。婴猴则是个例外，婴猴可以到每个家庭去串门，与各个家庭的

▲ 滇金丝猴

▲ 滇金丝猴

婴猴玩耍。成年的滇金丝猴对这些外来家庭的"小客人"也都友好接待，爱护有加，一般不会伤害其他家庭的婴猴。主雄也是如此，从不伤及别家的婴猴，对那些被自己抢过来的母猴，只要母猴归顺自己，向自己示好了，主雄就会视其为自己的妻妾，对母猴带过来的与原家长所生的婴猴也会倍加疼爱。[①]

有趣的是，在滇金丝猴种群的各个家庭中，女儿可以一直待在母亲身边，而雄猴或许还未成年便被家里的主雄驱逐到全雄家庭中去，而这也是母猴相对雄猴来说要幸运很多的原因。此外等到女儿长大了，可以谈婚论嫁了，全雄家庭中的猴崽也长大了，各个家庭开始了主雄之位的争夺战争。全雄家庭也是由来自各个家庭的雄猴组成的，在这样家庭中生活的猴子们也有着各种各样的不幸与幸运。幸运的是，它们都有可能随时夺取妻子，成为主雄；不幸的是，它们随时都有可能被主雄所伤，甚至还会有性命之忧。谈到这里就会出现一个问题，这样的方式会不会产生一些所谓的伦理问题呢？滇金丝猴主雄做家长的时间一般不会超过3年，最长的也不超过4年，这主要是避免近亲繁殖问题。在小母猴5岁以后性成熟时，她的父亲也因为年长等各方面原因在决斗中失败而被淘汰出局，而从种群降生成长的雄猴一般不在本种群娶妻生子。因此，滇金丝猴父女、母子之间是没有性行为的。全雄家庭的幼年雄猴到了娶妻生子的年龄，就需要到外群去参与决斗，争夺家长之位，获得妻子。这样的婚姻制度很科学，也符合人们的心理习惯，它不仅从根

[①] 和鑫明、夏万才、巴桑、龙晓斌、赖建东、杨婵、王凡、黎大勇：《金丝猴主雄应对配偶雌性数量的理毛策略》，载《广西师范大学学报》（自然科学版）2021年第1期。

本上杜绝了近亲交配的可能性，也确立了灵长类动物的伦理原则。我们认为动物之间也有伦理道德关系，尤其是灵长类。从伦理的起源来说，一般高等动物，它们的认知能力、反省能力都比较强，像滇金丝猴这样的灵长类动物应该会有这样的一种能力。在它们的行为当中，有它们自己的伦理道德规则、伦理道德意识和伦理道德观念，尽管它们的伦理道德规则、意识和观念不像人那么复杂、深刻和精细，但也还是有的。[1]

通过影像资料和实地观察，我们发现在滇金丝猴群体中普遍存在着分工合作的组织架构。滇金丝猴种群虽然和其他猴类的种群结构不太一样，但在种群里，它们的分工也是非常明确的。在猴群中，寻找吃食、侦探天敌、制订出行路线、守卫猴群安全等一些出行的责任基本都是由全雄家庭来承担，而最终的决策者则是群体中最有地位的家庭的主雄。就比如猴群一起去喝水时，最先喝水的便是猴群中最有地位的家庭，依次从主雄开始，妻子、其他母猴、幼猴，以家庭为单位次第饮水。这种尊卑有别、长幼有序的等级观念已然深入猴心。金丝猴作为与人类最相近的物种，其生养与人类有很大的相似之处。滇金丝猴的生育都在晚上进行，许多猴子围坐其左右，将"产妇"包围在里面，这或许是猴子对于"产妇"的隐私的一种保护，晚上生产也是一种保护，等到天明完成生产，猴子便会纷纷离去。脐带是连接婴猴的生死线，哺乳类动物正是靠脐带与母体相连，胎儿才得以孕育和成长。滇金丝猴也不例外，胎儿在母体中所获得的

---

[1] 于凤琴：《响古箐滇金丝猴纪事》，中国林业出版社2017年版，第90-100页。

氧气、营养都是靠脐带来输送的。然而，婴猴在出生的3天之内，脐带便是其新生命的最大杀手，据当地护林员观察和不完全统计，每年的新生猴中，约有十分之一的婴猴死于脐带。护林员并不能帮其剪断婴猴的脐带，只能任由几天之后脐带烂掉方断裂，才不会威胁到小婴猴的生命。滇金丝猴是一个独特的物种，据统计，到2020年白马雪山国家级自然保护区仍栖息着13个种群约2700只，这都得益于当地政府的支持和不断付出的护林员们，人们对自然的保护共同奏响了属于物种繁衍的美妙交响曲。位于维西县塔城镇的白马雪山自然保护区滇金丝猴保护站，目前已成为国内最大的滇金丝猴保护基地，成为科普教育、研学基地和著名的旅游观光景区。

观鸟天堂纳帕海

神奇的纳帕海,位于迪庆一隅,是秋冬鸟儿的天堂,也是绝佳的观鸟之地。秋冬时节,百鸟齐聚于香格里拉,共赴与纳帕海的誓约。纳帕海地处滇西北的横断山脉中段,是我国独特湿地类型中的季节性高原沼泽湿地。一方面它调节冰雪融水、地表径流和河流的水量,均衡长江下游的水位和水量;另一方面它调节局部气候,它拥有湖泊和陆地的双重特征,湖面宽阔、百草丰茂,为黑颈鹤、黑鹳等许多珍稀濒危物种提供了栖息地和繁衍地,对孕育生物多样性有着极其重要的作用。纳帕海虽然只是一个小小的湖泊,湖面面积只有3000多公顷,但因其独特的地理区位和季节性特征,加上周围高山的阻碍,交通不便,远离尘世的喧嚣和污染,纳帕海成为珍稀濒危鸟类越冬栖息繁衍的理

▲ 上:纳帕海黑鹳群　下:黑颈鹤与斑头雁

想场所，水禽越冬地和候鸟迁徙途中的补给站。其湖面上鸟类密度令人瞠目结舌，不计其数的普通鸬鹚、针尾鸭、斑头雁、黑颈鸊鷉、凤头鸊鷉、中华秋沙鸭等各种水鸟云集，蔚为壮观。来到这里的常客大都很有身份，有国家一级重点保护动物，如黑颈鹤、白尾海雕等；国家二级重点保护动物，白琵鹭、白马鸡等。秋冬之际，草原上呈现出一片金黄之景，远处的雪山倒映在湖泊中，一层又一层的山峦起伏叠嶂，此时如期而至的黑颈鹤、斑头雁、白鹤、黄鸭、麻鸭等在湖泊边、沼泽地里休憩、觅食、嬉戏，使辽阔空灵的纳帕海别有一番韵味。

当然，这里不仅仅是鸟儿的乐园，还是观鸟人的天堂。为了吸引更多的人看到秋冬时分色彩绚丽、百鸟归巢的景象，香格里拉政府于 2016 年开展了第一届香格里拉冬季国际观鸟节，截至 2020 年，香格里拉政府共成功举办了五届冬季国际观鸟节，"生态迪庆·飞羽天堂"是观鸟节不变的主题，代表着人类坚持生态文明建设，探索人与自然和谐共生的绿色发展道路的核心。观鸟节的举办，吸引了国内外无数专业观鸟团队、观鸟爱好者前来，一起见证候鸟与湖泊的一年之约。又因为香格里拉位于中国西部候鸟的迁飞路线上，初冬时节，湖泊水鸟云集，生机盎然，这也成为许多鸟类科学家开展"水鸟研究"的热点地区。正如香格里拉市政府所说："香格里拉观鸟节不仅能带动当地社会公众的生态保护与参与意识，推进生态保护与文明建设，还能将'护鸟、识鸟、爱鸟'的意识与知识更好地传播

▲ 雪鸽飞过神山

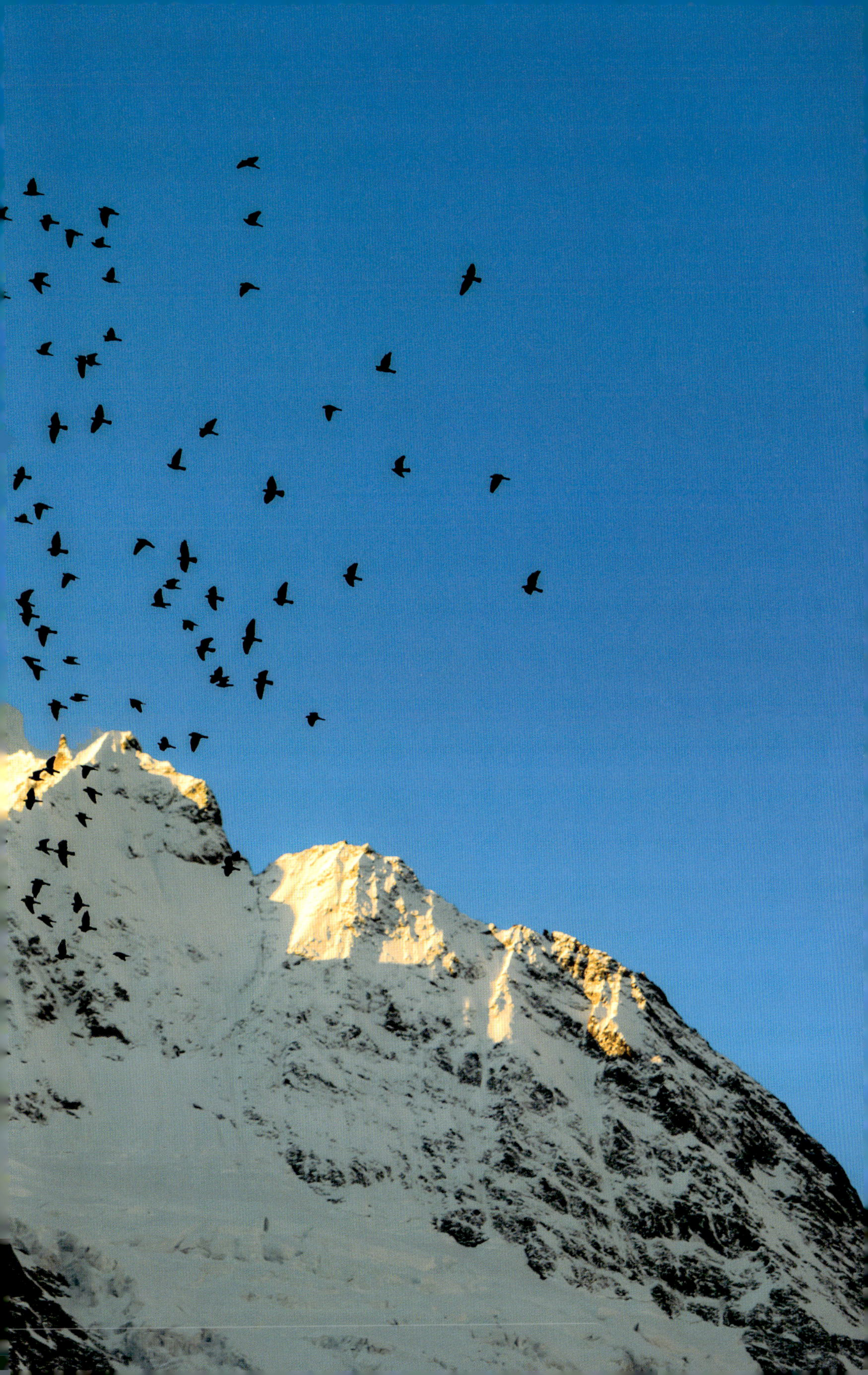

到广大市民群众中去，也能为香格里拉本地鸟类资源和生物多样性的保护做出贡献。"2016年首届冬季国际观鸟节共观测记录了152种鸟类，2020年第五届观鸟节所记录到的鸟类增长至260种。2019第四届香格里拉冬季国际观鸟节记录到48种前三届观鸟节中未记录到的鸟种，其中不乏勺鸡、白鹇、梅松雀等鸟类。每年9月到来年的3月，可以看到无数的飞鸟在水面上盘旋翱翔。正如当地流传的农谚所说"来时不过九月九，去时不过三月三"，各种水鸟与人、与自然在这里和谐而存。从初秋到早春，黑颈鹤、中白鹭、非洲白鹳、赤麻鸭、绿头鸭、斑头雁、红嘴鸥、黑天鹅、灰鹤等数十种国家保护鸟类年年如期而至，在此地停留过冬。为了让人们认识到更多的鸟类，《迪庆日报》官方微博以"香格里拉·飞羽天堂——每日观鸟台"为平台，将到达香格里拉越冬的一些鸟类的相关信息附图详细地发布出来。观鸟行为的作用是明显的，一方面可以拉近人与自然的距离，使人类明显和直观地感觉到我们和鸟类一样都是大自然的一部分，另一方面也是我们了解自然的一个过程，使得我们的思维更加深刻，体会物种的独特性和作用的独一无二。

通过资料收集和求证，结合当地人的科普，我们发现在迪庆有代表性的鸟类主要有以下几种：

贡吓角嘞（藏语）—— 黑颈长尾雉。

如果在阳光明媚的某一天，你在迪庆看到了一只漂亮的大鸟在林中走来走去，时而驻足、时而前行，十分悠闲。它的颈部有带状黑羽，而且羽毛上迷人的"彩衣"和明显的尾羽斑纹，那么你就可以确定，这是一只名为黑颈长尾雉的珍稀鸟类。

黑颈长尾雉在分类学上属于鸡形目雉科长尾雉属，于1988年被列为国家一级重点保护鸟类，1995年列入CITES（《濒危野生动植物种国际贸易公约》）附录Ⅰ，1994年被IUCN（《世界自然保护联盟》）列为稀有种，2016年列入IUCN濒危物种红色名录近危等级（NT）。

在中国有分布的四种长尾雉中，黑颈长尾雉是分布区域最西的一种，在国内分布于广西、贵州西南部和云南西部，长尾雉是我国的特有物种，也曾是中国古代皇家重要的狩猎物种。它们栖息于海拔500—3000米的山林。黑颈长尾雉通常组成3—5只的小群活动，清晨时，领头的雄雉会先在夜栖的树上拍翅然后飞下树来，到林下地面继续拍翅发出响亮的"扑扑"声，雌雉会循着扇翅声音来会合，共同去觅食。它们在地面寻找种子、果实、刨掘根茎，也会采食植物的嫩芽、嫩叶与花，在繁殖期更多地会取食蚯蚓、螺和各种节肢动物，尤其是数量丰富的白蚁可作为它们繁殖和育雏的蛋白质所需。

由于黑颈长尾雉较少鸣叫，因此广西与云南交界处将它们称为"哑巴鸡"。它们虽然不易被寻获，但如果找到了它们的夜栖树，即使打下其中一只，其他的也不会逃跑，因此猎人可以将一小群夜宿的黑颈长尾雉全部猎杀。20世纪，山村几乎户户有猎枪的年代，黑颈长尾雉被大规模捕猎，再加上过去毁林开荒、过度采伐等原因，黑颈长尾雉一直面临着栖息地丧失与破碎化的威胁。虽然在保护区内，它们的数量还较为稳定，但在保护外分布的种群依然面临着盗猎等威胁。

血雉——高山上的隐士。

在香格里拉海拔约3000米的地带，在高山箭竹林，杜鹃林，冷杉、云杉及高山栎林之中，生活着这样一类鸟，它们居住在高海拔地带，酷爱人烟稀少的山林，不惧严寒，远离尘世，餐风饮露，宛如山林隐士。它就是血雉。

血雉因双足及身体多个部位呈红色而得名，是世界闻名的观赏鸟类。香格里拉的野生血雉是留鸟，它们不惧严寒，只在小范围垂直迁徙，即使大雪封山也不会下山避寒。它们餐风食雪，以植物种子、树干上的苔藓和雪未掩埋的青苔为食。无论是在繁殖季节，还是在越冬时节，它们总喜欢集群生活，血雉集群的特点提高了个体的取食效率，降低了外敌袭击的概率，让它们得以共渡难关。血雉不甚畏人，也不善飞行，逃避敌害主要靠迅速奔跑和隐匿，受到惊扰时常发出拖长的"嗒——嗒——"的惊叫声。当遇到危险时，雄性血雉总会跳到前面，保护"爱人"离开。在调研期间，我们也有幸亲眼看到雄性血雉的"护妻"行为。那一次大雾弥漫，我们走在观鸟路上，忽然看见几只血雉就站在几米远的地方。这种不期而遇都让彼此都有些紧张，这时只见一只雄性血雉向前走了几步，它歪着头，盯着人看，此时的雌性血雉悄然撤离。还没等到我们回过神，那只雄性血雉也迅速躲进灌丛中，没了踪迹。这一路上，我们还遇到了好几对血雉在路上大大方方地"逛街"。可当我们慢慢向它们靠近时，它们却和我们打起了游击，不等我们举起相机，它们就在浓雾的掩护下钻进路两旁针叶林下的草丛里，最后我们只得望草兴叹。

高原精灵——灰鹤。

灰鹤没有华丽的外表，没有过度的炫耀，也没有浓厚的文化背景。

但是就生存、适应能力而言，灰鹤是鹤类的佼佼者，它们是世界上分布最广的一种鹤。每当秋风瑟瑟，北风刮起，它们便成群结队飞赴温暖的南方越冬。灰鹤虽然分布广泛，但是它们对生活环境有着苛刻的要求，它们栖息于开阔平原、农田或

▲ 灰鹤

多苇草的沼泽、湖岸，尤为喜欢富有水边植物的开阔湖泊和沼泽地带。所以灰鹤实际上集中的越冬地仅有几个，云贵高原便是其中之一。因为此处海拔高、山地多，点缀在大山之间的众多湖泊、沼泽、湿地也便成了灰鹤优良的越冬地。

灰鹤身长在1.1米左右，双翅展开可达2米，体重约5千克。身体以石板灰为主，头和脖颈呈黑色，眼睛后面有一条白色条纹向后延伸至后枕，这也是其区别于其他鹤类的显著标志之一。头顶有一片裸露的皮肤，由于缺乏羽毛覆盖，血管丰富，而呈现出一块红斑，到了繁殖季节，这块红斑就更加鲜艳醒目，成为吸引异性的法宝。

灰鹤的活动是极为规律的，可以简短概括为"同睡不同吃"。"同睡"是晚上集中在一起夜栖，可以保存热量、及时发现天敌等。"不同吃"指的是白天要四处散开，以小群的形式分散觅食，这样可以减少个体间的食物竞争并有效地利用周围资源。

据统计，目前全世界灰鹤的数量不到2万只，属于国家二级保护动物。

猛禽中的"战斗机"——游隼。

你知道世界上俯冲最快的鸟类是哪一类么？时速最快可达到多少千米？如果你看过爱登堡爵爷在2016年的重磅纪录片《猎捕》的第六集《时机就是一切》，你就会知道其中的一个主角就是你要找的答案。而这个主角就是接下来要登场的猛禽中的"战斗机"——游隼。

游隼是速度最快的陆地动物，每小时 100 千米的速度对于它而言只是散步。游隼抓捕猎物的方式是靠高速撞击把猎物撞死或者撞晕，简单粗暴又冷静优雅，而这个过程中它的俯冲速度可以达到每小时 300 千米。世界上现有的游隼一共存在 18 个种类。身体长度可达 50 厘米，翅膀很长很尖，眼的周围呈黄色，两颊有黑色髭纹，头到后边的颈部呈灰黑色，上体整个部位呈蓝灰色，尾巴上黑色横带，下体多呈白色，胸上有黑色的斑点。

游隼在飞翔的时候，会张开翅膀穿插着去飞行。也经常会在天空中进行翱翔，在野外的时候非常容易识别。大多栖息在山地荒漠等地带，也经常会到农田里面去，几乎全世界都能够见到游隼的身影。

游隼大多数时间会单独活动，但会以一夫一妻的生活方式生存。游隼经常会尖叫，但是声音有些沙哑，在飞行的时候也会进行滑翔，喜欢在空中翱翔，生性非常凶猛。真正见过游隼捕猎的人，定是过目难忘的。

在抓捕猎物时，游隼会慢慢地靠近猎物，并且打开翅膀以俯冲的速度去抓住猎物。用自己尖锐的嘴去咬猎物，直到猎物奄奄一息或毙命，然后用自己的双脚按住猎物，带回自己的巢穴或者是隐蔽的位置，将猎物撕成小块再吞噬。一些比游隼体型大的生物也不一定是其对手，因为在空中捕食时，游隼要比其他一些猛禽速度快并且体重大，有的时候在发现猎物后会快速地上升，并且占领制高点，然后将自己的双翅收起。据研究资料显示，游隼曾被记录下来的最快速度纪录是每小时389千米。游隼凭借速度优势称霸空中，所捕食的其他鸟类多达两千种。不论大块头的鹰、雕，还是土霸王喜鹊都得躲着它。

吓冲冲南布（藏语）——黑鹳。

2020年12月，位于云南省迪庆州香格里拉市建塘镇的纳帕海国际重要湿地上，一批成群结队的黑鸟正在湿地上悠闲地漫步。这种黑鸟体形与鹤近似，脚及眼周围裸露出来的皮肤呈现鲜红色，腹部为纯白色。飞行时可看到其翼下为黑色。这就是被誉为"鸟中熊猫"的——黑鹳。

黑鹳在中国的珍稀程度并不亚于大熊猫，全球数量2000—3000只，中国有1000多只，数量极其稀少。属国家一级保护野生动物。它繁殖于北方，在长江以南地区及台湾等地越冬，

▲ 黑鹳

这种体态优美的大鸟有着超强的飞行迁徙能力，在欧、亚、非大陆都有分布。

它们栖息在开阔森林及森林河谷与森林沼泽地带，常出现于湖泊、水库、水渠、溪流、水塘及沼泽地带。最近几十年，大量的湿地被改造为农田，南方水稻种植区过去冬天泡水的稻田都改种小麦、油菜或绿肥。由于冬泡田这种人工湿地大面积消失，因此曾经广泛分布的黑鹳数量明显下降，分布区域亦不断缩小。

在香格里拉地区，黑鹳为高原湿地常见冬候鸟。1988年，纳帕海国际重要湿地首次记录到黑鹳，2004年首次系统监测记录到的黑鹳有60余只。2020年，已有400余只黑鹳在香格里拉市纳帕海国际重要湿地越冬停歇，该湿地已成为国内黑鹳种群最大、最集中、最为重要的越冬地和迁徙停歇地。

游禽代表——针尾鸭。

提起针尾鸭，即使你从来没有见过它，仅从名字的表面含义，也可以大体想象出来它的特征：一根长长的似针尖形的尾巴形象，便决定了它的名字的由来。

在自然界中，针尾鸭不是单一物种，它有3种亚种分化。它非常机警而且胆小，一旦发现危险来临时，它就会马上飞走。在各种内陆河流、湖泊、低洼湿地都可以见到它们的身影。

针尾鸭的体形中等，雄鸭的体型要比雌鸭的大，雄鸭的体长是43.5—71厘米，体重660—1050克。雄鸭的背部有淡褐色和白色，头部是暗褐色，颈部是白色；雌鸭的上体是黑褐色，头部是棕色，背部是灰白色，下体是白色，尾巴是白色。针尾鸭的虹膜是褐色，嘴巴是黑色，脚是灰黑色。

在香格里拉地区，针尾鸭为冬季常见水鸟。针尾鸭在11月左右从北方迁来香格里拉越冬，越冬期间结群活动，有时也与其他野鸭混群活动。一个群体的成员有10—100只。由于针尾鸭喜欢生活在湖泊、河流、沼泽等地，它们会将巢穴建造在水域附近的草丛之中。白天它们大多在宽阔的湖面上漂浮和休息，清晨和傍晚在浅水处和沼泽地带觅食。它们很善于飞行，也很善于行走，一些水生植物、谷粒等是它们的主要食物。针尾鸭在觅食时头下尾上，将上半身潜入水中摄取水草和鱼、虾、螺、贝。

由于针尾鸭的分布范围较为广泛，再加上种群数量趋于稳定，所以它没有被评为濒危物种。之后，针尾鸭才被列入《世界自然保护联盟》濒危物种红色名录——低危、国家林业和草原局发布的《国家保护的有益的或者有重要经济、科学研究价值的陆生野生动物名录》。

忠贞的爱情鸟——凤头䴙䴘。

"一夫一妻制"是人类文明的表现，也是人类社会倡导忠贞不渝爱情的制度体现。然而在自然界动物中，也有"一夫一妻"的忠贞不渝的爱情现象。有些鸟类在它们的一生中，雄性和雌性的恩爱可能会保持一生，当一方死去后，另一方会痛不欲生，有的甚至会殉情自杀。所以，人们常用来赞誉这类忠贞不渝鸟类的爱情，称作"爱情鸟"并加以歌颂。

凤头䴙䴘就是这样一种动物，它们会自觉地实行一夫一妻制。一旦它们认定了自己的伴侣，在接下来的生命里真心陪伴、忠贞不贰。故而人们赋予凤头䴙䴘这样一个称谓——忠贞的爱情鸟。

凤头䴙䴘是体形最大的一种䴙䴘，它的外形优雅，颈部修长，有着显著的深色羽冠，下体近白，上体纯灰褐。

它们成对或集成小群活动在既是开阔水面又长有芦苇水草的湖泊中，极善水性，绝对是优秀的水上自由体操运动员。它们时常把头部朝下没进水里，接着完成一个漂亮的前滚翻动作，然后在水下做一段高速度潜泳，再在远处露头冒出水面。

谈到凤头䴙䴘最有趣的地方，一定是它们那令人过目难忘的求偶舞蹈。进入繁殖季，它们都会上演精彩的求偶大片。

当凤头䴙䴘遇见心仪对象时，它们大多会献上水草作为信物。两只情投意合的凤头䴙䴘会在一起畅游的过程中，突然开始深情对视，冠羽变得蓬松并高高竖立，双方不停地快速扭动头部，并同时上下点头，接着它们紧密相依，相互将喙尖对在一起"热吻"。如果求偶成功，它们则会双双调转方向，潜入水中，各自衔起一把水草，然后相互靠近，疯狂踩水，使整个身体都露出水面，看起来就像是踩在水面上的芭蕾舞者一般。它们就是天生的灵魂舞者。

高原仙子——黑颈鹤。

1876年，俄国博物学家、探险家尼古拉·普尔热瓦尔斯基在青海湖采到了一种鹤的标本，它最为明显的特征是颈部三分之一的羽毛为黑色，这和世界上已经被发现的14种鹤类均不相同。至此，这种鹤才真正被鸟类学界所发现。它是世界上15种鹤中唯一生活在高原地区的鹤类，也是世界上最晚被命名的一种鹤——"黑颈鹤"。

黑颈鹤，在藏族传说中，它是格萨尔王的牧马者，被喻为格萨尔王神马的守护者；它时常出现在唐卡上所绘的长寿图中；它也是藏族同胞口中的"高原仙子""高原神鸟"。据说，其犹如号角的鸣声能使百里外的神马听到出征的召唤。而云贵高原的人则将黑颈鹤叫作"雁鹅"，亦视其为吉祥之鸟。于是，身高腿长、体态优雅的黑颈鹤，世世代代与青藏和云贵两大高原的各族群众生活在一起，深得当地民众的喜爱。

人们对黑颈鹤的喜爱之情，除了有对被誉为传说中神鸟的崇敬之意，恐怕还包含对黑颈鹤"夫妻观"的认可。

黑颈鹤夫妻之间十分恩爱。黑颈鹤从产卵到孵出幼鹤共需30多天。与其他家禽只由雌性单独承担孵化子代所不同的是，黑颈鹤的孵化是由雌雄两只亲鸟轮换着卧巢孵卵完成的。在这一个多月的孵化过程中，雌鹤每天都要飞出觅食，为孵化积累能量。而每当这时，雄鹤便自然地承担起进巢孵化子女的任务。有时即使在雌鹤不需外出觅食的时候，守候在巢边的雄鹤也会

▲ 黑颈鹤

不时地来到巢上,与雌鹤共鸣,呼唤它离巢活动身体、伸展翅膀、整理羽毛,而改由自己进巢换孵。

如果是配对成功的夫妻鹤,无论死亡者是雌鹤还是雄鹤,幸存的一方就成了孤鹤。孤鹤是很自卑,也很可怜的,如果它们当年未参与繁殖,没有幼鹤带在身边,它就只能孑然一身,孤苦伶仃地打发其后的日子了。

纳帕海是人类与鸟儿共有的家园,站在湖边,由远及近细细观望,各种各样形态不一的水鸟铺满水面。在这里,与鹤共舞似乎不再是梦,藏族居民的青稞架上,白尾海雕站在上面小憩;青稞晒架下,黑颈鹤和藏族人蓄养的马羊一同懒洋洋地晒着太阳；湖泊里，上万只骨顶鸡在懒洋洋地游弋、觅食；黑颈鹤步步紧跟着藏族人的家猪却又依旧优雅地寻觅着食物。远处的沼泽，坑坑洼洼，成对的赤嘴鸭躲在稀疏的草丛中"窃窃私语"，通体浓黑的白骨顶在湖面上激起一阵阵浪花，惊飞起一群牛背鹭，旁边的一只红脚鹬心无旁骛地立在水面的浮草上，静静地守候着浮出水面的高原鳅，一切是如此的恬静！纳帕海边的藏族同胞房屋里的炊烟袅袅升起，湖面上栖息着的各种水鸟，或引吭高歌，或低吟浅唱，或抖动着翅膀，忽而振翅高飞。缥缈的山，静谧的水，错落的房屋，灵动的水鸟，便构成了一幅人与自然最和谐、优美的画卷。

万物相关——苍穹下的生命 181

◀ 白骨顶
▼ 白颈鹳

▲ 白尾海雕
▶ 红嘴乌鸦

◀ 金雕
▼ 藏雪鸡

高山植物基因库

迪庆，不仅是动物的世界也是植物的天堂。在这里形成了世界气候变化以及地形地貌变化后，最适合物种栖息和生存的地方，这里的垂直性气候显著，地形地貌变化经多年演变，地势海拔起伏大，适合多种动植物生存。盛夏的纳帕海，深蓝如洗的天空、纯白多姿的云朵倒映在平静的湖水里。绿油油的青草、星星点点的牦牛、犏牛与牧民、游客构成一幅人与自然和谐共融的优美画卷。海拔3400米的迪庆州香格里拉高山植物园是纳帕海最好的观景点，可谓世界上海拔最高的植物园之一。它由著名植物学家方震东先生在2001年建立，2006年正式开放，其初衷是保护园中原生的几种杓兰属植物（野生兰花）及它们的自然栖息地。香格里拉高山植物园是迪庆州第一个公益性高山植物园。植物园自开园以来，在政府的支持以及多方社会人士的关心和支持下，在不断发展，相应基础设施也得到不断完善，多种珍稀植物不断培育引进，园区的范围也在扩大，物种在渐

▲ 黄花杓兰　　　　　　　▲ 紫点杓兰

渐丰富。如今，物种丰富、百花争艳、百鸟争鸣、保护良好的园区面貌已经呈现在公众和游客面前。香格里拉高山植物园成了国际植物园保护联盟（BGCI）和中国植物园联盟（CUBG）的成员之一。

说到香格里拉高山植物园，不能不提方震东。

1986年，在云南大学就读生物专业的方震东在研究生考试中因为未能回答出云杉和冷杉在野外有什么区别而与研究生失之交臂，也正是因为这两棵树，他的命运从此更改。方震东被分配到了中甸（今香格里拉），他以前没有去过高原，到中甸后，第一件事就是去认冷杉和云杉那两棵改变了他命运的树。他发现，云杉属的球果下垂，冷杉属的则是直立的。进入森林，看不到果也望不到叶时，可以以树皮的分裂方式区分：冷杉是条状开裂的，云杉的树皮呈鳞片状，这是植物志书中都找不到的细微差别。答案找到了，可惜他已永远错过了那场考试。初生牛犊不怕虎的方震东试着将迪庆州的物种梳理一遍，而他也确实做到了。他花费了五年的时间将迪庆州走了一遍，在课题经费很少的情况下，自己承担起了高额的相机费和差旅费。迪庆州2.3万平方千米，气候垂直性差异显著，地势起伏大，交通条件极差，步行一两天都是常有的事，有时还需要借助马帮，跟随他们一起走茶马古道，没有几十天根本无法走回来。在此期间，方震东也发现了许多的新物种。自此，每年方震东的时间就跟四季一样，前三个季节出去采集标本，冬季回来整理标本。

因调查成果丰富，迪庆州科委建立了第一个植物标本馆，方震东也出版了一本书《中国云南横断山野生花卉》，郑重写上调查结论：初步查明迪庆州有观赏植物106个科312个属1578种。后来，因为要种植郁金香，方震东被调入云南格桑花公司，随着黄紫红橘各色郁金香怒放在雪山脚下，方震东和公司名声大噪。在公司面临转型，方震东也到四十岁的年纪，他的脑子里始终想着他的这一生最大的梦想——建一座植物园，就像他仰慕的爱丁堡皇家植物园，跨越400多年，庇护着全世界收集来的物种。在做好一切准备之后，高山植物园最终以非政府组织的形式注册，在2006年夏天，举行了开园仪式。植物园运转起来，也面临着许多困难，其中最大的便是资金问题，职工工资拖欠了好几个月，几个项目款没到，不断流出的建设费用，科研和植物繁育的压力等都在压着方震东。但是他撑下来了，并且让植物园更好地运转起来了，植物园里面的种子不断在培育生长，许多重点保护植物得到了真正的保护，其中当属小叶栒子的西藏种群的培育。方震东为了将它培育成功坚持了20年，这是令人钦佩的。从一粒种子熬到满树红艳，小叶栒子花了20年，方震东的植物园也是一样。植物园自2001年筹建以来，从最开始的原始植物林，已经完成了占地367公顷的杓兰就地保护分园围栏、灌溉系统等基础设施的建设，使过去被破坏的植被逐渐得到恢复，物种也在不断丰富，栖息于园内森林中的珍稀鸟类的种群数量也在不断增加，与名贵花卉杓兰及其他植物共生共存的特殊昆虫也得到了相应保护。园区还积极引进多种珍稀植物，仅杓兰种类就增加到 6 种。与大多数城市中的植物园不同，位于云南香格里拉市外不远处的这座倾注方震东大半辈子心血的香格里拉高山植物园，带有更多的荒野气息，也更加靠近纯净的天空。建园之前，这里的山坡林下，就有较大而稳定的杓兰群落，植物园的建立，不但可以"就地保护"这些珍贵的野生花卉，也便于开展多项研究。如今园中植物以野生种群为主，另有一片梯田状的实验区域，用于引种栽培并开展相关研究。

为了能更好地发挥高山植物园物种的特殊区域性生物资源优势，以及多种动植物生物的保护，将建成以引种、收集和保护高山花卉、高山植物和珍稀濒危植物的特有的植物宝库，高山植物园在不断完善各项基础设施的同时，开展了大规模的野生植物普查、种苗繁育积累，目前已收集到野生报春、绿绒蒿、五角枫、黄牡丹等珍贵品种，成功培植了鸢尾，园区内还可以见到从比利时引进的灯叶菠萝花。国内几乎没有哪个保护区或植物园，能为植物研究工作者提供如此理想的工作条件：植物种类丰富，并且都生长于原生环境中；所处位置交通便利；园内拥有完备的基础设施。每年 5—9 月，这里常常会聚集全国乃至世界各地的学者，有人在园中一住就是好几个月，而且年年都会来。有时园中也会有手持相机的爱好者慕名前来，仅仅为了赏花观景的游客，倒是不怎么常见。倘若忽略掉低矮的围墙和园中的两座小楼，那里就是滇西北一片寻常的山坡，有草甸，有树林，有溪流和湿地，还有原本就生于此地的诸多奇异花草。矮墙内外没有区别，同样是山坡、草甸和树林，只不过墙内少了闲游的牲畜和往来的牧人。①

▲ 迪庆高山湿地

在方震东的介绍下，我们对植物园内的一些典型植物有了更深刻的认识：

女神之花——杓兰。

寂寂山中道，盈盈数朵开。
幽香熏草木，秀色绝尘埃。
老叶清泉润，新花蛱蝶栽。
悄然云雾里，只待玉人来。

---

① 姚一麟：《香格里拉高山植物园》，载《花木盆景·花卉园艺》2015 年第 7 期。

兰花是中国最古老的花卉之一，早在帝尧之时就有种植兰花的传统。古人认为兰花"香、花、叶"三美俱全，又有"气清、色清、神清、韵清"四清，是"理想之美，万化神奇"，因而千百年来，"兰"一直是中国文人墨客借物咏志的"梅、兰、竹、菊"四君子之一。

杓兰是兰花家族中形态奇特的一类。它是世界上最美丽的植物之一。杓兰植株挺立，花形奇特，花色繁多，具有较高的观赏价值。杓兰以叶宽且短、唇瓣呈深囊形为主要特点。它们的花瓣都特化成一个囊状的"口袋"，就像吊着个小兜兜。整体颜色主要以黄色和紫色为主，即花瓣为紫色，蕊为黄色，只凭借这种少见颜色搭配便足以让它在爱花之人的养花名单上占有一席之地。6—7月，是杓兰花开放的季节。它们经常六七株聚成一簇，宛若正准备歌唱的小小的合唱队。偶尔也会有一枝洁白的花独自凌空而放，若绝世佳人般遗世独立。

杓兰在"养花界"还有一个别名，即自然界中最奇特的花。爱花之人找寻各种杓兰属植物，也是他们在野外探寻中的不变主题，凡是找到了一种杓兰，其兴奋程度不亚于找到了宝贝，从一个侧面来说，也足以证明杓兰属野花的难寻程度。

雪花红果——小叶栒子。

栒子是个大家庭，野生资源极其丰富，小叶栒子是其中的一种。

这类栒子叶片青翠油亮，纤小致密，圆润喜人，花密集在枝头，红果累累，晶莹亮丽，远望去犹如一团火球，鲜艳无比，观果期可长达半年，经冬不落。

9月的云南迪庆高原几乎芳华落尽，而此时小叶枸子枝头才开始挂上红果。在迪庆漫步，在不经意的转角处、阳台上，如果有一种白花如雪、红果如火的植物和你不期而遇，不要惊奇，那一定是小叶枸子。

百卉之王——黄牡丹。

牡丹，又叫百花王、鹿韭、木芍药、花王、富贵花等。牡丹花朵硕大，品种繁多，有红、白、粉、黄、紫、蓝、绿、黑及复色九大色系，十多种花型，千多个品种。其中，以黄、绿、肉红、深红、银红为上品，尤其黄、绿为贵。

在喜爱牡丹花之人中流传着这样一句话："牡丹看姚黄，百卉王中王。"牡丹以黄、紫最为贵。最名贵的牡丹之一就名"姚黄"。欧阳修在《洛阳牡丹记》中就有写道："姚黄者，千叶黄花，出于民姚氏家。此花之出，于今未十年。"

黄牡丹形如皇冠，色如淡箔，外瓣三四轮，内层折叠密，其花复多蕊，花丝如纯金。端丽非常色，雍容不可言。有诗赞美："黄纱及第醉风华，未识幽仙抖彩霞。我欲烟云诗绚丽，心随清梦到君家。"

黄牡丹花，一般在暮春开放。那时，桃花、梨花、杏花等都已败落，黄牡丹迟开不争春这一点，也引起诗人词家的赞美。唐朝殷文圭的诗，"迟开都为让群芳，贵地栽成对玉堂"，"雅称花中为首冠，年年长占断春光"。唐朝李山甫的《牡丹》诗说，"邀勒春风不早开，众芳飘后上楼台。数苞仙艳火中出，一片异香天上来"。由此也可见黄牡丹高贵雍容之品性。

梦里的爱丽丝——鸢尾花。

记得最早了解鸢尾花，还是在一本杂志上，因为时间久远，已经记不得杂志的名称是什么了，但犹记得鸢尾花那如梦如幻般的蓝紫颜色，萦绕在心间久久不散。我喜欢的蓝紫色，恰好就是鸢尾花的颜色。

鸢尾花，在希腊语中是"彩虹"的意思，音译过来的俗称就叫"爱丽丝"。这是个很美丽的名字，也有一个很美好的花语，象征着光明和自由！此外，它还有爱的使者、力量与雄辩的寓意。传说法兰西国王在受洗礼时上帝将这种花送给他作为礼物，所以它也是法国的国花。

鸢尾花为蓝紫色，喜阳光充足，气候凉爽，耐寒力强，亦耐半阴环境。6月中旬，香格里拉有一片片的野花花海，而鸢尾花就是其中的主角。大大小小的鸢尾花盛开于河岸处的瘠薄处，鸢尾花在风中摇曳，紫色的、蝴蝶状的花朵压满了枝头，顶着蓝紫色蝴蝶的鸢尾你挤我，我挨你，把一块块坡面染成蓝如紫，它们与绿如蓝的河水相辉映，为大地铺满了爱的颜色。

鸢尾那蝴蝶般的花朵，总给人以轻盈灵活之感；它清新淡雅的颜色，总给人以华丽而不妖艳之感，它的宽阔如刀的叶，总给人展示生命的坚韧。它们没有万绿的拥簇，没有娇柔艳丽。

风中坚韧，无声绽放，平平淡淡。如此平淡又美丽的鸢尾花，仿佛爱情，又仿佛童话。稍不留神，就让你的心儿睡在了那蓝紫色的梦里……

除却上面所提到的几种珍稀植物，据方震东介绍，区内蕨类植物就有330种，种子植物有187个科1003属4600多种，"动植物王国"大量的物种种类在这里生长繁衍，形成地球上难得的一个物种基因库。目前世界上的部分生物因为适应不了环境等因素的变化，正在急剧退化，以致消失。但香格里拉高山植物园的建立，将以横断山区生物多样性保护和环境建设为目标，以合理开发区域生物资源及旅游资源为重点，建成我国引种、收集、保藏和研究高山花卉，高山药用植物，珍稀、濒危、特有植物为主要内容的生物多样性保育中心，建成中国第一个真正意义上的高山珍稀植物园。这也成了一个真正意义上的野生植物濒危物种庇护所。植物园的建立，在保护珍稀植物的同时，也培育出了更多的树苗，在香格里拉的城市绿化上也发挥了独特的作用。植物园的夜很美，晴天抬头就可见清晰的银河，高挑的花枝仿佛伸向星空的触手，树木的剪影森然静默。漫步于植物园的夜空下，仿佛就能够感受得到生命进化的过程正在某个角落里上演。

香格里拉高山植物园的建立，导入了全新的市场理念，在科学研究和普及的传统概念之外，还将野生植物的驯养当作重要课题，为云南绿色经济强省的建设增添了更为丰富的内涵。

万物相关——苍穹下的生命

▲ 迪庆的高山花卉

漫漫春光　杜鹃花海

5月的香格里拉，是一个百花盛开的春天，哈巴雪山附近的黑海湾湾，四周山峰环绕环抱，水质清澈见底，湖边是大片的高山杜鹃和冷杉木，黑海周边更是杜鹃花的海洋，沿着倾斜的青翠的山体，杜鹃花遍地开放，一丛丛地簇拥着黑海。见过之后，才明白什么是花团锦簇，什么是满山怒放，什么叫作千姿百态。人间四月芳菲尽，雪域杜鹃始盛开，5月的香格里拉揭开了遮住美丽脸庞的薄纱，冰雪融化，万物生长，杜鹃花满山怒放，铺满山林草原，染红青山绿水，无论怎么看都总觉得看不够。因为知道还可以在不远处看到更美更多的杜鹃花海，似火的杜鹃将香格里拉的青山绿水染上了各种颜色，将雪域高原绘成了一幕不可描述的人间仙境。

"春光一泄杜鹃红，羞露朱唇吻晓风。"自古以来，杜鹃花以鲜艳的色彩和多姿的花形深深吸引人们的目光，从而对它产生情有独钟的喜爱。杜鹃花，又名映山红、山石榴，是双子叶植物纲、常绿灌木。杜鹃花被誉为"花中西施"，花语是爱的快乐、鸿运高照、奔放、清白、忠诚、思乡、节制欲望。杜鹃花开时，绚丽多彩，会唤起人们对美好生活的向往，认为有爱神的降临，象征着祖国的繁荣昌盛、大展宏图，人们友谊长存、鸿运高照、幸福安康。在中国，杜鹃花最早出现于汉代《神农本草经》中，书中将"羊踯躅"列为有毒植物。根据记载可知，杜鹃花的栽培，已有一千多年的历史。唐朝，已经出现了收集杜鹃品种栽培，专门培育观赏性杜鹃花；明朝，对杜鹃花又有了进一步地深入了解，《本草纲目》《徐霞客游记》等刻本中都有不少关于杜鹃花的品种、习性、分布、应用、育种、盆栽等记载；清代，已经有了杜鹃花的盆景造型，并且对杜

▲ 高山杜鹃

鹃花的栽培已有一整套经验；清嘉庆年间的《苏灵录》将杜鹃花盆栽列为"十八学士"第六位；清道光年间的《桐桥倚棹》中提到"洋茶、洋鹃、山茶、山鹃"的记载，说明此时中国已引入国外杜鹃栽培了；在二十世纪二三十年代，国外多种杜鹃品类开始涌进中国，包括上海、无锡、广州、厦门等地，不少园艺开始收集杜鹃花苗木，最具代表性的是上海真如黄园，花木场面积有7公顷，是国内种植杜鹃花品种最多的花圃，有毛鹃30余种，东鹃500余种，夏鹃700余种，西鹃近100种。1919年，英国博利斯在云南发现"杜鹃巨人"大树杜鹃，树龄高达280年，高25米，直径87厘米，他锯下一块圆盘状杜鹃木标本带回国，陈列在伦敦不列颠博物馆展示，一时轰动世界。目前大树杜鹃也已得到我国的重视与保护，成为中国的珍贵物种，也是云南的骄傲。

▲ 哈巴雪山上的大树杜鹃

关于杜鹃花的由来，有这样的传说。在远古时期，有个叫杜宇的国王在禅位后隐居修道，羽化以后便化作杜鹃鸟。春季来临，杜鹃鸟就飞来唤醒老百姓"布谷布谷！快快布谷！"嘴巴啼得流出了火红的鲜血，鲜血滴在了地上便化作漫山的杜鹃花。

如此唯美的传说让我更相信杜鹃花就应该开在宛如绝尘净土的香格里拉，各色花团肆意开放，赤橙黄绿青蓝紫亮丽艳目，所有人看到后无一不叹为观止，就连顶尖的画师也无法用仅方寸的调色盘来描绘画作。最爱那高山杜鹃，仔细看每一朵都不尽相同，但都高不过尺，低不及寸，虽然身形弱小，但也作"星星之火可以燎原"之势，在山坡、草甸、山涧里肆意蔓延，恍若杜鹃泣血古老传说的真实演绎。

杜鹃花的种类繁多，通过杂交培育，也不断孕育出新的品种。它属于杜鹃花科杜鹃花属，有75属2250种，全世界杜鹃花属共有900余种，分为春鹃品系、夏鹃品系、西鹃品系、东鹃品系、高山杜鹃品系五大品系，主要分布在北半球的温带区，即欧洲、亚洲、北美洲等地，尤以亚洲最为集中。我国位于亚洲中部，复杂的地形条件和凉爽湿润的气候，极有利于杜鹃花的生长，从北部的大小兴安岭到南海诸岛屿，从长江流域的平原丘陵到喜马拉雅山的高寒地区，除新疆、宁夏外，全国各地均有分布，共有460余种，占全世界种类总数的一半以上，特别是在云南，杜鹃花品种分布极为丰富。在云南具有特色的杜鹃花包括棕背杜鹃、似血杜鹃、硫黄杜鹃、马缨杜鹃、狭叶杜鹃等。

当地人介绍说，杜鹃通常生于海拔 500—1200 米的山地疏灌丛或松林下，对土壤有一定的要求，喜欢酸性土壤，而在碱性土壤或者钙质土中生长得不好，甚至不生长。而且对生长的环境和温度也很敏感，比如杜鹃适宜在凉爽、湿润、通风的阴潮环境中生存，不能太过于炎热或者严寒，生长温度在 12—25℃之间最适宜，如果夏季气温在 35℃以上，杜鹃花就处于半休眠状态，新梢、新叶几乎不会生长，光照过强，嫩叶易被灼伤，新叶、老叶焦边，严重时会导致植株死亡。所以冬季，要对杜鹃花的防寒工作做充足的准备，以保其安全越冬。

在所有的杜鹃类型中，似血杜鹃是我比较偏爱的一种。

似血杜鹃，是我国特有的杜鹃品种，由于颜色非常鲜红，犹如血色，因而被称为——似血杜鹃。唐代诗人李绅曾写过一首诗来描绘似血杜鹃，诗中赞美杜鹃花开，满山如火，绯红漫天，非常壮观。

> 杜鹃如火千房拆，丹槛低看晚景中。
> 繁艳向人啼宿露，落英飘砌怨春风。
> 早梅昔待佳人折，好月谁将老子同。
> 惟有此花随越鸟，一声啼处满山红。

似血杜鹃四季常绿，叶片上面青翠碧绿，下面灰褐棕黄，从远处看经常呈现两色，花朵繁茂，花色鲜艳，从猩红、鲜红到紫红皆有，一到花期，满山红云，非常壮观，由于资源稀少，似血杜鹃是杜鹃品种中最为珍贵的种质资源，具有较高经济价值和研究价值。

有人说，杜鹃花的箴言是当见到满山杜鹃盛开，就是爱神降临的时候。虽然似血杜鹃的颜色看似给人热闹而喧腾的感觉，但久而久之，内心就会生出一丝冷意和悲怆，花艳丽到极致便显得孤傲，人热情到极致便是冷漠。花似，人是。

在香格里拉，普达措国家公园、白马雪山、碧沽天池、巴拉格宗等地，都是观看杜鹃花的游览胜地，千姿百态、美不胜收的杜鹃花，每年都会吸引大量的游客。在每年的春夏之交，

▲ 杜鹃花

普达措国家公园的山间树林，草甸上都会开满无数鲜艳的杜鹃花，行走在湖岸林间。杜鹃花竞相绽放，欣赏着湖光山色沐浴着和煦阳光，心情将会无比舒畅。白马雪山上高山杜鹃林种类丰富，被植物学家称为"北温带植物区系的摇篮"，有密枝杜鹃、金背杜鹃、小叶杜鹃等高山名花杜鹃花科植物90余种，白马雪山杜鹃林在2005年被《中国国家地理》评为"中国十大最美森林"之一。碧沽天池周围有近百亩的樱花杜鹃遍地衍生，花朵姿态各异，色彩缤纷，白的纯洁，黄的沉稳而又不失美的格调，红得热烈，交合而成壮观的花海，捧出了碧沽天池的纯洁心魂。巴拉格宗素有"香格里拉小江南"之称，雄奇的大峡谷，天然而成的原始森林及高山草甸，再加上那满山的杜鹃花，红的、黄的，一簇簇、一片片，让人应接不暇，深深俘获了全国游客，不远千里跋涉而来，只为一睹芳容。

　　杜鹃花有多种用途，可创造多种价值，主要有观赏价值、药用价值和经济价值等。杜鹃枝繁叶茂，多姿多彩，耐修剪，萌发力强，也是放在室内的优良盆景材料，而林园、池畔、岩石等旁边种植杜鹃花，为美景又添加了一份绚丽的色彩，其深绿色的叶片也很适合栽种在庭院中作为矮墙或屏障，渲染出一种生机盎然的观赏价值。经过世代中医对杜鹃的潜心研究，发现杜鹃根有活血、祛风、止痛的功效；杜鹃叶有清热解毒、止血的功效；杜鹃花具有活血、调经、祛风湿的功效。杜鹃的医用功效可充分利用，能为人们带来健康的福音，而这些特殊的药用价值又为杜鹃花再添光彩。另外，某些杜鹃的叶花有特殊的香味，可以从中提取芳香油，作为生产化妆品的原料。某些品种的花瓣还可以食用，这为制作甜点美食又添加了一种特殊的材料。树皮和叶可提制烤胶，木材可做工艺品等，利用杜鹃这些特殊功能，与生活生产相结合，充分发挥杜鹃花的价值，满足人们生活需求的同时，创造更高的经济收益。

花似人，人似花，花是万物兴旺的象征，花是人类希望的寄托。香格里拉的杜鹃花，美化了这片纯洁的土地，美化了来到这里每个人的心灵。这里的杜鹃花是一篇绝美的散文诗，是一幅无与伦比的油画，是一首经典流传的歌，是一片难得的仙境，更是万物和谐共生的美妙场景。

桃源秘境普达措

桃花源并非只会出现在陶渊明《桃花源记》中所描写的"武陵源"地区，位于云南省迪庆藏族自治州香格里拉市的全国十大国家公园体制试点区之一的普达措国家公园，更是独属于高原的一片"世外桃源""童话世界""高原仙境"。它的海拔在 3500—4159 米之间，总面积 602.1 平方千米，由碧塔海省级自然保护区和"三江并流"世界自然遗产哈巴片之属都湖景区两部分构成，以属都湖、弥里塘亚高山牧场和碧塔海为主要组成部分。普达措旅游规划始终保持原始生态系统，以生态文明建设为理念，仅开发出千分之三的观光面积，已经惊艳世人，成为香格里拉最著名的旅游景点之一。普达措是由梵文音译过

▲ 属都湖秋景

来的，是指脱离苦海，达到理想彼岸之舟的湖。"措"在藏语中，有"湖、海"的含义，比如羊卓雍措、玛旁雍措。1988年，国务院将其划入"三江并流国家重点风景名胜区"，在政府的大力支持和当地居民拥护下，依托良好生态环境资源，逐渐发展强大。敢为人先的迪庆人民学习借鉴国外国家公园的管理模式，第一次在中国大陆探索性地提出将普达措建设成为国家公园。2006年，云南迪庆藏族自治州立法成立"香格里拉普达措国家公园"，并于2007年正式挂牌成为中国大陆第一个国字号的公园。[1]时隔5年，2012年普达措被授予国家AAAAA级旅游景区，2015年又被列入国家公园体制试点区域之一。普达措国家公园取得这些荣誉，与得天独厚的地理环境和丰富的自然资源是分不开的，同时也与迪庆人民浓烈的生态保护意识和人与自然和谐相处的社会环境密不可分。

普达措国家公园试点区碧水蓝天，群山连绵，原始生态保护完好，在地质、气候、水文等共同作用下，孕育了生物的多样性。野生菌有灵芝、绣球菌、牛肝菌、冬虫夏草、松茸等147种，这里不仅是野生菌生长的理想之地，也是众多珍贵动植物繁衍栖息的乐园。据相关资料记载，普达措国家公园内有种子植物2275种、兽类76种、鸟类159种、两栖爬行类10种、鱼类6种、昆虫42种。其中，国家级保护的珍稀濒危动物有黑颈鹤、马麝、云豹、林麝、斑尾榛鸡、绿尾虹雉、胡兀鹫等29种，具有极高物种保护价值和科学研究价值。由于生物丰富多样和保

---

[1] 马娇、唐雪琼：《社区居民对普达措国家公园的认知情况分析》，载《西南林业大学学报》2021年第2期。

▲ 鹰都湖

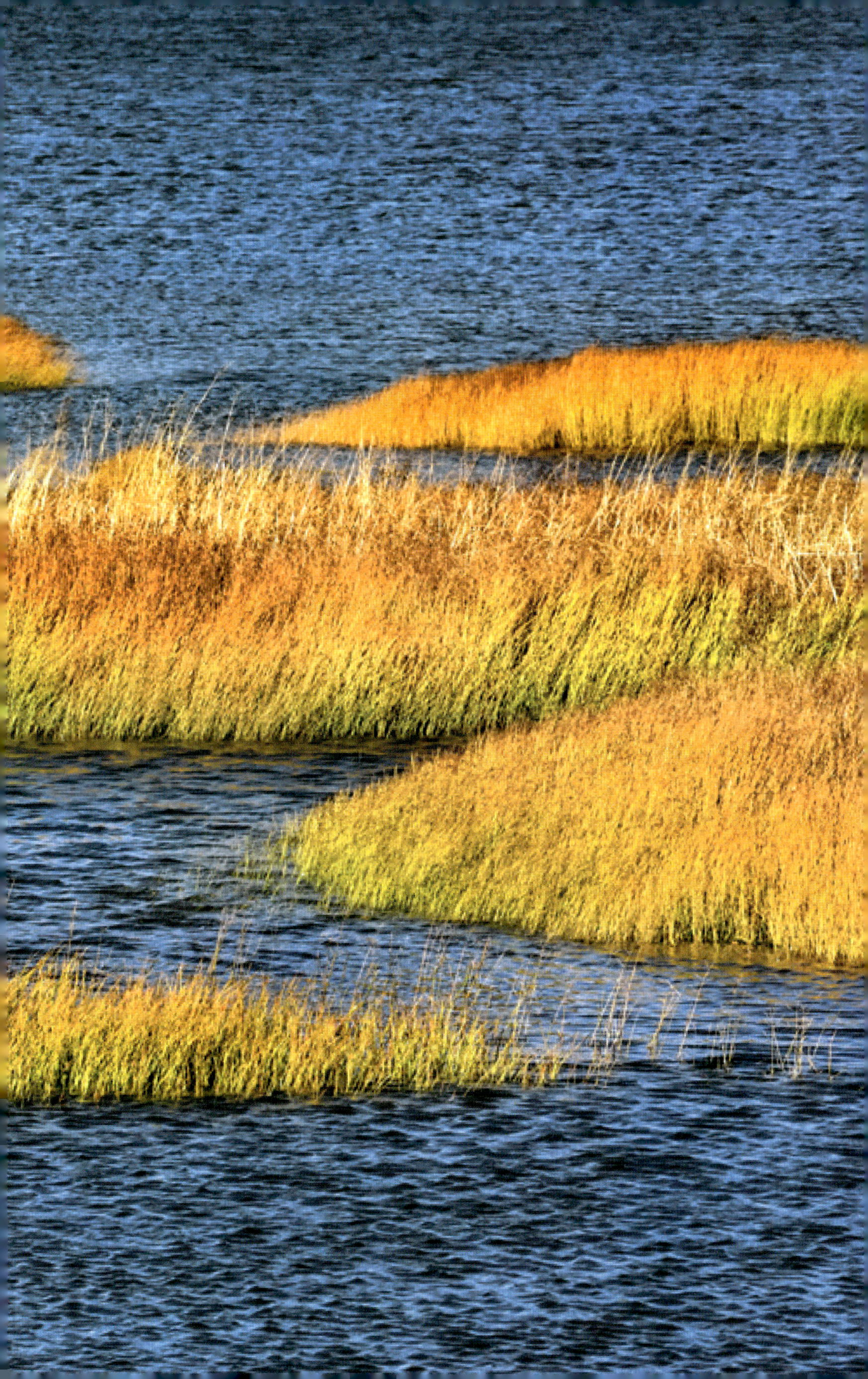

护良好的高原湖泊、雪山、湿地和草甸等原始景色，被称为香格里拉的心脏，也正是因为这里最原始的景色，才成为《司藤》《狼殿下》《芳华》《无极》等影视作品的取景地。

▲ 胡兀鹫

来到属都湖畔，站在镜像的边缘，远离喧嚣的宁静中看清自己，仿佛进入了一个被天空亲吻过的童话世界。属都湖是云南省较大的高原湖泊之一，海拔 3705 米，积水面积高达 15 平方千米。这里的水质和空气质量达到了国家一类标准，是修身养性和陶冶情操的最佳境地。站在属都湖畔，望着波光粼粼、蔚蓝清透的湖水，空旷却又被大自然的颜色填满，仿佛只能在童话世界里才能见到的湖泊。看着清澈的湖面中草木丝毫不差地倒影，温和

▲ 属都湖之夏

的阳光铺洒在身上，听着岸上鸟儿的嬉戏声，呼吸着纯净的新鲜空气，给人一种失真的感觉，如诗如画的美景让人流连忘返。沿着湖畔栈道徒步，全长3.3千米，1小时的步行却能让你饱览湖泊美景，森林壮丽，给人带来前所未有的感官体验。小松鼠在木栈道上吃东西，不要惊动它，大自然才是动物们自由繁衍栖息的地方。属都湖清澈透亮，水底小鱼悠游，据说湖里盛产一种名为"活化石"的珍稀鱼类——属都裂腹鱼，这种鱼全身金黄色，腹部鱼鳞之间有道裂纹，鱼肉极为鲜美细腻。[①]湖的四周是遮天蔽日的原始森林，还有牛羊成群的牧场，充满了藏式的生活乐趣，湖上还栖息着大量的野鸭、水葫芦、黄鸭等飞禽。与梅里、虎跳峡这样的地方相比，属都湖的徒步简直没有任何难度，就是为了享受人生而设计的，纯是美好，尽是风景。

弥里塘亚高山牧场位于属都湖和碧塔海之间，弥里塘是藏语，意思是佛眼状的草甸，因为它特别的形状而得名。来到弥里塘亚高山牧场，你将领会到一场绿色盛会，一次觉醒之旅。弥里塘亚高山牧场是海拔3700米的亚高山草甸，牧场上丰美的草，为牛羊提供了富有营养的生长原料，可增加牛羊奶量的产量。牧场的草沐浴着阳光、雨水，慢慢地生根，发出嫩芽，等待着牦牛马儿过来。牦牛在草场上漫步，最清楚哪里的草儿有营养。若牦牛低下头卷起舌头津津有味地吃草，吃饱了就走开找个地方躺下来，那就说明这里的草儿很好，它很喜欢，需要躺下来回味回味。一直以来，弥里塘亚高山牧场都是香格里拉的重要

---

①阿友：《此景只应天上有——国家原始森林公园普达措游记》，载《环境教育》2014年第8期。

牧场。站在弥里塘亚高山牧场眺望远处的风景，可看到山坡上茂密的高山栎、云杉等珍贵的树木，近处的草甸上有几座用木头搭建起来的简易木屋，零零散散的牛羊，还有五颜六色的花儿作为陪衬，蜿蜒如玉的河水在茂密的树丛里若隐若现地流过，珍贵的高原水溪滋养着绿草丰茂的牧场，滋养着百花盛开的湿地，天地之间，仿佛开启了静音模式。弥里塘亚高山牧场是一个拍照完全不需要滤镜的地方，是摄影爱好者的天堂，如果你非得和牧场抢镜头不可，那你必须穿上鲜艳的衣服，以弥里塘牧场为拍摄背景，使美人与美景合二为一，渲染人与自然最美的画面。弥里塘亚高山牧场不得不让人为之动情，为时间，为蓝天，为白云，为这片辽阔的草原。

▲ 秋阅弥里塘

▲ 普达措国家公园弥里塘

　　一听到"碧塔海"这个名字，不禁会让人在脑海中勾勒出一望无际大海的画面，实际并不然，它大约有3000米长、1000米宽，是一个美丽的高原湖泊。碧塔海周围生长着茂密的栎树，行走在栎树下，给人宁静而致远的感觉，带走了徒步的疲倦，让人一心享受大自然的美好时光。宁静的湖面上，可见湖畔各种高大乔木的树梢在倒影中尽情地摆动，造型千变万化，无论什么样的造型和变化，经过湖水的映衬，它宛如美人般，拥有超尘脱俗、雅致而迷人的气质。在碧塔海一年四季，可以领略不同的风景。比如，春夏时节，湖畔百花争艳，特别是满山红彤彤的杜鹃花，把碧蓝的湖面也映射成红色。秋冬时节，一片片白桦林，满目金光、翠绿、白色、咖啡色相互交融，相映成趣，

▲ 碧塔海

令人沉醉。碧塔海用它从未经过修饰的大自然的本色，构成一幅幅平静且富有诗意的画面，向人们毫无保留地献上它所有的美。由于碧塔海没有受过任何污染，所以鱼类资源保存得较为完整。其中有一种鱼竟有三个嘴唇！这就是中国生物学家命名的"碧塔重唇鱼"，它是第四纪冰川时间期遗留下来的物种，距今已有250万年的历史。每年5—6月春暖花开时，栎树林间生长有大量杜鹃花，杜鹃花瓣掉落水中，重唇鱼在湖畔嬉戏之时，绝对不会辜负花儿这种美食，会吃到含微毒的杜鹃花瓣，重唇鱼吞食后一般会昏迷一到两个小时，如同喝醉一样，纷纷浮上水面，随波逐流，这就是碧塔海有名的"杜鹃醉鱼"景象。

而此时，经历一个冬季的熊氏家族迎来了它们一年之中最丰盛的晚宴，湖边醉了的重唇鱼，原生态，零添加，是最美味的湖鲜，这是熊氏家族的最爱。熊们食饱餍足，这一季过去后，又得牵肠挂肚一年。这便是一年中罕见的"老熊捞鱼"的一大奇观。

在一位老者的带领和介绍中，我们了解到，普达措国家公园一直保留着原居住村民，主要以藏族为主，还有彝族、汉族和纳西族，集中分布于洛茸村和尼汝村，传统生活方式多为半农半牧，主要以放牧、采伐木材、捡菌子等为主要收入来源。为了保护生态环境，处理好人与自然和谐相处的关系，改变当地人靠山吃山的生存方式，政府管理部门采取了友好传统农牧业生产和生态反哺措施，促进经济稳步提升和环境可持续发展。政府为了促进当地村民坚持友好传统牧业生产，对当地村民提出了相关的行为要求，比如适度采集山林产品、适度放牧、禁止滥伐林木、禁止向湖泊及湿地排放污水、做好防林防火、保护野生动植物等，在保护当地居民利益的情况下，又维护了环境的可持续发展。同时，国家公园旅游建设将原始自然生态系统与传统人文生态系统相结合，打造"文旅"结合的发展模式，促进对当地民族文化的保护和传承。当地居民在与自然长期打交道的过程中，积累了上千年的经验，并创造了与环境友好相处的文化，比如神山圣水信仰文化、农牧文化等。他们会对山峰、湖泊以及土地等赋予特殊的含义并加以祭祀和崇拜，认为万物皆有灵，不能随意砍伐神山上的树木，不能轻易触碰山上的草木，

▲ 湖光山色美

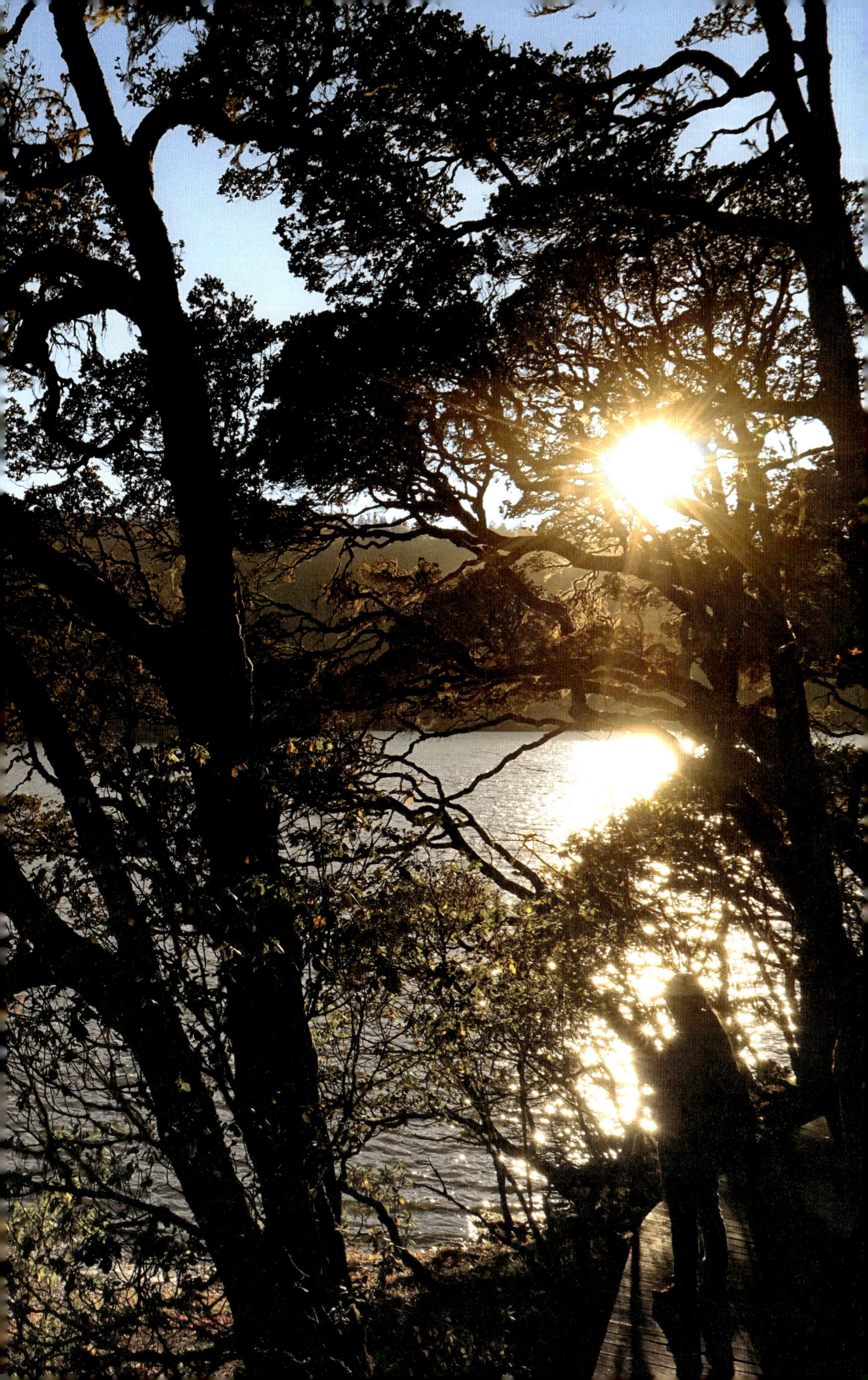

极力把各种各样的湖泊山泉都保持干净，以及对生物不杀生，都表达了对大自然的高度敬畏和尊重。这不仅与政府要求高度契合，又可以参与公园建设和保护，使特色文化成为公园的亮点，带动旅游业的发展。普达措国家公园本着与当地居民共同发展的原则，积极探索旅游反哺政策。通过公园保护专项基金计划，进行直接现金反哺，5年期间，迪庆州政府给公园社区800多户村民反哺了2500多万元的补偿金；加大社区基础设施建设，比如篮球场、卫生路、公厕、人畜饮水工程等；解决当地居民就业问题，优先安排当地居民参与公园管理与服务，以此来调动当地居民保护生态的积极性。如今，丰厚的旅游收入改善了当地居民的收入结构，使居民经济收入提高了，生活得到了改善，使他们反哺山水草甸，增加了珍惜生态意识，促使经济和保护进入良性循环。坚持共同发展和可持续发展道路，不仅让居民走向致富道路，还可以使更多的人以及子孙后代看到最原始的大自然以及民俗文化。

　　在新的历史发展阶段，普达措国家公园始终践行绿水青山就是金山银山理念，始终把生态文明建设放在首位，用最原始的文化和风景拉动旅游经济的发展，成为云南省一张闪耀世界的名片。

　　我们在游览过程中发现，生态环保意识已经融入普达措国家公园的基因里。为了加大对湿地的保护，栈道选材是运用从芬兰进口可二次使用并且防腐蚀的木材，每块木板之间有一定的缝隙，既不会让女士高跟鞋陷入缝隙，植被还可以透过缝隙享受阳光普照。国家公园建立以来，观光环保车取缔了马车载客的交通方式，避免了马匹对草甸的践踏和湖泊的污染。保护生态自然资源也是当地村民一直践行的目标，每年都积极主动参与守山护林。虽然每年一个护林员只有1.5万元的护林补助费，比起外出务工收入微不足道，但他们依旧坚守山林，像保护自己的眼睛一样保护着山林，认为守护大自然的恩赐更有意义。我们应该牢记生态文明理念，遵循自然时空的发展规律，达到天地人和、万物生灵才能生生不息。来到普达措，会开启你的梦幻世界。属都湖与碧塔海清澈见底，就像群山间的无瑕美玉，如果你带着沉甸甸的忧愁来，会让你轻松舒适笑着走。在蓝天白云下的弥里塘高原牧场，让你陶醉其中，悠然自得。也许，美好的事物总是在无声无息中藏匿，普达措国家公园给予了最完美的诠释。大自然的给予与人类的回馈是对等的，我们要怀有一颗感恩的心，去爱护一草一木，爱护珍贵动物，共同守护这片土地，共同谱写普达措国家公园更加美好的未来！我们祝福普达措风景更美，保护和利用更加科学。

生命的自由与欢乐
—— 迪庆生物多样性保护

如果说 19 世纪是内燃机等机械动力迅速发展的时代，20 世纪是工业化大跨步的时期，那么描摹 21 世纪的词汇里，就一定有 21 世纪是生物多样性不断被重视的年代。2019 年 9 月，生态环境部与《生物多样性公约》秘书处共同发布了 COP15 大会主题："生态文明：共建地球生命共同体"。这一主题，旨在倡导推进全球生态文明建设，强调人与自然是生命共同体，强调尊重自然、顺应自然和保护自然，努力达成公约提出的到 2050 年实现生物多样性可持续利用和惠益分享，实现"人与自然和谐共生"的美好愿景。地球上所有生命的基础，是全人类的共同财富。人类社会的快速发展，使得全球生物面临前所未有的生存威胁，大量的物种正在以极快的速度灭亡，全球大约 10% 的动植物生存受到威胁，这势必降低生物多样性的丰富性，使其呈现出单一的物种种群。生物多样性的丧失严重影响着人

▲ 袍子

▲ 毛冠鹿

万物相关——苍穹下的生命　　　　　　　　　　　　　　　　　　　　215

类的生活，威胁着人类的健康，成为全人类面临的共同挑战。以自然之道，养万物之生，生物多样性是一个涵盖多层意义、多个维度的概念集合体，主要涉及物种、景观、生态多样性等多个层面。当然，也是涵盖自然与文化相互影响的"命运"与生命共同体。从河谷北亚热带到高山亚寒带，从陆地至河流，从凶猛到柔弱，从体型庞大到身躯微小，多样性的生物，才能让这个世界和谐共生，进入良性循环。大千世界，某一区域是否具有生物多样性，随时随地影响着人类经济社会发展、生产生活方式，乃至宗教观念、文学艺术等领域。于人类而言，物种丰富带来的生物多样性不仅影响着人类的衣食住行等多个方面，同时也是避免人类社会遭受自然灾害的关键所在。除此之外，人类社会的迅速发展加快了现代人群的生活节奏，迫使人类群体在空闲

▲ 山野精灵

之余，更趋向于离开物种匮乏、生物多样性单一的城市空间，前往"大自然"，与峡谷的风、山间的雪、林中的飞鸟、湖中的鱼儿亲密接触。在与自然的交往中，丰富多样的生态环境和丰富的动植物陶冶了人类的情操，愉悦了人类的身心。

踱步于绿色的迪庆，感受纯净的生命色彩"心中的日月 向往的世界"，蓝天白云下险峻巍峨的雪山、壁立千仞的峡谷、气势磅礴的冰川、人迹罕至的森林、绝美的高山草甸相互映衬，共同渲染了迪庆的美。蓝天底下，梯度不同的绿色从多个角度映入眼帘，美得让人沉醉。秋冬初升的太阳在给寒冷的迪庆送来温暖的同时，也用绯红的色彩装扮着圣洁的土地，仰卧在草甸上看云展云舒，在雄伟的山峰上看披着日光的山脊，在惬意的湖畔赏自在闲适的鸟。从山间灵动的滇金丝猴到纳帕海边优雅的黑颈鹤，从绚烂多姿的高山植物园到壮美的杜鹃花海，在这片纯净的世外桃源，寻找属于迪庆的生命之美。"纯净"是普达措示人的名片，山间、公园内云雾缈缈，若隐若现、动静相随，有时如玉带盘绕在山间，有时如面粉铺在大地。温柔恬静的纳帕海边，黑颈鹤等候鸟云集于此，在各式各样的水草中、微波粼粼的湖面上嬉戏打闹，使得平静如水的湖面多了一丝灵动与惬意。这里，从世界屋脊一跃而下的河流，被挤压进横断山的千山万壑，多样的生物在大地的隆起、凹陷中艰难地生存、繁衍，形成一个生死相依的共同体。生命是一场艰难的跋涉，生命本身却壮美如歌，所有转瞬即逝的生命，来到这个世界上都是为了能有幸参加这个不朽的旅程。

我们用生物多样性的视角凝望大地，顺着绵延不绝的道路，世界在我们脚下展开，在这个星球上，人类无处不在，我们是物竞天择的胜出者，但还来不及沾沾自喜，危机就悄然而至，人类对生活资源的过度利用，近几十年地球物种消失的速度是数百年前的一百到一千倍。让基因延续，让族群繁盛，这是生命不可阻挡的意志。保存大自然的野性，就是人类跟自然最好的和解，多样的生命汇集起来，共同构成地球生命波澜壮阔的传奇，生命多样性是我们的呼吸、我们的健康、我们的生命、我们的食物，我们生存的全部基础。天地万物和谐共生，最终，决定人类未来的不仅仅在于我们创造了生命，还在于我们拒绝去毁灭生命。每一个生命，都是一座转瞬即逝的庄严圣殿，每一个生命，都是一颗熊熊燃烧的神秘星球。和谐共生，为了生命的花火永不熄灭，为了今天，为了明天，更为了人类的未来。文化的多元，生态的多样，是大自然所给予我们的，生命就应该多姿多彩，生命就应该绚烂如花。绿水青山间，万物生长，描摹了一幅绚丽多彩的生物多样性画卷。孕育生命，守护自然，在丰富绚烂的万物中体会生命的法度，孕育生存的智慧。山水林田湖草冰沙是一个共生共荣的生命共同体，这是我们共同栖息的家园。迪庆香格里拉正是这样一个拥有丰富生物多样性的绿色之都，她拥有着地球上最美丽的翡翠森林，是构建地球生命共同体的闪耀明珠。

独克宗古城

功业相成——茶马古道串联的城镇

在江河之间
有许许多多人经营的小天地
赶马人唱着歌
跟随溪流和鲜花
翻越一座又一座高山
藏在深山里的珍宝有多美
人间星星点点的灯火有多暖
壮丽的星空下
热烈青稞酒
和牦牛火锅的浓郁
湮灭古道和小路
未曾被覆盖的远方与梦想
与河山对望的时候
低声呓语
你们的名字
一座大桥穿越云雾
通向天边连接幸福
一江天堑变通途

古老的茶马古道里

变幻出美丽的云端高速

沿着新时代壮阔的天路

我们到达世界的香格里拉

迪庆高原犹如从青藏高原延伸出的一个半岛，向东南崛出，与长江第一湾的河谷相连，自此以西、以北形成独特的高原环境，而隔江向东、向南，则是云贵高原地带，其生态环境全然不同于迪庆和青藏高原，在地理和文化上风格为之一变。迪庆处于青藏高原的东南边缘地带，是高原同云南、四川及内地各民族进行联系的前沿和通道，又渗透着内地经济与文化的影响。迪庆州各族人民在与其他地区人民的交往过程中，吸收了其他地区和民族的经济文化，并与传统的地方经济文化相融合，形成了独特的文化特征，丰富了西南边疆民族的文化和经济类型。

从大理白族自治州经丽江向北，沿滇藏公路进入金沙江河谷，抵达虎跳峡镇，就进入了迪庆高原的大门。这里是迪庆和丽江的分界，从虎跳峡镇继续向北，一路攀爬，海拔不断上升，高原特有的气候特征便逐渐显著。与此同时，民族的聚居情况也发生了变化，在迪庆丽江交界的地方，以纳西族、白族、傈僳族、彝族等民族交错杂居、村落聚居为主，越往北，藏族越多，藏族聚居的情况也越显著。迪庆东南部为丽江市，正东方向是宁蒗彝族自治县，东北为四川木里藏族自治县，北邻西藏的盐井和四川的得荣、乡城，南邻云南怒江州的兰坪、福贡两县，西、西北与怒江州贡山县和西藏昌都为邻。

考古发现，早在旧石器时代晚期，迪庆高原上就已经有人类活动，并留下了有关的文化遗存，从今香格里拉市小中甸俄吹落至三碧海一带残留在古高原面上的19个旧石器采集点可以证实。到新石器时代，迪庆境内人类活动更加频繁，1958年在今维西县塔城镇戈登村发现的戈登文化遗址是距今4000多年前的新石器文化遗址，磨制石器和崖画则广泛分布于今香格里拉建塘、小中甸、金江镇和上江、三坝、洛吉乡境内。①战国至西汉早期的石棺墓葬和青铜器广泛地分布在德钦县佛山乡、香格里拉市东旺乡、上江镇、金江镇、虎跳峡镇、三坝乡等河谷地区。石棺墓葬的发现，以及维西县戈登和香格里拉市小中甸发现的磨制石器和烧陶还原技术表明迪庆地区的石器文化同四川、青海、西藏等地的文化关系密切，但在石器柄部保留石皮的做法又与怒江福贡、泸水以及保山地区的石器有一定关系。这种文化关系，从北向南，经过迪庆再向南到保山地区，沿横断山脉的南北走廊形成一条线，迪庆就是南北文化走廊的中间环纽和过渡地带。

秦汉时，迪庆全境已经有人类定居繁衍生息。秦汉以后，迪庆境内白狼、濮䍺、庐卢等古代族群交错杂居，不相统属，或定居，或随畜迁徙，无大君长。史料记载，汉和帝永元十三年（101年），牦牛徼外白狼、楼薄等部17万口归附，境内民族与中原政权有了联系。汉代设越嶲郡，维西县境为越嶲徼外

---

①迪庆藏族自治州地方志编纂委员会：《迪庆藏族自治州志》云南民族出版社2014年版，第83页。

地。三国两晋南北朝时期，迪庆香格里拉属附国地，为白狼及姐羌部落所居。维西属附近郡县所羁縻。唐武德四年（621年）设姚州都督府，今迪庆地区为姚州羁縻十三州之一的神州所属，治地在今维西傈僳族自治县塔城镇，旧称"吉布顶"。唐贞观八年（634年），松赞干布屯戍大军于独克宗（今香格里拉古城）和腊普宗（今维西塔城）。永隆元年（680年）在其宗设置神川都督府，并在今香格里拉木高和丽江市玉龙县塔城之间的金沙江上架设铁桥，以通往来。吐蕃在铁桥以西建有铁桥西城，以东建有铁桥东城，迪庆地面成为吐蕃屯戍之所，均属吐蕃神川都督府管辖。唐贞元十年（794年），南诏异牟寻归唐，突袭神川都督府，断铁桥，取铁桥东西16城，俘其五王，降众10余万，或"移于云南东北诸川"，或"置于蒙舍城养给之"，或"置白崖养给之"，或"尽分隶昆川左右及西爨故地"。后又攻吐蕃，破施蛮、顺蛮，在今丽江市玉龙县巨甸置铁桥节度守御，维西改属南诏铁桥节度，"东城自神川以来，半为散地"。唐会昌二年（842年）吐蕃赞普朗达玛因灭佛被刺，吐蕃四分五裂，吐蕃王朝崩溃，驻守各地的吐蕃军队成了"没有赞普之命令不得返回的人"，于是吐蕃巡边军官割据一方，成为当地世袭领主，迪庆建塘地方成为一个独立的部落，五代后晋时期，地方政权大理国建立，维西改属大理国，宋代大理国废节度，设四镇八府，维西县境归么些大酋统辖，属四镇之一的成纪镇，境内藏地为割据部落，沿金沙江一线则为么些大酋所辖，号花马国。

南宋宝祐元年（1253年），忽必烈率大军征大理国，跨革囊渡过金沙江，兵临维西县其宗，塔城一带，后置茶罕章管民官、茶罕章宣慰司，元至元十三年（1276年）改为丽江军民总管府，置巨津、宝山等7州，香格里拉金沙江边从木高木可湾至虎跳峡样车阁和设置于罗衷间的临西县（相当于今维西县）属巨津州，香格里拉三坝白地、瓦刷、哈巴、江边属宝山州。元至元三十年（1293年），诏令云南旦当（中甸藏族聚居区）划属宣政院辖地，属吐蕃等路宣慰使司都元帅府。

明初，丽江木氏土司与藏族地方势力在迪庆地区互有分布，崇祯十二年（1639年），青海蒙古和硕特部首领派兵进攻康区，并击败木氏土司势力。清初，木氏土司兵主力撤出迪庆，丽江土知府归附清朝。清雍正元年（1723年），罗卜藏丹津在青海发动叛乱，云南提督郝玉麟领兵助剿，中甸第巴等僧俗头目投诚，设中甸州，拨剑川州州判一员驻中甸，同时保留原有的土司制度。至此中甸划归云南省。中华民国建立之初，中甸、维西、德钦地方政权仍沿用旧制，后在维西设第十三行政督察专员公署，管辖维西、丽江、中甸、兰坪四县和德钦、贡山、福贡、碧江四个设治局。①

概览迪庆州的历史，我们会发现，那些漫长的、没有记载在史籍上的平凡日子，都是迪庆平和安宁的时光，而即便在朝代更迭的重大动荡时刻，迪庆也少见血腥和残忍。在诸多力量的边缘，人们更习惯于用柔和妥协的方式解决纷争，投诚、归

---

①迪庆藏族自治州地方志编纂委员会：《迪庆藏族自治州志》，云南民族出版社2014年版，第83-86页。

附、羁縻、迁移、留守……这是迪庆的柔软。当人们遭遇变化时，默默坚强地用自己的方式应对，在大山大水之间，活着就好，活得幸福就更好了。这份豁达与坚韧的勇敢，是迪庆的刚毅。因为这滇藏间的柔软与刚毅，新中国成立之后，在党的民族政策的阳光雨露滋润下，1957年设立迪庆藏族自治州，将原属丽江专区的中甸、维西、德钦三县划为迪庆州管辖。全州世居的藏族、傈僳族、汉族、纳西族、白族、回族、彝族、苗族、普米族等9个民族组成了迪庆高原的和谐大家庭，各民族兄弟秉承祖辈留下的豁达、坚韧、刚毅而睦邻友好、团结互助的珍贵文化遗产，几十年来团结向上，积极建设美好家园，共同维护祖国统一，铸牢中华民族共同体意识，成为全国民族团结进步示范区。今天的迪庆，伴随着祖国的高速发展，经济社会都呈现出全新局面，古老的村庄和城镇焕发着蓬勃的生机与活力，国家大力扶持和帮助开展基础设施建设，高速公路延伸到横断山深处，飞驰的高铁来到家门口，香格里拉旅游环线即将建设完成，美丽的迪庆不再遥远苍茫，而是连通世界高质量发展的热土。

迪庆的未来，必将是人间多情，生活富足，花开遍地。

茶马古道远

2010年6月4日,云南省人民政府与国家文物局在普洱市发表了《关于茶马古道文化遗产保护的普洱共识》,阐释茶马古道的定义和特征,并对茶马古道作为线型文化遗产,随着城市化和全球经济一体化进程的加快,历史功能逐步削减,对茶马古道的研究与保护尚未深入,故提出了六点建议,呼吁各界人士积极行动,构建茶马古道科学保护的有效机制。2013年12月26日至29日,云南、四川、西藏三省区申报中国茶马古道世界文化遗产首次联席会议在丽江举行,会议发布了《丽江宣言》,达成了关于"茶马古道"的共识。

茶马古道是一条人类历史上海拔最高、海拔高差最大、通行难度最大的人类文明通道,沿途经过海拔几百米的热带雨林

大益普洱茶马帮进藏

▲ 大益普洱茶马帮进藏

　　区到海拔 5000 米以上雪域高原。这条古道以云南、四川以及江南产茶地区为起点，以马帮运输和茶叶经营为主要特征，分别通过唐宋以来茶马互市的"滇藏线""川藏线"与沿途大大小小蜘蛛网似的支线进入青藏高原，成为从中国西南地区进入印度等南亚次大陆，进入缅甸等东南亚地区的交通大动脉，故统称为"茶马古道"。

　　在迪庆高原，自经济和文化交往伊始，就有古道的存在和延伸，其历史渊源可以溯及西周时期，到汉代则逐渐兴旺，出现了"茶马互市"。唐宋以来，茶马古道成为汉族及藏族等民族之间进行商业贸易和文化交往的重要通道，并主要贯穿于今西藏、四川、云南接合部的金沙江、澜沧江、怒江三江流域，以茶马互市为主要内容，马帮为主要运输方式的古代商道网络，是西南边疆地区连接祖国内地,外延至东南亚、南亚的重要交通枢纽,也是西南各少数民族自古以来相互交往、融合的民族走廊。

澜沧江中下游地区是普洱茶主产区,这里集中了大量树龄在数百年和上千年的古茶树,主要分布在普洱、临沧、西双版纳、保山、德宏、大理、红河等地区,其中临沧、西双版纳、普洱等地连片古茶树分布最多,古茶树类型齐全,茶树高大,有原始野生型、过渡型、栽培型三种类型的古茶树群落。中国是最早栽培和利用茶叶的国家,但关于茶树的起源,植物学界和茶学界曾经有过一段争论,有人认为茶树的原产地在江浙,有人认为茶树最早出现在四川,还有人认为贵州是茶树的故乡……近年来,越来越多的学者和专家都倾向于认定茶树的发源地是云南的澜沧江流域。按照植物分类学的方法,茶树属于种子植物门被子植物亚门双子叶植物纲原始花被亚纲山茶目山茶亚科山茶族山茶属茶种。在距今大约7000万年到6000万年的第三纪渐新世晚期,古代大陆上一些既温暖又湿润的热带、亚热带地区,出现了大量的被子植物,它们迅速繁茂并不断繁衍进化,形成了今天千姿百态的植物世界。而茶树所属的山茶科山茶属植物就是这一时期出现在我国西南地区的。我国著名的植物分类学家吴征镒在其著作《中国植被》一书中指出:"我国的云南西北部、东南部、金沙江河谷、川东、鄂西和南岭山地,不仅是第三纪古热带植物区的避难所,也是这些区系成分在古代分化发展的关键地区……这一地区是它们的发源地。"大量的历史资料和近代调查研究的材料表明，中国是茶树的原产地，是茶文化的发源地，并且可以确证，中国的西南地区，尤其是云南南部和西南部是茶树原产地的中心区域。云南这些地区能保留如此众多的野生大茶树，根本原因在于大陆板块运动和气候变化过程中，特别是喜马拉雅运动开始以后，中国西南地区形成了众多起伏的群山和纵横交错的河谷，造就了复杂多样的地貌类型和立体气候。在这许许多多的小地貌区和小气候区里，大叶种、中叶种、小叶种茶树错落分布，乔木型、小乔木型和灌木型茶树混杂生存。根据不同区域的地理和气候条件，又会产生千姿百态的茶饮滋味。

中国西部的青藏高原地区，历史上人们以畜牧狩猎为主要生产方式，饮食以肉食和奶制品为主，茶叶能补充人们身体缺乏的维生素等物质，帮助身体消食解腻，是青藏高原地区人们重要的生活必需品。唐朝，普洱茶已经作为商品行销西藏和内地，明清时期则成为繁盛的大宗商品贸易活动。普洱茶在清代深受皇室喜爱，通过马帮不远千里运到北京供皇帝和达官贵人享用。西藏、印度、尼泊尔、斯里兰卡等地的人们是普洱茶的主要消费者。广东、台湾等地的人近代也开始爱上普洱茶。今天，普洱茶越来越受到人们的欢迎。普洱茶制作需要经过采摘、揉捻、晾晒、分拣、制饼、自然发酵、陈化等过程，这项传统制作工艺被评为中国的非物质文化遗产。普洱茶为便于保存和运输，会制成饼茶和砖茶，存放多年之后更具有不同风味。现在有很多规模化的茶园，大量生产普洱茶，成为云南重要的支柱产业。茶叶作为斑驳古道或现代运输线路上的重要商品，是道路延伸所及之处人们不可或缺的生活必需品。

金沙江、澜沧江流经的地方，也是人、物资和文化流动的重要的茶马古道文化线路。茶马古道悠久的历史、独特的地域特征、多元文化的融合，民族历史的和谐，区域经济的合作与互补性，具有极其深刻的内涵。茶马古道以澜沧江茶叶产区为重要起点和核心区域，辐射怒江、金沙江，在整个"三江并流"区域不断延伸，形成大大小小的道路网络，以中短途马帮运输的方式，持续接力，将澜沧江南部出产的茶叶，贩往遥远的中国西北部地区。茶马古道在国内的核心区域主要在滇川藏交界区域，迪庆州是重要的交会节点。滇藏茶马古道从云南的茶乡，即澜沧江中游的普洱、西双版纳、临沧等地出发，经下关、丽江、维西、香格里拉、德钦，西进拉萨，经亚东，翻越喜马拉雅山脉，过印度噶伦堡，到达加尔各答等地。茶马古道在迪庆境内大致有两条主要线路，俗称东线和西线。东线以虎跳峡镇为起点，经香格里拉市建塘镇，从尼西乡西渡金沙江到奔子栏，或从维西塔城为起点，翻白马雪山经德钦拖顶乡到达奔子栏，再到达德钦县府驻地升平镇，过佛山乡溜筒江村的普渡桥，到达佛山乡美丽石村，越梅里雪山说拉垭口，进入西藏南缘地界；西线从丽江巨甸经塔城进入维西县府驻地保和镇，沿澜沧江北上经叶枝到达德钦县燕门乡，再沿江北上到达升平镇与东线汇合。

茶马古道是各民族和谐相处团结发展之路，30多个民族世代生息在古道沿线，在漫长的历史长河中各民族相依相存、相互包容、共同发展。茶马古道既是商贸通道、文化通道，也是政治军事通道，为人类文明进步发挥了特殊作用和贡献，直到二战时期仍旧发挥着运送国际援华物资的重要作用。茶马古道多元文化兼容并蓄、各民族和睦相处的历史文化传统，对于破解当今世界不断出现的宗族冲突、文化对立的危机，具有积极的借鉴意义。

保护与开发茶马古道丰富独特的历史文化遗产，将极大地促进区域内旅游、文化、生态产业的发展。茶马古道沿线集中了中国最美的自然景观和最神奇的人文景观，完全可以开发为世界级黄金旅游线。继承和弘扬茶马古道沿线各民族团结和谐相处的文化传统，爱国主义、自强不息、不畏艰辛、勇往直前、团结合作、开放包容、诚实守信、崇尚自然的茶马古道精神，将极大地促进西南边疆的和谐稳定，提高对外文化开放水平，推进社会主义文化强国建设。茶马古道文化遗产具有普遍性价值和当代意义，其悠久的历史性、独特的地域性，文化的多样性、开放性、包容性、和谐性，以及各民族和睦相处的传统，蕴含着极高的历史文化内涵。它的存在为人类经济文化及民族发展史的研究，以及人类未来走和谐发展之路提供了宝贵的文化遗产。

腾飞的香格里拉

迪庆州州府驻地香格里拉市是"滇藏茶马古道"要冲,市境东与四川省稻城县、木里县相连,东南与云南省丽江市玉龙县、迪庆州维西县、德钦县隔金沙江相望,西北与四川省得荣县、乡城县为邻。全市东西横跨88千米,南北纵跨218千米,总面积11613平方千米,为全省市区级之最。截至2021年,香格里拉市下辖7乡4镇,共62个行政村719个村(居)民小组。11个乡镇包括建塘镇、小中甸镇、虎跳峡镇、金江镇、上江乡、三坝纳西族乡、洛吉乡、尼西乡、格咱乡、东旺乡、五境乡。历史上,香格里拉就是重要的物资贸易集散地和军事重镇,具有非比寻常的地位。

▲ 香格里拉市

功业相成——茶马古道串联的城镇

▲ 宁静的巷道

　　大约 1400 年前，吐蕃在迪庆设立神川都督府，以金沙江为界，设东城西城，今天香格里拉建塘镇就是当时的东城旧址。据说，初时人们来到大龟山旁边时，发现这座山像一朵莲花盛开的模样，一定是神的居所。人们在此依山筑城，以八瓣莲花布局，并用当地特有的白色黏土做外墙的涂料。夜色下月光映照墙面，莲花般的古镇便辉映出朦胧圣洁的白色光晕，"月光之城"如梦如幻。

　　"太阳最照耀的地方，是东方的结塘，人间最殊胜的净土，是奶子河畔的香格里拉"，香格里拉自古就是理想的"如意宝地"，香格里拉市原名"中甸"，藏名"结塘"，通译作"建塘"。"结塘"一词最早出现在唐代樊绰《云南志·名类》所载之"剑赕"，在较早的藏文古籍中称为"杰地"，明代以纳西语称其"主地"，意为"酋长之地"，汉译音为"中甸"，其后历代沿用。建塘镇是迪庆州州府和香格里拉市府驻地，海拔在3300米左右，四周环山，中间是宽敞的坝子。明清以来，国家的封疆大吏或用兵或运粮，汉族及藏族百姓或茶马互市，或转山朝圣，都以建塘的城池为交织的圆点，归家和出发，都在城下以甘洌的青稞酒迎送。今天的建塘包括独克宗古镇和现代新城两个部分，独克宗位于古建塘旧址，大龟山旁边，已是闻名遐迩的旅游小镇。

早在唐永隆元年（680年），吐蕃就在这里设立寨堡分别取名"独克宗"和"尼旺宗"，分别意为月光城和日光城。在很久一段时间内，建塘镇一直是"茶马古道"的集市重镇，是西去拉萨、印度的必经之地。独克宗曾经是茶马古道的驿站，

▲ 独克宗古城

▲ 独克宗古城

这里的互市早在清朝就已存在。清康熙二十七年（1688年），应五世达赖僧人所请，清廷批准在中甸设立互市。清康熙三十年（1691年），因清朝平三藩之乱，短暂关闭中甸与青海和硕特部的互市。清末民初时，香格里拉"为滇、康、藏三省区商业交通要道"，县城有大商号五十余家；松赞林寺前的街上有"大堆店三十余所"，每年货财在七百万元以上。历史上，滇商每年从丽江、中甸运来茶糖、铜器、铁器、粮食等到康南及江卡、盐井地区销售，并从当地运出羊毛、皮革、药材等商品。其中，云南输入西藏的商品主要为副食品、手工业品、装饰品。如茶叶、红糖、火腿、原铜、铜器、木器、藏靴、藏腰带、绿松石

▲ 冰雪覆盖的香格里拉市全景

等。由西藏输入云南的商品有羊毛、羊皮、兽皮以及毛织品中的氆氇、褥子等，药材中则有名贵的鹿茸、麝香、熊胆、虫草、贝母、黄连等。试想当年，疲惫的马帮经过长途跋涉来到建塘，他们跨越崇山峻岭、急流险滩，眼前突然出现笼罩在一片温柔月光下的古镇，嗅到四周流淌着的酥油茶香甜的味道。在这样的月光下，建塘是驿路，更是归乡。

香格里拉雪山为城，江河为池，虽然是交通要塞，但是在改革开放之前，除了在古道上讨生活的"马锅头"，这里还是一片路途遥远艰难的地方，迪庆人很少走出去，外面的人也很难走进来。地处虎跳镇的十二栏杆，今天看上去有些沧桑，但在历史上，这条在悬崖峭壁上开凿出来的山间小道，是人们进出迪庆的必经之路。新中国成立前，"茶马人"进藏要走3个月，渡江全凭溜索和筏船，翻越雪山全靠脚力和马力，沿途道路险恶不说，还要抵抗多变的气候，承受荒无人烟的寂寞和饥饿。1999年4月30日，迪庆香格里拉机场正式通航，整个迪庆州都沉浸在欢乐的海洋里，人们奔走相告，体验这欢欣鼓舞的历史时刻。从那天起，迪庆到拉萨只要两个多小时，茶马古道终于不再遥远，赶马人的梦想变成了现实。走进香格里拉城区，楼房林立，街道宽敞，车水马龙，商铺满目，浓郁的民族风情与现代文明交相辉映。公园里、广场上，处处都是洋溢着幸福笑容的人群。随着多条航线的开通，以及丽香铁路和丽香高速等综合交通枢纽的加紧构筑，不仅使迪庆旅游支柱产业这个"龙头"舞得更出彩，而且还为全州经济社会的快速发展注入了生生不息的新动能。

▲ 独克宗古城

今天，我们可以乘坐飞机轻松抵达香格里拉市，不经意间就来到著名的独克宗古镇，这里挤满了熙熙攘攘的游客。人们在精美的旅游工艺品店驻足选购，在精致的咖啡馆消磨午后的闲暇，品尝特色藏式餐饮，体验风情民俗，在高大的藏式民居前留影，围着巨大的转经筒转上几圈，看夜色中星空下影影绰绰的世界。月光下，独克宗古镇的建筑泛着柔润的色泽，流淌着夯土时的线条和肌理，檐下檩、椽、梁上绘着色彩艳丽的动物、植物、山水图样，藏八宝吉祥纹样随处可见，在淡雅中点缀着热烈。让人仿佛能听到古老的木梁土墙斑驳过时光时湮灭的声音，仿佛还能见到檐下彩绘流淌过岁月逝去的光影。

夜幕降临的时候，周围的居民总会相约而至，在热闹的四方街广场围成巨大的圆圈，载歌载舞，用欢快的歌舞表达着对生活的心满意足。

▲ 古城

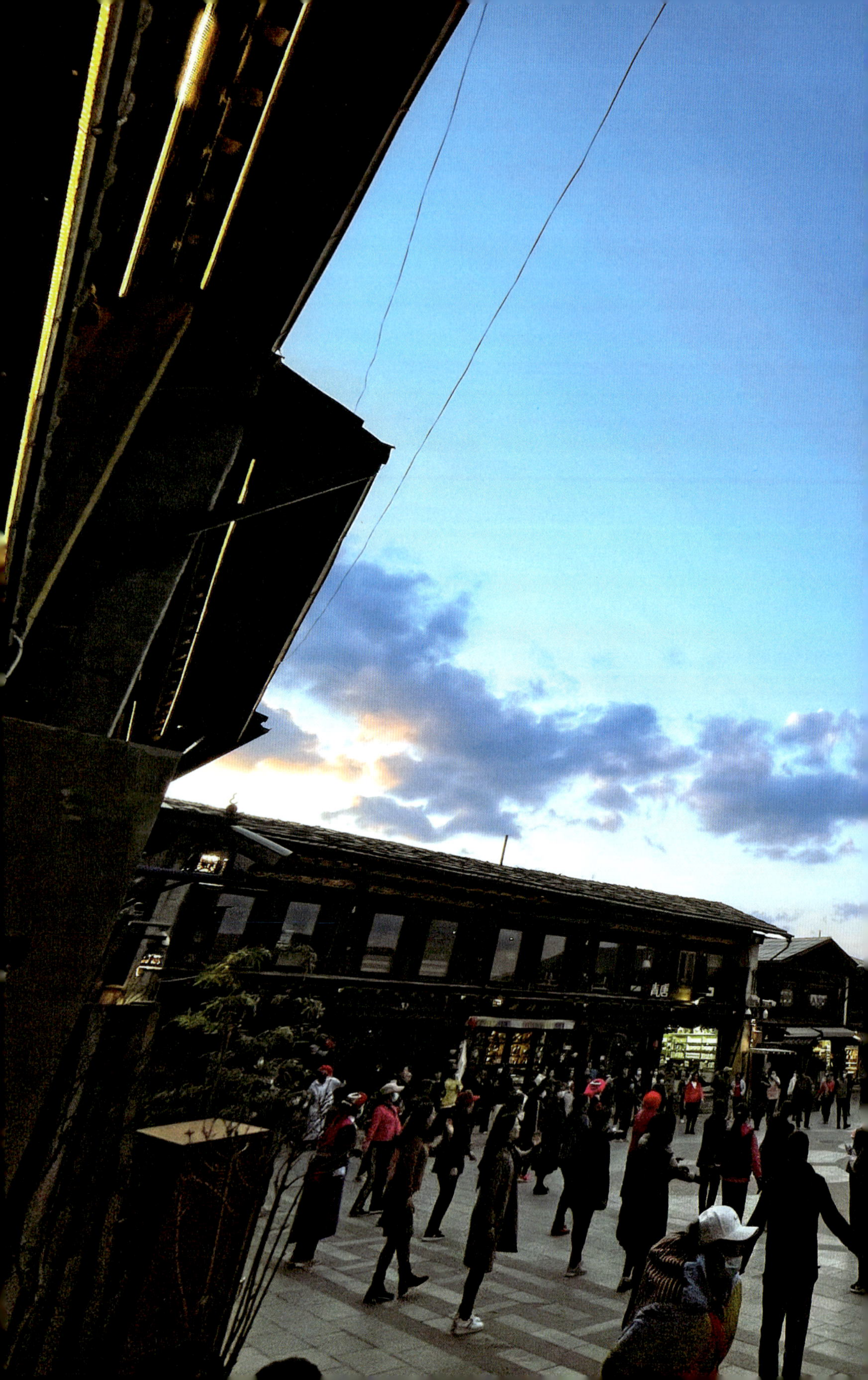

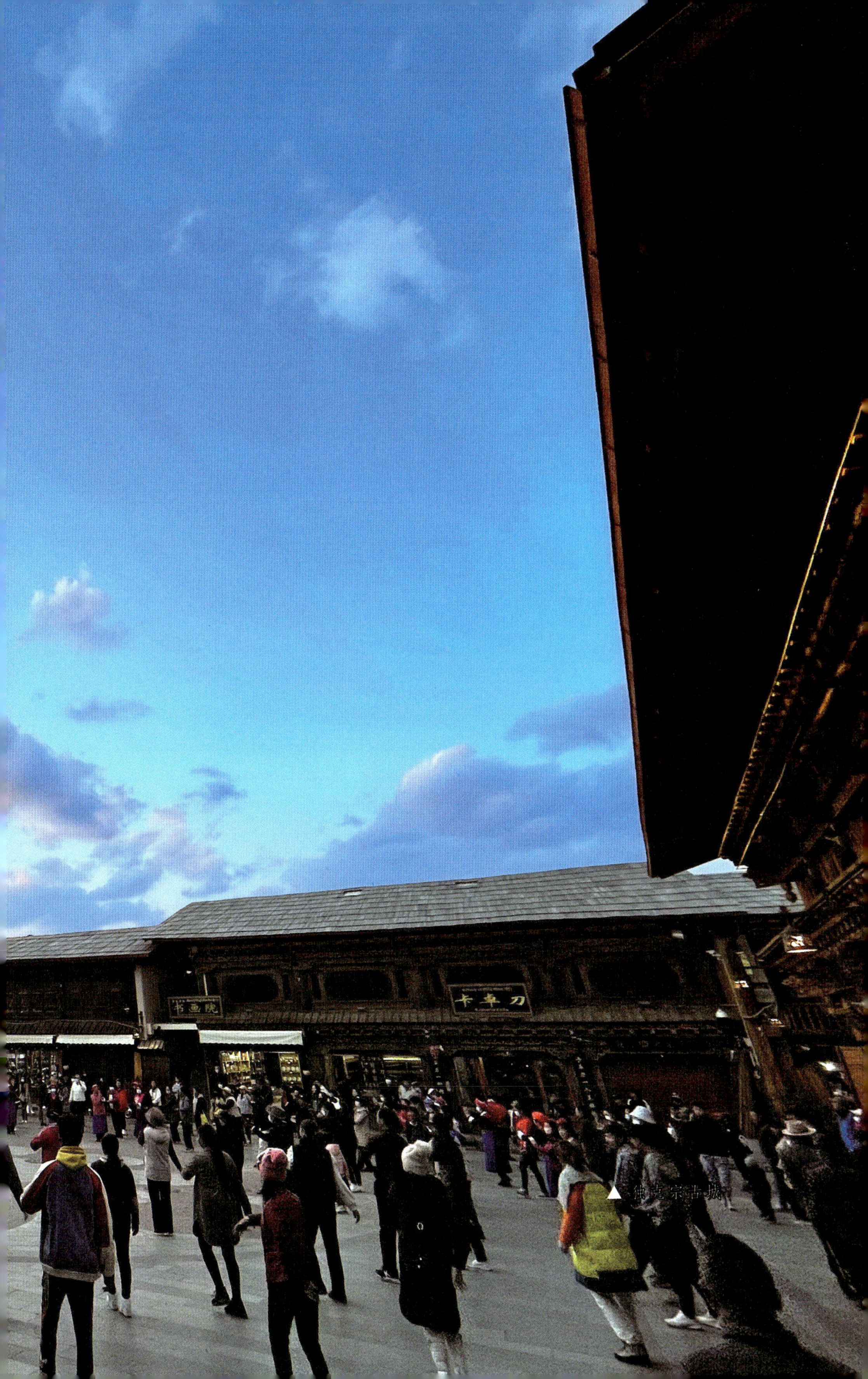

云上天路

沿 214 国道北上，丽江市和迪庆交界的地方，就是虎跳峡镇，这里历来是迪庆的南大门。南北往来的人们从这里经过时，往往需要在这里留宿一晚。虎跳峡镇因此也十分热闹。历史上集镇所在的地方属于桥头乡，所以虎跳峡镇曾经也被当地人习惯性地称呼为桥头。在中国的地理版图里，叫桥头的地方数不胜数。每一个朴实得不能再朴实的"桥头"这个称谓后面，都承载了一个地方无数古老的传说和故事，以及人们无尽的喜怒哀乐。桥头必定与流水相联系，与地理上的联通和跨越相联系，因而也就有了到达与离开，有了聚合与离散。迪庆地区的人们根据金沙江水的流向来描述行人的去向，北上溯江，逆着江流的方向，叫"上桥头"，南下顺水而行，叫"下桥头"。桥头，既是上下的分界线，也是南北的交会所。

改革开放以后，虎跳峡镇往日路边的小摊小店，变成了琳琅满目的商场；曾经低矮的房屋，变成了高楼林立的大厦。原先那条公路兼街道，如今架通了多座桥梁，成为能迂回车辆、能容纳十里八乡人的商贸集镇。纳西族、白族、傈僳族等附近居民在镇上开店做买卖，生意做得风生水起、红红火火。在这方临水楼台的小镇上，承载着多少人的期盼和向往，牵系着多少人的幸福和追求。

随着香格里拉机场的通航，虎跳峡旅游景区的开发，虎跳峡镇因为旅游业的发展更加繁荣。高楼拔地而起，风光最好的江滩上面，是气宇轩昂的五星级酒店，餐厅里有香浓的咖啡，也有香味浓郁的酥油茶。游客们可以在雪映金川大酒店里度过一个舒爽安宁的夜晚，早起则奔向壮丽的虎跳峡景区。商贸通道转换成旅游休憩的重要驿站，小镇就多了几分闲散松适。

2021年9月，在繁盛的金色秋天，丽江到香格里拉的高速公路终于全线贯通并投入运营，人们在香丽高速小中甸服务区举行了热烈的投运仪式。香丽高速全线投运，标志着丽江市与迪庆州高速联通的大通道正式实现双线贯通，对迪庆州具有划时代、翻篇章的里程碑式的意义。香格里拉到丽江的车程从过去的三个小时缩短到一个半小时，将极大地带动迪庆经济社会的全面发展。香丽高速公路是迪庆藏族自治州的第一条高速公路，也是迪庆各族儿女热切期盼的雪域天路。在党中央、国务院的亲切关怀下，在云南省委、省政府的坚强领导下，在交通运输部、云南省交通运输厅、丽江市和各级各部门的大力关心支持下，各参建单位和施工人员充分发扬"缺氧不缺精神、海拔高斗志更高"的铁军精神，不断战胜高寒缺氧、地质复杂等困难和挑战，顽强拼搏，艰苦奋斗，终于把高速公路修到了迪庆高原，结束了迪庆高原不通高速公路的历史，迪庆的发展从此翻开了新的历史篇章。交通条件的历史性改变，必将加快推动大滇西旅游环线和大香格里拉文化旅游圈的建设步伐。国内外游客从此可以通过高速公路，更加方便快捷地进入香格里拉开启寻梦之旅。

香丽高速公路起于香格里拉市，止于大丽高速白汉场互通，设计概算总投资210.83亿元，全长140.305千米，主线长124.55千米，全线桥梁120座、隧道26座。香丽高速创下"两个世界第一"。一个是虎跳峡金沙江特大桥创造了独塔单跨766米地锚式悬索桥的世界第一纪录，填补了我国高速公路"桥、隧、地下互通"立体交通建设的空白。另一个是虎跳峡地下互通，为避让不良地质带，创造性地将桥、隧立交从地上搬到地下，实现"桥、隧、地下互通"相连，是我国首座高速公路地下互通立交，解决了世界级难题。随着香丽高速投运，大滇西旅游环线区域交通基础设施日渐完善，滇西旅游"8"字环线将在2025年全线贯通，迪庆沿线的交通和旅游融合将大有可为。

和香丽高速一样备受万众期待和瞩目的香丽高铁，也频频传来建设捷报。2021年11月27日上午，历经2469个日夜鏖战，滇藏铁路丽江至香格里拉段建设取得重大突破，由中铁十六局承建的哈巴雪山隧道攻克多个技术难题，5774米的平导顺利贯通，全线重难点控制性工程哈巴雪山隧道正洞剩余工程进入冲刺阶段。哈巴雪山隧道位于云南省迪庆藏族自治州境内，全长9523米，隧道最大埋深达1155米，由于地处青藏高原东南缘之横断山脉中段滇西北纵谷地带，受多条大型区域断裂带长期活动影响，泥石流、滑坡、软岩大变形、断层破碎带塌方、突水突泥、岩溶等问题极为突出，特别是本隧碎裂化玄武岩最大水平构造地应力达到了29.4兆帕，隧道钢架支护压力（也称"二衬接触压力"）超过 2 兆帕，为全国铁路隧道最大值，开挖时隧道边墙变形极为严重，在全国隧道施工中均属罕见。针对难题，中铁十六局丽香铁路项目部优先采用加大曲率的椭圆形断面，并加大初支预留量及双层初支等技术措施，单侧增加预留变形宽度达到 2 米，双侧达到 4 米，使得开挖洞宽由原设计 9.6 米增加到 13.6 米。由于高地应力作用的不对称性，二衬混凝土圬工方量由原设计的 5.6 万方增加到了 9.8 万方。哈巴雪山隧道平导的顺利贯通，对正洞剩余工程的快速推进，释放应力、通风排烟排水、缓解洞内交通压力起到了极其重要的作用。同时，超前平导予以贯通可提前释放围岩地应力，保证了后期正洞安全快速施工，也为集中力量攻克正洞剩余工程释放了资源，为早日实现通车奠定了坚实基础。

滇藏铁路丽江至香格里拉段全长约 140 千米，是我国中长期铁路网规划中西部路网的重要组成部分。建成通车后，云南省迪庆藏族自治州将结束不通铁路的历史，从昆明到香格里拉有望 4 个小时抵达，将极大地补齐滇西北地区铁路网络和运输服务短板，对于区域资源深度开发，维护和促进滇西北藏族、彝族、纳西族、傈僳族、白族等民族地区旅游经济的发展，以及云南边疆少数民族聚居区乡村振兴起到重要作用。

滇西地区集中了云南大部分的优秀旅游资源，但现有的滇西旅游线路均把滇西切分成了几段。2019 年 4 月开始，"大滇西旅游环线建设"成为云南推动旅游业高质量发展、打造"生物多样、生态优美、文旅融合、路景一体、智慧友好"的世界独一无二旅游胜地的重要战略举措。大滇西环线交旅融合建设试点以来，云南加快推动"大理—丽江—香格里拉—德钦—贡山—福贡—泸水—腾冲—梁河—盈江—陇川—瑞丽—芒市—保山—大理"大滇西旅游公路环线建设，推动环线内县域高等级公路互通、所有乡镇硬化公路连通，打造"大理—丽江—香格里拉"和"大理—保山—瑞丽"两条铁路精品线路，推进大滇西旅游环线机场开通至国内重点城市航线，推进环线内机场间新开环飞航线，逐步发展环线内通用航空短途运输。

通过打造高品质车站、"美丽铁路"，增开特色旅游专列等方式，赋予铁路设施旅游服务功能；打造精品公路旅游产品，结合大滇西旅游环线内部风情小镇、特色村寨、汽车露营地等旅游设施布局，形成有广泛影响力的"美丽公路"旅游线；开发低空旅游线路，开发空中游览、航空体验、航空运动等航空旅游产品，引导低空旅游产业园、通航旅游小镇与飞行营地发展；打造生态航运旅游产品，开发水上观光、漂流、通航旅游风情岛、夜景航运观光、红色航运旅游等特色的航运旅游产品。

云南将挖掘"茶马古道""滇越铁路"等具有重要历史文化价值的交通遗迹遗存；推动公路服务区向交通、生态、旅游、消费等复合功能型服务区转型升级；在机场、车站、景区等区域，开展"零换乘"、自动驾驶游览等交旅融合示范应用；建立交通运输、旅游等跨部门数据共享机制，为公众提供多样化交通出行、旅游等综合信息服务，提升一体化"门到门"的出行体验。

壮丽的香丽高速公路凌空穿越虎跳峡镇，雄伟壮观的金沙江大桥飞架南北，犹如悬在天堑之上的彩虹，汽车穿过大桥，速度快得让人来不及看清山下镇里的高楼。人们在称颂玉龙雪山和哈巴雪山之间壮美的金沙江大桥时，自然也注意到了虎跳峡镇，曾有网友评论说："大桥不远处有个镇子叫下桥头，下桥头不离不弃守望着钢铁彩虹。"旅游业的兴起，带动了虎跳峡镇的各族群众脱贫致富奔小康。下桥头独有的精神内涵和风光景色是搬不走的，随着交通的发展，国内外更多的游客会来到这里领略虎跳峡风光。随着乡村振兴战略的实施，虎跳峡镇必将发挥着小城镇的辐射作用，在绿水青山的怀抱中，它只会更加繁荣进步，更加美丽兴旺。

鲜花汇聚的小中甸

中甸县变成了"香格里拉市",小中甸就变成了资深驴友一片秘而不宣的神秘领地了。大众游客们蜂拥到热闹的香格里拉,而不远处小中甸镇高原江南的绝世美景,留给那些熟悉这片土地、独爱传统生活的人静悄悄地享用。

"中甸"的本意是一片土地、一块坝子,"小中甸"就是比"中甸"小一点的坝子。这个"小",既是地理范围的小,也是行政区划的小。因为"小",这里少了许多关注,古老的传统也就少受许多冲刷。迪庆山区多,平地少,这些小盆地如一个个闪着光的星星,散落在群山间,形成我们常说的坝子。坝子间

▲ 小中甸农田

因交往的限制、地形地貌和民族宗教的不同，差别很大，具有一定的内向封闭性，有人把这种因为地理特征而形成的文化特点叫作"坝子社会"。小中甸镇的人口分布以坝子为核心，坝子边缘山地形成天然界限，以此与其他坝子相隔。小中甸北边和香格里拉建塘镇毗邻，南连金江镇，东与三坝乡、虎跳峡镇接壤，西界上江乡、五境乡。元代，这里叫作小旦当，亦称杨达木，属奔不儿亦思刚招讨司管辖。明永乐四年（1406年）置杨汤安抚司，弘治九年（1496年）为木氏土司占领，嘉靖八年（1529年）在今联合村贡下建行宫管理滇西北藏族聚居区。清雍正二年（1724年）中甸归属云南管辖后，为小中甸境。民国改为第二区，民国二十九年（1940年）改属全甸乡。1950年设小中甸区。1958年建立高原人民公社，1962年改称公社，1984年复改区。1988年改为小中甸乡。面积1054平方千米，人口0.8万人，辖和平、联合、团结3个行政村，2002年撤乡建镇。

小中甸镇对外的主要交通干道即214国道，它贯穿了整个小中甸镇，将三个行政村联系起来。有相当数量的聚落是沿着公路进行布置的，这样可以较为方便快捷地与外界联系，如小中甸镇最北端的杨给和最南端的上吉沙、下吉沙。小中甸镇村落的名字多为藏语，代表一定的含义，如"杨给"，"杨"指小中甸坝，"给"指头，意为小中甸镇坝头的村；"曲都学"，"曲都"指河汊口，"学"指下，村建河汊口下。从这些聚落的名字中可以看出小中甸村庄的大致地理位置或形成原因等等。

▲ 小中甸农民收青稞

这些因素有些与传统聚落择址的一般性原则不谋而合，如"依山傍水""趋利避害"等，有些则为了适应小中甸镇复杂的自然生态环境而拥有独特的特点。

公路周边分散的村落规模不大，一户到十几户不等，选址具有较大的灵活性。有的通过村级道路与公路连接，有的直接由公路进入宅前小道。小中甸镇主要种植青稞、玉米等农作物。青稞于每年的农历八月十五左右成熟收割，大大小小的青稞架在秋天到来时挂满青稞穗，成为一道特别的景致。这里雨水较多，所以将青稞架的头削成尖的，能使雨水快速流下，减小了雨水对青稞架的渗透，这样就能延长青稞架的使用寿命。青稞地的尽头，是坐落在山脚下的藏族村落，传统藏式民居厚重坚实，有精美的装饰图案，于稳重中显出典雅。驱车行驶在这段公路上，不仅可以看到优美的自然风光，领略独特的历史宗教气息，还能欣赏点缀在小中甸镇蓝天绿草间淳朴厚重的传统民居建筑。它们共同构成了一幅与众不同的画面，使人徜徉其中流连忘返。

小中甸最著名的景观是"洋塘花海"。冈曲河支流洋塘曲发源于普达措，是当地藏族人的一条圣河，"洋塘曲"在藏语中的意思是"鲜花汇聚的河畔"，洋塘曲两岸雪山对峙，草甸绚丽，牛羊成群；河水清澈纯净，藏族村落独特，田园风光优美，整条河流过犹如梦幻般的世外桃源。每年6月下旬至7月底，报春、狼毒以及各种不知名的五彩野花在洋塘曲两岸次第盛放，连天连地的大片花海让人赏心悦目，恍若置身天堂。高大坚实的藏族土楼矗立在辽阔的大地上，村落周边的耕地和远处的牧场则悠然舒缓地铺展开来。

▲ 小中甸的狼毒花

醉在奔子栏

从海拔 3300 米的香格里拉出发，一路盘山而下，到达海拔 1800 米左右的金沙江边，当公路与江水汇合时，但见两岸突兀的高山脚下，一片美丽的绿洲逐渐映入眼帘。这就是奔子栏，一颗闪亮的明珠。

德钦县奔子栏镇地处白马雪山脚下，盘踞于金沙江西岸，与香格里拉市、四川省得荣县隔江相望。史籍记载，唐贞观八年（634 年），这里就有藏族先民开垦耕种。汹涌澎湃的金沙江水流经至此，变成了开阔的江面。奔子栏，藏语的意思是"美丽的沙坝"。历史上，奔子栏渡口为滇藏"茶马古道"上有名

▲ 奔子栏

的古渡口，是"茶马古道"由滇西北进入西藏或四川的咽喉之地。清政府在此设渡口，并设"塘汛"驻兵。滇藏公路修建前，所有进出的骡马和物资都要在此渡过金沙江，然后才能运送至各地进行交易。特殊的区位，使奔子栏镇发展成为"茶马古道"上物资转运的重镇，商号林立、人马喧嚣、热闹非凡。

作为滇藏茶马古道上的商贾重镇，奔子栏有很高的知名度。"以前，很多西藏人不知道迪庆和香格里拉，却知道奔子栏。"其中重要的原因，一是奔子栏独特的地理区位，奠定了奔子栏在涉藏地区贸易往来、文化交流中的重要作用。由于地处金沙江沿岸的坝区，其地理位置优越，气候适宜，土壤肥沃，物产丰富，农业生产主要以玉米、小麦、青稞等为主，经济作物包括小粒葡萄、油橄榄等。

奔子栏历史上是"茶马古道"重镇，是由滇进藏的必经之地，后来修筑的滇藏公路，其路线大部分和"茶马古道"的路线重合，奔子栏自然又成为滇藏公路的一个重要节点。新中国成立以前，此地没有修通任何一条现代意义上的公路，物资流通和人员流动多依靠古驿道等交通形式。滇藏公路是新中国成立初为巩固国防、开发西南边疆、配合解放军进军西藏的四大干线公路之一。其南起云南大理下关，北至西藏芒康县，全长715千米，是214国道（起点为云南景洪，终点为青海西宁，全程3256千米）的一段。滇藏公路自1950年8月开工，不到1年时间通车至丽江。由于1951年西藏和平解放故停工5年，后于1956年8月继续

▲ 奔子栏

施工，1959年初通过奔子栏，1961年1月修至盐井，因为地质灾害的原因又停建。到1967年7月第三次开工，至1973年10月修至芒康才真正实现全线贯通。滇藏公路修筑前后历时23年，实际施工期为11年半。进入21世纪以后，为满足云南涉藏地区社会经济快速发展的需求，滇藏公路历经数次升级改造，极大提高了迪庆地区的运输能力。

在迪庆境内"茶马古道"最重要的一条线路是从丽江、桥头、十二栏杆，进中甸城，再过尼西、奔子栏后翻越白马雪山至德钦，又渡过溜筒江翻越梅里雪山至察隅、波密、拉萨，行程时间2月有余。由于地势平坦、物产丰富，奔子栏成为滇藏古驿道上重要的一个关口，是来往马帮队必须要停留休整的地方。进藏商队要去德钦必须翻越距离奔子栏不远、海拔4000多米的白马雪山，因此马帮补充粮草和人员休整要在奔子栏进行。而金沙江对岸的四川商队必须要过奔子栏的渡口方可进入滇地。历史上奔子栏的发展受益于滇藏驿道，其中以马帮队为主要客源的服务产业较为发达。当地一位老者讲道："商业繁荣时期的奔子栏真的是店铺林立，客栈、货站、酒馆、铁铺等有几十家之多，我们祖辈很多本地人便以此作为家庭重要的收入来源；此外因为奔子栏本地的马帮队本来就势力庞大，而且拥有进出西藏的特权，从中甸过来的一些无法直接进藏的外地汉族商帮便将货物转售给奔子栏本地的马帮让其运入藏族聚居区。"马帮运输成为奔子栏藏族人的一项生计来源，根据文献记载，马脚子在清王朝时期进藏来回一趟，只要安全回到家，可以得到约8两银子的收入。而在抗日战争时期，从中甸到拉萨一个来回，每人管理7匹至11匹驮马，商号除包开伙食外，还可得半开16元、衣服1套、鞋子1双。奔子栏的发展得益于市场经济，而市场经济在云南涉藏地区的成长关键在于交通条件的改善。滇藏公路促进了奔子栏地区的运输业和物流业的发展，人员流动和物资流通的成本大幅度降低，公路沿线产业的发展，包括餐饮、住宿、批发、零售等产业逐步繁荣起来。

今天，宽敞牢固的跨江大桥早已替代了渡口的功能，214国道穿奔子栏而过。从这儿往西北即可进入西藏，逆江北上即是四川的得荣、巴塘；沿金沙江而下，就是维西、剑川；往东南走，则是香格里拉及玉龙。一直以来，奔子栏镇党委、镇政府始终把促进民族团结作为头等大事来抓，坚持在各族干部群众中深入开展以党的民族政策为中心内容的民族团结教育，特别是被列为省级民族团结进步示范乡镇后，全镇干部群众更是抢抓创建机遇，将民族团结创建工作与美丽乡村建设有机结合，整合项目资金，加大经费投入，狠抓工作落实，有力推动各项民族团结进步示范镇和美丽乡村建设政策的落地开花，促进美丽的奔子栏实现新的蝶变。

▲ 奔子栏藏族木器制作

经济的发展带来了文化的繁荣。奔子栏地区是藏族文化最丰富多彩的地区之一，热情爽朗的藏族同胞喜欢跳欢快的弦子，唱高亢嘹亮的歌曲，喝热烈甘醇的美酒，穿艳丽华贵的衣服，骑俊逸潇洒的快马，在辽阔的天地间，这份激烈的情绪会感染每一个人，放下心事，醉亦忘归。

顾盼阿墩子

过了奔子栏镇，下一站就是德钦。迪庆州德钦县，下辖2个镇6个乡，总面积为7273平方千米，人口密度每平方千米8人，县城驻地为升平镇，海拔3400米，距州府香格里拉182千米，距省会昆明889千米。"德钦"系藏语，意为"极乐太平"，原名阿墩子，1935年以"德钦林"（林：藏语，意为寺院）之音，改称为德钦。德钦县全境山高坡陡，峡长谷深，地形地貌复杂。东有云岭山脉，西有怒山山脉，山脉均为南北走向，地势北高南低，地形是南北长东西窄的刀形，南北长约188千米，东西宽约68千米。按海拔高差划分，地形可分为三类，一类是高山河谷区，地处海拔1800米至2400米之间，分布在金沙江、澜沧江沿岸小甸及缓坡，有153个自然村，占德钦县自然村总数的28.75%；二类是山区，地处海拔2400米至3000米之间，有293个自然村，占德钦县自然村总数的55.07%；三类是高寒山区，即海拔在3000米以上的地区，有86个自然村，占自然村总数的16.16%。由于县境地处横断山脉腹地，决定了其特点为"峰峦重叠起伏，峡谷急流纵横"，境内怒山、云岭两大山脉中崎立的太子雪山（含梅里雪山）、甲吾雪山、闰子雪山、白马雪山海拔都在5000米以上，终年积雪，最高海拔为卡格博峰（6740）米，为云南第一高峰，被藏族人奉为神山，最低海拔为燕门乡南部澜沧江边1840.5米，县内平均海拔为4270.2米。

▲ 云雾中的德钦县城

阿墩子藏语称"聚",海拔3400米,是云南境内海拔最高的县城,地处金沙江左岸,澜沧江之右。古城四周有梅里雪山、甲吾雪山、闰子雪山、白马雪山,这些雪山海拔都在5000米以上。阿墩子是云南入藏的重要通道,历史上它既不是西藏的宗,也不是元明两朝的县治,只是一个小小的驿站,官兵出滇,茶马互市和朝拜神山的人们,都会在此歇脚,从而形成集镇。阿墩子被雪山环抱,连通汉藏文化,见证历史上西南边陲各少数民族和祖国大家庭在政治、文化、经济各项事业中的密切交流,互通有无,从而造就了独特的阿墩子多元民族民间文化。今天依然矗立在阿墩子广场白塔旁的清真寺,正是这里回族及藏族人民和睦团结的象征。

阿墩子古城是茶马古道滇藏线上的重要枢纽,又是千百年来藏族人民朝拜梅里雪山主峰卡瓦格博的唯一起始和终点站。自唐宋以来,随着藏汉文化、政治、经济的密切交流,阿墩子古城不断成长成熟,最终形成了独具特色的多民族、多宗教的多元文化古城。古城目前仍保留着古老的街道布局、古供水系统和藏族、汉族、纳西族、白族结合的民居建筑。藏传佛教寺院与古老的伊斯兰教堂和谐共存。阿墩子古城内世居居民仍占多数,他们保留着康巴藏族原始的弦子、锅庄歌舞艺术,又融合了回族、纳西族、白族、汉族的多种宗教和文化艺术。阿墩子古镇保存众多的历史文化遗存,有清真寺、余家马店、鹤丽会馆遗址、县衙遗址、古墓群、德钦林寺、海正涛烈士故居、古炮台、扎达茸摩崖石刻等。从阿墩子古城到阿东村的这一条线路，初步考证为目前保存较为完好的茶马古道，是重要的茶马古道阿墩子段文化保护内容。

2011年以来，德钦县启动阿墩子古城民居改造，将涉及古城区域内的161户当地居民的房屋外观进行改造，内容包括瓦房顶改平顶土掌、屋檐改造、窗子、大门以及墙体色调和木板壁调色等一系列工作，当时阿墩子古城70%的居民都是低保户，改造指挥部筹措资金帮助大家将古镇居民的房屋外观进行修整，实现与周围环境的协调，体现因循千年的藏族民居特色。同时投入资金修缮古镇道路等公共基础设施。以前的阿墩子，被当地人称为牛屎街、猪屎街，因为污水横流，气味难闻。改造之后，

▲ 阿墩子古镇

▲ 阿墩子古镇

古镇脏乱差的问题得到了解决，建筑整洁美观，青石铺就的道路四通八达，沿着古城深巷延展开来。新时期阿墩子的美好未来也逐渐展开，古镇有客栈接待区、卡瓦格博广场、天珠广场、射箭场、海正涛纪念博物馆等文化场所，还有民族文化产业一条街，依托原有的德钦县银制品厂和民族地毯厂等传统民间工艺，开发制作独具特色的民族手工艺品和旅游纪念品，服务文化旅游业发展。

从德钦县的阿墩子古城继续向北，将抵达佛山乡的"溜筒江"村。这里曾是"茶马古道"的要道，也是入藏的必经关口，素有"溜筒锁钥"之称。澜沧江由西藏盐井进入云南境内后，江面狭窄，水流湍急，无舟船可渡，江两岸绝壁耸立、山势陡

▲ 阿墩子古镇

峻，人们只能在江面悬挂过江溜索，运送人马与物资。过江的人将身体用绳索捆绑在一形如筒瓦（溜筒）的滑梆上，从溜索一端凭借惯性往对岸滑行。千百年来，马帮依靠溜索渡江，每年不知道有多少人出现意外，多少牲畜、货物遭受死亡和损失。站在岸边，望向江心，人们感叹马帮鞨客的行旅不易，他们如何才能有这般勇气奔走于途的勇气？2013年10月，"溜筒江"过江大桥开工建设。听说江上要修建一座现代化跨江大桥，不仅能走人，还能走汽车，溜筒江村的村民激动了好几天。2015年，根据云南省委、省政府安排，农行省分行定点挂钩帮扶德钦县佛山乡溜筒江、纳古2个行政村4个村民小组的53户建档立卡贫困户258名贫困人口的精准扶贫工作。该行抓住贫困群众增收这一"龙头"，投入大量人力、物力和智力支持，配合地方政府推动精准扶贫工作，着重在产业培育、教育培训、基层党建等方面精准发力。如今，纳古村、溜筒江村258名贫困人口人均收入都在5000元以上，全部实现德钦县脱贫出列的计划目标。2016年8月，全新的现代化大桥在佛山建成通车，定名为"溜筒江大桥"。站在桥上远远望去，这座现代化大桥飞架两岸，桥上车辆穿梭，成了整个峡谷最亮丽的一道风景。

大桥建成了，溜筒江村的发展变化一天一个样儿，村民的生活也越来越幸福。"溜筒江"上，八百米距离，一条溜索、三座桥，浓缩了滇藏天路上最真实的变迁。

金沙江上江畔柳

金沙江沿白马雪山南下，过德钦的拖顶乡、香格里拉市五境乡之后，渐渐进入平缓地带，形成典型的干热河谷地区。到了维西县、香格里拉市和丽江玉龙县三县交界的地方，其宗、木高、良美一带，自古以来就是重要的交通要道和军事要塞。沿江的金江镇、上江乡等乡镇和村落相互接壤，且位于迪庆州的地理中心线上，终年气候温和，物产丰富，素有迪庆"江南水乡"的美誉，享受着迪庆高原难得的舒适海拔和宜人的气候条件，适应发展农业耕种，是迪庆农耕温和传承中最久远的部分，也是人口密度最大、多民族和谐发展的地区。

金江镇位于香格里拉市南部，距市区188千米。东南与虎跳峡镇及迪庆州经济开发区接壤，北连上江乡，西与丽江市玉龙县的巨甸、石鼓等乡镇隔江相望。该镇地形狭长，属低热河谷坝区，人口沿金沙江东岸分布，镇内居住着汉族、普米族、纳西族、傈僳族、白族、苗族、彝族、藏族、回族等民族。金江镇主要气候属北亚热带季风气候，平均海拔1900米，年平均气温14.6摄氏度，年降水量609毫米。因耕地面积和水田分布面积广，是全市乃至全州的农业大镇，主要种植的作物有烤烟、稻谷、玉米、小麦、青稞、油菜、药材等。金江镇的自然资源及人文景观丰富，既有丰富的物产及诸多具有开发潜力的旅游资源，又有红色革命老区，加之区位优势，为金江镇下一步的发展创造了有利的条件。

上江乡位于香格里拉市西南部，距市区138千米。东与小中甸镇相连，南与金江镇接壤，因此也是隔金沙江与丽江玉龙县的巨甸镇相望，北邻五境乡。全乡平均海拔高1920米，属河谷地区，森林覆盖率达75%。因地理接壤，境内气候、年平均气温、年降雨量与南面的金江镇基本一致。全乡拥有丰富的旅游资源和自然、生物资源，有"药材之乡""鱼米之乡"等美誉，另外，上江乡和金江镇一样也是迪庆红色革命的摇篮。综合金江镇和上江乡目前经济社会发展现状来看，作为迪庆州主要的农作物产区，两个乡镇的农业人口均占了总人口数的90%以上。但从现状来看，大部分农民仍依赖于传统农业，生计单一，而且多年来传统农业一直呈现出整体规模过小、产品不能实现大规模供应的问题，使得高原特色农产品的开发不尽如人意，加之交通等基础设施的发展滞后使得两地第二产业、第三产业的发展动力不足。如果要适应迪庆州经济社会的整体发展节奏，继续单一的生计显然是不合时宜的，要结合现有优势开辟新的发展路径。

位于香格里拉市旅游西环线上的金江镇和上江乡，其旅游开发价值近年来受到越来越多人的关注，他们虽然具备丰富的旅游资源和较高的品位，仍受制于整体投资环境"温差"的影响，存在大资源、小旅游现象。目前仅有古驿道的徒步旅游初现雏形，其他高品质的旅游资源仍是小众的状态。同时，受交通条件的制约，配套设施缺乏，旅游服务设施不完善，也严重制约了旅游产业的发展。随着迪庆州全域旅游发展规划的实施，金沙江沿线乡镇应当发挥特殊的地理和文化优势，积极融入"香格里拉"旅游品牌的建设中，成为迪庆州传统经典旅游景区的重要补充，在休闲休憩、传统文化体验等方面，综合各乡镇的开发能力，统筹发展，加大区域旅游资源的整合力度，实现迪庆旅游西环线的整体布局，沿其宗、上江、金江形成迪庆冬季旅游短板的重要补充。

如果不是刻意探幽访古，金江上江可能是旅人们匆匆掠过的一个普通集市，人们甚至不会知道它的名字，就像过往的那些岁月，无情烟柳，不系行舟。但是当时光静下来，慢下来，我们会发现小镇上的客栈干净整洁，不输香格里拉市的星级酒店，而价格可能只是它的五分之一。更重要的是，在金沙江畔，看浮云吹雪，世味成茶，这小小的市井里，山风古道，长亭柳岸，都在讲述千年往事。江水奔流，一城年华，半世风霜，只有在枕水听风的时刻，才会如此清澈明晰。

维西故事

维西傈僳族自治县位于云南省西北部，迪庆州西南部，是全国唯一的傈僳族自治县。早自东汉、唐以来，这里就是中国大西南的组成部分，滇西北疆防要塞之地，是通往印、缅、康藏的驿运孔道之一，又是古代滇西北"茶马互市"的汇集点。维西处于"三江并流"核心地带，云岭山脉东濒金沙江，西临澜沧江，自北往南延伸，切割剧烈，气势雄浑；碧罗雪山矗立于澜沧江与怒江之间，群峰巍峨，连绵起伏，形成天然屏障。维西地势大起大落，由南往北呈阶梯状抬升。位于县境西北的查布朵嘎峰，海拔 4800 米，是全县最高海拔，位于县境南端的

▲ 坐落于澜沧江边的维西叶枝古镇

澜沧江与碧玉河交汇口，海拔1486米，是全县最低海拔。维西境内，海拔在3000米以上的山峰共有164座，地形北窄南宽，全县平均海拔2340米，县城保和镇海拔2320米。县境地貌类型复杂多样，有高山、河谷、山间小盆地和高山褶断，凹陷枯湖沉积地或草甸，由于河水冲刷和自然风化，地貌常被分割，形成典型的"V"形地貌。有分布不均、大小不等的坡积、冲积和冰积物，形成形态各异的河谷区和高山草场、林场，组成高低不等的河谷台地、洪积扇地和滩地。

维西县叶枝镇是省级历史文化名镇，但是，和很多曾经在交通要道上显赫一时，又因为现代交通的遗落而寂寞的古镇一样，叶枝也经历了从热闹到冷清的变迁故事。据史料记载，叶枝是纳西语"蛟龙起伏的地方"的意思，早在唐代就已经开始建城，唐贞元十七年（801年），吐蕃与南诏交战，在这里建赟城以屯驻大军。而我们今天能触及的叶枝故事则大约从明清开始，叶枝土司王氏家族崛起后，茶马古道的交通线路在这里通行，叶枝成为三江流域重要的城镇。

王氏土司是纳西族，曾是叶枝历史上显赫的家族，祖先被丽江木府委任为"木瓜"，即军事首领，清朝时期，被清政府封为"北路土司"，民国时被委任为"三江司令"。王氏家族几代兴盛绵延，衙署也不断拓展扩大，占地50余亩，大小院子10多个，房屋5000多平方米，融汉族、藏族、白族、纳西族等多种建筑风格为一体。建筑格局包括"四合五天井""三坊一照壁"等，门、窗、檐上均雕梁画栋，做工精细。1998年，云南省政府公布叶枝土司衙署为省级文物保护单位，尚存的衙署大门、碉楼、四合院等建筑，以及城墙、花园、经堂、神殿都得到很好的保护。

美国探险家约瑟夫·洛克在19世纪20年代到过叶枝，并且住在王家大院。他说当时维西的叶枝还是土司在统治，其强大的势力远达独龙江地区，他把第八代土司王文政称为"最后的纳西王"，并为王文政拍摄了照片，还在《中国西南古纳西王国》中记载了王氏家族的沿革，使王氏家族蜚声海内外。第九代土司王嘉禄被国民政府委任为"三江司令"，这也是在历史上第一次提出"三江"这个概念，只是这里的"三江"指的是澜沧江、怒江和独龙江。1938年，在抗日战争的烽烟中，王嘉禄组织抗日武装，派人到独龙江一带管辖边界，埋下了铸有"北路土司界"字样的界碑。1943年，他亲自带领武装到达独龙江地区收复失地，王嘉禄成为"三江司令"，把一个家族的事业推向了顶峰，他派人到中缅边境埋设的界碑，不经意间成为后来中缅印勘界的依据，为祖国的领土完整做出过重要贡献。

土司制度早已成为历史，王家的后人也在各种岗位上开始新的生活，遗留在叶枝古镇上的这片苍老的建筑，诉说着"三江并流"区域曾经的经济和文化历史。

沿着金沙江和澜沧江，天然形成了贸易和行走的通道，不论是过去的茶马古道，还是今天的香格里拉东西环线公路。在马帮行走的年代，从丽江离开，进入金沙江峡谷之后，人们有两个选择，一个是翻越艰险的雪山，从建塘到奔子栏再到德钦，中间有海拔 4500 米的白马雪山横亘其中；另一条路就是在其宗过江，从塔城去往维西县城保和镇，或者直接从丽江石鼓经老君山粟地坪垭口到达维西县城，再经叶枝、燕门、云岭到达德钦，虽然路程比较长，但道路大多沿澜沧江峡谷行走，不用翻越雪山，常年可通行。从兰坪、云龙和保山北上的马队，还可以沿永春河到达澜沧江边的白济汛，继续往叶枝行走，是古代盐运的重要通道。距离叶枝镇不远的岩瓦，一直到 20 世纪 60 年代，都是怒江和独龙江流域生命线的枢纽，政府在这里设有转运站，把各种物资用国营马帮翻越碧罗雪山运往怒江州贡山县。无论往哪个方向，无论哪条线路，叶枝都是滇西北迪庆、怒江、保山、

功业相成——茶马古道串联的城镇　　　　　　　　　　　　　271

大理、丽江交通线路上的关键节点，是茶马古道必经的地方，由此形成了一条条古道文化走廊。那些仍在使用的道路、吊桥以及山区人们常用的骡马，还能让我们在时空中触摸古道的存在。

　　维西县塔城镇位于迪庆藏族自治州州府香格里拉南面，维西县城保和镇东北部，地处维西、香格里拉、德钦、玉龙县四县交界处，是"鸡鸣四县"的接合部。塔城是唯一承袭完整藏传古典热巴舞的地方，塔城热巴至今仍保持着原始古典的神韵，带有浓厚的藏传佛教色彩于1957年进京演出并获奖。1999年塔城被迪庆州委、州政府命名为"热巴艺术之乡"，每年农历三月二十八日为"香格里拉塔城热巴艺术节"，各民族在长期的生产生活中，形成塔城古朴、传统、奇特的婚嫁、丧葬等民族习俗和别具风格的饮食文化，还有极富地方特色风情迥异的

▲ 维西县城全景

春节、赛马节、四月初一转山节、二月八、斗牛狂欢节、火把节、丰收节等传统节日。节日里各民族身着盛装，载歌载舞，举行丰富多彩的民间文体竞赛活动。

在全国涉藏地区流传的三大类型的热巴中，"卖艺谋生的流浪热巴和以表演为媒介经商的热巴"两大类型，都有明显的商业性，尤其是流浪艺术人的表演，将热巴这一古老民间艺术不断推陈出新，极大地改变了它的原始面貌。而只有"不流动"，不以换取报酬为特点的塔城"神川热巴"，至今仍保留着原始古朴的风貌，让人能看出原始宗教祭祀礼仪的诸多痕迹，这正是它的珍贵之处。神川热巴的舞蹈动作，其特点是舞姿、舞步的变换主要体现在男舞者身上，女舞者没有自己特殊的动作，他们都是跟随男舞者的动作而进行舞步变换，主要基本动作有抬腿蹬踏、跳跃、碎步、转体、弯腰、下蹲、叉腰、挥手、甩手等。

塔城镇境内旅游资源极为丰富，景点、景区较多，有绚丽壮观的人文景观、自然风光和名胜景点，以及历史悠久、独树一帜、底蕴深厚的民族文化和民俗风情。其中较为有名的人文自然景观和民族文化藏传佛教信徒朝圣地有达摩祖师洞，原始生态旅游区响古箐滇金丝猴"灵灵的家园"，戈登新石器文化遗址，被誉为"植物活化石"的启别千年银杏王，唐代吐蕃铁桥遗址，其宗石门关，其宗神泉响水河，热巴艺术，玛里玛萨风情等。其宗是茶马古道的重要渡口，今天位于其宗的其春桥连通南北，人们可以轻松穿行丽江和迪庆之间。

晨光初现，乡村路上已有早行客，此时，坐落在山脚下的热萨·此称庄园可谓是热闹非凡。主人娜妹正在洒扫整理，刚送走一批游人又忙着迎接新的一波。从敞开的大门往里看去，或是古朴，或是现代，特色别致。早起的客人有的坐在院坝里，看当地村民日出而作，有的拿起箩筐在庄园地里享受采摘蔬果的快乐，还有的早已经受不住当地美食的诱惑，酥油茶、油煎玉米饼、饵块等在当地人眼中再寻常不过的早餐，在外来游客眼中别有一番风味。

高质量发展的未来

——迪庆奋斗精神的千年传承

滇藏公路未修通之前,马帮一行要渡过金沙江、澜沧江两道天堑,翻过梅里雪山等雪山垭口。货物、骡马,甚至人员的损失都是司空见惯的事情。但作为回报,他们仿佛在造物主自己的"后花园"中行走,辞藻的堆砌已经无法描绘沿途景物的壮美,整个行程堪称天堂之旅。

历史上迪庆地区社会经济的发展受益于"茶马古道"等古驿道组成的交通网络,对于促进汉藏之间的经济交往和物资流通发挥了重要作用。有研究认为汉藏贸易的真正发展是在宋元明清时期,随着"茶马古道"的兴盛,其"交易规模、交易数量较之以前有了新的发展"。这一时期通过使用"茶马古道",汉藏两地之间的物品实现了双向流动,大量汉地的物资诸如茶叶、铁器、日用品等走向了涉藏地区万千个家庭的日常生活中,而涉藏地区本地的土特产、毛皮、药材则进入了汉地千家万户的日常消费中。

汉藏之间的这种物资双向流动具有非常重要的社会意义:一方面是汉藏间经济体系相互依赖和高度整合的表现,中原地区人口多、自然资源储量少,但是拥有先进的加工制造业,而藏族聚居区地广人稀、资源丰沛,但缺少产品的精加工技术,物资双向流动实现各有所长、各取所需的目标。这一点的重要性在于突出体现汉藏间经济体系的不可或缺性，这也是文化融合与民族团结的根本基础。另一方面我们需要看到附着在物品身上的文化象征，汉藏间通过驿道进行物品流动的背后也是文化的流动与交融，是化解文化误解的重要推动力。因此，随着"滇藏贸易的发展，经济联系的加强，各族人民在日益密切的交往中，增强了相互之间的了解，建立了平等互利、友好往来、相互信任的新关系"。总的来看，在现代化的交通基础设施未进入涉藏地区以前，由滇藏古驿道组成的交通网络所发挥的多重功能对汉藏之间的经济社会文化交流产生了重要的影响，这为后来历经波折建成的滇藏公路发挥作用奠定了坚实的基础。

曾经，在那些雄伟的大山大河之间，有无数条先人们用脚步丈量和开辟的马道和小路，公路修通之后，很多小路渐渐荒芜，通往云雾缭绕、鲜花盛开之地的小径渐渐被草木覆盖，只偶尔还有牧民们依稀能辨识它们，经此在牧场之间短暂迁移。马帮的故事渐行渐远，高山上的女孩子读了书走出大山，男孩子在平坝草原上安了家，他们开客栈和餐馆，将骏马换成四轮驱动的越野车，接送游客去看家园美丽的风景，让异乡来的人们体验挤牛奶、采野菜、喝酥油茶的生活，将松茸和虫草打包，发往世界各地。热闹美好的生活从来都存在于普通人的希望和期盼里，也成就于人们在山水之间永不停息的奋斗里。

纵然时移世易，迪庆高原那无畏奋斗的精神却一直在。冒险、热烈、壮阔，不折不挠，一直向前，向着更美好的生活，出发。

▲ 藏族黑陶之乡——尼西乡汤堆村

天地相生——山水间的聚落

人们在天地之间
日月之下
营造房屋、落所而居
眼前是明澈的星空
脚下是清碧的流水
土木石竹带来温暖
也营建了家的意义
聚落不是单体的建筑
聚落也不是简单的物理空间
聚落是人与人连接的方式
他们劳作、生活
闲聊、互助
他们彼此熟悉
他们相互依存
有人聚集的地方
就有故事
迪庆人聚集的地方
就有精彩的故事

在这个"吉祥如意的地方",星罗棋布的村庄像天神散落在人间的庇佑所,或被镶嵌在半山腰,或被撒落在山水间,或依山错落而居,或临水拥簇而居。世世代代,他们在天地、日月、万物的庇佑之下,日出而作、日落而息,在相互帮助、相互依存、相互碰撞又相互融合的过程中,凝聚智慧、蓄聚力量,开拓创新,繁衍生息,创造出迪庆如今这片平静祥和、圣光普照的宝地。

正当轰隆隆的推土机移平了一座座小村庄,拆村扩市,整个中国迈向工业化、现代化新面貌的时候,我们的村落依旧安静地坐落在那滇西北高原崇山峻岭的深处,历风霜不倒;正当千万农民工拖家带口地涌向城市形成"打工潮""空心村"的时候,我们的村落依旧袅袅村烟、孩童嬉闹、鸡犬相闻;正当千万亩良田被抛荒闲置,我们的村落依旧春种秋收,他们日复一日地劳作、生活,忙时互助劳作,闲时载歌载舞,欢度节日;正当农村建设一阵热,千万农村一张脸的时候,我们的村落因生态多样、文化多元而呈现民族化、特色化、多元化的特点,且保存相对完整,成为乡村转型升级、全面发展的最佳优势条件,为全面实施乡村振兴战略打下坚实基础。

以工业文明为价值判断圭臬,迪庆乡村不免让人产生传统、落后的印象,甚至以整齐统一的钢筋混凝土的建筑速度去衡量迪庆乡村的发展,更会让人产生迪庆乡村被时代抛弃的误解。然而,以生态文明的新发展理念来思考乡村发展时,我们惊喜地发现,迪庆乡村早已超越了时代与历史的局限,实现了后现代式的解构与重构，为新时代乡村全面振兴留下了一方净土，为我们深化人与自然和谐共生保留了一隅安身立命的地方。因此，当中国乡村走向衰落与解体时，尤其是工业主导的以高耗能、高污染的乡镇企业喧嚣过后催化出大量的空巢村、老人村、寡妇村、留守儿童村的当下，迪庆乡村依旧充满生机、充满生命力，这让我们欣慰，更让我们欢喜。欣慰于面对工业发展的大浪潮，迪庆乡村坚持生态保护优先，坚守民族共同家园，充满对乡土的情怀与眷恋；欢喜于迪庆乡村依旧充满生机与活力，让人看得到未来真正的希望的田野。

时代的车轮总归要顺应自然之道，唯有人的信仰、文化与爱才是具有强生命力的核心存在，是聚落延续与发展的灵魂所在，是赋予一切物质利益与价值追求的意义所在。迪庆的乡村看似在快速追赶世界文明的队伍中掉了队，但实际上却保留了乡村最原始、最本真、最强生命力的存在——灵魂。迪庆的乡村质朴宁静，他们延续着千百年来传承下来的信仰习俗、生产生活方式、节庆、建筑、饮食、服饰、歌舞、手工艺等民族精神与文化技艺，如智慧汇聚的高原山区创造出"垂直农业"的生态系统；9个世居民族为代表的迪庆人民和谐共生、共筑中华民族共同体；各民族间相互融合，文化互鉴，产生新年、赛马节、望果节、格冬节等繁多的节日活动；建筑风格各异，有峡谷平顶碉式藏居、高原坡顶板式藏居、傈僳族井干式木楞房等；歌舞种类多样，如阿尺木刮、锅庄、热巴、羌姆等汇成的歌舞海洋，

天地相生——山水间的聚落

▲ 上：藏族木雕　　下：传统藏族民居室外

知名海内外；另有藏族黑陶、纳西族东巴纸、唐卡、藏族传统金属铸造工艺品、藏医药等勾勒出一幅迪庆多彩民族手工艺的画卷。正是蕴藏于村落中

▲ 藏族黑陶

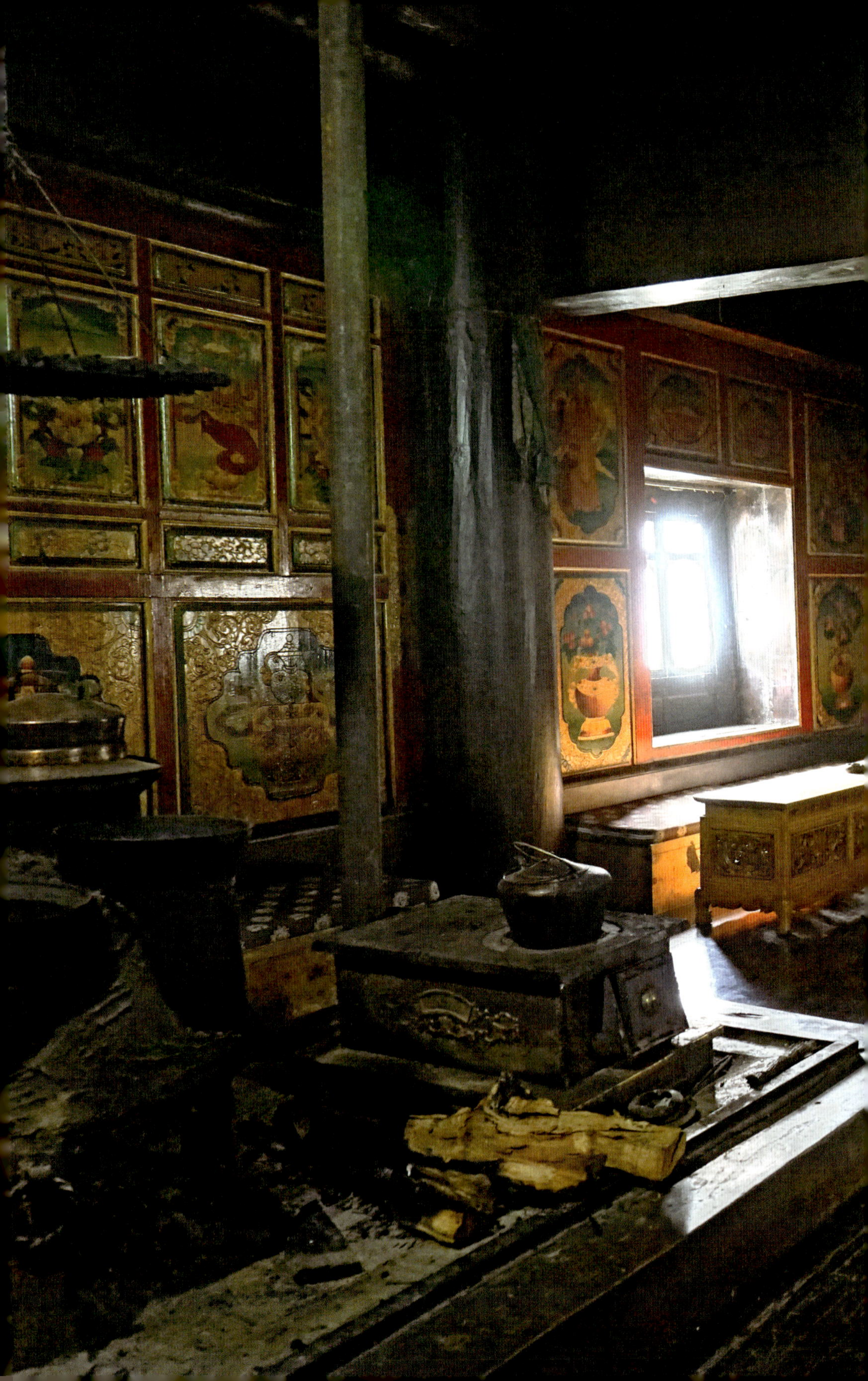

▲ 传统藏式民居室内

的民族文化与技艺，孕育并延续着迪庆上百个村落活的灵魂，使其在时代的兴衰浪潮中依旧焕发新的生命力，以一种全新的资源型姿态迎接新一轮的政策机遇。

乡村振兴战略的春风吹到了全国各个角落，偏居一隅的迪庆乡村抓住机遇，坚持中国特色社会主义生态文明观，像保护眼睛一样保护高山草甸、雪山峡谷、河流湖泊、草木生灵，村村参与生态文明建设，共同守护普达措、白马雪山、哈巴雪山等国家级自然保护区、各类自然公园等，为践行"绿水青山就是金山银山"理念奠定了坚实的生态基础。迪庆乡村坚持全面推进乡村振兴战略，因地理环境差异较大不宜开展规模化农业，但气候多样、光热水条件充足，适宜种植与畜牧。党和政府充分发挥资源优势，借助农业新技术、新人才、新政策，高质量发展食用菌、中药材、葡萄、特色畜禽等特色高原产业，抓好产业基地建设，打造"绿色食品牌"，推进"一县一业""一村一品"的产业发展格局；迪庆乡村坚持文化旅游产业融合发展之路，充分挖掘民族节庆、歌舞、手工技艺、特色建筑等文化资源，依托高原、雪山、草甸、瀑布、冰川等生态优势资源，大力发展特色文化产业、文化旅游产业及乡村旅游业等，抓住乡村特色资源优势走乡村文化旅游融合发展之路，合力推动迪庆乡村走向全面振兴与全方位发展的现代化跨越式高质量发展之路。

本章选取 8 个典型村落，用秘境尼汝、黑陶汤堆、隐世同乐、雪山哈巴、神山雨崩、银杏启别、卫士巴珠、神奇巴拉之旅，寻找中国大地上依旧活着的村落，触摸迪庆乡村正跳动着的脉搏，让这跳动更加鲜活、更加强劲。未来是属于迪庆乡村的时代，迪庆乡村只管抓住得天独厚的资源优势，提升站位，全力推动产业振兴、人才振兴两大核心，将散落在迪庆大地间的乡村遗珠打造成世界的香格里拉、人们心中的日月之时，迪庆乡村将会成为与时代同步、与世界同行的超越时空、走向未来的乡村振兴的范本。

秘境中的尼汝村

"如果香格里拉是举世无双的人间秘境,那尼汝村便是'秘境中的秘境'。"

在迪庆州香格里拉市普达措公园深处隐藏着这样一处人间仙境,它被誉为"世界第一生态村"、"真正的世外桃源"、"秘境中的秘境"、普达措的后花园等等。能够让世人如此不吝溢美之词的地方究竟有何神秘之处?我们一起来探秘吧!

尼汝村,是香格里拉市洛吉乡的一个典型的藏族村落,辖有尼中、白中、普拉3个自然村,全村共106户640余位藏族村民。村子不大且较为分散,在高山、牧场、湖泊、小溪之间,

▲ 尼汝村

犹如一颗颗散落人间的遗珠。据记载，尼汝村先民源自西藏、青海一带的游牧氐羌部落的后裔，约公元 7 世纪，尼汝村先民沿金沙江一路南下落脚至尼汝河沿岸，高山、湖泊、雪山、草原、牧场、溪流、山石、森林、峡谷、云海……四季变换、至净至美，充满智慧的先民从此隐居于此，并为自己的村落起名为"尼汝"（藏语，地名志释意为"眼角"），也被称为"阳光照耀的地方"。

2003 年 7 月，"三江并流"成功入选世界遗产名录，成为中国境内面积最大的世界自然遗产地。而尼汝村作为"三江并流"世界遗产地的标志性提名地之一，一时间在世界舞台上声名鹊起。"三江并流"为何入选世界遗产名录？源于其雄、奇、秘。但真正促使"三江并流"申遗成功，尼汝村功不可没。尼汝村属金沙江小支流尼汝河的流域，因为地处偏远深山，在申遗之前鲜少有人涉足考察、旅游，正因"三江并流"申报世界自然遗产，国内地质学家才发现，尼汝河流域存在保存完好的硬叶常绿阔叶林生态系统，暖温带、温带、寒温带、寒带等多种气候生物群落也保存完好，南宝牧场集中了多个高原冰蚀湖、古冰川遗迹、高原瀑布群，堪称世界生物多样性最丰富的地区之一，是具有极高的生态保护价值与发展潜力的原始资源研究展示区域，遂把尼汝村列为"三江并流"八大腹心区域重点村。

2002 年 10 月，在申遗的关键阶段，"国际自然保护联盟"派联合国教科文组织官员、申遗专家吉姆·桑塞尔和莱斯·莫洛依来"三江并流"的腹心区域实地考察与评估。当考察团来到德钦永芒村和香格里拉尼汝村时，桑塞尔被这里良好的生态环境、秀美的自然风光、古朴的居民生活与浓郁民族风情所吸引，他说这是他所走过的村庄中，自然生态和人文生态保留得最为完整的山村，并提笔写下"世界第一村"。莫洛依也说，"尼汝和南宝给我留下了美好的印象，希望永远像现在一样得到保护"。建设部（现住房和城乡建设部）对外宣传司司长李先逯也为尼汝题诗一首："崇山峻岭聚宝盆，香格里拉传美名。风光无限唱不够，自然生态第一村。"

终于，在2003年7月巴黎召开的第27届世界遗产年会上，"三江并流"的提名全票通过，被联合国正式列入《世界遗产名录》，尼汝村也随着这次"三江并流"世界自然遗产的申报成功，走到世界中央舞台，成为世界的尼汝。如今，尼汝白中的村头就竖立着一块题有"尼汝世界第一村"的石头。

▲ 尼汝——世界第一村

"童孺纵行歌，斑白欢游诣。草荣知节和，木衰知风厉。"世人自古以来追求世外的桃源仙境，期望世界上存在一个景色宜人、阡陌纵横，几处小屋交错分布，小溪川流而过，炊烟袅袅，鸟语花香，小孩纵情欢歌，老人悠然自得的地方，能够让人远离俗世的一切纷扰，尽情享受大自然馈赠的悠然、恬静的田园生活。尼汝村，便是这样的存在。

香格里拉群山环抱的深谷里，空气温暖湿润，形成一种微气候，把高原恶劣的气候阻挡在外。发源于松匡嘎雪山西坡的尼汝河纵穿而过，尼汝的农田与村舍分布在河两岸的坡台上。在这里，享受着神山、圣湖、牧场庇佑的尼汝村民，世代繁衍生息、自给自足、安居乐业，他们不被世俗所扰，千百年来依旧延续着日出而作、日落而息的田园生活。

驱车从普达措国家公园往白水台方向行驶，中途路过洛吉乡，转向洛吉乡开进尼汝公路，远处层峦叠嶂的高山，映出满眼的翠绿，树丛和草甸间零星散落着些农舍——普拉。沿着河谷继续往上开，四面环山、开阔平缓的坡地上坐落着两个村落——白中、尼中。他们采用祖先传承下来的建筑技法遗产，石墙木柱，雕檐涂色，用夯土、石砌、木构等方式建造出极具藏族风格的民居民舍，主要以夯土外墙和石砌外墙为主，内部以木结构为支撑与装饰，一般为两层，上层住人，下层畜牧。屋顶为平屋顶上套坡屋顶，中间夹层一般用来储物。房前屋后，就是他们开垦的小块梯田，层层累累蜿蜒在山间坝子之中，与散落的民居互为点缀，形成一处处自然小景，目光所至皆是醉人美景。在离村子的不远处，大大小小的湖泊，星罗棋布，清澈明净，茂盛的湖边草甸上的星星点点自是那些悠然的牛儿、马儿、羊儿在甩着尾巴觅食饮水。

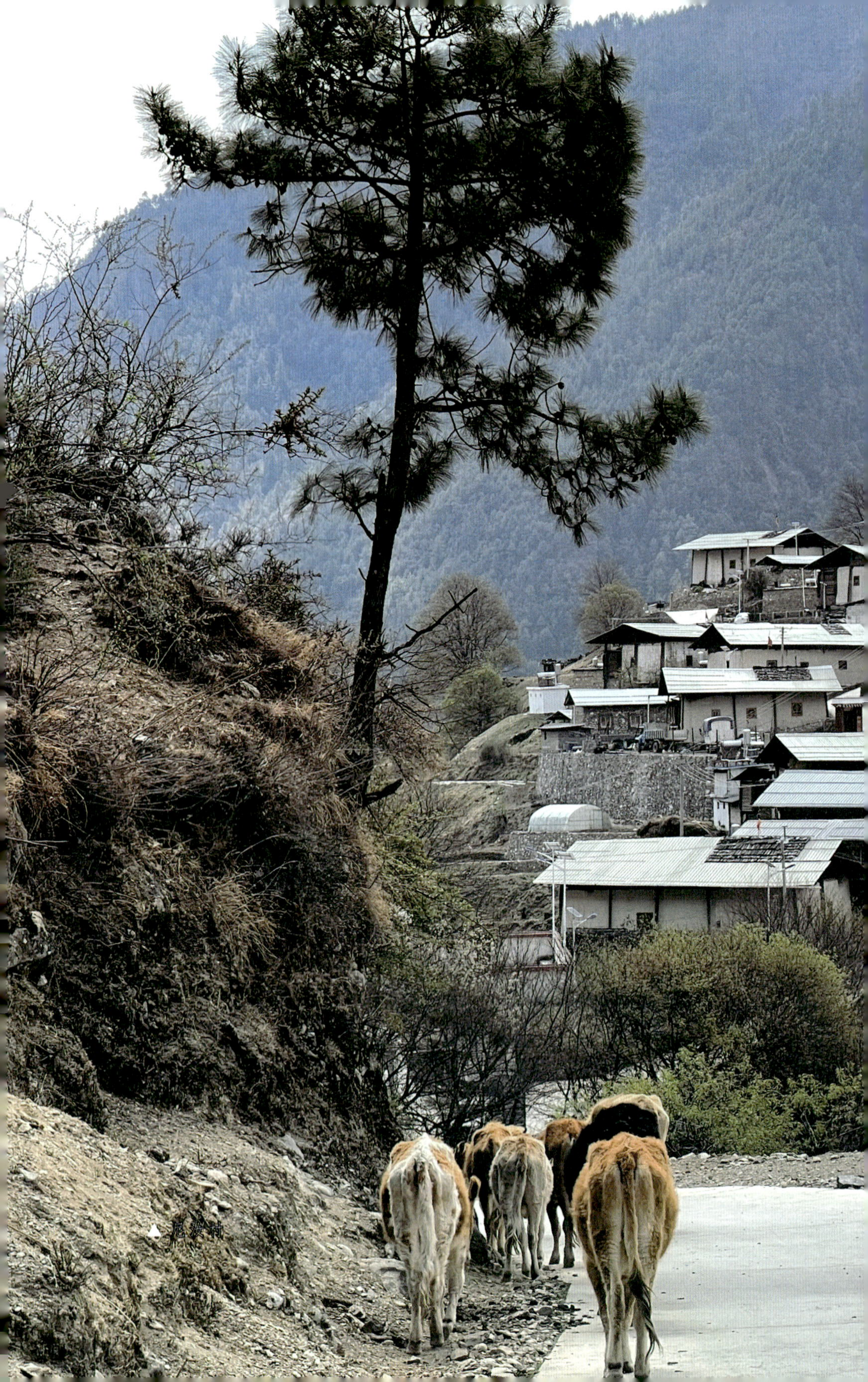

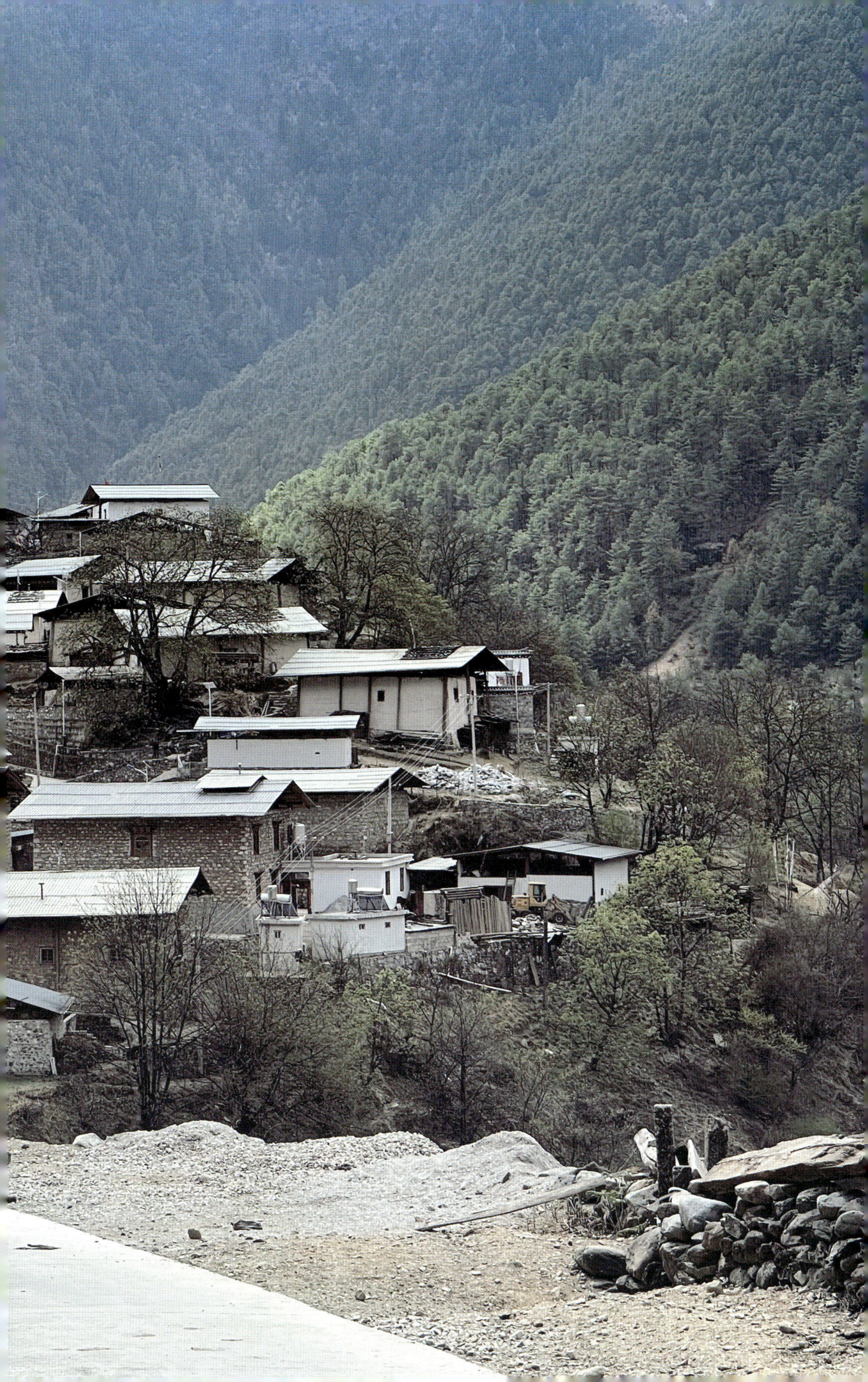

他们的生产活动以农牧为主，保持着传统靠天吃饭、以自然馈赠为生的状态。他们坚守着祖先从西藏、青海带来的本教信仰，而后往来于滇川一带的藏传佛教的宁玛派、噶举派也给尼汝带来了佛教福音，虔诚的尼汝村民又发展出了"仓巴""面翁"等支系教派，与本教共同形成多元化的宗教形态。他们敬畏自然、敬畏神灵，每年都会举行祭神仪式和节庆活动。每年的农历二月十五日是开犁节，四月十五日是祭水神节，七月十五日是丹巴节，九月十五日是祭山跑马节。其中最为隆重的是丹巴节，其与藏族聚居区的望果节大致相同。尼汝的丹巴节，全称是"丹巴日古"，意为"七月转山"。丹巴节在尼汝有两层含义：一是祭拜虎神，即"七月敬虎月"，这与本教崇尚"万物有灵"有关，本教特别重视祭天祭地，尤其是将百兽之王"虎"作为神灵来祭拜，以祈求尼汝无灾无难、风调雨顺、族人平安、生活幸福；二是庆贺丰收，庆贺当年的好收成，同时祈求来年收成更佳。每逢丹巴节，全村的男女老少都会穿上民族的节日盛装，清晨在各自家里、所有的神山上煨桑祭神，香烟缭绕，祷声阵阵。中午12点之前，全村老少聚集在神格神山或帕姆乃仙人洞前举行群体性的祭山神仪式，大家陆续献上祭品，并围坐在一起摊开从家里带来的干粮和奶渣，喝着酥油茶，边吃边聊。吉时已到，由本教的老仓巴开始念经，男性村民齐力搭建祭台，固定经幡和彩旗。仓巴念经结束，点燃香火，部分村民齐声鸣螺，呜呜的号角声瞬间响遍山谷，缭绕的青烟也增了几分肃穆庄严，

传统祭祀——煨桑

男人们念着祭祀祷词，绕着祭台顺时针缓行三圈，以示敬畏虔诚之心。

在尼汝，你能看到的就是这种带有原始古朴味道的虔诚，他们亦如千百年来的自然万物一样，悄然生长，淡然平实。尼汝，是隐藏在秘境中的一块尚未被完全开发的净土，是人们梦中的那片世外桃源。

每年的春夏季节，是尼汝村南宝牧场最美的时候，黛山、薄雾、绿草、野花、牛羊……一幅和谐静谧的田园美景尽收眼底。南宝牧场是香格里拉境内最优良的牧场之一，附近分布有大小不一的冰蚀湖，其中南宝黄湖和南宝黑湖最为神奇迷人，藏语中分别称为"纳波措学"和"纳波措那"，意为"天边黄色的湖"和"天边黑色的湖"，两湖一黄一黑，交相辉映，甚是浪漫。从尼汝村到南宝牧场，要途经丁汝湖和色烈湖，丁汝湖属高山冰蚀湖，四周群山环抱，湖边长满了各种灌木野花，湖水明净清澈，或绿或红的层林倒映在湖面上形成镜像，一时间难分真假。

如果你在6月中旬，从属都湖出发前往尼汝村，那你免不了要享受一次身心眼的美景大洗礼，除了漫山遍野的杜鹃花、森林草甸、牧场村庄，还要穿行在遮天蔽日的冷杉密林、落叶松林、栎树林，你会看见厚厚的地衣和苔藓覆盖的林间，会常常被急涧分割、草甸华泉从山间从容流淌。此时，你仿佛置身在绿野仙踪的童话世界中，但不要怀疑，沿着溪流一直向下，你会看见那层层叠叠的原生态苔原上泉水飞流直下，形成滴瀑、线瀑、匹瀑，在阳光的照耀下，彩虹环绕，犹如人间仙境。此瀑被当地藏族人称为"神瀑"，官方命名为"七彩瀑布"，它是由高山融雪河流——尼汝河岸岩洞中喷出的巨泉形成的华溶扇形碳酸钙台地，形成180度，高约30米的岩面上流下，粗略统计，共有40多道宽窄不同的瀑布流，组成宽约330米的瀑布群。

尼汝的美妙，只有身处其中才能真正领略。借用詹姆斯·希尔顿的一句话："这里的空气纯净得仿佛来自另外一个星球，每吸一口都觉得弥足珍贵，需要有意识、审慎地去呼吸。"尼汝，是大自然最后的馈赠，愿我们能加倍珍惜她，"有意识、审慎地"去呵护她。

汤堆村的"火与土之歌"

纵横千里的横断山脉被三条大江大河纵向切割，形成高山、大河、雪山、湖泊、草原、花海……这种特殊的地理环境造就了香格里拉地界内不同的聚落和民族，他们有着不同的生活方式、民族民俗习惯和语言，同时也创造出了绚丽多彩的民族文化和技艺技能。汤堆村，正是这样一个隐于山谷之间承载着两千多年黑陶技艺的小村落，在漫长的历史舞台上上演着经久不衰的"火与土之歌"。

汤堆村坐落于距香格里拉市区约15千米的横断山脉纵谷区，村落顺山谷而建，在一片葱葱郁郁之间，房屋错落有致，自然、田园、人文和谐交融，安静祥和。汤堆村原是香格里拉市一个普通的藏族村落，山路崎岖，村民以农牧为主，生活拮

▲ 藏族黑陶之乡——尼西乡汤堆村

▲ 藏族黑陶之乡——尼西乡汤堆村

据，发展缓慢。但正是在这种普通的环境中，汤堆村的先民们创造出了极具民族性、实用性、艺术性的黑陶技艺，并默默延续和传承了两千年之久。近年来随着国家对非物质文化遗产的重视，汤堆村发展成为国际知名的传统技艺村落。汤堆村因隶属于尼西乡，故这里盛产的黑陶统称为"尼西黑陶"。回溯过往，历史上的汤堆村地理区位优势突出，位于川、滇交界处，是"茶马古道"的必经之地，手工黑陶也随着马帮销往川、藏地区。据文献记载，1988年云南省考古队对尼西石棺墓进行抢救性发掘，在克乡、奔东共清理61座石棺墓，出土随葬品双耳陶罐8件、大小单耳陶罐3件，以及青铜器、骨器、贝类、玉石等若干件，经碳-14测定，距今有2800多年。《中甸县志》中记载，民国时期尼西境、东旺八甲两地均制土陶，土质最为温润细腻，制造土罐销于江边、大小中甸、尼西,且"延艺师制之,并相传于兹,渐渐普及"。由此可推断,尼西黑陶的制作技艺起源大致可追溯到西周时期,历史悠久,两千多年传承不断,且形成了师徒传承制度,代代相传,不绝于世。

尼西黑陶技艺因其独特的藏族特性、延续完整的传统手工制陶技艺及其承载的历史文化内涵与工匠精神,2008年被评选为国家级非物质文化遗产,并脱颖而出以孙诺七林、拉茸恩主、拉茸定主、当珍批初等为代表的国家级非物质文化遗产项目"藏族黑陶烧制技艺"传承人,他们世代传承着这项千年技艺。他们一边制作茶罐、土锅、火盆等悄无声息地融入藏族人生活,

▲ 尼西乡汤堆村黑陶传承人　　▲ 尼西乡汤堆村黑陶传承人

一边创作工艺品、宗教用器等传扬全国、远销海外。据拉茸恩主介绍，他今年53岁，小学四年级毕业之后在家务农，村里大多的同龄人都是小学未毕业就辍学在家，13岁时正式跟随父亲孙诺七林学习制陶，5个月出师，刚开始大多只是做茶罐、土锅、火盆等基础工种，更为复杂、精细的技艺和种类还需要长期打磨、不断熟练后才能真正成为一名成熟的工艺师。制陶的基础工艺和步骤较为复杂，从采土到成品大致经历采土、晒土、舂土、筛土、和泥、烧陶六道工序，加之做坯、修底塑性、贴瓷片、雕花、堆雕、阴干、风干、暴晒、堆烧、打磨等共有十几道工艺步骤。其中黑陶烧制最为关键之处在于"土"和"火"。首先选土极为讲究，千百年来一直沿用的是就地取土，距离汤堆村1000米外的"萨西贡"（黄泥巴山）可以开采制陶所需的白沙、红土，并用1:2的比例混合、晒土、舂土、筛土、和泥，用双手充分将水、红泥与白沙搅拌、糅合，揉搓成胶泥质的圆柱体陶泥后储藏，以备做坯用。其次烧陶也极为关键，在烧制过程中需注

▲ 尼西黑陶

意掌握前后步骤、控制火候、通风透气，相较于其他窑烧制陶技艺，藏族黑陶烧制技艺仍然沿用传统的室外平地堆烧方式，多选择天晴无雨的早上（6点半左右，无风、不热），把晾干的泥坯摆放在锯木灰上，周围和中间插满木材，形成火焰状，起烧，在燃烧过程中要不断用长棍戳火堆以透气，待燃烧15分钟后，须急速挑起烧红的陶器放置于新的锯木灰中堆埋；也可直接在燃烧殆尽时用锯木灰覆盖，堆埋。10分钟后，一一将陶器翻身复埋，并用木棍戳灰堆以透气。约15分钟后，堆埋完成，一一挑出，即可看到乌黑的陶器，待冷却5分钟后，用松叶蘸着滚烫的酸奶渣水或米汤水在烧好的陶器内部刷上一层以防渗漏。最后用毡布细细打磨，便可呈现其黝黑朴实、略带粗犷原始的美感。随着制陶规模越来越大，大多数制陶者为提升烧陶的便捷和速度，将露天平地堆烧改为窑烧，但拉茸恩主却坚持使用传统的堆烧，他说："这样烧制（堆烧）而成的黑陶相比窑烧质量更好，不容易碎。虽然大多数都改为了窑烧，但我会一直坚持用古法烧制的方式来制作黑陶，我不愿意改变流传了两千年的方式。"在四十多年的制陶岁月里，拉茸恩主坚守、延续着这套已延续两千多年的烧制技艺，并将自己所有的心血与精力注入他手下每一个陶器之中。或许，正是这种近乎偏执的坚守，才使得这一传统制陶技艺传承两千多年后依旧熠熠生辉。

除了对古法烧制方式的坚持，他们在陶器品类、工艺技法、装饰图案等方面却有不断的扩展与创新。在陶器品类上，汤堆

▲ 尼西黑陶

▲ 尼西黑陶

村的传统黑陶主要有土锅、茶罐、火盆、组锅、酒罐、土桌、香炉、药罐等，而在海内外市场的推动下，尤其是日本、印度、尼泊尔等地的订单式采购影响下，汤堆村大胆创新、不断研发推出新品类，主要有圣水壶（藏语称为"崩巴"）、酥油组灯（"吉日工"）、佛塔（"萨池灯"）等佛事器具，以及烟灰缸、鸟壶、雕龙筷子筒、雕龙火盆、特制盘子、酒杯、花瓶、藏八宝、摆件、挂件等新产品。在工艺技法上，黑陶集造型、色泽、装饰于一体，呈现粗犷、质朴、厚重、神秘之特色，同时在千年传承中也吸收藏族、汉族及其他民族陶器制作工艺技法，不断创新出平雕、浮雕、镂雕、刻花等多种工艺技法，并灵活应用于新产品研发中。在装饰图案上，黑陶有一独特的装饰手法——镶瓷，即把瓷碗敲碎，用铁片敲打瓷片成圆形、三角形、菱形等多种形状，并镶嵌在陶器表面。除此，黑陶装饰图案丰富，主要选取藏族文化中的吉祥图案、宗教图腾、民族符号元素等，如藏族吉祥图案"木都春当""顶都鲁"，藏八宝"宝伞""金鱼""宝瓶""妙莲""右旋白螺""吉祥结""胜利幢""金轮"等。保护传承发展中的黑陶技艺在拓展、创新的同时依旧保留且持续融入浓厚的民族文化，使其经过岁月的锤炼、市场的洗礼之后仍旧保持着独具特色的民族性、文化性、艺术性与实用性，这正是黑陶技艺传承千年后能"浴火重生"的另一大奥秘。

与黑陶一起闻名于世的还有另外一宝——尼西炖鸡。尼西鸡是尼西乡特有的一种鸡，藏语称为茸巴夏，体型轻小，肉质鲜美，特别适合用来炖煮煲汤，肉鲜汤美。尼西黑陶炖尼西鸡，再配上尼西特有的龙巴辣，简直是人美至美绝味。为此，中国大型美食纪录片《舌尖上的中国》特意制作了一期《厨房里的秘密》，将"尼西黑陶与尼西鸡"的秘密揭示在大众面前，这期节目让尼西鸡、尼西黑陶和汤堆村声名远播，让众多美食爱好者不远千里寻找汤堆村，只为品尝一口这道原生态美味。而汤堆村像一位好客的老者，时刻为四面八方的来客准备着"迎宾宴席"。如若你在春夏季节来到汤堆村，远山满目苍翠、山谷烟雨朦胧，如诗如画，若恰遇桃花盛开，山谷、江边桃树成林，淡粉、粉红、胭脂红的花瓣片片交错，在风中摇曳飘落，像是汤堆春天为客人绽放的最美笑颜。如若你在秋冬季节来访，远山近谷的植物全都换了新装，五彩缤纷，像极了艺术家笔下的油画，若恰遇冬天飘雪，寒意侵袭，择一家小店进入，店内炉火正旺、温暖如春，点一份土陶炖鸡，热气腾腾，香气四溢，把烧煳的龙巴辣揉碎后放进浓浓的鸡汤里，就着水炒洋芋和藏香猪琵琶肉，让鸡汤的鲜香、龙巴辣的煳香、琵琶肉的浓香在口中混融，不断给予味蕾至高的享受。

　　因尼西黑陶美食进一步打开了黑陶市场和汤堆村的知名度，引得国内外游客纷沓而至。闻名海内外的黑陶逐渐吸引了一批新生代力量的加入，以拉茸肖巴为代表的第八代黑陶技艺传承人，为黑陶技艺、黑陶文化、黑陶艺术、黑陶市场注入了新的活力，带来了无限的可能。拉茸肖巴说："守住古老技艺，延续黑陶文化，尝试推陈出新，将是我们这一代人的使命，也是我们正在尝试做的事情。"在高知识积累、高艺术审美、高市场灵敏度、高视野格局下，他们精准分析市场、下沉消费群体、开拓新消费空间、创新新消费渠道，他们在维持已形成的固定消费群体的基础上，针对年轻消费群体创新黑陶样式，如咖啡杯、插香器皿等多种样式，利用电商、直播、微信公众号等方式进行宣传、营销，打造现象级、高流量爆款，为黑陶技艺开拓一片新天地。

  非遗技艺、传统文化、美食逐渐融入旅游，成为文化旅游消费新体验的重要内容。做黑陶、品炖鸡、赏桃花、采松茸……成为来汤堆村旅游的热门打卡项目。汤堆村因逐渐扩大的知名度，积极完善道路等基础设施建设，整修居民建筑，改造庭院式民宿客栈，并创办了尼西黑陶开发有限公司，专门从事黑陶制作、销售，以实体店与线上营销相结合的方式，宣传、推广黑陶技艺文化与乡村旅游。如今，黑陶频频出现在各大展销会、博览会上，结合电子商务和实体店展卖，黑陶的销售市场不断扩大，不仅覆盖滇、川、藏等涉藏地区，也颇受大众市场欢迎，更远销日本、中国台湾、新加坡、印度、尼泊尔、瑞士、加拿大等国家和地区。对于汤堆村未来的发展，拉茸肖巴说："汤堆村除了有着千年历史的黑陶，房屋建筑也很有特色，希望能依托黑陶这项传统技艺，对村子进行整体开发和保护，将尼西情舞、藏族造纸以及藏族木制品和黑陶结合起来，把汤堆村打造成一个黑陶特色文化园区和旅游村。"

隐于山腰上的傈僳族同乐村

迪庆维西有这么一处"隐于深山无人识"的世外桃源，近年来一直被津津乐道，引得众多长期困于城市喧嚣之人纷纷前往意图揭开它那神秘的面纱。

春秋时节，邀上三五好友驱车从维西县城出发，约80多千米的车程进入叶枝镇，沿着崎岖的山间水泥公路盘旋而入，跟随路标指引停至"U"形路口，步行数十米登至观景台，放眼望去，对面山腰上100多间极具特色的木楞房聚散在朝南向阳的斜坡上，圆木累叠，石块压木片于房顶，层层叠叠、错落有致，风格独特，蔚为奇观。这里就是我们正要寻觅的人间"隐村"——同乐。同乐村位于云南省迪庆藏族自治州维西傈僳族自治县叶

▲ 维西傈僳族大村

枝镇，坐落在澜沧江东岸的半山腰，地处世界自然遗产"三江并流"的腹地，世居着99%的傈僳族居民，属典型的傈僳族传统村寨，是云南省第一批省级传统文化保护区。

据同乐村老人回忆，自从最早的祖辈依山临水择此地而居，至今已有近千年的历史了。同乐村均为傈僳族，皆讲傈僳语，拥有自己的文字——音节文字，当前接受义务教育主要以汉语、汉文为主。傈僳族是以氏族划分村寨，主要有荞氏族、虎氏族、熊氏族、竹氏族、鸟氏族、鱼氏族、麻氏族等，大体与傈僳族的原始动植物崇拜有关。进入现代社会，傈僳族的氏族特性逐渐消退，仅流于姓氏区分，现一个村寨基本为同一姓氏，同乐村以余氏为主，即"鱼氏族"，意为临水而居，以鱼为生命生活之神。同乐村世代以耕种、畜牧为生，择半山腰阳面而居，河谷种植、中山种植、高山畜牧，依山体、气候、生态规律形成了一套朴素合理的"垂直农业"系统。据介绍，同乐村的农事活动主要集中在4月至11月，河谷地区的小雨季、大雨季也主要集中在这一时节，主要以种植水稻、小麦、玉米、蚕豆为主，兼以捕鱼。低山地区主要以种植玉米为主，兼种瓜果蔬菜和板栗、核桃等经济作物，多为5月播种，10月收割。中山地区为主要的种植区，农作物种类相对丰富多样，4月进入耕种时节。粗略统计大概有玉米、荞麦、土豆、白菜、青菜、秦艽、木香、梨、苹果、木瓜、松茸、羊肚菌等作物，至11月全部进入休作期。中山地区的农作物是居民主要的收成来源，但我们发现中山地

▲ 毛米丰收

区的耕作方式比较特别，主要采用轮歇耕种，每开垦一块地连续种植 3—4 年之后就要停止耕种，植树抛荒 15 年，待原有耕种区域的小树长成之后方能再次开垦耕种，如此轮回。此外，中山地区另一重要功能是作为高山牧区的补给站，为牧民提供基本的粮食与生活用品。高山地区主要是畜牧区，每年 5 月赶牛马上山，10 月开始下山圈养。这种根据不同海拔、地势、气候、土壤等，因地制宜地采用多层性、多级利用的垂直变化和立体生产布局的农业方式，与美国教授迪克逊德斯帕米尔所提出的"垂直农业"有着异曲同工之妙。不仅如此，同乐村的生活与生态始终维持着动态平衡，他们对砍柴有着一套明确的规则，在他们的原始信仰中明令禁止乱砍滥伐现象，违者是会遭到神灵的惩罚的，而日常烧火做饭的柴薪皆是有选择性地砍伐老树、枯树或枯枝，或者专门种植薪炭林用作薪火。这是世代生活于此的深山居民生存本能与生活智慧的高度显现，它体现着人与自然和谐共生的最朴素的理念。生活在深山中的原住民早已与大山身心相通，融为一体了。他们世代生活于此，祖祖辈辈的人与牛马用脚步丈量出从河谷到山顶的距离，为生活日复一日地用坚实的脚步踏出了数不清的羊肠小道。他们生于斯、长于斯，自然也将所有的执着与热情倾献于斯。

  同乐村的人民是质朴的、淳厚的，同时也是热情的。他们在血液中生长出热情，并将热情融在畅饮的酒里，融在欢唱的歌舞里，渗透进同乐村祖祖辈辈创下的独特文化之中。同乐村文化的独特性既外显于其历史悠久的民居文化，又内化为朴素而虔诚的民族信仰、民俗民风、文学艺术等，而特色民居与特色歌舞是其中最为耀眼的民族之星。

同乐村的民居建筑，一直是最引人注目的神秘之所，我想绝大多数的游客朋友也是因为那片侧立于高山之腰的古建筑群落而燃起动身寻找那遗落在俗世角落的"世外桃源"。同乐村的民居建筑最久的已有190年的历史，房屋建筑均使用圆木或方木凿成榫口，按"井"字形的架构垛成。民居形式主要有"楼式""落地式"两种，楼上住人，楼下养畜和储物，有的院落

▲ 傈僳族房屋

内还建有单独的厨房或仓库。这种建筑方式是傈僳族典型的井干式的木楞房，建房时不用挖填土方，而是根据地基坡度，立柱，找准水平面铺地板，再用相互交叉的圆木层层垛叠成房墙，每根圆木相互咬合以增固其稳定性，可防风避雨。圆木就地取材，多选用云南松和云冷杉。房顶多用楔劈法剖成的木板瓦覆盖，并用石块压制，再次加固。它的建筑特点是全木打造，不使用钉子、不上漆、不涂色，甚至不去树皮，让木材以最原生态的面貌融入居民生活之中。在同乐村，高低错落地竖立着百余座传统木楞房屋，经过时间的打磨而成深褐色，远处望去，这个传统民居群落嵌在葱郁之间，层层叠叠，如黛如云，构成一幅淡墨山水画。

跃入画卷之中，清脆悦耳的歌声萦绕耳旁，伴着律动由远及近，热情淳朴的同乐傈僳村民手捧米酒，盛装相迎，不觉间你已被傈僳村民的热情与漂亮傈僳族服饰所感染，主动融入他们携手跳起了阿尺木刮。阿尺木刮，是国务院于 2006 年 5 月 20 日第一批列入国家级非物质文化遗产名录（Ⅲ—35）的傈僳族歌舞，意思为"山羊的歌舞"。不难理解，傈僳族村民多以农牧为生，农耕与畜牧皆为生活之重，而畜牧又多以牧羊为主，山羊为傈僳族村民解决温饱、维持生存发展，是神明的化身。傈僳村民在捕猎、祭祀、节庆之时，为表达群体信仰与情感，便模仿山羊的外貌、声音与体态手挽手创造这一群体性歌舞，后被称为"阿尺木刮"。经过代代相传，如今的阿尺木刮已从

▲ 傈僳族跳阿尺木刮

原始的祭祀、庆贺功能性活动中脱离出来，更为强化其娱乐性、表演性与文化性，现已发展成为一种独特的民族歌舞种类，具有规范性、程式化的舞蹈动作，以及经典的曲调、唱腔、唱词。阿尺木刮与西南地区其他少数民族歌舞的不同之处在于，它不使用乐器伴奏，自始至终都是踏歌起舞，随着歌唱用脚步踏出节奏节拍。阿尺木刮的曲调悠扬，音色婉转，多为原生态唱法，节奏跳动频繁与舞步幅度形成对应，整体给人以自然、悠扬、舒展、热情的感受。阿尺木刮的歌词内容极为丰富，涉猎农事、

天地相生——山水间的聚落

▲ 傈僳族房屋

中国传统村落——维西县同乐村

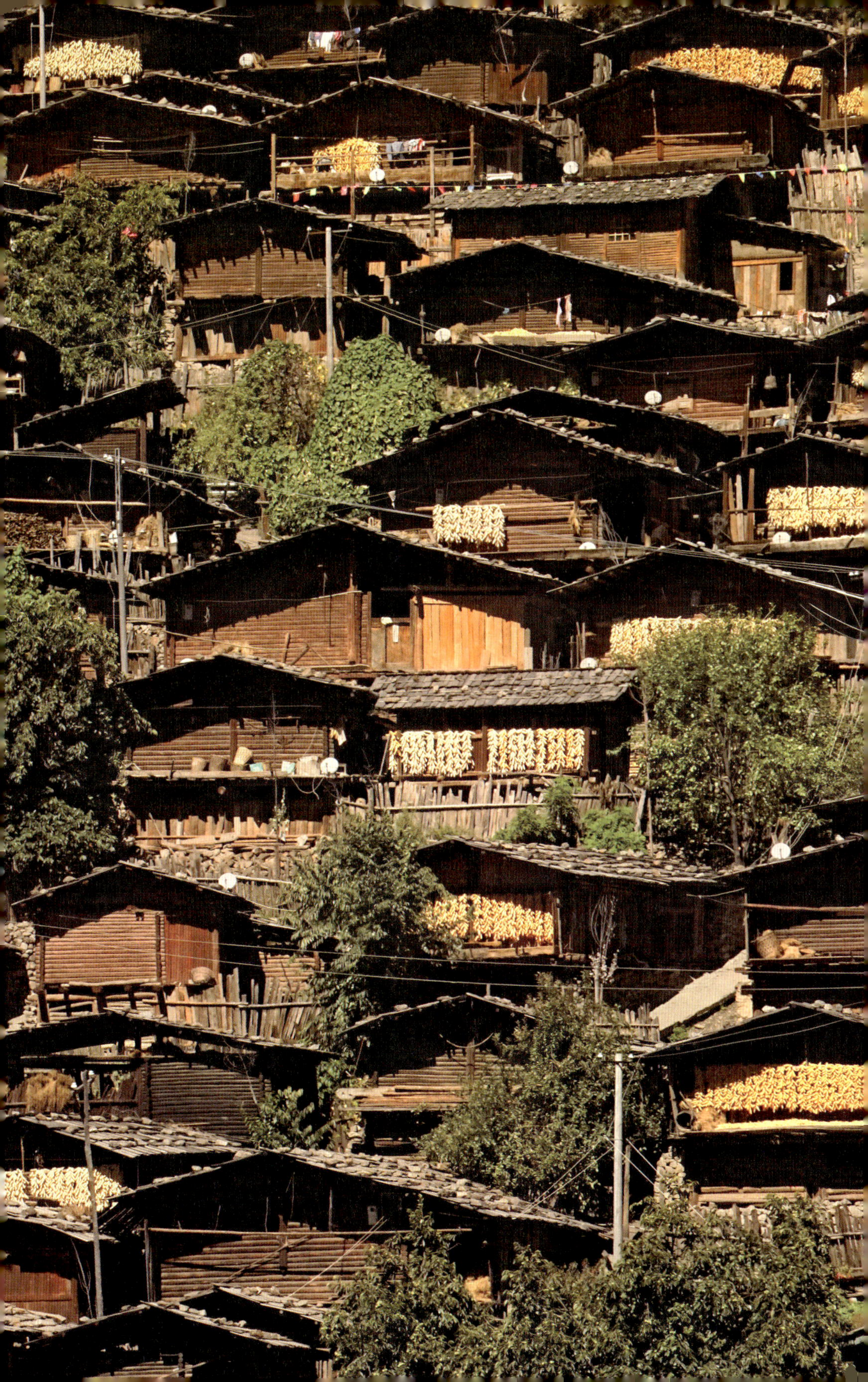

生活、历史、神话、自然、情感等，从天上到地下，从高山到河流，从上古神话到现今生活，从自然万物到人类悲喜，凡是可以用语言来表达的都能被傈僳族村民用这种智慧、婉转的歌声传达出来，世代传颂。阿尺木刮作为一种集体性的娱乐项目，它凝聚着傈僳族全体族民的智慧与热情，它是一部傈僳族历史的百科全书，是对傈僳族年青一代思想、情感、生活甚至是信仰的指导书。阿尺木刮现为国家级非物质文化遗产，其历史文化意义与传承价值早已被官方认定，保护与传承成为新一代傈僳族人的责任与使命。当然，延续傈僳族文化之光、艺术之精神历来是傈僳族人民始终坚持的方向。

近些年来，同乐村在维西县党委、县政府高度重视民族文化保护与积极推动下，于2006年被云南省政府列为第一批"省级民族民间传统文化保护区"，2008年成为国家级非物质文化遗产"阿尺木刮"的重要传承保护基地，并创建"阿尺木刮传统展示馆"，2013年被住建部、文化部（现文化和旅游部）列入第二批中国传统村落名录的村落名单，2019年"同乐傈僳族传统民居建筑群"被公布为第八批全国重点文物保护单位。在迪庆州与维西县文化和旅游局的推动下，同乐村的文化旅游建设在稳步推动，不断完善道路、标识等基础设施，加快古建筑修复、村容村貌提升以及特色民宿打造等工作，促使同乐村更为易达、宜居，为世人心中的那隅隐秘古村落增光添彩，更为世代保护这方水土的同乐村民的生活增砖加瓦。

雪山偏爱的哈巴村

哈巴村位于哈巴雪山脚下，是一个以纳西族为主，彝族、回族、汉族、傈僳族等多民族杂居的传统特色村寨。哈巴行政村隶属香格里拉市三坝乡，下辖 18 个自然村，其中古鲁坝是中心村落，据传很早以前是一批来自丽江的纳西族人迁到此地开荒定居，并取名为"哈巴"，意为"金子之花"。而后汉族、回族、彝族等民族陆续从四川等地迁徙到哈巴，形成 10 余个自然村落。千百来年，哈巴村民依靠得天独厚的气候和土壤环境，长期以农耕、畜牧为生，日子虽不富裕，但也相对安稳平静。

然而每个人都自己的生命轨迹，每个村子也是如此。哈巴村民或许从来没想过，有朝一日，哈巴村会因登山文化而扬名于海内外。户外登山，是一项崇尚自然、亲近自然、挑战极限、征服自我的运动。钢筋混凝土的丛林世界中密集、快速而紧张的生活方式激发了人们对大自然的渴求、对自身压力的释放需求，而户外登山运动恰是人们对回归自然、回归自我的一种原始觉醒，是锻炼身体、磨炼意志、提升斗志的最为直接的方式。20 世纪 90 年代，登山运动逐渐显现大众化趋势，越来越多的登山俱乐部、登山团队游、登山大本营陆续建立，登山文化开始了产业化发展之路。哈巴雪山海拔 5396 米，山势上部较为平缓，下部则陡峭壁立，4000 米以上是乱石嶙峋的流石和千万年不化的冰川，望之险峻雄伟而又美丽神秘，是世人公认的入门级雪山中的"明星"雪山，是所有初级登山爱好者的必登之地。受季风影响，哈巴雪山最佳的攀登季节为3—11月，自1995年首次有人登上哈巴雪山以来，陆续有登山爱好者尝试攀登哈巴雪山，直到2014年哈巴雪山爆火，之后每年有3000余人慕名而来。而哈巴村，就此因雪山而闻名于世，因登山而改变了命运。

随着登山团体的不断涌入，哈巴村的交通、住宿、饮食等服务设施远远不能满足外来游客与登山团队的基本需求，在当地政府与党支部的支持下，哈巴村开始在乡村基建上下功夫，修路、通网络、通自来水、修路灯、建垃圾处理站等，并积极申请开设从丽江至巴哈村的旅游专线，为哈巴村的旅游发展打下基础。同时，有些熟悉雪山地势与气候环境、热爱登山又具有一定视野、头脑灵活的当地人，也积极加入哈巴雪山登山产业之中，开始筹备民宿客栈、餐馆，修建登山大本营、创办户外运动公司等，逐步将哈巴村推向登山服务接待、餐饮住宿、特产销售等正规化运行。据不完全统计，哈巴村现有民宿客栈20余家，可满足2000多人的住宿餐饮需求，有带队向导和协作200多人，另有马夫等后勤人员若干，为当地村民提供直接就业岗位500多个，直接带动经济增长300万元左右。2015年，云南省登山户外运动协会联合昆明登山探险协会对哈巴村做过一次调查，并写了《哈巴雪山登山开发对当地社会经济影响调研报告》。调研报告显示，在随机走访的38户哈巴村农户中，有87.5%的受访农户家庭成员从事哈巴雪山的登山工作，而间接从事登山相关工作的比例更大。哈巴村近些年来的发展早已与登山产业息息相关，可以说，登山运动打开了哈巴村的大门，为哈巴村注入了现代化的青春与活力，带来了经济的大发展与社会的大变化。

除了登山旅游业的推动之外，哈巴村的半山酒店也发展得如火如荼。2020年以来云南省政府工作报告提出，云南将完善大滇西旅游环线建设规划，构建以高速公路为主体的交通体系，开发个性化、多样化的线下旅游新业态新产品，建设一批"因形就势、体量适度、融入自然、内在高端"的最美"半山酒店"，努力把大滇西旅游环线打造成为世界独一无二的旅游胜地，进一步推动云南旅游产业凤凰涅槃、浴火重生。

"不设统一标准"，为酒店的设计和建设打开了想象之门。但对于"半山酒店"的总体定位和风格等，云南省做出了具体谋划：突出自然、生态、小体量、低密度，建筑物与自然景观融为一体，让游客拥有难忘的入住体验；不能只做一家酒店，要大力支持企业在环线上布局，建设连锁酒店，推行连锁经营，提升项目盈利和运营能力，促进其持续健康发展。云南将"半山酒店"建设视为提升旅游吸引力、影响力，推动旅游产业全面转型升级，助力乡村振兴的重要抓手。在省级层面的支持推动下，一批有情怀、有创意的企业家、设计师走进云南的雪山、峡谷、原野，将各具特色、契合"半山"定位的酒店融入了大滇西旅游环线之中。

作为大滇西旅游环线建设的重点项目，香格里拉市严格按照半山酒店建设"四大原则"，从定位上、风格上、格局上、路径上严把准入关。大滇西旅游环线规划课题专家组组长葛羿认为，"半山酒店"要打造一款集自然人文体验于一体的旅游度假产品，"不仅能提供高标准的住宿条件，同时还能提供高品质的旅游线路服务、深度的人文体验活动、五星级的管家式服务。通过'半山酒店'的建设，对香格里拉的自然资源和人文资源进行全新诠释，并带动周边地区乡村建设和旅游业发展"。香格里拉"半山酒店"突破了住宿的边界，塑造了全新的业态。"半山酒店"通过雇佣当地劳动力，形成和村庄的紧密联系，帮助解决村民就业、应对农村"空心化"问题，同时也给更多年轻人提供了成长机会。香格里拉市尼西乡汤满村的藏族姑娘鲁茸追玛就是其中一位。她说，"来到松赞酒店后，我接受了很多专业培训，也掌握了不少新知识，家乡旅游业的发展，让我在家门口就能找到稳定满意的工作"。

目前香格里拉市哈巴雪山也已建成多家极具当地传统文化、历史文化、地域文化、民族文化等特色资源的民宿酒店。哈巴半山酒店的设计运用香格里拉一带传统民居独具特色的装饰元素，蕴含着浓郁的民族与地域特色，保留了当地传统村落独有的生活氛围。住客在阳台上、房间里，便可尽情欣赏到雪山的冰雪与森林、峡谷的交融之美。既是一个自然闲适、灵动安逸的传统文化居所，也是一个休息放松、感受和体验传统文化以及雪山冰川之美的最佳场地。不仅如此，酒店在提供高品质住宿的同时，还为住客提供小众、特别的线路服务、民族特色的人文体验以及贴心周到的管家服务，从而带动当地的农业、文化、旅游融合发展。为更加深入地抓住游客的心，"以文塑旅、以旅彰文"，建立深度文化体验的场景和产品，结合香格里拉生物、气候、民族等方面得天独厚的资源优势，展现出多样性农村增色、农业增效、农民增收，半山酒店建设的产业带动效应正在不断显现。

香格里拉半山酒店的发展，不仅为游客提供食宿，还承担起传播传统文化、历史文化、地域文化、民族文化的使命，也是香格里拉发展旅游康养和文化产品等多元经济的抓手，对于转变村民生产生活方式、带动就业、增加农民收入、促进乡村振兴，发挥着重要的推动作用。

神山守护者——雨崩村

神山之巅，风雪弥漫，冰川消融，洗净尘埃。德钦境内南北绵延着一座长达 150 千米的雪山群——梅里雪山，最高峰是呈金字塔状的卡瓦格博峰，突出于周围群山山顶近千米，长约 30 千米。卡瓦格博，藏语意为"白色雪山"，被藏族人视为"雪山之神"。而在神山脚下，有这么一个地方，被群山环抱、神光普照，溪河蜿蜒，深林幽静，这里生活着一群淳朴的藏族人，几十处藏式房屋错落分布，牛马俯首，鸡犬相闻，他们长期过着与世隔绝的安稳生活。

▲ 雨崩村

这个隐于雪山深处的藏族村寨叫雨崩村，位于德钦县云岭乡境内，是一个纯藏族古村寨。在古冰川的演化作用和印度洋暖湿气流的影响下，这里地形复杂，多"U"形谷，降雨量大，宜万物生长，尤其是植物长势茂密且奇特，雨崩村人将这一切都归于神山卡瓦格博的庇佑和恩赐。在藏族人的精神世界中，他们以生存环境度量万物，构建意念中的宇宙观景。他们大多身处高原或神山，不管是本教还是藏传佛教，都将高耸的山峰作为人与神沟通的桥梁和中介，或将其作为神明的化身以寄托对自然和生命的敬畏之心。关于卡瓦格博，雨崩村还流传着一个神圣的故事。相传，卡瓦格博原是一位九头十八臂的凶恶煞神，后被莲花生大师教化，受居士戒，皈依佛门，做了千佛之子领乃制敌宝珠雄师大王格萨尔麾下一员神将，从此统领边地，福荫雪域。卡瓦格博由此成为本教和藏传佛教共同推崇的神山，并被世代奉为藏传佛教的朝觐圣地。据说，从噶玛噶举派第二代转世活佛噶玛·拔希时期起，藏传佛教信徒就开始了围绕卡瓦格博转山的朝拜仪式，至今已延续700多年。每年秋末冬初时节，成百上千的藏族人都会牵羊扶拐、口念佛经绕山焚香朝拜（转经），这是信教的藏族人的宗教信仰和文化习俗。转山是藏族人民崇敬自然、崇拜万物的心灵与身体平衡的自觉行为，也正是这样的仪式感使得他们更能体会和感悟人类在大自然面前的渺小。他们深知大自然创造一切，赐予人类福祉，人在大自然面前只能心存敬畏，保护大自然是人类的天职。这也正是

▲ 宁静的村庄

藏族人民生活在雪域高原才可能深深领悟而形成的生态观，在我们今天看来，这是一种多么超前的意识。在他们的观念里，每座神山都有自身的属相，如卡瓦格博属羊，每逢藏历羊年，远在怒江、金沙江、澜沧江流域的藏传佛教教徒和众多藏族人都会放下一切汇集到卡瓦格博神山脚下，开启转山朝拜仪式。而每逢 60 年一轮回的"水羊年"，更是藏族人朝拜的神圣之年，转山朝拜则会成为这一年最为重要的事。据藏族人的说法，在羊年绕着卡瓦格博神山转一圈，相当于平日的 13 圈；而赶上在水羊年转一圈，相当于平日的 60 圈。最近一次的藏历水羊年是 2003 年，据不完全统计，这一年来卡瓦格博神山的朝圣者有 10 余万人，场面之壮观，令人叹为观止。转山，对于藏族人而言意味着与神沟通、净化身心，他们相信，通过转山可以得到神明的宽恕、护佑与引导。

雨崩村，地处卡瓦格博神山脚下，是藏族人转山的必经之地，村内仅 20 多户藏族人，他们长年受到神山的庇佑，也长年祭拜与守护着这座神山、这片圣境神域。然对于普通户外爱好者而言，卡瓦格博的神秘、神圣足以吸引无数登山者、旅游者想要一睹其真面目。自 20 世纪初，人类开始试图攀登一座座雪山，挑战自我、征服自然，经过半个世纪的不懈坚持，牺牲了无数生命，人类终于登上了海拔 8848 米的世界第一屋脊，然而海拔 6740 米的卡瓦格博却仍然是人类未能征服的"处女峰"。从 1902 年起，人类组织过 10 多次大规模的登山活动，但无一例外，皆以失败告终。尤其是1987—1996年间，国际国内共组织过10次大规模攀登行动，其中中日联合攀登4次，美国攀登4次，日本单独攀登1次，中国单独攀登1次。不幸的是，次次攀登必遭雪崩，而登山队大多有去无回，伤残惨重。人们逐渐意识到，或许人类真应该深刻反思与大自然的关系，就像藏族同胞对于生命与万物的认知中所说：人只有尊重自然、爱护自然方能与自然和谐相处；人若一心与自然为敌，只意欲征服自然，则必将以灭亡告终。经过众多藏传佛教教徒和藏族民众长年对禁攀神山的呼吁，当地政府尊重和维护人民的意愿，德钦县人民代表大会通过地方性法规，明确规定禁止一切攀登卡瓦格博雪山的行为！这座承载世人信仰的神山将永远不允许被攀登。

  从此，雨崩村自发开启了对卡瓦格博神山的守护职责，二十多年来，他们一直默默守护着神山，只要见到身穿登山装备的外来登山者或登山团队，都会劝阻他们上山，这既是对生命的敬畏，也是对神山的尊重。没有了登山者的到访，雨崩村并没有回归原始的平静。每年前往神山神瀑转山的教徒和藏族人络绎不绝，同时因禁止攀登反而使得卡瓦格博的神秘和神圣倍增，慕名而来的游客逐年增多。雨崩村村民有人率先抓住商机，开始在自家庭院修建民宿客栈，为远道而来的转山者或游客提供餐饮、骑马、向导等服务。近些年来，由于当地党委和政府的扶持，修建了一条能通往雨崩村的公路，改变了多年来仅有一条人马驿道的历史，并已实现通电、通网，为当地村民开发旅游服务提供了基本条件。

雨崩村分为上雨崩村和下雨崩村，上雨崩依山而建，下雨崩则在峡谷洼地上。由于地形关系，上、下雨崩村直线距离仅有几百米，但却要花上40多分钟的时间才能到达。雨崩村周边的生态资源罕见，除了这座"唯一没有被人类征服的神山"之外，还有神瀑、冰湖、牧场、原始森林等，而雨崩村自身也具有浓厚的藏族文化底蕴和藏族民俗风情，是非常值得一去的地方。经过近20年的发展，雨崩村的知名度越来越大，人们将其誉为"香格里拉最后的秘境""人间天堂"。

如今的雨崩村，最知名的就是徒步旅行，且一直延续着2条经典的徒步线路，即从西当村开始徒步（或乘景区专线车），翻越海拔3800米的南宗垭口，到达雨崩村，上、下雨崩村都为游客提供客栈、饮食等多种服务。休息调整后，从上雨崩村徒步出发，第一条线路是穿越大片原始森林，翻越无名高山垭口，到达中日联合登山队遗留下的登山大本营——笑农大本营，继续前行达到冰湖，雨崩冰湖位于将军峰脚下，主要是由梅里雪山冰川融化的雪水汇集而成，湖面平静，湖水呈深绿色，被人奉为"圣湖"。静望圣湖，感受万物无息生长，静享世间至纯至上的极致的静与净。第二条线路是从上雨崩村出发，徒步约40分钟达到下雨崩村，两村之间被雨崩河隔断，河上架有一座"寒冰地狱桥"，被称为"生死桥"，相传过桥时一心发愿，便可化解来生转世寒冰地狱之苦。穿越森林前往神瀑方向，在入口处有一"五树同根"奇观，这是因为雨崩村特殊的地理和气候环境，植物生长茂盛，一些老树主干上往往会寄生许多其他植物，长久以往便形成了多树同根的奇特景象。穿过崎岖陡峭的密林，走过一段高山草甸，再翻过一个石墙，便能到达神瀑，神瀑是前往卡瓦格博神山的必经圣地，神瀑的水来自神山冰雪融水，被藏族人尊奉为"圣水"。相传，神瀑曾得到十万八千佛的加持，若能沐浴在神瀑中，可以洗清身上所有罪孽，使灵魂得到升华。无论出浴是多么寒冷，朝圣者都不会把水珠擦干，而是等其慢慢蒸发，以最大限度接受雪山的福泽。因此，凡是经过神瀑的转山者必会在瀑下沐浴，他们将此作为一种净洁身心的仪式和修炼。沐浴后，在神瀑下转瀑，掌心相对，双手合十，绕着神瀑转三圈，以祈求健康平安，身心安宁。

随着游客的不断增多，雨崩村如同万千旅游村一样在经济发展的同时，也面临着社会文化变迁的问题。据不完全统计，雨崩村原有农户30—40户，民居91间，每年都会开展春节、藏历新年、法会、酥油花灯节、跳神、弦子节、射箭节等节庆活动，且要举办神圣的祭祀仪式，包括祭祀山神、活祭、烧香祈福、转经、制作经幡、布置风马旗、垒玛尼堆等，这是雨崩藏族村世代延承的民族文化和宗教信仰。而近些年不间断的旅游活动打破了雨崩村原有的生活秩序，当地的原住民在有了一定储蓄后产生了前往城市的想法，尤其是年青一代，当他们自小接触来自深山外的游客，自会产生对外界的向往和憧憬。据统计数据显示，目前雨崩村的本土农户约有20户，在居房屋70多间，其中包括客栈25间，餐饮15间，商店4间，休闲娱乐1间，自住房17间，在修在建民居15间。可知，客栈、餐饮及其他服务经营民居约占全村民居量的60%以上，当地农户的数量锐减，相反，外来经商者、务工者逐年增多，与外来游客、本地居民共同构筑了新的社会文化主体。同时，我们也看到旅游粗放开发对神山圣湖、草场森林等生态环境的破坏，以及民宿客栈、餐饮等对卫生环境不同程度的负面影响。这些问题并非雨崩村的独特现象，但是乡村旅游要取得长效发展，就必须要深度思考旅游开发与生态保护，经济发展与文化坚守、传承之间的多元关系，让生态保护、文化传承、社会效益始终成为产业发展的基础与前提。雨崩村的干部群众在坚持高质量发展、绿色发展的实践中，不断摸索保护自然，走可持续发展的新路子。

启别村和千年银杏王

启别村隶属迪庆州维西县塔城镇，是一个历史悠久、民族文化浓郁又景色宜人的特色村落，因拥有"千年银杏王"、纳西族歌舞文化、生活习俗以及优美的田园风光，被称为"适宜人类居住的净土""腊普河畔的鱼米之乡"，并入选"全国'一村一特'示范村""全国乡村旅游重点村""2020年中国美丽休闲乡村"等。

启别村生长着一棵圣树——"千年银杏王"。银杏，属落叶乔木，雌雄异株植物，树形高大挺拔，树叶呈扇形，冠大荫状，一般为5月开花，10月成熟，果实为橙黄色的种实果核，是现

▲ 启别村千年古银杏树

存裸子植物中最古老的孑遗植物之一，有"活化石"之称。关于启别村村口的千年银杏树，流传着一个神秘而动人的传说。相传，噶举派的一个分支止贡噶举派的第二代法王圆寂后，要寻求转世灵童继任第三代法王之位。经高僧卜卦，占算出有三个地方有可能出现转世灵童，分别是西藏昌都、四川甘孜和云南腊普。前往三处寻访的僧侣们携带这三颗被注入灵气的银杏果，分别在三处种下，其中云南腊普的这颗灵种便被种在了今启别村村口。待三年之后，僧侣们前往查验，发现除了启别村的这棵银杏果长成了一棵小树苗，另外两棵皆未发芽。于是止贡噶举派便从启别村找出了这位转世灵童，并任其为第三代止贡噶举派的新法王。从此，这棵银杏树在佛光的普照下，屹立千年不倒，如今已长成高约40米、平均胸径达2.8米、胸围6.8米、占地面积130平方米的参天大树，被誉为"中国著名的活化石"，并被世人奉为"圣树"，成为人们寄托情感、寻求神灵护佑的精神居所。每逢农历正月初四，启别村都会在银杏树下举行祭天仪式，一是感谢过去一年上天对这一方水土的护佑，二是祈求新的一年能够风调雨顺、万物生长、和谐幸福。平日里，也会有三五成群的老人或小孩来银杏树下休息、聊天、玩耍，他们可以用树叶模拟出布谷鸟的叫声，也可以吹出优美的曲调……

启别村是一个特色文化浓厚的民族村落。这里主要是纳西族的聚落村，同时又有少数藏族、傈僳族等世居民族，各民族间来往密切，族际互动，文化共生，和谐相处。启别村拥有十分丰富的民族文化和浓郁的民俗风情，且民族节庆活动较多，主要有春节、四月初一转山节、纳西族二月八、斗牛狂欢节、彝族火把节、9月丰收节。每逢节日，各民族身穿民族服饰盛装出席，自发表演起各民族特色歌舞，如古典热巴舞、弦子舞、纳西舞、傈僳舞、锅庄等民族舞蹈，共歌共舞，和谐欢畅。启别村的民居建筑具有鲜明的民族特色，建筑风格和建筑颜色格外醒目。建筑主砖墙体为姜黄色，屋顶瓦片为深灰色，镶嵌的木门为棕色，色彩搭配自然合理，给人一种温暖、沉稳、舒适、自然之感。经过历史的洗刷与岁月的沉淀，整个建筑群愈发有种历史的厚重感与温润沉稳之态。

启别村是塔城镇乡村旅游重点示范村。启别村依托自身的历史文化资源、民族民俗资源、传统民居资源、生态田园资源，

▲ 藏族人家的庭院

天地相生——山水间的聚落

▲ 启别村农家丰收的玉米

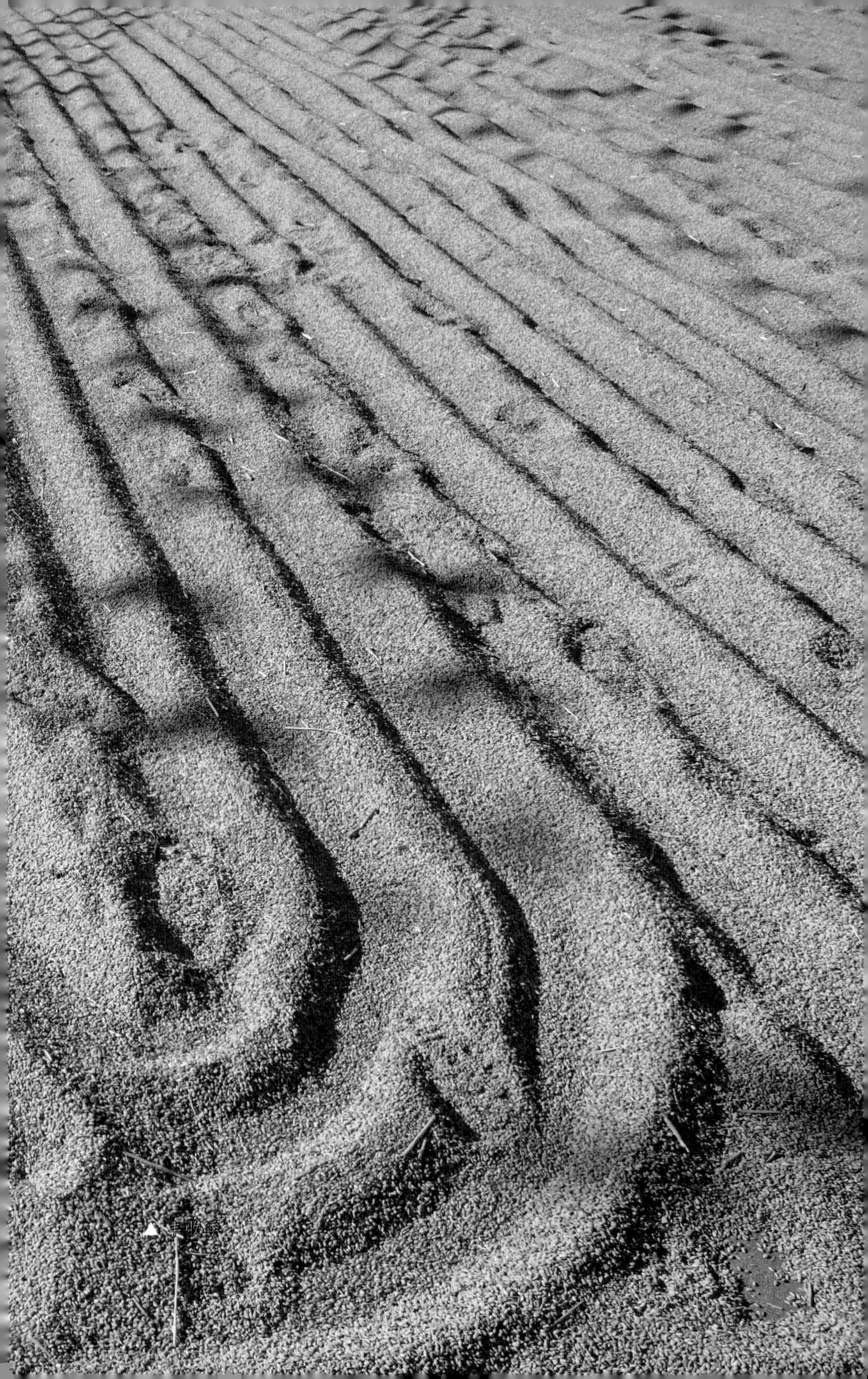

▲ 启别村农家丰收的稻子和玉米

坚持以记住乡愁、留住乡村味道、回归农村气息为主线，当地党委和政府引领居民积极参与，在保护好传统民居、名树古树和田园风光，确保建筑修旧如旧、完善基础设施建设的基础上，充分挖掘当地特色优势资源，丰富乡村旅游内容，开创"农旅休闲体验游""乡村休闲度假游"等模式，推动启别村旅游由传统农家乐模式转向田园观光、农事体验、休闲度假复合型乡村旅游模式，突出体现了乡村休闲旅游的体验性、参与性、创意化、个性化。启别村以特色产业、文旅新业态为主线，结合云南"三张牌"、乡村振兴战略，重点培育有机生态产品，做大冰酒、蜂蜜、藏红花等产业，做强热巴、手工艺等民族文化产业，不断丰富农事体验、休闲观光、亲子游乐等旅游新体验，打造新的旅游消费亮点，开发特色文创旅游商品，构建乡村旅游新模式新体系，开创乡村旅游新格局。

　　春夏时节，维西塔城绿树葱茏，漫山遍野的花草树木，一片生机盎然的景象，身临其境，令人心旷神怡。进入启别村，村容村貌整洁舒适，随处可见别致的指路牌、酒坊、豆腐坊、凉粉坊……游客可根据自己的爱好来到农户家进行各种农产品制作体验。启别村大多采用的是农户家庭式经营模式，即"民俗＋体验＋民宿＋饮食"的旅游全链服务。随意走进一家，葱翠、别致的庭院小景映入眼帘，此时主人笑盈盈地出来接待。他们将自家房屋装修改造，既保留纳西族特色民居风格，又结合现代化民宿标准力求干净、整洁、舒适，可以让游客有一个香甜睡眠。早上醒来，推窗即景，洗漱完毕，主人已准备好早餐，酥油茶、麦面粑粑、米肠、沙拉、牛奶……丰富的中西式搭配，尽量满足大众饮食口味。餐毕，可以动身去滇金丝猴国家公园及千年银杏树等景点游玩，也可以在村子中闲逛。村中你可以体验中多种生活或民俗活动，如做豆腐、做凉粉、酿酒等农事体验活动，也可以参加节庆表演活动等。农事体验，对于都市游客来说，是一项新奇的体验。拿豆腐来说，豆腐是我们日常的菜肴，经常见、经常吃，但生活在都市中的大人或孩子基本都没有亲历过豆腐制作的过程，更别说自己上手做了。而且，对于大多开启乡村旅游的游客，他们都有一颗回归乡土、感受自然、体验质朴生活之心，他们渴望亲力亲为，期待对质朴的乡村田园生活有深入的发现与体验，而启别村就为游客提供了这种体验机会。他们会向游客展示豆腐、豆浆的制作过程和手法，而游客可以全程参与，也可以选择自己全程来学习制作，体验结束后，游客可以把自己亲手做的豆腐、豆浆带走，只需支付50元的体验费即可。像这种体验模式，启别村有很多家，而且种类也很多，如做凉粉、酿酒等，既满足了游客对农事活动的好奇心与体验感，又增加了当地村民的收入，一举两得，皆大欢喜。

在镇党委和镇政府的大力扶持下，乡村旅游将启别村带上了精准脱贫、共同致富之路。自2016年来，塔城镇集中力量推动乡村休闲旅游发展。目前，启别村正式开业的民宿有17家，旅游旺季为寒暑假和众多小长假，全国各地的家庭通过互联网与各信息平台了解这里的美，并携家带口来体验乡村旅游，看不同时段的美景，吃不同时节的瓜果蔬菜，体验藏银制作、刺绣、木碗等手工艺品技艺。据不完全统计，2020年上半年，到启别村观光旅游的游客有4000多人次，每天的入住率近乎满员，旅游收入不断攀升，现户均收入达2万元。风景、人文结合旅游业，把游客留下来，也用乡愁留住本地人。启别村成为"绿水青山就是金山银山"的切实践行者和受益者。

"一跃千年"的巴拉村

从香格里拉市驱车四十分钟,穿过峡谷山门,即可进入巴拉格宗地界。这里群峰陡峭,峡谷高耸,犹如上天的鬼斧神工,辟出了这样一条壮观雄伟的"U"形峡谷,真可谓"千仞绝壁一线天,一谷激流千珠泗"。这里有蓝天绿水、神山圣湖、冰川峡谷、天然佛塔、千年古村落,景观奇特险峻、风光神妙秀美。这个充满神秘、圣洁、净美的地方,就是我们的主角——巴拉村所在地——"巴拉格宗"。"巴拉格宗"为藏语,"巴拉"意为从四川巴塘迁徙而来的藏族村落,"格宗"意为白色的城堡,全意为从四川巴塘迁徙到格宗神山脚下的藏族村落。巴拉格宗

▲ 巴拉村

地处滇川藏交界处，位于香格里拉的核心区域，四周环山，地质构造复杂、地貌多样，海拔相对高差达 3495 米，地形及气候垂直立体性分布特点突出，几乎涵括了滇西北从干热河谷到现代冰川的所有自然垂直立体生态类型。地形复杂、气候多样，造就此地易守难攻、与世隔绝的特点，适宜农牧生产活动，是古时聚落躲避战乱、安家置所的最佳选择。由此，一千多年前，一群由巴塘为躲避战乱而迁徙至此的藏族部落在这里开始了世外桃源的田园生活，命名"巴拉村"。

巴拉村，隐匿于巴拉神山与巴拉大峡谷之间，藏式的土墙碉楼依山傍水层叠而起，均朝着格宗神山的方向错落排列于缓坡之上，彰显出巴拉村人对大自然的敬畏和对信仰的虔诚。关于巴拉群落迁徙流传着一个美丽且浪漫的故事。1300 多年前，叱咤风云的藏族部落首领斯那多吉，放弃了财富、权力和广袤的疆土，只为寻找一个远离战争、与世无争的人间圣地。于是，斯那多吉带着他的部族，从遥远的巴塘一路南下，到达巴拉并定居下来。从此，巴拉村人一直过着男耕女织，日出而作、日落而息的农牧生活，世世代代过着与世隔绝的生活，虽日子清贫，但安稳平和。

然而，随着经济社会的发展，巴拉村的与世隔绝逐渐显现出闭塞、落伍、滞后的弊端。尤其是改革开放前夕，中国绝大多数乡村开始苏醒，而巴拉村依旧在大自然的赐予下安稳沉睡。那时的巴拉村人住的是没有窗户的土房，顶棚是用几根木棍夹杂着树枝和草木，活着黄泥糊住的，仅有一个碗口大的通风口用作烟卤、通风和照明；吃的是野菜、野果、玉米和红荞磨成的糌粑，连喝酥油茶都是一种高端奢侈；穿的是毛竹线编织而成的又粗又硬的外套，而小孩们往往共享一件外套和鞋子，谁外出谁穿；用的是石头锅、泥巴碗，全村没有一件家用电器，日子过得极端紧巴。然而，高山峡谷像天堑般阻挡巴拉村人的发展之路，巴拉村人无法知悉外面的世界，世界也听不到巴拉村人的声音。直到1978年，改革开放的春风吹遍祖国大地，吹进千家万户，哪怕是地势险峻、交通闭塞的巴拉村，也被春风所温暖着。时任政府要职的"雪山雄鹰"七林旺丹，率领地区交通、教育、卫生等有关部门组成的联合工作队来到巴拉村。他们传达了党改革开放、发展经济的好政策，并决定要从巴拉村到国道线修一条人畜通道，再建一所小学和卫生院，还给巴拉村送来三件礼物：收音机、手电筒和一座钟。一时间，巴拉村的老老少少热血沸腾、热闹非常。不久，巴拉村开办起了卫生所，又将一户村民的院落腾出来，盖上屋顶，摆上简易桌椅，开设起了小学，一位来自昆明的老师领着全村28名学生一起打开新世界的大门，遨游在知识的海洋里。但要解决眼前最棘手的交通问题，就必须要修路，面对垂直耸立的峡谷，大家犯了难。经过反复勘察和商讨，最终决定，沿着峡谷，在绝壁上开岩石、架板桥、垒石梯，建设一条近一米宽的人马驿道。沿着这条路徒步到香格里拉虽然需要足足5天的时间，但这条道路的建成，真正让巴拉村摆脱了与世隔绝的境地，走向了新世界，走向了期待中的光明未来。

黑暗一旦被撕裂,光明必然降临。沿着这条光明之路,巴拉村走出了一位了不得的少年,有人把他喻为飞出巴拉、飞出峡谷的"雄鹰",他就是彻底改变巴拉村、打造巴拉格宗的传奇拓荒者——斯那定珠。与同龄人一样,斯那定珠9岁之前从来没有穿过鞋子,光着脚跟着大人去打猎、挖野菜、采野果,没有见过公路、没有见过电灯、没有见过商店……直到11岁那年,斯那定珠跟随父亲第一次进入香格里拉县城,宽阔的柏油路、奔驰的小轿车、明亮的电灯、稀奇的电视机、穿梭的人群……这一切的一切都让他感到震惊。或许,正是在这一刻,那双飞翔的翅膀开始了生长。2年后,13岁的斯那定珠的羽翼渐丰,他终于按捺不住自己内心那颗想要自由翱翔的心,不顾父亲的反对与劝阻,揣着35元钱毅然决然地踏上了通往新世界的大道。来到香格里拉县城,他先后在修路工地、木材厂做过苦工,

▲ 巴拉格宗的守护人——斯那定珠

但怀揣着更为宏伟的梦想，他开始尝试创业，从摆摊零售到批发代理，从创办五金门市到火锅城，从香格里拉到省会昆明，他的生意越做越大，在20世纪末已积累有数千万元的资产，成为名副其实的"雄鹰"。但这只"雄鹰"并没有选择只身飞向更远的地方，而是决定飞回他日夜牵挂的故乡。在我们对他的采访中，他说道："一个人的人生价值并不是只求赚钱享受，挥霍奢侈，而是设身处地替别人着想，忧他人之忧，乐他人之乐。""生命长短以时间来计算，生命价值以贡献来计算。"他早早意识到，巴拉村所处的巴拉格宗大峡谷就是金山银山，但乡亲们却守着金山饿肚子。经过几轮的专家考察判断，巴拉格宗的生态资源国内罕见、世界少有，具有极高的开发价值，是迪庆乃至云南旅游、避暑、养生的好地方，但唯一也是最大的难题就是交通。只要开辟出道路，改善交通，巴拉村一定迎来翻天覆地的变化。怀揣着梦想，1998年他抛下一切，变卖资产，投身家乡，立志带领巴拉村人脱贫致富。经过漫长的4年时间，从勘测、设计、修建，一次次资金断裂、一次次咬牙坚持，终于在政府的扶持下、在巴拉村民的参与下，2008年元旦，一条宽6.5米、长35千米经过4个村寨的柏油路开通了，随之而来的是电、网的通达，这一切彻底改变了巴拉村与世隔绝的境况。他说，要想带领巴拉村人走向脱贫致富路，必须要有产业支撑，而依托巴拉村极具优势的生态旅游资源，须大力发展旅游业。

如今的巴拉格宗已发展成为国家级风景名胜区、国家AAAA

级旅游景区。景区的提升大大带动巴拉村及周边村民走向了共同富裕之路。一是景区租赁村民闲置的土地发展生态农业，平均每年给每户租金1万元，同时租赁村民的百年老屋恢复原貌，供游客参观体验藏文化，每年向每户支付租金7000元至8000元不等。二是景区通过为村民们提供景区驾驶员、讲解员、协警、餐厅服务员、保洁员和歌舞演员等基本就业岗位，使员工的人均月工资近5000元，远远高出迪庆州目前最低工资标准。三是直接带动景区周边500多名村民受益，通过到旅游景区就业、承包零星建筑工程及大型工程项目打工、为景区和游客提供其他旅游服务、发展种养殖业向景区供应生态食材等方式，积极扶持并鼓励村民兴办养鸡场、养猪场等，在为景区游客提供绿色生态食材的同时，也满足了景区员工的生活需求，该举措每年又为每户村民增收了5万元左右的经济收入。除此，斯那定珠组织巴拉村人集体从半坡搬迁至海拔相对较低的河谷地带，又主动出资为村民修建三层藏式别墅，网络、移动宽带、卫星电视信号灯等全覆盖，让巴拉村人大跨步过上了城镇化生活。

借用斯那定珠之言，相信在乡村旅游大发展的时代，巴拉村和巴拉格宗一定会成为世界的香格里拉的璀璨明珠。

千年古村巴拉

千年古村巴拉

寻找中国还活着的古村落

—— 迪庆乡村振兴战略

村落是人们生产生活、社会交往的物理空间和文化空间，是中国传统文化生长的土壤和传承发展的载体。然而随着工业化和城镇化进程的加速，近几十年来中国传统村落每年以几何级数的增长速度在快速衰落和消失。当我们猛然惊醒时，寻找和保护传统村落便成了我们身上沉甸甸的历史责任和时代使命。庆幸的是，在远离大都市的中国滇西北这片净土上依旧完整保留了大大小小许多的传统村落，这些依旧"活着的村寨"成为中华文化触手可及的根脉所在。

驱车穿行在迪庆高原的大山之巅或大河之畔，你总能看到峡谷深处袅袅升起的炊烟，亦能看到漂浮在蓝天白云之间的半山村寨，那无疑是藏族、傈僳族或其他民族的村落，它们星罗棋布地散落在这块古老而神圣的大地之上，有规律地镶嵌在香格里拉神秘的高山峡谷之间。

一位诗人说，这里的村寨是"活着的"。这正说明这里的村落还充满生机，依然能感受到清晨的鸡鸣羊欢，傍晚的落日牧归，田野里依然风吹青稞似麦浪翻涌，高山草甸牛羊成群欢逐水草。传统的农业、畜牧业依然是人们生计方式的常态。这便是"活着"的生命价值和意义。迪庆的传统村落是有温度、有生命的，是值得我们去理解、去感受的。每一个村落都是一个物理空间，更是一个文化空间，是万众生命的集聚。走进村落不仅能看到不同风格、富有特色的建筑群，更能感受到生的狂欢和死的礼赞。阳光下的高原，白天有规律地劳作，显得平静而深沉；而每到夜幕降临，香格里拉顿时歌舞狂欢，热情奔放。英雄的格萨尔史诗，在藏族人家的火塘边伴随着青稞酒一起传唱；撼天摇地的阿尺木刮在傈僳族人家局促的晒场上律动；锅庄、弦子使横断沸腾、金沙欢笑……这便是"活着的"香格里拉山寨。

我们说这里的村寨不仅仅是古老而传统的，它更是生态宜居并融入时尚与当下的。在香格里拉的许多村寨，都保留有最优质的宜居环境，秘境中的秘境尼汝村，狼毒花海簇拥的小中甸村，天地人神彩云间的巴拉村，梅里雪山的山神守护村雨崩，哈巴雪山的子民哈巴村，镶嵌在大山腰上的同乐村，夜夜聆听金沙欢歌的奔子栏，腊普河弯弯流过的启别村，碧罗雪山深处的南姐洛……数不胜数，无不是分布在天高云淡、溪流潺潺、森林密布、草场肥美的优美自然之中。同时又因交通条件的大大改善，通信和互联网技术的提升，广播影视的普及使得这些寂静的"隐村"再现人间，引起了都市人群的向往与热捧。伴随着生态文明建设步伐的加快，在实施乡村振兴战略的过程中，它们又自然而然地成了生态宜居的典范和乡村振兴的重要示范村，或为生态文明建设的真正排头兵，把传统与现代进行了有机衔接，成为现代文化与传统文化交融的契合点。

▲ 丰收在望的青稞

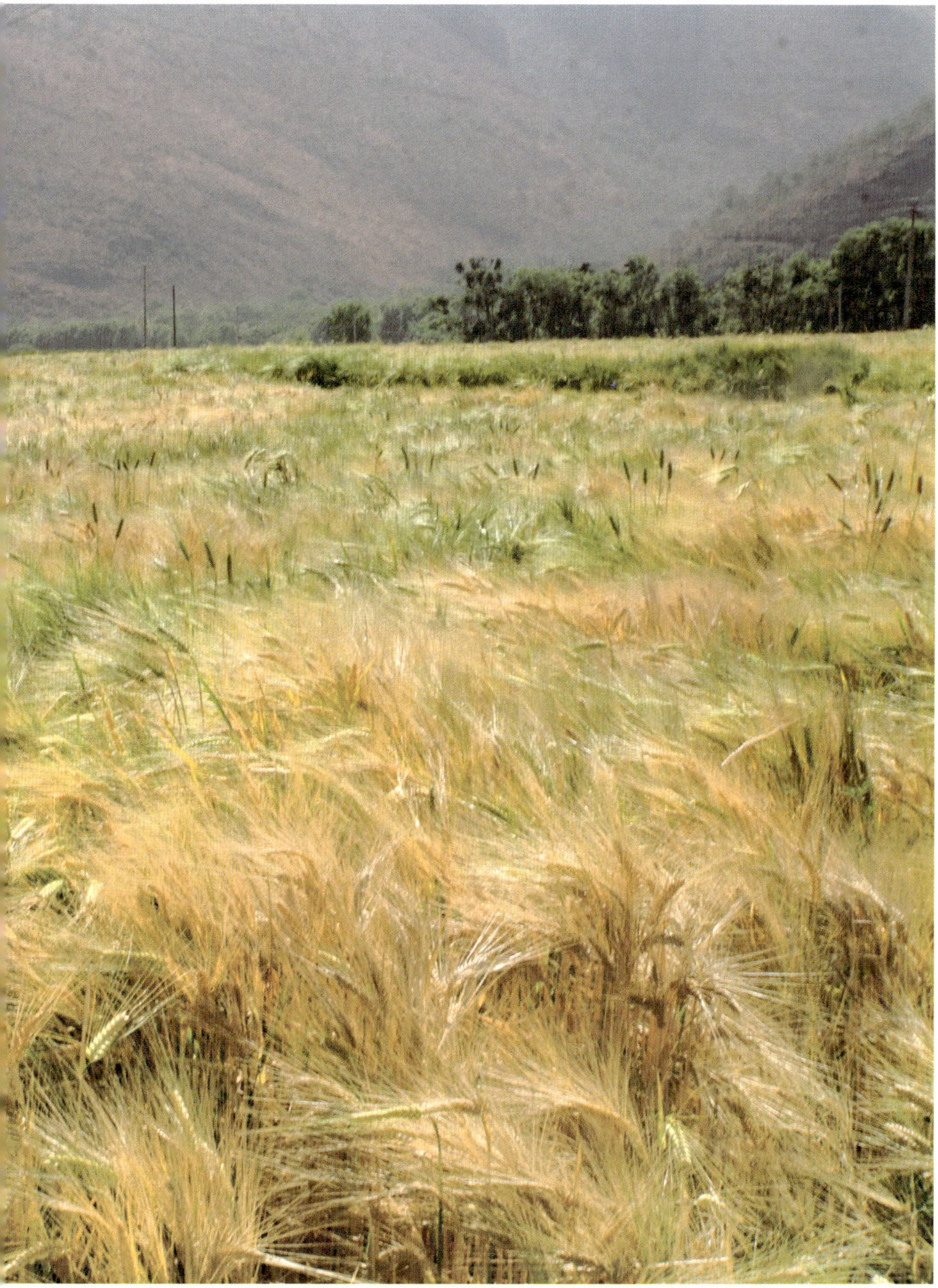

▲ 东竹林寺

和谐相随——共有的精神家园

伊斯兰教清真寺
和圣洁的白塔
比邻而落
在这个多彩的地方
藏语、纳西语、汉语交织
傈僳族住着藏式碉楼
佛寺里供奉着山神
得道的神仙和达摩祖师共享香火
东巴的圣地
坐落在藏族神山的怀抱里
古老的教堂旁边
飘扬着高高的五星红旗

这是一片和谐的乐土
这是各民族共有的精神家园

这里的人们
　　是和睦相亲的兄弟
　　像石榴籽一样紧紧抱在一起
　　为更美好的未来而努力

　　自古以来，迪庆就是众多民族集聚生活的多元化包容地区，境内居住有藏族、纳西族、汉族、傈僳族、彝族、白族、苗族、回族、普米族9个世居民族，共有26个民族生活在这个位于云南省西北部，拥有滔滔大江、莽莽青山、晶莹湖泊、广阔草原、深山大峡的滇、川、藏大三角区域。拥有神秘深邃的民族宗教文化、美不胜收的歌舞节庆、风格迥异的民族风俗、叹为观止的民族工艺等等。总而言之，迪庆香格里拉融自然与人文、宁静与深邃、优雅与壮阔、古朴与现代等，和谐统一、风韵天成，尤其是她那历经自然和历史的沧桑熔铸而成的以藏文化为主体的多元文化沉淀，蕴藏着十分丰富的内涵，具有经久不衰的吸引力。有一首藏族民歌吟唱着："太阳最早照耀的地方，是东方的建塘；人间最殊胜的地方，是奶子河畔的香格里拉。"香格里拉是一个人神共有、人与自然和谐共生的永远和平吉祥如意的地方。

　　行走在蓝天白云下的迪庆高原，陶醉其中，悠然自得，会被在这片土地上生生不息的人民深深感染。多个民族交错杂居生活在有大山、大川、大峡中，生活在金沙江、澜沧江、怒江"三江并流"腹地，散居在草原、河谷、山间，在河谷耕耘，在丛林狩猎，在大地迁徙，领略着不同的阳光和风雪，塑造出高原人民坚韧、沉着的个性，神态平和、民族和睦，形成了有着明显地区特点的生存方式和人文习俗，文化多元，宗教信仰多样。各个民族遵循各自风俗习惯的同时相互尊重，和谐共生，亲如一家，写下了一部既与大自然适应，又与大自然相抗争的民族文明发展史。走在迪庆高原的每个村庄，都能体验到人与自然的和谐，体验到辛勤劳作的欢愉。正是人们对天空的瞩望、对山野的亲情，发展出了富于高原特色的天文历法、民族医学，发展出了自己的戏剧和绘画艺术，甚至在各族人民简朴的生活中，也充满了对于色彩艺术的理解和追求：村子里的房子被粉饰成白色，牧民的帐篷用黑色的牦牛毛编织，高原特色的衣饰染成浓烈的彩虹色，就像给山川湖泊讲述王子与仙女的美丽童话，令严寒的旷野也充满温情。

各民族世代孕育的思想感情和丰富的社会生活，往往就体现在世代不衰的民间歌舞之中。他们在娱乐时，歌舞助兴，劳作时，以歌相伴，敬神祈福、婚丧嫁娶、迎宾送客、谈情说爱时，独特的歌舞都是少不了的表现形式。藏族的弦子、锅庄、热巴、情舞，傈僳族的阿尺木刮，纳西族的阿卡巴拉，从中原流入的仅在维西独有的汉族大祠戏等是迪庆境内独具特色的歌舞，内涵丰富、源远流长。文化上的兼收并蓄、经济上的相互依存、情感上的相互亲近，在漫长的历史长河中，这个地方实现了多民族文化相互融合，各民族在文化交流中相互欣赏、相互学习，形成了你中有我、我中有你、谁也离不开谁的多元一体格局。共同书写的悠久的民族文化历史，民族文化与民间信俗、宗教信仰之间的固有关系，以及多民族生活定居方式的不同，在迪庆留下了众多的文物古迹、古老村镇等，各民族交融汇聚成多元一体的人文资源是承载民族文化与非物质文化遗产最直接的空间载体。

一个民族的文化，蕴含着这个民族最深层的精神追求和行为准则。是民族生存和国家繁荣发展的不竭源泉。中国人的精神家园，就是我们博大精深的传统文化和中华文明。文化是一个民族的魂魄，文化认同是最深层的认同，在传承传统文化的基础之上，引进和吸收外来文化，各民族的优秀传统文化得到传承，相互尊重、相互欣赏、相互学习，成为自己的精神家园的一部分。共同团结奋斗、共同繁荣发展，各民族像石榴籽一样紧紧拥抱在一起，走向包容性更强、凝聚力更大的命运共同体，牢牢铸成中华民族共同体意识，各民族共建美好家园、共创美好未来、共享中华民族新的光荣和梦想。

独·与·天·地·相·往·来
走进世界的香格里拉

▲ 寺庙外的小吃摊

和谐相随——共有的精神家园

从和睦四瑞说起

每个民族都有自己的吉祥符号。这些符号都是本民族独特历史文化背景下的产物，同时又是本民族内心最深处的思想情感表露。"藏族人民在漫长的历史长河中创造了诸多具有民族特征的文化符号并赋予它们特殊的象征，如象征宗教理念的生死轮回图；象征着健康长寿、吉祥和平的六长寿图；还有反映历史事件的蒙人驭虎图。这些图案以理念艺术化的方式出现，深得广大民众的喜爱，广泛出现在民间墙壁、藏毯、瓷器、挂卷、桌柜等民间生活中。"[1]

正如象征蓝天、白云、红火、绿草、黄土的五色经幡的色彩那么亮丽，在藏族人民的日常生活中，他们对于艺术的想象力和表现力，也是那么大胆、那么强烈。宗教的说教并没有能够窒息人们的创造力，反而给人们表达生活的热情赋予了想象的翅膀。从建筑到服饰，从家具到食物，从雕塑到绘画，都闪烁着天赐地予的智慧艺术之光，到处可以感受到宗教和世俗的艺术，生活和环境的艺术。

藏族吉祥符号的明显特征就是用艺术化的方式来表达和传递着和谐的理念，这些图案内涵丰富、美妙生动，具有鲜明的象征性，很受民众的喜欢，人们以唐卡、壁画、刺绣、图画等形式装饰在家中，贴在门上、汽车上等。这些现象展现出佛教的世俗化。

---

[1] 普华才让：《藏族"和睦四瑞"图的象征意义及伦理价值简析》，载《内蒙古师范大学学报》(哲学社会科学版) 2013 年第 5 期。

藏族吉祥图案中就有这样一幅吉祥图案：在一片美丽的森林中，有一棵枝叶茂盛、结有甜蜜果实的枸卢树，树前站着一头大象，大象身上驮着一只猴子，猴子手捧一枚果子，肩上蹲着一只兔子，兔子身上背着一只鹧鸪鸟，四只动物依次构成金字塔式的图案。描绘了动物们互敬互爱、共享花果、团结和睦的美好情景，这就是著名的和睦四瑞吉祥图案，藏语称"腾巴邦玉"。和睦四瑞图是藏族文化中一幅典型的吉祥图案，无论是宫殿、寺院，还是百姓家的墙壁上，雕塑、唐卡、壁画等随处可见，随着时代发展，出现了大量的印刷品，更加广泛地进入了普通藏族同胞家庭之中。将外在形象与内在理念结合起来，向世人传递出其中隐含的寓意，这就是吉祥符号的功能所在。

"和睦四瑞"的故事，最早出自佛教《本生经》中，《本生经》又名《释迦牟尼本生传》，记述了佛陀无数个"前世"的经历，是一本集古印度寓言、传说和故事的总集。相传在古印度波罗奈斯国时期，佛陀化身为一只鹧鸪鸟，居住在一处名为噶希的森林中。这片森林还生活着一只兔子、一只猴子和一头大象，它们互相尊重，彼此信任，友好和睦地过着平和、安宁的日子，长此以往。有一天，它们吵架了，起因是要分先后，争高低，大家争得面红耳赤，几乎伤了和气。聪明的兔子一声不响地听着，心里琢磨着如何平息这场争论。它终于想出妙招，让大家说出第一次看见这棵树是什么时候，以一棵枸卢树长大的过程作为确定彼此长幼的依据。兔子说，这棵大树的种子是鹧鸪鸟你带来的吗？鹧鸪鸟说，这棵树是我衔来一粒种子，在此地种下破土而出长大，当然是我带来的。兔子说，我看见这棵树的时候，这棵树只有两片嫩叶，我还舔过这两片叶子上的露水。猴子说，我看到这棵树时与我一般高。大象说，第一次看到这棵树时它跟我一样高。就这样，它们按照年龄的大小排列出鹧鸪鸟、兔子、猴子、大象的长幼顺序。年轻的应该尊敬长者，长者要处处爱护幼小者。

这棵枸卢树在动物们的精心呵护下，长成了参天大树，硕果累累。可是由于树太高，谁也够不着果实，于是大象让灵巧的猴子爬到自己的背上，猴子让轻盈的兔子站在自己肩上，兔子又托起了鹧鸪鸟，终于，它们通过合作，摘到了果实。大家都吃到了香甜的果子，还将多余的果子留给森林里所有的动物一起分享。

四只动物又想到，大家还应该做些其他的善举和功德。鹧鸪鸟提议说，我们虽然相互关爱，友好和睦，但这远远不够，应当戒除杀生，只吃水果、野草，遵守不偷盗、不淫邪、不饮酒、不妄语的戒条。森林中的其他动物也纷纷效仿，相互影响、相互尊敬，遵守"五戒"，按长幼奉行、尊老爱幼的准则，互敬互爱，相处得极为和睦。于是噶希森林呈现一片和睦、友好的祥和气氛，无病无灾，风调雨顺，五谷丰登。

和睦四瑞，在藏文化中是和谐、团结、感恩、奋进之意。和睦四瑞图描绘了森林里生灵们互敬互爱、共享花果、团结和睦的美好情景。体现了藏族人民对人文、宗教、社会的一致认识，遵循自然时空的发展规律，达到天地人和，万物生灵才能生生不息。和睦四瑞图作为藏族人独特而颇具智慧的文化载体，向世人展示和表达了雪域藏族人与世界各民族一道对世界和平、民族和谐的美好向往，以及团结、平等、融合，共谋发展的美好愿望。

大象这种聪慧的动物，是佛教中的瑞兽，成为传承佛教的重要工具和象征。佛母摩耶夫人在圣胎入体的时候，就是梦见一头有着三对象牙的白象从身体左侧进入自己体内。此外，文殊菩萨的坐骑也是一头白象。在佛门之中，会称呼高僧大德为法门龙象，这些都是大象这一瑞兽在佛教中地位的具体表现。这些文化随着佛教传入了藏族聚居区，并被藏族同胞接受和喜爱，高寒地带的藏族聚居区，大象无法生息繁衍，藏族同胞对大象的喜爱，正是源自此。象力大无比，代表敦厚朴实，告诫人们应截断众流，力断是非，入无我之境。

猴子代表智慧，在藏族文化中最有影响的就是猕猴神的传说，源自西藏山南地区的传说里，猕猴神与罗刹女的结合衍生了六氏族，他们以采集果实为生，为了解决食物，学会了种粮食，又因为吃了粮食，猴子的尾巴变短并学会说话，逐渐变成了人，这就是传说中藏族先民的来历。现在，藏族部分地区还保留着对猴子的崇拜。

兔子在佛教文化中经常被用来形容在佛法方面的造化。和睦四瑞图中用鹧鸪鸟代表佛陀，用以表示对智者的尊重和敬意。藏传佛教用不同的动物代表不同的历史人物，以组合的方式来表达一个完整的主题，既有佛教的宗教理念，也有现实的民间寓意，民间以此祥瑞图表达藏族人民追求生活团结和睦、和平宁静的美好愿望。

和睦四瑞，极具时代精神的古老藏文化。在全球一体化，各民族之间、国家与国家之间寻求共同发展的今天，和睦四瑞有着非常精准的时代精神。当看到和睦四瑞图的时候，不得不为古老藏族文化的超前意识惊叹。

众神的盛宴

世世代代生活在这片雪域圣地的各族人民，在特殊的地理环境中生产创造了极具特色的文化类型。寺院、神山、神湖是迪庆信教群众经常朝拜的地方。当地民众在与自然长期打交道的过程中，积累了千年的经验，创造了与环境友好相处的文化，神山圣水信仰文化、农牧文化等，他们认为万物皆有灵，会对山峰、湖泊以及土地等赋予特殊的含义并加以祭祀和崇拜。自然环境的赐予、生存方式的作用以及宗教人文等因素，养成了高原人的善良、淳厚的情感，使平凡宁静的生活充满了诗一般的情意。生生死死，世世代代，在劳动中创造欢乐，在寂寞中寻求宽慰，每一个仪式都郑重其事，每一个年节都载歌载舞。

在迪庆神山崇拜自古沿袭到现在。每座神山都有名字、性别和属相，村子里有宗教信仰的人家，除了每天早晚在自家的烧香台上烧香外，每逢节假日和农历初一、十五都要到神山上烧香祈福。在烧香台的周围拴上五彩的经幡、念上优美动听的煨桑词，使人感觉到好似神灵已来到身旁。不能随意砍伐神山上的树木，不能轻易触碰山上的草木，极力把各种各样的湖泊山泉都保持干净，以及不杀生，都表达了对大自然的高度敬畏和尊重。

迪庆州的宗教信仰以藏传佛教为主，多种宗教、多种教

▲ 藏传佛教寺庙建筑

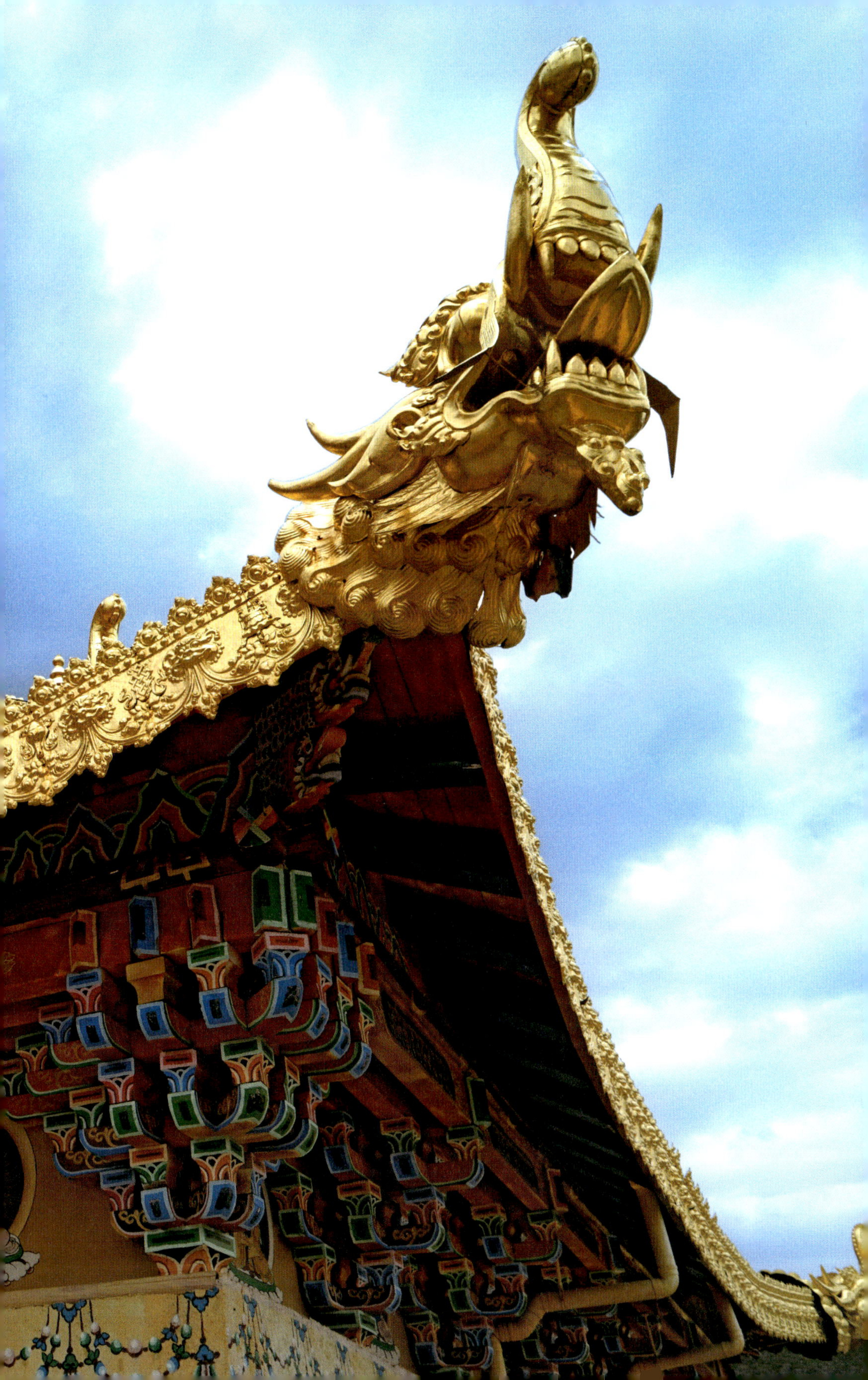

派并存。藏传佛教、天主教、基督教、伊斯兰教、东巴民间信仰、道教、原始宗教在这里和睦相处，形成了神秘、深邃的宗教文化类型。迪庆香格里拉宗教文化的奇特之处不仅在于其多元性，更在于它的包容性和融合性。这种从冲突、抵制到包容、融合的过程，或许正印证了《消失的地平线》中所说的一句话：宝石是多面体的，而且许多宗教都可能有自己适度的真理。正是这种共存性和融合性，在这片壮丽、神奇、五彩的高原上，形成了诸神并存的圣地。维西康普寿国寺，一楼供奉藏传佛教的神灵菩萨，二楼绘有道教八仙过海图；在中西文化合璧的德钦茨中天主教堂外，就有藏传佛教的玛尼堆；在阿墩子古城的入口广场上，藏传佛教的白塔与伊斯兰教信仰标志的清真寺毗睦而立；在藏族文化的边缘地带哈巴雪山上都有着纳西东巴圣地——白水台……这一切都说明迪庆高原是一块和睦的净土、民族团结的乐园。

　　金顶闪烁的寺庙，在迪庆高原随处可见。藏传佛教是迪庆香格里拉的主要宗教文化，流传的藏传佛教有宁玛派、噶举派、格鲁派等。藏传佛教是中华民族传统文化的重要组成部分，是建筑、雕塑、绘画、文字、音乐、舞蹈、民风民俗等多方面精华的汇集。藏传佛教对僧人强调宗教哲学的研究，日复一日的诵经，年复一年的研习，严而又严的考辨，需要终生不渝，矢志不移。而对信众香客则更注重外在的仪式，永无穷尽的转经，永不停歇的叩首，永远飘飞的经幡，漫无尽头而要用自己的身躯丈量的朝圣路……这一切构成了藏传佛教的宗教奇观，不能不惊异于形式的力量。在地广人稀的迪庆高原，寺庙及其周边，人群往往较为集中，成为一个地方、一个市镇的标志，融建筑艺术、绘画艺术、雕塑艺术、音乐艺术、民风民俗等多方面精华于一体，聚集了迪庆民间的财富和珍宝，显示出各民族的智慧。

东巴民间信仰是享誉世界的东巴文化的主要组成部分，是纳西族在古老原始宗教基础上吸纳借鉴藏族本教的一些仪轨而形成的纳西族的民间信仰。用于记录东巴民间信仰的经典——东巴经纳西象形文字，是迄今还"活着"的最古老的文字之一。东巴民间信仰没有固定的寺庙，以祖先崇拜、鬼神崇拜、自然崇拜为基本内容，以祭天、丧葬仪式、驱鬼、禳灾和卜卦等活动作为其主要表现形式。香格里拉市三坝纳西族民族乡哈巴雪山脚下的三坝白水台是东巴民间信仰的发祥地。

20世纪初基督教传入迪庆，主要在澜沧江沿岸的傈僳族聚居区传播和发展。英国传教士为了能在怒江、迪庆一带的傈僳族中传教，创制了拉丁化的傈僳文，并用傈僳文翻译了《圣经》。随着傈僳文字的推广，基督教在傈僳族地区迅速传播开来。

天主教在1848年以后传入迪庆，在经过中西方思想和观念的交锋撞击后，得以在澜沧江峡谷一带传承。当年传教士的身影随着岁月的流逝，早已消匿，然而，澜沧江峡谷的信徒民众仍在用优美的藏文书写《圣经》，用藏语、傈僳语诵唱着赞美诗。

明末清初，随着汉族的迁入，道教在迪庆得到传播。此外，迪庆还有彝族的毕摩教，傈僳族的堆玛、尼扒、尼玛等自然崇拜的民间信仰。

今天，迪庆正在崛起新的建筑、新的城市，人民正在追寻和创造着新的生活。在迈向现代化的进程中，作为一种已经深深融入普通人民的生活方式和心灵的宗教情感，那种善良，那种慈悲，那种亲情，那种宽容，是任何时代都不会拒绝的。也许，人们并不需要某种宗教，但对于世界、对于生命、对于人生的沉思，谁又能说是多余的呢？

迪庆正以其壮美、以其深邃、以其神秘感召众人。迪庆的诱惑，不是物质的，不是时尚的，实际上也不是宗教的，而是迪庆人民对这块土地的深深眷恋和精神皈依。美好的事物总是在无声无息中藏匿，大自然的给予与人类的回馈是对等的，尽管时代会发生变迁，但在迪庆高原这片依然保持着大自然原生态的美丽大地上，生存在这块土地上的生灵，仍将繁衍生息，源远流长。

长期以来，迪庆州委和州人民政府始终坚持完整、准确、全面贯彻党的宗教政策，尊重群众信仰，依法管理宗教事务，坚持独立自主自办原则，积极引导宗教与社会主义社会相适应。当地信教群众和宗教界严格遵纪守法，积极弘扬爱国主义精神，讲大局、讲科学、讲爱心，不断增进对伟大祖国、中华民族、中华文化、中国共产党、中国特色社会主义的认同感，为迪庆高原的团结进步、繁荣发展做出积极努力，为努力建设成为民族团结进步示范区的标杆、世界的"香格里拉"做出更大贡献。

东巴圣地白水台

如果我们沿着哈巴雪山山麓继续前行，经过雄奇险峻、浪涛汹涌的虎跳峡，就能看到碧绿的群山捧出一方雪白的台地，这就是被游客们美称为"中国的棉花堡"的香格里拉胜景——白水台。远远望去，白水台就仿佛用洁白的玉石雕刻而成，梦幻般的如人间瑶池，纯白的台地里荡漾着清透的蓝色水彩和蓝天白云的倒影，无与伦比。白水台是纳西族东巴民间信仰的发祥地，位于香格里拉市东南的三坝白地峡谷西端的雪山脚下，距县城 101 千米，海拔 2380 米，面积约 3 平方千米。纳西语称白水台为"释卜芝"，意为"逐渐长大的花"，白水台是碳酸钙溶解于泉水中而形成的自然奇观。含碳酸氢钙的泉水轻薄而均匀地铺开并沿坡缓缓向下流淌时，沉积物形成平展的缓坡，形成了第一台景区下沿的扇面。当泉水流入平坦的地面时，形成一个又一个泉塘，积水下的沉积物由于见不到阳光，一直是松软的微粒。水分蒸发后形成碳酸钙白色沉积物，碳酸盐逐渐沉淀后，不断地覆盖地表而形成泉华地。层层加厚的白色碳酸盐沉积物，不但完全盖住了地表，而且还改变了地貌，使泉台变得辉煌、洁白，异常美丽。随着泉水的不断流淌，沉积物覆盖面不断扩展、加厚，所到之处形成形状各异、美妙绝伦的景色。而塘埂由于与阳光接触，不断变硬、扩展，使池水越来越深。而与塘埂相连的地表，逐步变得平坦。长年累月形成白色台幔，在阳光照耀下，仿若凝固的瀑布一般，晶莹而美丽。

想要走进白水台，需要翻过重重高山，游人们不辞辛劳来到白地峡谷的山梁，远处看去，青山掩映中的白水台好似层层梯田。相传，纳西族的两位天神为了让当地的纳西族人学会造田耕地，特地变幻出来这样一片"梯田"，所以白水台又被称为"仙人遗田"。

渐走渐近，渐近渐清。近看，白水台竟似迭起的千百台琼台玉阶，又像翻卷的千百道云波雪浪，清泉与白底融为一色，一层层、一台台，莹润如玉，纤尘不染。台面上如鳞细波，曲折有致，有的如银环滚动，连环相扣；有的如绢扇平铺，折痕四射；大小梯田，层层叠叠。

▲ 白水台

步临台地，白水台层层叠叠，宛若散落人间的片片新月，银光散射给人以抛金削玉般的清新。白水台的台顶是周长约500米的平地，沿平台往前，便来到泉水的源头，泉水喷涌而出，泉中夹带着无数晶莹细小的白沙，在阳光下闪闪发亮。平台的中央，有一个由10多个泉池串联而成的"天地"。清泉盈盈四溢的一泉台形似一弯新月，是传说中仙女梳妆的地方。在泉台左下侧，有一洁白如玉、形如怀孕女子的天然塑像，被当地群众供奉为生殖"神女"。

白水台所在地三坝乡白地村，是迪庆纳西族主要聚居区之一，虽然方圆不过百里之遥，但在整个纳西东巴文化中，有着举足轻重的作用。白水台不仅是一个风景秀丽的地方，也是东巴民间信仰的发源地，是纳西族文化的发祥地之一，是东巴信众的神圣之地，每年农历二月初八，当地的藏族、纳西族、彝族、白族、傈僳族等民族要到白水台进行祭祀活动，进酒献茶，以歌舞娱神。年复一年，相沿成俗，二月初八遂成三坝春游盛会。

东巴民间信仰是纳西族古老的民间信仰形式，世俗化和多神崇拜是其基本特征，主要有祖先崇拜、鬼神崇拜、自然崇拜，同时具有原始巫教和宗教的特征。活动形式有祭天、丧葬仪式、驱鬼、禳灾、卜卦等。东巴，可译为讲经师或诵经者，被视为人与神、鬼之间的媒介，既能与神打交道，又能与鬼说话。能迎福驱鬼，消除民间灾难，能祈求神灵，给人间带来安乐。东巴民间信仰没有寺庙神殿，也没有专职的祭司，东巴平时不脱

和谐相随——共有的精神家园

▲ 白水台东巴祭祀

离生产和民俗生活，只是在应别人之请时主持宗教仪式。

相传，在公元 11 世纪中叶，纳西族东巴民间信仰的第一圣祖东巴什罗（东巴，藏语，意为祖师；什罗，是人名）从西藏学习佛经回来，途经白水台时被其美景吸引，留下来在白地附近设坛传播东巴文化。东巴什罗在白地岩洞修炼得道，岩洞被奉为"灵洞"，白水台被奉为东巴道场，东巴什罗被后世奉为东巴民间信仰的祖师，至今东巴经内还有关于他的身世和传说的记载。

东巴什罗与门徒用纳西象形文字撰写东巴经，经过千百年的丰富和发展，成为纳西族古代文化的宝库，对于纳西族的宗教、文化的继承、发展，东巴们功不可没。东巴文字在纳西语里意为"木石标记"或"见木画木，见石画石"，是一种典型的象形文字。东巴文字脱胎于原始的图画文字，目前已知有 1400 余个符号，国内外权威人士普遍认为它是目前世界上唯一还活着的象形文字。东巴象形文字夸张、大胆、简约、概括、气势生动，像一串流畅灵动的音符，是珍贵的文化遗产。纳西东巴们用竹子削成竹笔，用松烟墨在东巴纸上，书写下几万卷卷帙浩繁的东巴经书，有的象形文字还涂上了颜色。它们记录下纳西先民对宇宙人生的冥想，对天地人神鬼的探索，对万事万物的起源等纯朴而又无关哲理的解释。用传统工艺制作的白地东巴纸和墨，是较难得的珍品，用东巴纸、墨写成的东巴经书流传久远。

在迪庆藏族自治州的腹地，保留着纳西族东巴文化的圣地，这无疑是一个奇观，这也正好是迪庆各民族你中有我、我中有你、相互包容、相互依存、和睦和谐、团结共融的真实写照。

▲ 白水台东巴祭祀

古老的大宝寺

在藏传佛教氛围浓郁的香格里拉，雪山与草甸之间分布着一座座庄严而静谧的寺院，每天都有虔诚的藏族人前往朝拜，其中香火旺盛的寺院就有大宝寺。从香格里拉市向郊外信步而行，不过 15 千米的距离就能看到矗立在仁安村一座小山峦上的寺院的白墙与金顶，沿着山间小径前行，举目可见道旁一座座玛尼堆和天空中飘扬的经幡。到了寺院门前，只见周围风景清幽，松林环绕，古树葱茏，鸟鸣涧溪，一派祥和，松树树身和枝条上飘扬着五颜六色的经幡。山下两条清溪环绕。两条环绕的清溪即为传说中的文殊菩萨智慧咒泉和观音菩萨六字真言水，到此烧香拜佛和游览的人都认为溪水润眼润心，以饮此泉水、用泉水洗眼为幸。山脚下有长约 2 千米的巨型玛尼石堆，玛尼石上镌刻着各种精美的佛像、藏传佛教八宝图案和各种经文，是难得一见的石刻精品，值得探寻研究。

大宝寺，始建于明永乐年间，至今已经有 600 多年历史。传说寺庙是大宝法王亲自选址修建，因而得名大宝寺，藏语称"乃钦吉哇仁昂"，意为"五佛圣地"，是迪庆境内较早的藏传佛教寺院之一。大宝寺历史久远，是香格里拉藏族人心中的圣地，常年香火不断。有一个耐人寻味的传说，西藏大宝法王，慧眼所观，见外地有一座名山，山上坐着五位金光照体、祥云护身的菩萨。大宝法王带着变身为神羊的护法前往寻访菩萨，来到中甸，见到与其所见山形相符的一座大山，打算在这里修建供奉菩萨的寺庙，但是神羊咆哮而起，不肯在此居住。大宝法王只得带着神羊又往南来到小中甸坝子，见到土城中有一座高山，又打算在这里修建寺庙，但是神羊仍然不肯居住。于是大宝法王又往东行走了数十里，来到一个平坦的小坝子，见村子后面有一座高山，山上生长有一百零八种树木，山下有三十里长的两条泉水绕山流动，走到这座山上，神羊角上忽放出金光，神羊咆哮掘蹄，掇出金牛一只。大宝法王坐住在山上，遍观山景，隐隐然见到五位菩萨法身金像俱全。于是，就在山上修建寺院供奉菩萨，功成圆满，大宝法王随即坐化，神羊亦脱化为护法。在护法殿后，神羊刨出一井，名为"流金泉"。

神话赋予了大宝寺传奇色彩，吸引了无数僧众前来此地。大宝寺原为藏传佛教噶玛噶举派寺院，噶玛噶举派高僧都曾到此修炼，大宝寺由此闻名于康藏地区。清康熙时期，被强令改宗藏传佛教格鲁派，并设立松赞林寺寺属念经堂，供奉有藏传佛教各派的本尊佛像，每年由松赞林寺派僧侣2人值守。在清朝、民国时期经历过劫难而又两度重建的大宝寺，在20世纪60年代又遭拆毁。1984年，政府拨资重建，仍由松赞林寺派僧人管理，恢复了大宝寺烧香拜佛的活动。经历过种种劫难，大宝寺依旧香火不断，远远近近、四面八方的信客把这里当作烧香拜佛的圣地。人们用最虔诚的心灵与不灭的信仰永远供奉着它，神灵也同样庇佑朴实善良的子民。

漫步在寺内庭院中，可见寺院建筑很有特色，建筑很雄伟，依山而建的大殿和佛塔金碧辉煌，转经筒高大耸立，在大山之中，散发着灵性。寺内幽静又充满神圣，沿路悬挂有五彩经幡，每种颜色代表着不同的意蕴，阳光之下，经幡和转经筒都散发着金色纯净光辉，如同神祇降临。来者多是绕寺三周，最后止于煨桑炉，还可以把带来的哈达寄留在这里，带走一份世上最美好的祝愿。

　　游客结束参观步出寺门，又可以见到一批特殊的"朋友"上前问候。环绕大宝寺的松林中有一些寺院和香客放生的鸽子、山羊，来烧香的藏族人将放生视为一大善举，总是带青稞面来喂羊。在寺庙的空地上，经常可以看见这些四处游荡的小动物们怡然自得，一点都不怕人，有些动物还会主动亲近人讨要食物，寺庙的地上经常投有谷子、米粒等等，就是怕它们饿到。藏传佛教相信天与地的轮回，这些被放生的动物摆脱了天地轮回，在这里，天、地、人、动物、植物，一切都是那么和谐。在大宝寺，不仅能感受到一种虔诚和希望，更有万物生来平等之幸。

　　在香格里拉，藏传佛教信徒众多，大宝寺如遗世独立一般，平和、沉默地矗立于安静闲逸的仁安村，村子里藏族人们辛勤耕作，怡然放牧。现在有公路直达大宝寺，这里成为许多人朝圣和游览的理想之地。

松赞林寺的神圣

在噶丹·松赞林寺俗称松赞林寺，又称归化寺，位于香格里拉市向北5千米的佛屏山，始建于清康熙十八年（1679年），康熙二十年（1681年）竣工，建成后由五世达赖赐名"噶丹·松赞林寺"，"噶丹"表示传承黄教祖师宗喀巴首建立之噶丹寺，"松赞"即指天界三神帝释、猛利和娄宿游所，"林"即"寺"。后由清雍正皇帝赐名"归化寺"。传说寺址是达赖僧人占卜求神所定，神示曰："林木深幽现清泉，天降金鹜嬉其间。"进到松赞林寺，会见到清泉淙淙，终年不涸，金鹜在寺院嬉戏。松赞林寺依山而建，在建筑形式上模仿拉萨布达拉宫，外形犹如一座古堡，集藏族造型艺术之大成，有"小布达拉宫"之称，

▲ 松赞林寺

又有"藏族艺术博物馆"之称，是云南省境内最大的藏传佛教寺院，涉藏地区十三大寺之一。

据记载，松赞林寺与七世达赖僧人格桑嘉措还有着一段深厚的"法缘"。六世达赖"飞升"后，拉萨三大寺祈求卜认定的转世灵童（即后来的七世达赖）遭到蒙古和硕特部藏王拉藏汗的谮害，于是灵童被僧人们护送至松赞林寺避难。灵童将牛奶奉于水源处，祈祷此水成为乳汁以养育众生，此水由此成为奶子河。后灵童又转由青海塔尔寺供养，终于得到当时的皇帝康熙的认可支持，并加封"弘法觉众"的封号。因此，七世达赖对松赞林寺的扩建一直给予支持。

松赞林寺规模宏大，筑有坚固、厚实的城垣，开设五道城门。与藏传佛教建筑样式相同，松赞林寺的扎仓、吉康两座主殿高高矗立在中央。八大康参、僧舍等建筑簇拥拱卫，高矮错落，层层递进，立体轮廓分明，充分衬托出了主体建筑的高大雄伟。主建筑扎仓，藏语意为僧院，是僧众学习经典、修研教义的地方。主殿上层镀金筒瓦，殿宇屋角兽吻飞檐，同时具有汉式寺庙建筑的风格。下层大殿有 108 根柱楹，代表佛家吉祥数，大殿可容 1600 人跌坐念经，左右墙壁为藏经"万卷橱"。正殿前座设精舍佛堂，供奉五世达赖铜像，其后排列着著名高僧的遗体灵塔。后殿供有宗喀巴、弥勒佛、七世达赖铜佛，高三丈有余，直通上层。中层有拉康八间，分别为诸神殿、护法殿、堪布室、静室、膳室等。顶层正楼特设经舍佛堂，供奉五世达赖、七世达赖佛像，以及贝叶经卷、唐卡、传世法器等。前楼客厅供贵宾宴会及观赏羌姆舞。佛堂正南为高耸的钟鼓楼，清晨、正午、黄昏击鼓报时，声闻十里。

独·与·天·地·相·往·来
走进世界的香格里拉

▲ 松赞林寺

和谐相随——共有的精神家园

松赞林寺内藏有众多历代珍品：有五世达赖和七世达赖时期的八尊包金释迦佛像、贝叶经、五彩金汁精绘唐卡、黄金灯。收藏有《丹珠尔》经书十部，其中两部为金汁手书，以及各种精美鎏金或银质香炉、万年灯等。

游览松赞林寺，可感触藏族古老历史、宗教文化和现代化的交融。

松赞林寺一年一度的"迎佛节"和"格冬节"最为热闹，也是民众最为期盼的节日。每年的藏历 11 月 29 日是松赞林寺的格冬节。格冬意为除九，是除旧迎新之意。这天，周边的藏族人都要来到松赞林寺，观看一年一度的跳神表演和跳面具舞。松赞林寺的年轻僧人们经过两三个月的练习，终于可以在格冬节着装演出了。对于僧人而言，除了严格的仪轨外，在演练过程中，还可以充分感受佛法铭心的教育意义。据说，对于观看者来说，通过观看跳神表演，他们能够明白三相佛社及或善或凶的本尊眷属及牛头马面等形象。

▲ 迎佛节

藏历1月15日是松赞林寺的迎佛节。在法号声中，当僧人们从主寺中抬着未来佛（即强巴佛）的塑像缓缓走来时，早已等候在门外的群众，会争相上去抬轿。迎佛队伍越来越大，有手持胜利幢和宝瓶的僧人，有念诵宗喀巴大师祈祷文的俗人，所有人都以能参加迎佛节而感到荣幸。

松赞林寺素有爱国爱教光荣传统。1936年红二、红六军团长征经过香格里拉时，松赞林寺寺主松谋活佛不仅主动派出代表慰问红军，还为红军筹集粮草六万多斤，还派出僧侣为红军当向导，支持红军北上抗日。贺龙将军、萧克等亲临松赞林寺拜访活佛、僧人，为了表示感谢，贺龙将军亲笔书写"兴盛蕃族"锦幛并赠送给寺院（现存中国军事博物馆），祝福藏族人民繁荣昌盛。

最美东竹林寺

从香格里拉出发，沿着滇藏线公路继续前行，头顶是白马雪山的皑皑雪峰，脚下是蜿蜒曲折的金沙江河谷，道旁则是曾经贯通中外的"茶马古道"。在秀丽的仙鹤湖旁，公路将行经又一座神圣的寺院——噶丹·东竹林寺。这里虽地处雪域高原，却可常年四季通行无雪阻，堪称得天独厚。

东竹林寺位于德钦县奔子栏镇，地处白马雪山自然保护区金沙江河谷延伸地带，距香格里拉市约105千米，原名"冲冲措岗寺"，意为仙鹤湖畔之寺。传说有一个高僧云游至此，看上了这里的金字塔形的大山，认为那是神的化身，于是在此地

▲ 东竹林寺

立庙朝奉。后因参与以滚钦寺为首的反格鲁派战乱，由噶举派改宗格鲁派，并与抗萨、支用、书松等7个小寺合并，更名为东竹林寺。"东竹林"是藏语，意为"成就二利（利他利己）"，"林"为"寺"。建成时位列康藏十三林之一，1987年被列入云南省重点保护单位。

清康熙年间的东竹林寺，声名远扬。昌都活佛帕巴拉·米榜格列甲措到该寺传教，并向清朝廷呈状，要求允许东竹林寺为皇上举行祝寿活动，得到应允后，每年赏赐该寺百驮大米。自此，历代皇帝在财经、供品及特殊招贴、匾额、封诰等方面均给东竹林寺诸多关照。五世达赖期间的扩建，也多由国库赐银，当时寺内建有能容纳两千多人的经堂大殿。

20世纪60年代东竹林寺遭到严重破坏，随后进行了重建。重建后的东竹林寺，依然不乏庄严神圣而又金碧辉煌的格调。沐浴高原金灿灿的阳光，探秘重生的东竹林寺，其整体布局与松赞林寺一样，建筑群落依山势叠垒而上，古朴肃穆。主要由正中的大经堂和周围环绕的一圈僧舍构成，建筑具有藏文化的特色，有五层大经堂一座，辩经院一所，法相学院一所，104所僧房。

大经堂辉煌庄严，僧舍拱卫四周，有强烈的立体感和凝聚力，走进大经堂，就步入了佛光普照的世界。位居中央的大经堂，为四层土木结构建筑，由82根合抱大柱支撑，底层是全寺僧人平时打坐诵经的地方，正面供有格鲁派祖师宗喀巴大师及弟子达玛仁青和一世班禅克珠杰画像（俗称"师徒三尊"），两侧是释迦牟尼、观世音、文殊、度母、普贤等菩萨塑像。第二、三层分别为经堂和佛殿，以及堪布（掌教）念经和起居的静室。各层经堂和佛殿周围墙壁和梁檐间都绘有壁画、木雕和彩绘，悬挂有唐卡画，更显得金碧辉煌，气氛庄严肃穆。二层新塑的强巴佛高6.8米，头部直到第三层，脸型丰满，形象逼真。觉卧拉康（释迦牟尼佛殿）的佛像高约10.5米，铜质鎏金，佛冠及前胸镶满珍珠宝石，系拉萨色拉寺所赠。三层的经堂内供奉东竹林寺镇寺之宝"立体坛城"。东竹林寺还珍藏一幅长达8.5米、宽5.2米的巨幅护法神唐卡，用五彩丝线精制而成，气势恢宏。

▲ 印经院

大殿正中的筒瓦殿内金光灿灿的五座镀金宝鼎佛光闪烁，还有强巴佛殿、护法殿、白伞盖母殿、如来殿、佛塔殿、藏书院、印经院、万万咒轮堂、斋戒堂等设于大殿内，大殿气势雄伟、威力彰显。

东竹林寺历史悠久，藏宝众多，藏有很多珍贵文物，寺内珍藏有三座立体坛城，分别是密集金刚、喜乐金刚和大威德金刚的道场，坛城上镶嵌有天珠、玛瑙、红绿松石等珍宝。金碧辉煌，难得一见。还有镀金弥勒法轮佛像、白度母像、三世诸佛像、文殊菩萨像、唐卡、阎罗王群像、十八罗汉像，以及班禅历生传、释迦巨行传等17幅刺绣，大小灵培、佛塔数不胜数，跳神道具、法器也一应俱全。

自1987年10月开始举办盛大的"格规定木"庆典活动后，每年的藏历8月27日到29日3天，东竹林寺都会举办僧值节，庄严的诵经仪式、大型的跳神活动，各方僧俗人士云集，场面壮观。节日当天会在大殿外的广场展示巨幅唐卡，平日难得一见，颇为珍贵，四里八乡的藏族人都汇聚于此观瞻礼拜。还有盛大的藏戏表演和跳神仪式，是僧俗民众祈福迎祥的欢乐节日。

东竹林寺藏有众多价值连城的唐卡。唐卡是画在纸上、布上或羊皮上的，富有神秘感、颜色鲜艳的绘画艺术珍品。最小的唐卡仅有巴掌般大小，大的唐卡有几十甚至上百平方米，寺庙的僧人每年择吉日向信众示现，其缓缓展开后，竟能遮住整整一面山坡。唐卡起源于游牧部族，逐水草而居的藏族人在辽阔而荒凉的高地上，无论走到哪里，都要把唐卡系挂在帐篷或挂在树枝上。唐卡画师称为"拉日巴"，意思是画佛或神的人，他们手中都有一份世代相传的范本，记载着成套的造像尺度，无论是姿态庄严的静相神佛，还是神情威猛的怒相神佛，所有的造像都有相应的比例，不得修改。唐卡的颜料皆来自天然，不是珍贵的矿物就是稀罕的植物，用这些天然颜料绘制的唐卡历经沧桑不变色。

虚空吉祥飞来寺

因为神秘的梅里雪山而慕名来到德钦的游人，在观山之余往往也要拜访飞来寺。如果与圣山和古刹有缘，在晴日举头眺望露出真容的卡瓦格博峰巅之际，也会看到在雪山映衬下的飞来寺，白墙金顶映衬在草甸、雪山与蓝天之间，给人一种吉祥圣洁的感觉。飞来寺，藏名"那卡扎西"，意为"虚空吉祥"。初建于明万历四十二年（1614年），距今已有400余年的历史，位于距德钦县城8千米处的滇藏公路边。相传曾有一尊释迦牟尼佛像从藏地飞来此地，故在此建庙并得名"飞来寺"。每一个历史悠久的寺院都有其存在的理由，飞来寺也不例外，除了动人的传说还有其独特的位置。飞来寺还有一个颇具传奇色彩的故事：建寺时选址原定是在距现址2千米以外的地方，建寺需要的全部材料已经备齐，就在破土动工的头天晚上，柱梁等主要建筑材料却不翼而飞，住持僧人派人寻踪追迹。找到时，发现柱梁已按规格竖好，且无大殿的后梁后柱，人们以为这是神的旨意，于是遵照神意就地建成了寺庙，并因柱梁飞来自立，名为飞来寺。今天，站在远处遥看飞来寺，确有欲飞之势。

飞来寺占地面积1500平方米，依正乙山山势拾级而建。沿途古松森列，日影斑驳，小溪曲折，森林茂密，云雾缭绕之中显现的古寺，有斩云断雾之姿，更有凝而不变之影，真是悬崖陡处辟仙台，琼楼玉宇屹正乙。山门对联"古寺无灯凭月照，山门不锁寺云封"，使人浮想联翩。

飞来寺建筑高低错落，殿堂屋宇呼应配合。全寺由子孙殿、关圣殿、海潮殿、两厢、两耳、四配殿组成，寺内的安排具有三教合一的特点。飞来寺的主体建筑海潮殿的建筑雕刻最让人叹为观止，大殿为单檐悬山顶，七檩抬梁式结构，通面阔三间，整座大梁，梁架规整，为较大圆木构成，檐头朴实疏朗，檐柱立于一巨大须弥座柱础上，座束腰处镌刻有人物、花卉及其他纹饰的浮雕图案。檐下木雕柔丽，清幽别致，殿前格扇齐备，棂花纹样精巧，雕工纯熟洗炼。

进入大殿内，更是让人目不暇接。正殿依照山势凿成坚固壮观的壁面，在山石上凿出海潮龙王送女出嫁图，画面左边塑有神态各异的十八罗汉，右边塑有《西游记》人物故事，无不精妙绝伦、逼真入神。正殿供奉有觉卧那卡扎西像及卡瓦格博神像、莲花生以及觉卧那卡扎西佛造像。三面墙上绘有色彩绚丽的壁画，内容为格鲁派创始人宗喀巴大师、释迦佛、十一面观音、胜乐金刚、佛教护法诸神以及飞来寺的建寺者竹巴那卡降乘、德钦寺以及四川甘孜州几个大寺的活佛画像。供奉的卡瓦格博骑马塑像神形俱佳，为雕塑精品。正殿旁设有转经堂和烧香台，供朝山者转经、烧香之用。飞来寺潭前有一甘洌清泉，相传此泉水有驻颜长寿之功效，寺内住持因常饮而高寿，因此到飞来寺的人都争相饮用，临走还要带几壶水下山。

飞来寺寺院不大，藏族风情浓郁，就像一位长者静静地矗立在梅里雪山前面，正对着梅里雪山主峰卡瓦格博，是远观梅里雪山群峰、观赏日照金山，朝拜梅里雪山烧香祈福的好地方，早晨的日照金山、傍晚时分的落日余晖、夜半三更的星空，都是值得拥有的美景。不出太阳时云雾缭绕像仙境，日出的时候，阳光洒在卡瓦格博峰上，金字塔状的卡瓦格博峰渐渐被染成玫瑰金，雪山仿佛放出金色的光芒，像一位刚从睡梦中苏醒的战神，气势恢宏，神圣庄严，带着它巍峨壮丽的庄严气势，超然注视着往来的世间众生。金色幔帐越来越深远，向着群峰蔓延，一座、两座……直至连绵十三峰，神山之颜，完美无瑕；神山之威，无言自敬；神山之辉煌，更是在沉静中涤荡心灵、重塑人性。随着太阳的升高，山峰的金色越来越淡，只十多分钟又回归了洁白圣洁。雪山前的村庄点缀与雪山一起组成和谐画面，形成一幅壮美画卷，来自世界各地的信徒跪地膜拜，嘴里喃喃念着经文，非常壮观。

梅里雪山终年云雾笼罩，人们甚少能看到梅里雪山的真面目，能看到梅里雪山的人是幸福的人，传说会幸运一整年。看到日照金山更是难得，全凭运气和缘分，一般很难有人能够看到日照金山，需要时间、天气和湿度的配合。飞来寺是观看梅里雪山"日照金山"景观的绝佳位置，来这里观景、拍照的游客越来越多，于是在此建造饭店客栈，渐渐地，这里成了滇藏线旁的一处游客集散地，人们开始把寺庙周围的村子也称为飞来寺，寺院本身反而没那么多人知道了。

茨中教堂的传说

漫步在距德钦县八十千米的澜沧江沿岸，行经一个依山傍水、美丽幽静的小山村，耳边飘来的不再是梵钟，而是来自遥远异域的福音——这里就是有着百年历史的茨中教堂，它的存在可谓是个奇迹。"茨"，村庄之意，"中"为大，藏语。民国时期该村伙头管辖六村，故名茨中村。而这座20世纪初由法国传教士建造的天主教堂便得名茨中教堂。

茨中教堂是一座天主教堂，位于德钦县燕门乡茨中村。始建于清同治六年（1867年），由法传教士主持兴建。原在自菇村，光绪十八年（1892年）被民众焚毁，后移至茨中重建。教堂建成后用作统辖德钦、维西和贡山的"云南总铎区"的主教礼堂，下辖2个分堂，先后办过一所学校和一所修女院。1949年以后传教士都返回了欧洲，茨中教堂今属于大理教区。2006年，茨中教堂被国务院批准列入第六批全国重点文物保护单位。

18世纪中叶，西方天主教传教士进入迪庆，他们建立教堂、发展信徒，在强大的藏传佛教势力中，极艰难地存在着，信徒甚少。信仰藏传佛教的百姓对天主教的仇视逐渐积累，民众不能容忍天主教士的

▲ 茨中教堂

传教活动，引发了阿墩子教案和维西教案。在1905年的维西教案中，民众焚毁了澜沧江、怒江沿岸的10所教堂，杀死了法国传教士。当时清政府派重兵镇压僧俗民众，1906年教案最终平息，教会因此而获得了赔款，在茨中村兴建茨中教堂。教案平息后，部分信仰藏传佛教僧俗大众逐渐承认教会的存在且与教会和平共处。

茨中村坐落在水流湍急的澜沧江旁绿树掩映的山坡上，藏族、傈僳族，纳西族、汉族等民族的民房散布在峡谷两岸，水稻田和葡萄园包围着村庄，江水清澈、空气清新，各民族热情好客，村民通晓汉语。这个有上千人的多民族聚居村庄挂在澜沧江边一处缓坡上，一座西式建筑风格与汉族、藏族、白族等民族建筑风格相结合的教堂坐落村中。一座悬索桥跨过澜沧江，把茨中村和公路连接在一起，行驶在德钦前往维西的途中，一不留神就会错过。

茨中教堂建筑群坐落在澜沧江西岸的二级台地上，背靠青山，前有座座农舍点缀，建筑群体与自然景观融为一体，别具特色。教堂坐西向东，为砖石结构哥特式建筑，但又明显融汇了藏汉等民族建筑的艺术特色，整体呈十字形，拱形门廊用条石砌成，进深6米，宽3米，礼拜堂进深22米，面阔12.7米，礼拜堂内由二排六棵正方形石柱承托教堂屋脊，两侧设有净身、更衣侧室。教堂屋面用琉璃瓦覆盖。教堂正面为高大的三层钟楼，通高20米。钟楼的上部是中式飞檐瓦顶的亭阁，钟楼的最高处竖立着十字架，教堂屋面用琉璃瓦覆盖，中西合璧，主次得体。教堂的大门入口处和教堂内部有着不少内容已经本土化了的对联，大多是"极仁极爱，至善至谦"这样的词语。登上钟楼，茨中景色尽收眼底，整个建筑群以教堂为中心配套组合，包括大门、前院、教堂、后院以及地窖、花园、菜园和葡萄园等等，结构紧凑，规模壮观。沿大门筑有外围墙，建筑四周以及房间空地，筑有花坛，种植果木，红绿相映，风雅别致。

后院有两棵枝叶茂盛的大树，一棵是桉树，一棵是月桂树，是传教士当年为解思乡之愁，用欧洲带来的树种种下的，至今已近百年，高大的桉树要四个人才能合抱，这可能也是云南树龄最长的桉树。深秋季节，葡萄园里果实累累，茨中的葡萄比常见的葡萄要小得多，颗粒小而饱满，口味甜中带酸，这种名叫玫瑰蜜的法国葡萄，在法国本土已经绝迹，但是在迪庆偏僻的深山中依然生长良好。法国传教士教会了当地老百姓葡萄的栽培和葡萄酒的酿造技术，承袭至今。茨中的山坡上到处种满了葡萄，家家户户都有制作葡萄酒的器具，都会酿酒，村里每年酿制的葡萄酒由酒商包装后运到市场上销售。

二十世纪六七十年代，教堂因被用作小学课

▲ 茨中教堂

堂，而免于被毁坏的厄运。墙上的圣经故事壁画已经脱落殆尽，斗拱上方的花卉依然清晰可见，天花板上的植物图案色彩如新。在历经风雨飘摇多年之后，重新对教堂进行了修缮和保护，使教堂重现当年的风采。走进茨中教堂的时候，教堂里空无一人，时间仿佛凝固在斑驳潮湿的墙壁上。礼拜时节，村民们会前来教堂行礼拜。茨中村除了天主教徒之外，还有佛教、东巴民间信仰的信徒，并且各有宗教活动场所。

多元和谐寿国寺

寿国寺，藏语称"扎史达吉林"，是滇西北藏传佛教噶举派十三大寺院之一，融藏族、纳西族、汉族、白族等多种民族文化，是以佛教为主兼有儒道元素的寺院。寿国寺始建于清雍正七年（1729年），乾隆十年（1745年）焚毁于大火，乾隆三十五年（1770年）迁至现址重建，后经多次扩建，形成现在的规模。光绪二十一年（1895年）西藏大宝法王赐寿国寺用蒙、藏、满和尼泊尔四种文字的金字牌匾"扎史达吉林"，意为天下安康吉祥，永远发扬光大。当地人称康普僧人寺。

寿国寺位于维西城北澜沧江东岸的康普乡岔枝村，离县城73千米，当地为傈僳族、纳西族、藏族、汉族等民族聚居区。

▲ 寿国寺

寿国寺，建于纳西族土司政权时期，是地方民族上层势力归附国家政权的历史产物。据传是在维西改土归流后，康普纳西族女千总禾娘为表示拥护清王朝，祝愿国运长久而捐资建造的，故取名为寿国寺。关于禾娘捐资修建寿国寺及其他寺院还有另一种说法：禾娘生有一子一女，其子名为扎阿育，早逝。后经过西藏二宝、四宝僧人的劝说，自认为罪孽深重招致断嗣报应转而一心向佛，捐资修建十三座寺院，其财产一半用于修建寺院，一半分给族姓后代到寿国寺修行。

寿国寺坐东向西，北靠云岭山脉，南临澜沧江。整个建筑群以大殿为中心，沿中轴线布局，由山门、正殿、侧殿组合成一座四合院，主要建筑有门楼、大殿、东西厢房、黑神殿、活佛净室、斋戒堂等。占地面积7370平方米，总建筑面积2665平方米，壁画面积近560平方米。大殿三重檐攒尖顶式木结构的正殿是寿国寺的中心，造型为清代汉式佛殿，内部装修为藏式风格。正殿檐下有密集的斗拱装饰，既有清代汉式楼阁建筑风格，又有藏式寺院的藻井殿堂特色，在装饰技巧上还融进了剑川木雕技艺。正殿共有三层，第一层为诵经殿，柱头、横梁和柱帽均绘有精美的藏汉图案，左右壁面上绘有工笔重彩画，现保存有十幅壁画和一幅隔板画。寿国寺壁画彩画由历代土司、僧众和工匠相继完成，是寺院最重要的文物遗存。绘画内容涉及观音、天王、罗汉、地狱黑神、密宗造像、金刚力士及花鸟动物等密宗题材，壁画内容融释、道、儒为一体。这些壁画构

▲ 精美的雕刻

▲ 寺内

图严谨、色彩艳丽、用笔流畅，人物形象生动逼真。殿内还供奉着释迦三世佛、大宝法王、二宝法王和莲花生祖师造像。第二层隔板上绘有十七幅画和两幅字，正中为转经楼栏，可凭此俯视诵经殿。第二、三层存放有寺内的贵重器物、经书和法器。

寿国寺历史悠久，是多元文化交流融合的珍贵实物证据。现今寺僧以藏族为主，还有纳西族、蒙古族以及极少汉族、傈僳族等民族的僧人，是多民族集聚一堂的宗教场所。作为目前我国傈僳族和纳西族聚居区保存完好的藏传佛教寺院，融多民族宗教信仰文化和民间世俗文化为一体，是多种信仰文化完美结合的典范，同时也是滇西北特殊政教制度的实物见证，具有较高的历史、科学价值和独特的艺术价值。

1989年寿国寺被维西县人民政府公布为第一批县级文物保护单位，1994年被迪庆州人民政府公布为第一批州级文物保护单位，2003年被云南省人民政府公布为第六批省级文物保护单位，2006年，寿国寺作为清代古建筑，被国务院批准列入第六批全国重点文物保护单位。寿国寺公布为全国重点文物保护单位后，由政府出资进行保护性维修。

传说中的达摩祖师洞

维西县塔城镇其宗村是一个藏族聚居的村子，其环境可谓山清水秀，田园村舍倚山临江，掩映于各种果木的浓荫之中。出村子往东行，约6千米处可以看到一座巍峨高山，仿佛一尊巨大佛祖端坐于云天之间，当地藏族人称其为阿海洛山。山上树木葱郁，山顶有巨型岩崖，崖壁上有天生岩洞，就是藏族人们心目中极为神圣的达摩祖师洞。相传公元1114年，息结派创始人帕·达巴桑杰从印度云游中国，走遍大江南北，最后来到其宗村阿海洛山，甚合佛心，便登上山去，在洞中面壁修行十年后圆寂，悟道成佛。至今，洞后石壁上留有"悟道成佛"的影像，洞前石板上有一对深深的脚印，相传是当年祖师得道后

▲ 达摩祖师洞

▲ 达摩祖师洞

"顿石成洼"留下的圣迹。洞内灵塔中，葬有祖师使用过的器皿、衣冠、拐杖等。这个天生洞由此便得名达摩祖师洞，而阿海洛山也因此被称为达摩山。

当地佛教徒和信教群众于清康熙元年（1662年）在海拔3000米悬崖峭壁上凿石架木、叠木为基建寺，并依洞筑成禅房数间，达摩祖师洞就成为佛教徒们朝拜的圣地和修炼的场所。清末，开始修建达摩祖师洞外的经堂和僧舍，其样式为沿悬崖叠木而成。凿石架木，叠木成寺，寺内壁画、雕刻惟妙惟肖，可见独具匠心。据说修建过程历时三十余年，足见其艰险之状和虔诚之心。洞上建有五层楼，红墙黄瓦，金碧辉煌，这种在悬崖上建成的建筑，让人叹为观止。远远看去，万仞山中一古刹，十分空灵飘逸，仿佛悬挂于崖壁上，可谓巧夺天工。以达摩祖师洞及洞外经堂僧舍为中心，山下的来远寺和达摩寺恰好在其左右，形成三足鼎立、互为掎角之势。

达摩祖师洞在历史上几经毁坏而又重修。最近的一次严重损坏是在2013年。这个鬼斧神工的寺庙因香客不规范点香而再次遭遇严重破坏。那次火灾损失惨重，达摩祖师洞建筑付之一炬，还殃及旁边的整片山坡。直到2015年，在党和政府的关心下，达摩祖师洞才得以恢复重建。

现今的达摩祖师洞，是由政府拨款、信众们捐款重建的。祖师洞以石阶为梯，最高一层洞后石壁上留有"悟道成佛"的影像。洞外中间是达摩祖师及其弟子洽穹的遗物灵塔。洞右边摆放着达摩祖师使用过的器皿、衣冠、拐杖等及"顿石洼"的圣迹；往下第二层为诵经堂；第三层为经堂，供奉有释迦牟尼、莲花生大师、噶鲁派创始人宗喀巴像以及止贡噶举派两派祖师的造像。

香客们常进行转山活动，转山活动以达摩祖师洞口为起点，按顺时针绕山顶一周，路程约3千米，日久天长，香客众多，转山之处竟成小径。每年农历四月初一至初八，达摩寺举行"协吐"法会。相传，这一天是达摩祖师的涅槃日，届时，香格里拉、德钦、维西、丽江的信众香客们不惜长途跋涉甚至风餐露宿汇聚而来，聚集数万人纷纷沿山转经不止，以完成转山活动为己愿，场面蔚为壮观。

共融的乐土
—— 迪庆民族团结进步示范区

几千年来，中华民族一以贯之的文化基因就是团结一心、同舟共济。从"兄弟同心，其利断金"的朴素道理到"能用众力，则无敌于天下"的金玉良言，从五方之民共天下的大一统观念到"像石榴籽一样紧紧抱在一起"的中华民族共同体意识，团结统一始终被视为中华民族天地之常经，古今之通义。

在历史长河中，各民族交错杂居，彼此交往交流交融，形成了"你中有我，我中有你，谁也离不开谁"的多元一体格局。近代以来，在列强入侵、家国沦陷的危难关头，各族人民携手并肩、共赴国难，在血与火的抗争中共同谱写了保家卫国、抵御外侮的篇章，赢得民族的尊严与骄傲。又曾生死与共，浴血奋战，迎来民族的解放与独立。新中国成立后，各族儿女共同战天斗地搞生产，齐心协力谋发展，为共同的家园添砖加瓦，建造煌煌大厦。一部中华民族史就是一部各民族团结凝聚、共同奋进的历史。中华民族以强大的凝聚力、向心力经受住一次次严峻考验，展示了永不褪色的团结精神。

马克思在总结第一国际的经验时提出："国际的一个基本原则——团结。如果我们能够在一切国家的一切工人中间牢牢地巩固这个富有生气的原则，我们就一定会达到我们所向往的伟大目标。"懂团结是真聪明，会团结是真本领。中华民族一家亲，

和谐相随——共有的精神家园

同心共筑中国梦，是新时代各民族交往、交流、交融和团结的主旋律，也是 56 个民族的共同目标。

　　迪庆境内生活着 26 个民族，是典型的多民族聚居、多宗教并存、多文化交融，相互共融并存的一片乐土，各民族交往交流交融在这里从未中断。共居、共学、共事、共乐，文化多元，丰富多彩的多元民族文化，是迪庆不同于别的涉藏地区的一大特点。在迪庆，不同的民族虽然语言不同，但并不影响民族间的文化交流。一个家庭由几个少数民族组成，一个少数民族会讲几种民族语言，同时会演唱不同民族的歌曲，几个少数民族的重要节日都在一起过。有的一户家庭同时信仰多种宗教，还有的家庭每个成员信仰不同宗教，还存在同一民族信仰多种宗

▲ 民族团结象征——阿墩子清真寺与藏传佛教白塔同在

▲ 贺龙元帅与松谋活佛雕塑

教、多个民族信仰同一宗教的现象。各民族宗教信仰互不干涉，互相交融，在长期的交融中，形成了共存共荣的民族生态。

今日民族共融的大美迪庆，在抗日救亡的年代也曾迸发出空前的爱国激情。1936年4月25日，红二、红六军团红二方面军在贺龙、任弼时、关向应、萧克、王震等同志率领下进入香格里拉。4月30日，红二军团前卫四师十二团到达香格里拉。大中甸村村寨寨住满了红军，开始了筹粮休整，做继续北上的准备工作。红军各师团分别在县城、大中甸各村寨进行宣传活动，在宣传抗日救亡的同时明确提出"优待少数民族，不在藏族人地区打土豪劣绅，保护宗教信仰自由""红军是番民的好朋友""番民群众各安生业"，同时严格尊重藏传佛教寺院的地位，得到了以松赞林寺八大老僧为首的藏族僧众的鼎力支持。了解红军长征需要粮草之后，尽管当时正值高原"春夏荒"季节，松赞林寺仍然向红军提供了2000多斗青稞（相当于3万多千克），后发动各界僧俗群众为红军筹粮5万余千克，同时又派出向导通知沿途寺院，为红军北上抗日引路。作为答谢，贺龙将一面经绸锦幛赠送大寺，红绸上书：兴盛番族。松赞林寺将红军所赠锦幛、文件、礼物视如珍宝，妥为保存，到香格里拉和平解放时，又以此迎接中国人民解放军。今天，这一见证了香格里拉人民拥军爱国、心向共产党的佳话的锦幛，正作为各民族深厚情谊的象征被收藏在中国人民革命军事博物馆中。

中华人民共和国成立后，雪域边陲的香格里拉旧貌换新颜，在党的民族政策关怀下迎来了新生。"拥护中国共产党和毛主席，在他们的领导下藏族人民团结起来！"这句话出自一份尘封了七十年的历史记录——《滇康边区第二届藏族协商会议团结公约草案》（以下简称《团结公约》）。1951年12月7日签署的这份团结公约，现珍藏在丽江市档案馆，虽然因为年代久远部分字迹已经模糊不清，但丝毫不影响当年云南各民族表达在共产党领导下，解除隔阂实现团结一心的铮铮誓言。《团结公约》记述"滇康边区藏族人民，在共产党和毛主席的领导下为了反对国民党反动派大汉族主义和狭隘民族主义的统治和压迫，现在全体人民得到解放，一致要求自由和幸福，使我们走向更新的道路。由中甸、德钦、维西、乡城和巴安东区五县的负责人商讨，经过四天的协商，订定此团结公约"。

《团结公约》共有八条，第一条就是"拥护中国共产党和毛主席，在他们的领导下藏族人民团结起来！"此后的七条明确五县境内停止冤家报私仇和暗杀等行为，过去的一切纠纷应通过双方人民政府协商。并明确五县不轻信谣言，坚决肃清匪特，有功者双方政府给予奖励，不窝藏包庇和帮助匪特危害人民利益。

《团结公约》签署时，新中国成立仅第二个年头，西藏刚刚获得和平解放，中国共产党把民族平等作为立国的根本原则之一，坚决消除一切民族压迫和民族歧视，迅速消除民族隔阂，建立平等团结互助和谐的社会主义民族关系。七十年转瞬即逝，当年与会代表们的誓言已经实现。他们一起签订的《团结公约》，已结出民族团结的累累硕果。如今，迪庆藏族自治州所辖的香格里拉市、德钦县、维西县，各民族遵循各自风俗习惯的同时，相互尊重，和谐共生，亲如一家，是祖国统一多民族大家庭的缩影。

历史上，迪庆藏族州是茶马古道的必经之路，通过古老的茶马互市和贸易联系，各民族往来频繁，结成了守望相助的共同体，形成了互相尊重、欣赏和学习的古老传统。这种历史传统已经成为当地各族群众共同遵循的社会共识。

迪庆是云南海拔最高、氧气最稀薄、生态环境最严苛的地方，但也是多民族聚居、多宗教并存、多文化共融的民族团结福地。这片蕴含着无限希望的广袤高原大地，以它开放的胸怀容纳和承载着不同民族的梦想，在党的领导下，各族人民齐心协力，包容、和谐、共进，用绣花的土功夫一针一线绘就雪域高原经济发展、社会稳定、民族团结、民生改善、生态优美的壮阔画卷。迪庆曾为"三区三州"深度贫困地区之一，在党中央扶贫政策关怀下，贫困发生率由2015年末的25%下降到2020年的0.53%，历史性消除了绝对贫困，7.41万贫困人口全部脱贫，3个贫困县（市）全部摘帽，147个贫困村全部出列，实现整州脱贫，与全国一道步入全面小康社会。百姓安居乐业也促进了各民族关系更加和谐，2021年1月，迪庆藏族自治州成功创建为全国民族团结进步示范州。今天的迪庆，正在迎来历史上民族关系最融洽、民族团结最稳固、社会大局最和谐的时期，各族群众携手同心、守望相助，如同藏族人赖以生存的主食糌粑，捏成团、聚成团、抱成团，像珍惜眼睛和生命一样珍惜民族团结进步，在共同团结奋斗、共同繁荣发展的大道上阔步前进。

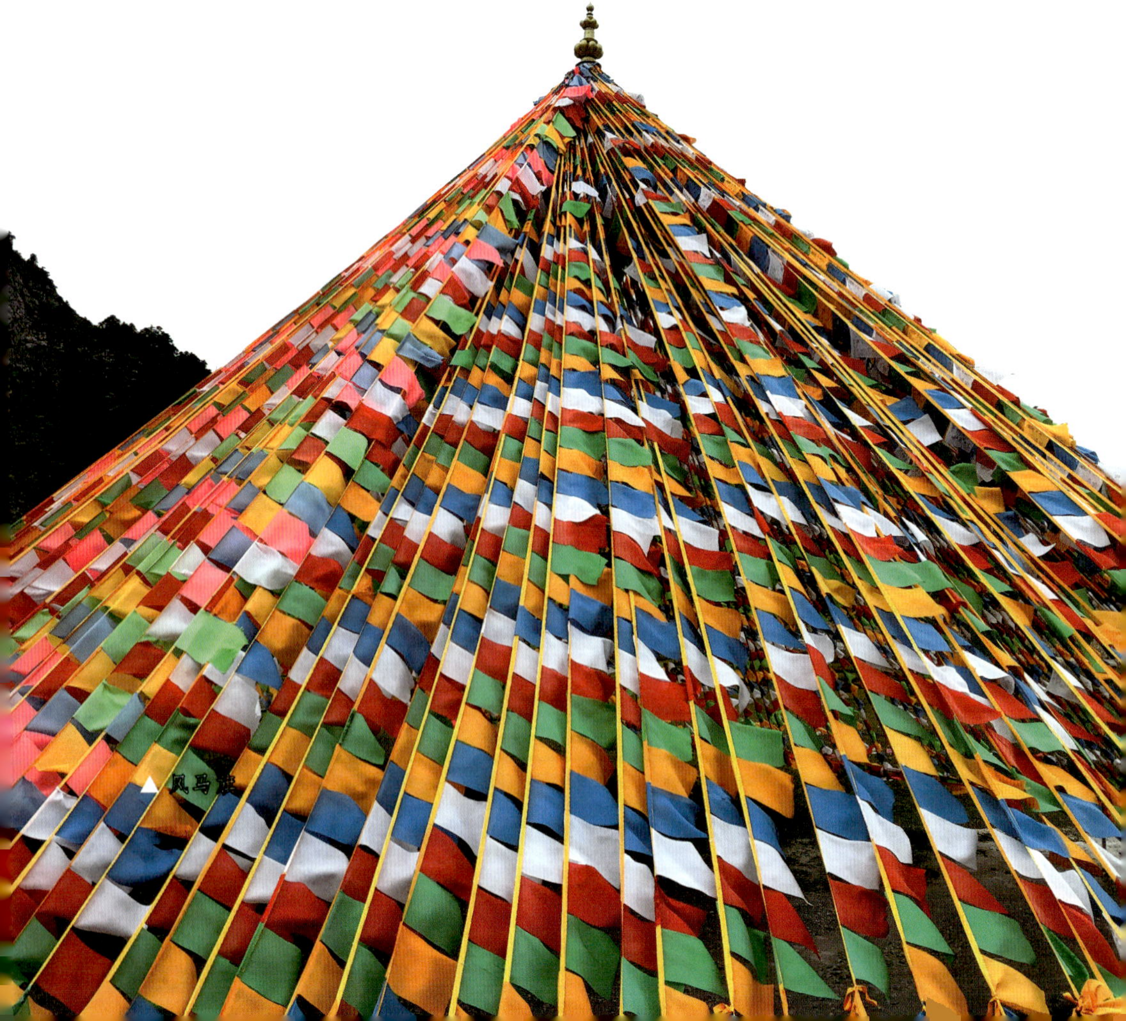

▲风马旗

美美相形——异彩纷呈的民俗生活

我挥动长长的衣袖

同天地共舞一场

我一唱三叹

与古今共谋一醉

锅庄

弦子

祝酒歌

唐卡

壁画

织一段锦绣

松茸

青稞

牦牛肉

喧闹的生活

满布热腾腾的情绪

山林里的珍宝
祖先留下的手艺
故土的财富
有你分享
就是双倍值得

生活在迪庆高原上的人们，歌舞就如流淌在身体中的血液，与生俱来，随心而动。他们为信仰而舞，为生活而舞，为欢乐而舞。"会走路就会跳舞，会说话就会唱歌"，这是对迪庆民族歌舞生活最深刻、最精准的概述。傈僳族人说：舞蹈如盐巴，盐，不吃不行；舞，不跳不行。迪庆各民族在漫长的交往、交融过程中，创造了极为丰富的民族歌舞文化，锅庄、羌姆、热巴、弦子、阿尺木刮、瓦器器、情舞等，共同汇聚成"歌舞的海洋"。从高山之巅的藏族牧民到干热河谷的傈僳族人，从藏传佛教僧侣到农牧深山的村民，只要节奏响起，身体便随之摆动，踏歌起舞。在迪庆，歌舞如生命之花，从宗教仪式舞蹈到流浪表演歌舞，类型多样，涉及广泛，内容丰富，歌唱的是生活，舞出的是生命。

除了唱歌跳舞，迪庆人还保留了众多日常生产生活中创造的关于信仰、仪式、习俗、技艺等思想观念，生产生活技能遗存与传承下来的文化财富，它是一个民族或地区千百年来集体智慧的结晶，是一个民族文化核心价值的呈现；它承载着一个民族在漫长的历史长河中的文化认同与创新，它是一个民族和地区精神文化和历史变迁的"活化石"，是民族文化不断延续、永葆活力的灵魂。非物质文化遗产是26个民族共聚横断山区，爽朗大方的藏族、热情豪放的傈僳族、重情重义的纳西族、朴实忠厚的汉族、聪慧勤劳的白族……共同为我们勾勒出的一幅多彩民族非物质文化遗产的画卷；黑陶、东巴纸、唐卡、藏族传统金属铸造工艺品、傈僳族传统服饰、藏医药……共同汇聚成非遗的海洋。

迪庆各民族的传统节日繁多，各种富有当地特色的节日总计100多个，主要有生产性节日、文娱性节日和宗教性节日。藏族主要节日有"赛马节""格冬节""藏历新年"，傈僳族主要节日有"阔时节"，纳西族有"二月八"，彝族有"火把节"等。同时藏族、傈僳族、纳西族、白族、彝族等民族还过汉族的春节、中秋节等。这些节日虽然在一定的时令举行，但其内容包罗万象，成为政治、经济、生产、生活、宗教信仰、文学艺术、社会交往、民族心理等的综合反映。千百年延续下来的传统极少受到外界的干扰，文化积淀深厚。

迪庆得天独厚的自然环境，蕴藏了丰富的地方特色产品，从珍贵的虫草、雪莲花等名贵中药材，到松茸、雪茶等美味的山野特产，以及风味独特的青稞酒、酥油、奶渣、牦牛肉等特色美食，都让人念念不忘，千百年来流传下来的生活智慧和独一无二的自然馈赠，都让迪庆充满魅力。

迪庆各民族在漫长的社会发展历程中，在政治上团结统一，在经济上相互依存，在文化上相互交融、相互影响、多元包容，在社会关系上和睦相处、和谐共生。正是因为多民族间的交融、借鉴、包容、尊重，才保留和延续了迪庆丰富多元的民族文化、民俗文化和优秀传统文化。

在天地间唱歌跳舞

"天上有多少颗星，卓就有多少调；山上有多少棵树，卓就有多少词；牦牛身上有多少毛，卓就有多少舞姿。"这是人们对锅庄舞的至高赞美，用以形容锅庄曲调、唱词、舞姿等内容和种类的丰富多彩。

锅庄舞是藏族三大舞蹈之一，藏语中多称为"卓""果卓""姑卓"等，意为"圆圈歌舞"，原泛指"歌舞"之意，后用来特指锅庄舞。锅庄舞是一种无乐器伴奏的集体歌舞，带有原始歌舞功能，多为祭祀、盟誓、祈福、娱神、欢庆、娱乐时，男女老少聚在一起，携手围着篝火一圈又一圈地踏歌旋转、起舞狂欢，这或许是藏族人民最初始用以表达集体信仰、情感、情绪的一种最为直接的方式，给予身处艰苦生存环境中的藏族人民一种生活中集体的自我慰藉。

据我们在当地的了解，关于"锅庄舞"名称的来源尚未有定论，但在其纷纭的来源传说中，始终演绎着关于锅庄的神秘与浪漫。一种说法是，迪庆锅庄舞是在公元7世纪中叶，随着吐蕃势力南下而传至迪庆地区，在流传过程中，不断与当地的环境、习俗、习惯、认知与审美相融合而形成的。古时在甘孜、迪庆、昌都一带的交通要道上，茶马商贸来往频繁，沿路开设了许多供人马休息和住宿的旅店、马店。每当日落时分，成群结队的马帮陆续拖着疲惫的身子，来到熟悉的旅店和马店，卸

美美相形——异彩纷呈的民俗生活　　　　　　　　　　　　　　　　　　　　　　417

▲ 尼汝锅庄

下驮子，拍拍身上的尘土，相互寒暄着走进温暖的旅店。店中间砌着一个矮火塘，火塘中的火苗随着大家伙的靠近不停摇曳着，火塘上架着一个火架，火架上炖着土鸡，香飘四溢，大伙围坐在火塘边谈笑、痛饮、欢唱、舞蹈……当地藏族将这种围着火塘集体唱跳的形式称为"果卓"，汉语译为"锅庄"，并且沿线旅店也多被称为"锅庄"，由此，"锅庄"一名流传开来，并世代沿用。据晚清遗老徐珂编撰的笔记小说《清稗类钞》中记载，"跳锅庄为蛮民生而固有之惯技，故人人皆能为之。跳时，以酒一瓶置凳上，跳者相互握手环绕此凳，足跳口歌，章法不乱。跳须臾，即吸酒，故俞跳愈乐。或众男合跳，或众女合跳，皆可。然以男女合跳尤为可观，以女歌一曲，男必和之，女所歌者乃相思之词，男所和者乃戏谑之词也。众女合跳，歌声悠扬可听"。通过徐老对锅庄歌舞现场的生动描绘，再次印证了藏族人生来能歌善舞的特性，无论男女老少，携手绕圈踏歌舞蹈，好不热闹欢畅。

在迪庆地区，最具代表性的要数小中甸锅庄、奔子栏锅庄。

香格里拉的小中甸锅庄，延承了藏族锅庄最原始、本真、完整的歌舞内容与文化内涵。小中甸锅庄种类丰富，划分复杂，且应用于祭祀、婚庆、节日、比赛等多种仪式活动或节庆活动。小中甸锅庄分有古旧锅庄"擦尼"和新锅庄"擦司"，"擦尼"是传统祭祀、盟誓的宗教仪式类的锅庄舞，一般适用于祭祀仪式、宗教祈福等活动场合中，舞蹈具有周期性、定期性，参与舞蹈者具有特定的身份，程序固定，唱词固定，舞步固定，且动作偏舒缓、稳健、古朴、庄重，带有浓厚的宗教色彩，主要代表作品有《金碧辉煌的寺庙》《银光闪耀的王宫》《福星财运降此地》《丰收啊丰收》等。而"擦司"是民间锅庄舞，多反映藏族人的日常生产劳动和生活事项，歌词内容多根据场景或情感即兴发挥，形式与内容没有固定限制，具有浓郁的民族生产生活气息，体现鲜明的时代性。我们在日常生产、新居落成、喜庆佳节、婚嫁喜事时，看到的多是"擦司"锅庄。

▲ 香格里拉锅庄

德钦锅庄有"嘎卓"和"筛巴卓"两种，分别意为"德钦澜沧江流域的锅庄"和"德钦金沙江流域的锅庄"，其中"筛巴卓"因起源较早、传统锅庄程序保留完整并在社会发展中不断创新，赋予锅庄新的生命力而具有代表性，多被称为"奔子栏锅庄"。

相传，公元7世纪，吐蕃王松赞干布迎娶文成公主进藏途经奔子栏，在此逗留期间，藏族迎娶队伍日夜与当地民众跳锅庄舞娱乐，虽然后人证实进藏的非文成公主，而是南诏公主"姜萨取追"，但由此可见，奔子栏锅庄舞的起源较迪庆其他地区仿佛要更早一些。而与吐蕃势力南下带来的藏族锅庄融合，使得奔子栏锅庄舞更加传统、深厚。相较于其他锅庄，奔子栏锅庄舞更为庄重、稳健、豪放，曲调相对悠缓，节奏较为自由，拖腔较长。

▲ 德钦锅庄

奔子栏锅庄在不断发展变化中逐渐形成鲜明的特色，相较于小中甸锅庄的"搭肩弓腰"，奔子栏锅庄改变了弓腰低头的动作，将重点下移，多用上身长衣袖甩舞，动作幅度较大，多显轻逸、豪放、稳健、洒脱，随着程式的不断推进，舞步和唱腔从缓慢、悠扬到逐渐加快，直至高潮。程式化的锅庄舞蹈规则，显现出藏族礼仪文化在奔子栏地区的渗透与影响，他们在娱神娱人之间渲染道德伦理的寓教于乐氛围，他们将内心对神、对自然、对万物、对他人的敬畏、尊重、感念、喜爱、友好都化作悠扬的歌声与节奏齐整的舞步。

▲ 奔子栏锅庄

　　值得一提的是，在多民族共融共生的迪庆地区，你会看到很多身穿傈僳族服饰的民众集体跳锅庄，你会听到不懂藏语的纳西族唱着锅庄的曲调，这一点也不稀奇。酒足饭饱，月上中天，在维西傈僳族的广场上，全村人聚集在一起，男女老少携手，包围着广场中央的篝火，随着齐整的踏脚声，旋转跳跃，一派欢乐、祥和之景。藏族锅庄早已不仅是藏族群体的专属舞蹈，而是各民族共同喜爱、热爱的舞蹈；锅庄也早已不仅是一种舞蹈，而是迪庆各民族共同营造的欢乐的海洋和艺术世界，在舞蹈中尽情释放情感，在舞蹈的世界里尽情感受生命的热烈。

弦子对于藏族来说，就如马头琴对于蒙古族一样不可或缺。弦子、弦子舞对于藏族，就如吃饭、呼吸一般，是生命，也是生活。

弦子，藏语称为"毕央""兵庸"，形制类似二胡，拉弦乐器，是藏族传统乐器历史悠久、特色鲜明、流传广泛的代表性乐器，也是弦子舞的灵魂伴奏乐器。弦子舞，藏语称为"谐""仪""耶""热"等，因地域不同，称呼也各异，在芒康、巴塘地区多称为"康谐""巴谐"，而德钦地区多称为"仪"（载歌载舞之意），如"仪羌"（跳弦子舞）和"仪宗"（唱弦子舞的曲调）。弦子舞，也叫"弦子"，是以弦子乐器伴奏的歌、舞、乐三位一体的群体性舞蹈，属三大藏族歌舞之一。相较于锅庄而言，弦子更为欢乐、激情、奔放，舞姿更为优美舒展、旋律更为欢快，主要流传于民间，无宗教地位，一般不被允许在宗教祭祀、丧葬等庄重、严肃场合使用，而多用于娱乐、欢乐的场合渲染气氛。

迪庆德钦弦子与巴塘弦子、芒康弦子并列为"弦子三杰"，是康巴地区藏族歌舞的重要代表之一。那么，为什么弦子会流行于康巴地区呢？这就要谈到弦子的起源与传播之路。康巴地区是除西藏外中国第二大藏族聚居区，主要包括四川甘孜、西藏昌都、云南迪庆、青海玉树等地。据传，最早在唐朝时期芒康人就开始跳弦子舞了，当时的弦子舞较为简单，主要以单一

▲ 德钦弦子

拉唱为主，或以家庭式表演为主。而随着"茶马古道"的开通与频繁的商贸往来、文化交流，康巴地区作为茶马古道主要的交通要区，成为弦子舞最好的传播渠道与流动式舞台，因而茶马商人、赶马人、流浪艺人成为弦子舞最早的创作者与传播者。而后，随着流浪艺人不断在整个康巴地区的走街串巷，一方面大大提升了弦子舞的知名度与影响范围，另一方面则让弦子舞成为"贫穷"的代名词。据一些老人回忆说，在他们小时候，弦子是流浪人拉的，他们被告知拉弦子人会变穷，如果谁被发现偷拉弦子，弦子都会被人砸烂。更有甚者，弦子舞曾一度被统治阶级斥为伤风败俗的"叶花子"，明令禁止其在正式场合表演。然而，弦子舞独特的魅力与持久的生命力，是突破一切权势、世俗、偏见最强的力量。弦子舞的直接、热烈、奔放、优美，吸引着一代代年轻男女的心向往之，他们在胡琴的引领下，聚集在一起，拂袖起舞，时而圆集，时而散开，在相互对唱中抒发内心悸动之情。

相对于锅庄，弦子舞也有一定的程序，但较为自由与灵活，可根据不同场合进行调整，唱词也多即兴发挥。弦子舞的一套程序分为相会、赞颂、离别和挽留。如果你作为远道而来做客的一方，你会听到对方主人们热情的迎客词：

远道而来的上师，你翻山越林辛苦吗？

如果你觉得辛苦，我应该用点燃的香去迎接你，但我没能做到，

因为此地有福气，所以在我们没有迎接你的情况下，你也来到了这里。

远方来到客人，你一路走来辛苦了吗？

本想去迎接你，但没能做到，

因为这个时刻非常吉祥，我们终于把你迎进来。

歌罢，我们要回应主人的问候以及表达感谢之情，可以唱道：

翻过了一座山，翻过了两座山，
在一座山和两座山之间，你点燃了香火来迎接我，
所以我不觉得辛苦；
渡过了一条河，又渡过了两条河，
在一条河和两条河之间，你架起了金桥来迎接我，
所以我不觉得辛苦；
我走过一片草地，又走过一片草地，
在草地上你用鲜花来迎接我，所以我不觉得辛苦。

一问一答中，相互表达相会时的喜悦。在进行几个回合之后，开始相互赞颂，内容根据场合来定，或表现亲情，或表现爱情，或表现商贸，或表现生活……男女两队随着弦子的节奏，自由发挥，即兴演唱，如下面赞颂艺人的唱词：

舞场像金色的花园，舞者像金色的鲜花，舞场洒满福泽的光芒；
今宵舞场美丽，舞场像吉祥的光环，舞场洒满福泽的光芒。

如果要歌唱亲情，可以唱道："天上布满的星星，只有北斗星最亮，地上无数的人们，只有母亲最温暖。"如果歌唱爱情，可以唱道："桑耶寺的白公鸡，请你不要过早地报晨，我和心爱的情人，还有许多情话没说完，爱到深处的时候，别把肺腑之言都讲完，口干舌燥的时候，别把井中之水都喝完，当事情变化时，后悔恐怕已经来不及。"

最终，由一方（多为客方）提出离开，并唱道离别的理由：

> 春天一月二月三月，这三个月看什么景色？这三个月要看草地和鲜花，
> 草原上的花和我是要走的，不要想着我们要分开，明年春天，我们在草地上再见面；
> 秋天一月二月三月，这三个月看什么景色？这三个月要看树林，大树小树都在结果，
> 树的果子和我都是要走的，不要想着我们要走，明年结果时，我们再相聚；
> 冬天一月二月三月，这三个月看什么景色？这三个月要看河流，大小河流都在结冰，
> 水、冰和我都是要走的，不要想着我们要走，明年河水结冰时，我们再相聚。

客方用极为诗意和婉转的唱词表达离别之意，主人对答以示挽留：

夏天莫说要走，鲜花会感悲伤；马鹿莫说要走，草坝会感寂寞；
舞友莫说要走，姑娘会感孤单。

如此往复，再经过几个回合，双方共唱一曲祝福的舞曲，整个弦子舞的程序方算走完。

从唱词上看，弦子舞多用比喻、排比、比拟等修辞手法，表达含蓄、委婉，或借物喻人或借景抒情，细腻、情深，这或许是弦子舞一大魅力所在。从曲调上看，弦子舞的曲调一般较短，易学易唱，往往一段歌词要用同样的曲调重复好几遍，但不同歌词和段落之间需要换不同的曲调。从舞蹈形式上看，多为男女列成两队，围成一个圈顺时针旋转，三五人即可随地而舞，没有严格的场地要求和程式要求，由男子拉弦子伴奏，领舞者边舞边唱，带领女子们拂袖随舞，随着不同的舞曲调整舞步，如"颤步""踏步""拖步""垫跳步""摆点步""单扭步""双扭步""踏跺步""蹲跳步"等，通过表演者的情绪变换，男子多展现其雄壮、刚劲之态，女子多呈现柔美、舒展之美，男女共舞，渲染出一幅欢乐和谐美好的民族风情画卷。

在空气稀薄的高海拔地区，人烟稀少，粮食匮乏，藏族的一生多处严寒、极端天气之下，身体长期遭受环境的考验。或许他们从一生下来，就注定了要遵从自然、与之抗争，所以他们穷其一生在寻找与自然和解、与万物和解、与自我和解的方法。幸运的是，顽强、坚韧、智慧的藏族人找到了和解办法，找到了灵魂归宿，即创造一个神秘的精神世界，一个宗教的世界，一个人神共处的世界，一个和谐美妙的世界。

信仰是藏族人民的内心虚化，而舞蹈则是藏族人民情感的外在表现。用舞蹈来表达虔诚，用舞蹈来与神灵沟通，通过装扮成神的样子群体共舞以敬神、娱神，营造一种神灵降临的氛围，来强化宗教的威严与神秘，便于与神灵沟通，澄清罪过、净化心灵。这种舞蹈形式被称为"羌姆"，一种带有伴奏的集体性宗教舞蹈。与锅庄、弦子不同，"羌姆"为藏语音译语，意为"跳"或"舞"，本义与宗教无关，因长期以来用于宗教舞蹈而逐渐固定下来，成为宗教舞蹈的专用名称。又因羌姆舞蹈时，舞者皆要戴面具，也称"面具舞"或"格堵羌"。

根据藏学家旦增次仁的研究，羌姆最早源于西藏本教的巫术舞和图腾舞，在本教的发展和演变过程中，巫术舞和图腾舞占据重要位置，是巫通过舞蹈来沟通人神的重要方式。而多神崇拜的本教是藏族历史上最原始的宗教，崇拜一切自然，强调祭祀。后来，佛教从印度传入西藏，自然遭受本教的强烈抵制，但当权统治者赤松德赞决心引入佛教，便从印度迎请了莲花生大师。莲花生大师进藏后用类似本教巫术传教的手法，以迎合人们原有的认同心理，把本教的某些神祇吸收到佛教中作为护法神，并编创了镇魔酬神、驱鬼逐邪的金刚神舞在桑耶斯的开光仪式上表演。由此，羌姆舞蹈被作为宗教舞蹈延承下来，而后在五世达赖洛桑加措的有意推动下，羌姆在寺院中普及并影响着各地藏族聚居区民众。迪庆境内的两大主要佛教寺院——松赞林寺和东竹林寺，每年都会举行羌姆法舞表演，其中东竹林寺的羌姆法舞尤为出名。

▲ 东竹林寺羌姆舞

东竹林寺羌姆表演在每年藏历 8 月 27 日至 29 日的格冬节期间。格冬节是寺院新旧两届格贵（在寺院基层拥有较高地位的僧人）完成职务交接的日子，属寺院的重大节日活动。格冬节期间，羌姆舞的表演是东竹林寺一年一度最为盛大的僧俗同乐的节庆活动，带有一定的民俗性质。

羌姆是一种具有严格规制与仪式的宗教舞蹈，从不在民俗娱乐活动中使用。与藏族其他歌舞相较，羌姆是极为少见的仅使用乐器伴奏，而不歌唱的舞蹈类型。羌姆的乐器选用有着严格的要求，各地区、各教派藏传佛教寺院中羌姆的乐器编制方式都十分统一，乐器种类多样，包括唢呐、法号、法螺、鼗鼓、大鼓、大铙、大镲、法铃等。舞蹈时，庄重、肃穆，因受"金刚舞"影响，上肢动作繁杂多样，体现丰富深奥的宗教教义，下肢动作基本维持传统藏族歌舞的基本步态，讲究控制、稳定和弹跳的灵活，所有舞蹈动作都要与神祇和宗教内容保持一致。

每逢格冬节的羌姆表演时，迪庆藏族人无不争相前往观看，他们并不为娱人、娱己，而是借由羌姆祈求得到神祇的眷顾与庇佑，使得人生更有动力，生活更加安详幸福。

迪庆民间流传着一个故事，据说，公元 11 世纪末，热巴舞由一位名叫米拉日巴的藏传佛教高僧通过传教的方式创造而成。这种传教形式深受人们欢迎，在其得道后将热巴舞技传授给众弟子，遂由其弟子弘扬传教，传播到民间，又由民间的流浪艺人流布到各地。热巴原本的意思是"长发""黏着的发辫"，引申为用毛发辫结成风网穗服饰，即热巴艺人系在腰间的用黑白两色牦牛毛纺织成续路状的网穗服饰。在迪庆，热巴常被称为"热巴羌"，也称"铃鼓舞"或"跳骨头舞"。热巴舞是一种集弦子、铃鼓舞、刀棍舞、杂技、诙谐表演于一体的综合性艺术。热巴舞在民间的流传与发展与弦子舞十分相似。表演热巴舞的艺人们并非为了娱己，而是将其作为谋生的技能，因此，对于当时的表演者而言，热巴舞是贫穷、低等的代名词，他们的从艺史也是一篇血泪史。据现存的一些老人回忆，直到 20 世纪上半叶，热巴艺人还在流浪，他们甚至到缅甸、尼泊尔、印度等国家流浪，现在流传在迪庆境内的热巴基本都是由流浪艺人传授的，有的已经传承了六七代人。在当时，这些热巴艺人多被人称为"叫花子""要饭的"，每到一处遭受嘲笑已是小事，他们还要先给土司头人登门表演，老爷们稍有不如意之处就会放狗出来咬，或当舞者表演时突然扔出棍子或是石头将艺人绊倒，因此致残者不少，但无人问津。还有一些更为凄惨的，甚至饿死在行艺途中，或者冻死在雪山冰河之中。还有一种说法，热巴产生于西藏"后宏期"，受本教、佛教影响，在王宫和寺院中都会表演热巴，以达到诱惑和降伏妖魔的作用。这样一来，热巴就作为驱邪镇魔的舞蹈在佛教领域中传播开来，成为佛教宣扬佛法、做道场的舞蹈。

这两种说法，在迪庆香格里拉、德钦、维西不同地区的热巴舞蹈中都可寻其踪迹。

美美相形——异彩纷呈的民俗生活

德钦斯农热巴带有明显的娱乐色彩，形式简单，内容诙谐，以取悦观众获得利益为主。随着时代的发展，热巴的表演者开始组建专门的表演团队，配以乐器进行伴奏，同时增加技巧难度，形式更为丰富、多样，使其更具有可观性。现在的斯农热巴主要以广场表演形式呈现，人数众多，场面较大，男女共舞。流浪型热巴的舞蹈表演专业性更强，观赏性更强，并吸收了锅庄、弦子舞的内容与技巧，风格欢快、热情、豪放，男子多手持拨浪鼓、牦牛尾，不时地表演出高难度舞蹈动作；女子则持长柄手鼓，击鼓方式和舞步多变，深受观众喜欢。

维西塔城热巴属佛教僧侣传授的热巴保留了原始宗教舞蹈的表演形式和风格，偏庄重、肃穆、质朴，宗教色彩浓郁，仪式感强，内容多为表现宗教教义、神话传说、吉祥话语或生产

▲ 舞蹈准备　　　　　　　　　　　　▲ 塔城热巴舞

生活等，常冠以功能性，如平安祈福、驱邪镇魔等。同样作为宗教类舞蹈，与羌姆有相似之处但也有着明显差别，塔城热巴属于有伴奏类的综合性歌舞，除了击鼓、舞蹈，还有吟诵、歌唱等，对表演场地和表演人员没有严格要求，属于世俗宗教歌舞。塔城热巴主要以男子表演为主，高潮时会出现高空腾跃、单腿跨转、下蹲旋转等高难度、炫技型舞蹈动作；而女子多起烘托作用，动作幅度相对较小。塔城热巴鼓点丰富，脚随节奏小步移动，高潮时多出现急速旋转等技巧性动作。

都说傈僳族是一个能歌善舞的民族，此言不虚。无论是阔时节、春节、端午节、火把节，还是婚嫁喜事、新屋落成、贵客上门，他们都会相聚歌舞，跳起欢乐的瓦器器。瓦器器是傈僳语音译词，意为"踏脚起舞"或"跳脚"。瓦器器是迪庆境内金沙江边傈僳族所特有的一种有乐器伴奏的民间群体性歌舞。

关于瓦器器的起源，在傈僳族民间流传着这样一个传说。相传，古时天地间尚未有人类之时，有一只吉祥鸟飞到今维西境内生了三个蛋，鸟用尽一生在孵化，终于在三年三个月又三天后孵化出来两个小男孩和一个寡蛋。经过鸟儿的精心照料，两个小男孩茁壮成长。为了谋求生活，兄弟俩分开各自去寻找属于自己的生活。老大来到三江源头开荒种地，娶妻生子，儿女长大后各立门户，形成最早的鸟氏族村落。老二一路南行走到江尾，与鱼姑娘结为夫妻，繁衍后代，形成鱼氏族村落。两个氏族在漫长的历史长河中不断演变，最终形成现在的傈僳族。

美美相形——异彩纷呈的民俗生活　　　　　　　　　　　　　　433

▲ 傈僳族瓦器器

而瓦器器就是表现了这样一个充满浪漫主义色彩的神话传说，也被称为傈僳族的歌舞史诗。

　　傈僳族对歌舞的热爱是汇在血液里的，只要有人召集，男女老少都会跳起那欢乐的瓦器器。在笛子、四弦琵琶、二弦琴等乐器的伴奏下，一众傈僳族人踏着变换多样的节拍，在广场上热情舞蹈，人数不限、男女不限、场地不限、唱词不限，节奏明快，脚步动作主要以跺、踢、踏为主，由少增多、从简单到复杂；曲调热烈奔放，节奏鲜明强烈，舞步粗犷豪放。与藏族歌舞相比，傈僳族瓦器器以唱词为主，舞蹈时手挽手，以脚步动作变化为主，踏歌而舞，队伍形制较为单一，以圆圈或对排最为常见。在民间很多人将瓦器器称作"傈僳锅庄"，可见瓦器器在傈僳族人中的地位、影响力，以及傈僳族人对瓦器器的热爱程度。

▲ 傈僳族瓦器器舞

　　关于瓦器器的舞步和舞段，有"十二脚""二十四脚"之称，也可理解为"十二段"或"二十四段"。这十二段或二十四段，表现的就是传说中那只鸟与傈僳族形成的故事，每一段都有专有的名称与舞步。在实际表演中，因傈僳族不同地域或不同时期的舞步演变，目前表演的多为十二段、十八段，而二十四段基本濒临消亡。其中，二十段的瓦器器是最为完整的版本，不过随着老艺人的相继离世，已经没有人能够完整地演绎了。这种现状让我们觉得相当遗憾。一个民族的歌舞文化凝聚着这个民族的集体智慧，反映着这个民族最原始、最质朴的世界观，是人类至纯至净至美的情感外化，值得我们去发现、去关注、去欣赏、去保护、去传承。

在绚丽多彩的藏族歌舞中，除了古朴的锅庄、欢乐的弦子、神秘的羌姆、奔放的热巴之外，还有一种鲜为人熟悉的藏族传统民间歌舞——"降鲁昌"（藏语音译词），也被称为"卓昌"，汉译为"青年的歌舞"或"情舞"。因其主要流传于香格里拉市尼西乡一带，又被称"尼西情舞"。

关于尼西情舞的起源，有多种说法。据历史文献考证，尼西情舞是云南藏族的先民，也就是从甘肃、青海一带迁徙至金沙江中上游河谷地带的氐羌人遗留下来的歌舞。可以说，尼西情舞是原始氐羌部落最早对于婚恋观的折射与写照。在民间流传的还有另外一个故事。据说，很早以前，有一位名叫知格阿吾的年轻人，生性聪慧，身材姣好，身为王子却遭藏王抛弃，被赶出王宫。但他凭借自己的智慧与勤奋，很快习得一身本领，其中就包括模仿各种虫鸟的鸣叫和多种动物的舞蹈。有一天，知格阿吾路过尼西的一个村子，他看到有户人家在举行婚礼，但并没有歌声、舞蹈，只有嘈杂的喧闹声，甚是无趣。随后他就潜心创作，很快就创作出来了几套情歌和情舞，并命名为"龙巴降昌"（河谷情歌情舞），然后热心传授给大家，从此，这个村里一下子就热闹、欢腾了起来。而后一传十、十传百，龙巴降昌很快就传遍了整个尼西地区，并外传到了德钦奔子栏、四川得荣等地。

尼西情歌在不断传播的过程中，又融合了各地歌舞，如锅庄、弦子、山歌、情歌、婚俗歌、敬酒歌等歌舞风格，在不断借鉴、

▲ 尼西情舞

糕合的过程中，逐渐形成具有独特魅力的歌舞形式。不同于锅庄、弦子等歌舞，尼西情歌主要产生并流传于民间，与民众的生活息息相关，大多用于青年男女的爱情、婚姻仪式上，舞蹈动作较为欢快、奔放，多跳跃、踏跺、舞袖等动作。

  尼西情舞内容主要由三部分组成，分别是相会歌、赞颂歌和情歌。其中，情歌是最核心部分，唱跳时间不定，随参舞者的内心情感与情绪而定。一般是将内心真实的情感尽数表达，或唱思念，或唱爱慕，或唱愁苦，或唱不舍……直到月夜过半，再进入下一道程序，藏语"汝茸尼"，意为"在睡觉时谈恋爱"。不言自明，在尼西的传统婚恋习俗中，允许青年男女夜不归宿，在合适的年纪通过情舞这种形式来寻找心仪的对象，并相约一起到村里或村外的庄房或空房中一起过夜，不过也有一定的禁忌，即男女双方都须穿着裤子躺在一起，在低声吟唱中互诉衷肠，表达爱慕之情，直至凌晨起床分手。当然，如果有人在夜里行越轨之举，他将遭到大家的指责和辱骂，并被禁止再次进入庄房。

这与当地的习俗有关，在尼西一带，不管男女，到了十四岁时，家人都要为他们举行成人礼仪式。准备仪式时长辈们提前三天将孩子的新衣物挂在堂屋的中柱上，然后邀请游僧仓巴念经驱邪，并请来村中有名望的老人讲解成人道义、责任。到时再将儿女引领到中柱前顺时针环绕三圈，郑重地为他们穿上裤、裙，祝福他们从今已顺利地跨入成年的行列。之后除了应担负一定的家庭、社会义务外，还可参与青年人的社交活动，乃至到村外去与异性一起情唱歌、跳情舞。这就可以解释为什么在尼西情歌的"诉说吟唱"阶段，双方都必须穿着裤子，哪怕上身裸露也没关系。这或许就是尼西藏民朴素的一种性爱与情爱观念，不仅给予年轻男女追求自我选择的自由，还给予他们一定意义上的限制与教育。从这个层面来看，尼西情舞已突破一般歌舞所蕴含的艺术性价值，它更多地体现出一种民间世俗生活中的文化习俗、教育方式、情爱意识与禁忌，承载着人类进程中的核心文化价值与发展内涵。这就是尼西情舞之所以与众不同、独一无二的关键所在。

迪庆高原的舞蹈数不胜数，数量多得像金沙江的沙子一般，我们并不能一一穷尽介绍。在每一个节日的盛典，在每一个牧场、每一个村庄，只要有人的地方，人们就会随时跳起来、舞起来，在天地间自由奔放地舒展身体，畅快歌唱。无论是严谨的舞蹈套路，还是随意的抬脚起跳，都是人们在与天地对话，与自我和他人交流往来。

▲ 国家级非物质文化遗产保傈僳族舞蹈——阿尺木刮

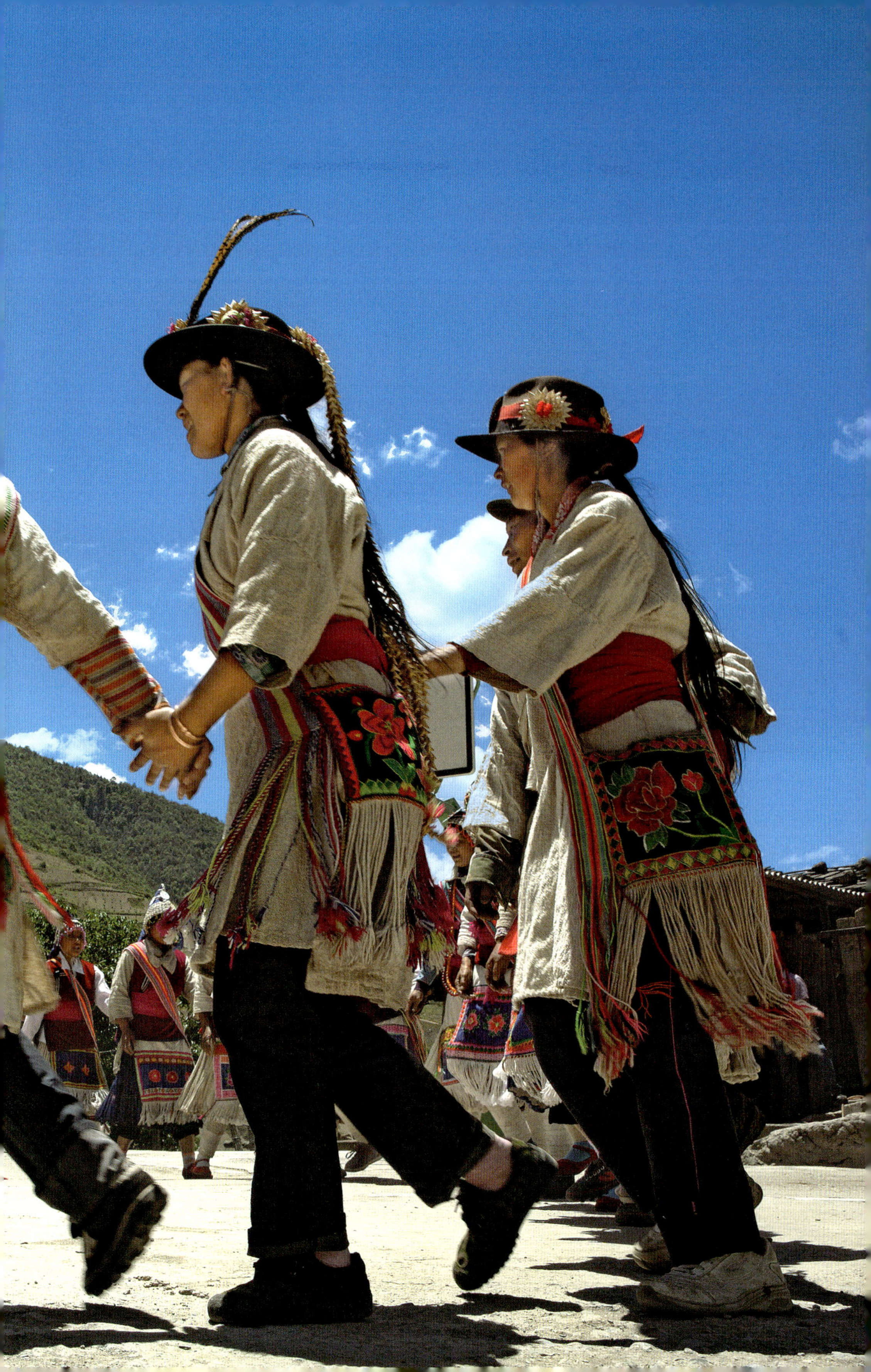

多姿多彩的服饰

只有亲自来到迪庆，才会惊叹于迪庆各民族的服饰种类、样式、品种、色彩、花样之多。而这些绚烂多姿、光彩夺目的背后，都潜藏着高超的纺织手工技艺。在迪庆，最具代表、最具特色的要数藏族纺织手工技艺和傈僳族、纳西族的纺麻手工技艺。

相对于西藏、青海等地的藏族，迪庆藏族因生活在海拔相对较低的河谷地区，气候相对温暖湿润，因此，迪庆藏族服饰与传统藏族服饰有一定的区别。不同于传统藏族服饰对强保暖性的追求，迪庆藏族服饰多要求轻盈薄软，在纺织用料上，加入了轻薄的丝绸，而少用厚重的毛织物。奔子栏、洛吉一带仍维持典型的传统藏族服饰风格，但不用毛皮在领子、大襟、袖口和底边做装饰。迪庆藏族视传统藏族服饰为民族象征和家庭贵重物品，基本每人都有一套或多套，尤其是即将出嫁的姑娘一定会为自己赶制一套新藏装。每逢重要节日或婚嫁喜日，都要身着藏族服装共赴盛会。

迪庆藏族服装多为氆氇纺织，主要包括藏袍、靴子、帽子、藏毯、藏包等。男子藏袍称为"错把"，女子藏服称为"百褶裙"，外加一件坎肩；每套有三件，每件一个颜色，主要是黑、白、赭三色。据了解，纯手工制作一件衣服，熟练工一天仅能织一米氆氇，要制作一件藏服大概需要一两个月，而要做完一套则需一年多的时间。

▲ 藏族老人

目前，迪庆藏族纺织技艺已被列入云南省非物质文化遗产名录，并评选出多位省级非遗传承人，并对传承人推行奖励机制，每年补贴8000元，要求其积极推广纺织技艺。政府已在多地开设民族文化传习馆，为传承人教授、传承纺织技艺提供便利。同时，尼汝等非遗村落中，还尝试推行了入户参观、制作体验等"非遗+旅游"模式，进一步推进迪庆藏族纺织技艺的传播与传承。

我国西南少数民族是极具创造力的民族。在世界纺织历史上，以纳西族、彝族、白族、傈僳族为代表的西南少数民族创造出了一种以野生植物的叶子作为原料纺织而成的特色布料——火草布，至今仍为世界罕见。火草，是西南地区箐沟和山坡上常见的一种一年生草本植物，因其叶片和根部长满黄白色细毛多作为引火的易燃物而得名。火草每株有5—10片叶子，为尖矛状，叶背为薄膜状的白色纤维，交织无序，可以撕下捻线，作为纺织的原料。纵观已有记载的世界织物标本，大多以植物茎皮纤维作为纺织原料，而几乎没有以植物叶子为纺织原料的，因此火草布的制作在世界历史上属于极为罕见，极具独特性和创造性。在迪庆，纳西族的纺麻手工技艺已存在500余年。它是在火草布纺织的基础上，混用麻秆茎皮纤维而创造出的一种混合纺麻技艺，具有双重的创新价值与独特技艺活力。

每年7—8月份的雨季，正是采摘火草叶的最佳时节，坡前沟边，随处可见野生的火草，要尽快采摘，否则秋冬来临，火草就会渐渐枯萎。每逢此时，纳西族妇女都会结伴大量采集野生火草叶子，如果村镇周边不够，还会到邻乡去采集。采集回来之后，将火草叶背到河沟或小溪边进行清理，筛选出叶背纤维完整且质量好的叶子。接着将清洗好的叶子背回家里，开始长期作战——抽纤维，仅撕下叶子背面的白色纤维，类似棉絮物，这一个过程急需耐心，慢条斯理。将撕下的纤维头尾捻在一起，搓成线，并将搓成的火草线进行晾晒。待火草线晒干水分之后，开始绕线，即用一根小棍状的绕线器，一手拿线一手拿棍，随着手上绕线，棍飞快地转动，火草线被绕成卷状。绕线需要大量的时间做重复性劳动，很多女性大多在闲暇或闲聊时进行。绕线工作全部完成后，开始织布。有两种织布配料选取方式，一种是经线和纬线全都使用火草线，这样织出来的布匹较为柔软，用作贴身被子等织品，但缺点是耐久性差，不经洗揉，因此这种纯火草线的织物较少；另一种就是经线使用麻线或棉线，纬线使用火草线的混纺织法，这样既能保持火草线的柔软舒适性，又增强了耐久性，经得住反复清洗，且可以越洗越白，如果制作服装，还可以

▲ 尼汝村传统藏族纺织技艺传承人

▲ 尼汝村捻线的老人

起到冬暖夏凉的功效。一般来说，精工出细活，一位成熟纺织者一天仅能织1—2米火草布。织好的布匹，会根据需要被裁剪、缝制成衣服、被子等，这种混合麻织衣物保暖、透气，柔软舒适、经久耐磨，颜色黄白，在阳光下有耀眼的光泽。纳西族还有这样一种习俗，姑娘们会为自己的意中人做火草衣，并将火草衣作为定情物赠送给对方，而小伙子们则以能穿得上火草衣而感到自豪和光荣。值得一提的是，除纳西族外，彝族民间一直都有火草崇拜，据说每年的朝山节，他们都会身穿火草衣上山朝拜，以示对祖先的感恩。而女性在婚配之前要自己做火草布，临出嫁时要为夫家的每一个人做一件火草衣。

这种以火草叶为纺织原料，混合麻、棉等原料的纺织技法，是中国西南民族地区的创新与发明，更是迪庆纳西族先人们集体智慧的结晶。然而，迪庆纳西族纺麻手工技艺，不仅仅是一种纺织技艺手法，它承载着纳西族集体的民族信仰、习俗、情感与记忆，它延续着纳西族集体的智慧与精神遗产，而在新的时代它将继续作为一种民族资源，为纳西族后人和大众提供一种保护、传承与创新应用的新思路，开创其新价值。

手工造纸活化石

东巴造纸工艺，被认为是世界上现存的最原始、最古老的手工造纸术，被称为"人类手工造纸活化石"。2006年列入第一批国家级非物质文化遗产代表性项目名录。

在对东巴造纸工艺进行探究之前，我们可以思考一个问题：为什么我们要抢救濒临消亡或即将退出历史舞台的非物质文化遗产？其意义与价值是什么？对于学界，这或许并不是一个难以回答的问题，但对于芸芸大众，这或许是一个值得思考的问题。以笔者拙见，就"濒临消亡"或"即将退出"这一限定词，我们再提一个问题：为何？2017年在湖南卫视播出的"非遗"纪录片《百心百匠》中，李亚鹏曾就这个问题提出过一个看法，他说："如果这个社会真的不需要它了，那就让它消失。"这类"随着历史发展车辙，该消失的就让它消失吧"声音，不在少数，当然，我们也能理解这种看法中一定的合理性。但我仍然要提出"为何？""为何它们不再被社会所需要？社会真的不再需要它了吗？"就非遗，尤其是入选国家级非遗代表性项目名录的非遗项目而言，如果依旧面临发展窘境，就一定要反问一句"为何？"当今的生活节奏如此之快，快到我们经常会忽略太多东西，甚至我们会在不经意间丢掉儿时的回忆和淡淡的乡愁，还有那些明明离我们并不太遥远的技艺与记忆。不可否认，在这个娱乐至死的时代，传播技术的更迭、媒介的快捷正前所未有地为非遗的传播与保护提供新思路、新路径，前有《舌尖上的中国》，后有《我在故宫修文物》，一次次证明，以非遗为主题的纪录片依然可以凭借高质量精心制作出现象级大热作品，成为大众心中熠熠生辉的非遗"活"技艺。从这一侧面，笔者认为，非遗的消亡与被退出，其实并不完全是一种自然选择，更多的是人类因无作无为而任其被遗忘、被淘汰……这其实是一种假性"不需要"，实质是人们长期忽视或片面理解非遗本身的历史、文化、艺术、科学等价值，而逐渐产生非遗群体与非遗项目二者的离散与认同，继而导致非遗的衰退甚至消亡。因此，非遗的延续，最核心在于非遗与群体身份认知的构建与稳定。比如，谈到火锅就想到重庆，谈到丝绸就想到杭州，谈到瓷器就想到景德镇……建立非遗与群体身份认知的稳定关系，是永葆非遗之树长青之秘术。正如今天的主角——东巴造纸工艺与纳西族。

东巴造纸技艺，是纳西族宝贵的民族遗产。迪庆州香格里拉市三坝乡白地村是纳西族的发源地，千百年来完好地保留了纳西族祖先创作并延承下来的灿烂的东巴文化。所谓"东巴"，指的是纳西族中山村和民间巫、医、艺、匠为一身的"智者"，是纳西族文化的创造者、传承者与倡导者。按照学识、能力和威望，被称为东巴、大东巴、东巴王。在东巴们的世代引领下，纳西族形成了独特的东巴文化，包括东巴教、东巴文字、东巴古籍、东巴造纸技艺以及东巴歌舞等。东巴教是纳西族的本教，属原始宗教，主要信奉大自然，相信万物有灵、灵魂不灭，对自然有着原始崇拜与多神崇拜。东巴教制定了一系列人与自然和谐相处的约定与准则，渗透于纳西族生活的方方面面。东巴文字是纳西文化的另一载体，由纳西族先民创制并沿用至今的一种用来记录纳西语言的文字符号，被称为世界唯一存活的象形文字，被誉为文字的"活化石"。东巴文字的纳西语为"思究鲁究"，其意为"木痕石迹"，"见木画木，见石画石"，即是在东巴造纸技艺被研发之前就已创制而成的一种纳西族特有的象形文字。据传，东巴造纸技艺起源是在唐朝时期，最晚也是在宋元时期，用来撰写东巴古籍或东巴经。至今保存的东巴象形文字写成的古籍有1500多种，计3万多册，涉及文字、语言、宗教、考古、人类、民族、民俗、社会、历史、伦理、哲学、法学、医学、历法、占卜、文学、绘画、舞蹈，以及天文地理、植物、动物和自然生态等社会科学现象，是极具纳西族历史文化科学价值的宝贵文化遗产。而东巴造纸技艺，作为纳西东巴古籍的物质载体，尤为功不可没。可以说，千年的纳西文化都附着在这一方方坚韧的东巴纸上。

东巴造纸技艺，至今仍承载着纳西文化的天然古法。很难想象，在工业化近乎发达的时代，仍有人坚持使用传承千年的原始方法，纯手工、纯天然地延续、保护与传承东巴造纸技艺。东巴造纸，千百年来一直是东巴教义、经文的专用纸张，在东巴仪式中也会被制作成各种人物形象、器物以及东巴法帽、法牌等，与东巴教、东巴文化唇齿相依。在东巴造纸技艺历代发展过程中，更多的是依靠纳西族的东巴们世代保护与传承，尤其是在历经 20 世纪 50—80 年代近乎毁灭性的打击之后，东巴造纸技艺几乎随着东巴教的消亡而销声匿迹。直到 20 世纪 80 年代初，在老东巴们的带领下，才开始恢复东巴造纸技艺。

以香格里拉三坝乡白地村的和志本老东巴为代表的东巴们率先在三坝乡文化站的支持下于白水台一带恢复了东巴造纸技艺，并逐渐打破了原来传男不传女、传子不传外的传承方式，将这项技艺传教给自己的孩子和其他纳西族青年。根据和志本老人的儿子和志红的采访介绍，东巴造纸术主要兼具浇纸法和抄纸法两大造纸方法，其最大的特点在于，东巴造纸使用的材料是当地纳西语叫"阿当达"的一种植物，学名为"莸花"，多生长在海拔 2800 米左右的金沙江河谷地带的山坡灌丛，属野生植物，有微毒，在制作东巴时，手艺人往往会皮肤溃烂、眼睛发炎，要定期服用中草药来祛毒、御毒。但也正是因此毒性才能让东巴纸防虫蛀，放置千年而不坏。东巴造纸，大致要进行采集原料、晒干、浸泡、蒸煮、洗涤、舂料、再舂料、浇纸、贴纸、晒纸等十几道工序。据介绍，造纸全程使用的都是纯天然的原料，中间不会掺杂任何污染物。首先，需要去附近的山坡上采集莸花灌木树枝，当地人称为"构树"（一种造纸的常用材料，这里系误叫），主要挑选那些粗壮、表皮细滑、旁枝较少的枝条，砍回趁鲜剥皮，将树皮的黑色外皮去掉，仅留取白色内皮自然晾干，并用水浸泡 3—5 天，在这道工序中，要将

▲ 国家级非遗项目纳西族造纸制作技艺

所有黑皮、杂皮全部剔除，直到树皮泡软，大小厚薄均匀。再将浸泡过的韧皮放在锅里蒸煮十几个小时，每到水沸腾时加入筛干净的灶灰，起到碱化作用，除去原料中的木质、色素等杂质，以保证纤维的纯度。当煮到皮料轻轻一拉即可扯断又带有些韧性时，捞起放在簸箕中滤水冷却，拿到河边漂洗，边洗边揉搓，将灶灰彻底清洗干净。接着是舂打,先用钝刀反复砍,之后倒入铁皮舂具中用木槌反复捶打,直到打成纤维状,入水完全可以散开为止。打浆要掌握好力度和时间,不能打得太细,太细的纸浆在捞纸时会从纸帘篾缝中漏掉,太粗的纸浆会影响纸张质量。打浆完成后,将放着纸帘的纸帘框放在盛水过半的木槽中,倒入适量纸浆,用手反复搅拌、轻拍,使纸浆纤维均匀分布在纸帘框中,随即捞出,经片刻滤水,将纸帘从纸帘框中取出,然后轻轻把湿纸翻扣在晒纸板上,小心取出纸帘,并将晒纸板拿到太阳下晾晒。待晒半干时,用压纸棒用力碾压,将纸面压得平整。晒干后,把纸轻轻揭下,一张东巴纸就制作完成了。

随着市场经济的渗透,恢复传承的东巴造纸技艺逐渐脱离原有的宗教与文化场域,而成为农耕与畜牧之外的另一种营生手段。但令人遗憾的是,目前囿于荛花等原料资源的匮乏,以及东巴纸张的使用途径较为局限,致使东巴纸的市场化程度并不高,订单少,能制作的数量也少。据介绍,20世纪80年代,曾有过大规模长时间的荛花原料交易活动,导致大量呈半乔木状的成年荛花被砍伐,最终造成荛花资源匮乏的现状。目前,在云南省传统知识和生物多样性保护研究会的帮助下已开展人工种植荛花的试验,并取得初步成效,但仍然不能解决资源匮乏问题。现有的以家庭为代表的传统东巴造纸成品主要销售给博物馆、游客等,订单量远远不足以支撑起东巴造纸技艺走市场化、产业化道路。但在丽江古城,营销、推广、传播东巴造纸技艺的几家现代化门店，通过门店展示生产过程、批量化加工、生产、创新、销售、推广等打造东巴造纸营销产业链，借助"文化+旅游"的发展模式，推出东巴纸书、东巴纸画、东巴纸雕、东巴纸工艺品等多种类型的创意纸品，同时改变原有的荛花原料，并在浸泡和蒸煮过程中应用了化学原料，如使用氢氧化钠水代替草木灰和石灰，减少了纸中的杂质，能使东巴纸应用于印刷，即以丢失传统东巴造纸技艺最天然、手工的核心属性换取东巴造纸技艺的市场化、公司化运作与大众化非遗普及。

对于东巴造纸技艺目前存在的这两种现状，我们内心总会泛起阵阵无力感，一方面来自坚持传统、纯天然、纯手工的高成本、低销量、低关注度，另一方面来自市场化、大众化背后的"伪"非遗、"伪"传统，我们究竟如何破解？东巴造纸技艺，承载着纳西族东巴文化的生命与历史，鲜活且厚重。如何将传统与现代融合？如何将非遗文化与市场糅合？如何构建纳西东巴文化与东巴造纸技艺的身份认知与非遗认同，将是下一步亟待着重思考并解决的问题。

放一帧唐卡在心间

唐卡，藏语音译，也称作"唐嘎""唐喀"，指用彩缎装裱后悬挂供奉的宗教卷轴画，是藏族文化中极具特色的宗教绘画艺术形式，因绘画题材涉及藏族的历史、政治、宗教、文化、社会、生活、科学等诸多领域，被誉为"藏文化百科全书"。

据《大昭寺志》记载：吐蕃赞普松赞干布在一次神示后，用自己的鼻血绘制了《白拉姆》像，由文成公主亲手装帧。这就是藏族的第一幅唐卡。最早的唐卡属神物，由僧人绘制并开光，主要用于宗教祭祀。从公元7世纪有文字记载以来，唐卡至今已流传有1400多年的历史，在跟随藏传佛教的传播、发展、传承的历史长河中，唐卡已不仅是宗教专属，更是藏文化中宝贵的文化遗产。关于唐卡在民间的起源与盛行，民间有一说法是，寺院中以佛为首的菩萨、罗汉、金刚、护法等神像，都是藏族人宗教生活中必须要膜拜的神，为应宗教教义传播与信徒们宗教生活的需要，催生出了雕刻艺术、壁画艺术等。然而在藏文化地区，他们的生产生活方式多是逐水草而迁的游牧生活，为便于日常所需的宗教生活，便催生出了一种将神灵形象绘画于牛羊皮上便于携带的卷轴画形式，即唐卡，他们将其称为"流动的庙宇"或"流动的壁画"。因此，从起源上看，唐卡并非一般的绘画艺术形式，而是根植于宗教供藏传佛教信徒膜拜，绘画题材主要是佛教神灵以及达赖、班禅活佛和历代高僧祖师

▲ 唐卡绘画

美美相形——异彩纷呈的民俗生活

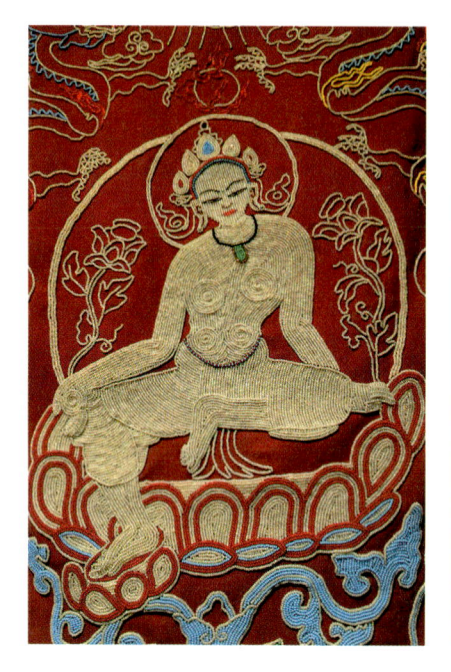

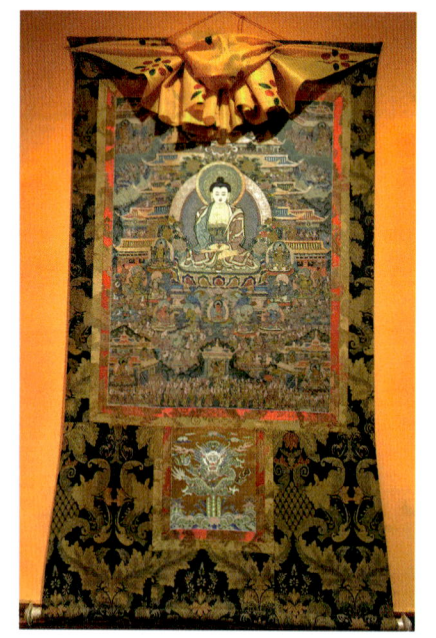

▲ 唐卡

等，具有藏传佛教中的观想价值、宣传价值、教化价值，凝聚价值。但在丰富多元的藏族文化生活中，唐卡逐渐脱离宗教本体生发出另一种次宗教形式，内容涉及除宗教之外的历史、政治、医学、天文、风俗等，绘画题材更为丰富与多元，如坛城图、香巴拉图、吉祥八宝图、神经脉络生理病理树图，以及根据藏医药经典《四部医典》绘制而成的胎儿阶段性发育过程的彩色挂图等，体现出更为丰富的历史价值、文化价值、社会价值以及科学价值。从受众群体上看，唐卡也绝非一般供大众欣赏的绘画艺术形式，而更多的是一种信仰力量的感召与回应。没有信仰，读不出唐卡的艺术性与精神性，感受不到唐卡蕴藏的巨大能量；同样，没有信仰，画不了唐卡，没有对信仰的虔诚与对艺术的忠诚，画不好唐卡，也注射不了唐卡的灵魂。因此，不管是欣赏唐卡、膜拜唐卡，还是绘制唐卡，绝非只是一次艺术与专业的较量，更多的是一次次精神的朝拜与灵魂的旅行。

　　唐卡绘制手法相当复杂，笔法、规矩甚多，需要日日研习10余年以后才能出师，这对于绘制者本身就是极大的历练与修行。唐卡的绘制，需要佛缘。因为绘制唐卡好似打坐，一般在早上晨洗用餐之后，便择一安静环境，盘腿席地而坐，一边默念经文，一边作画。他们聚精会神、全神贯注、凝神屏气，具有极度的耐心、坚定的意志力。唐卡的绘制是一个漫长的过程，一幅小型唐卡就需要两三个月的时间，而格桑艺术村里的那幅大型唐卡，是由三位画师共同绘制三年才完成的佳作。唐卡的绘制工艺相当细致、烦琐，迪庆唐卡的绘制自有一套完善系统的工艺流程，从画布的制作、起稿、勾勒、颜料的制作、上色、装裱，每一步都需要画者一丝不苟，细细打磨。如果没有佛缘，那注定是一场枯燥而烦闷的劳作；而真正的画者，则是在享受一场修行与洗礼。

据著名唐卡艺术家鲁茸吉称所说："我们家六代都是画唐卡的，从唐卡的绘画工艺和用料都与西藏、青海，乃至四川等涉藏地区有鲜明的不同，有些颜料也只有我们掌握。比如我家祖传的唐卡绘制中用到的一种颜料，只有4000米多以上高海拔地区才有，在我们老家只有几株，生长极为缓慢，颜料用的是它的块茎，每次去我都只挖一个块茎，第二年它又会长。"他们自己纯手工制作颜料，这是一位好的画者必须掌握的最基本也是最核心的专业技能。虽然手工制作出来的颜料色淡且不易调和，加工过程复杂且耗时较长，但经提纯的颜料纯度高、质量稳定、覆盖力强，尽管在高原地区依旧能经数百年而不变色、不脱色。

唐卡作为迪庆藏族重要的文化遗产，具有神圣的宗教色彩与历史文化价值，值得我们关注与研究。尤其是近些年来，随着文化市场的扩大，唐卡作为艺术品的经济价值逐渐被挖掘，唐卡的市场化、产业化现象与发展趋势日渐明显。市场化对于唐卡是一把双刃剑，一方面起到了对唐卡的推广、普及、收藏与保护；另一方面导致了唐卡市场的混乱，出现大量机器加工的批量化生产的无灵魂的"唐卡",以及商家恶性竞争等乱象,经济利益侵占社会利益与教化功能,功利心不断挑战神圣力量。神圣与市场的较量,注定是我们不得不面对、调和的一场硬仗。

在迪庆,遇见精美的唐卡是幸运的事情,我们细细欣赏,被雅致的线条感动,被饱满的色彩感动,被丰富的内容感动。我们来过、见过,就放了一帧唐卡在心间,无时不忘。

洛桑家族的传统

"大锤如岩雕攫食俯冲，中锤疾飞如流星，小锤似跳蚤跳跃，大钳如虎跳，中钳如蛇窜，小钳如鱼矫健游动，烧红的金属如闪电耀眼，风箱宛如野牛吼叫，锤声如雷轰鸣，打造声嘀嘀嗒嗒，雕刻声叮叮咚咚"，这是迪庆藏族自治州工艺世家家庭传统手工业的真实写照，也正是在这光电与叮咚之间，把迪庆藏族传统金属铸造工艺推向了世界舞台。

提到迪庆藏族传统金属铸造工艺，德钦县羊拉乡羊拉村的金属工艺世家是绕不开的重要家族。2021年4月11日，在当地文化馆馆长的介绍下，我们采风组一行人来到位于羊拉村的云南省首批省级非物质文化遗产传承人、省级工艺美术大师——洛桑扎西的展示厅、工作室。据洛桑扎西大师的介绍，洛桑家族十四代的工艺传承史基本就是迪庆藏族传统金属铸造工艺的半部发展史。据说，洛桑扎西家族第一代手艺人洛桑仁青，来自工艺之乡尼泊尔加德满都的一户工艺之家，他从尼泊尔到拉萨做工艺生意，并辗转到康巴地区卖艺求生，后来机缘巧合来到羊拉乡与当地一女子成婚，从此落户于此，并将金属铸造手工技艺代代相传，名扬藏族聚居区。由于特殊年代的原因，洛桑扎西家族从第七代洛桑当归开始有着明确的文献资料记载，包括洛桑格能、洛桑阿格、洛桑仁巴、洛桑次称、洛桑永顶、洛桑西劳以及洛桑扎西，尤其是洛桑扎西及其父亲洛桑西劳的金属铸造技艺娴熟、创造力强，并得到党和政府的重视与支持，他们制作的银碗、银刀壳、银腰带等手工艺品在整个康巴地区广为流传，并被人们称为"羊拉刀子""羊拉银碗""羊拉腰带"，建构起金属铸造工艺的身份认知与认同。

洛桑扎西，作为工艺世家的第十四代传人，从出生起就肩负着藏族手工艺文化的传承使命和责任。年幼时期的洛桑扎西就是在父亲的匠铺中成长起来的，在耳濡目染的熏陶下，洛桑扎西对金属铸造工艺有着非凡的领悟与浓厚的兴趣。他从小就被当作第十四代传人来培养，进行藏汉双语学习，初中毕业后开始跟随父亲走南闯北，并被父亲送往西藏拉萨、尼泊尔加德满都等地深造。在父亲临终前，仅有14岁的洛桑扎西被父亲反

▲ 藏族传统金属工艺大师洛桑扎西

▲ 洛桑扎西大师作品

▲ 洛桑扎西大师作品

复叮嘱:"以后即使离开家乡,也不能忘记自己的母语和手艺,要时刻记住,自己是一个有着藏汉文化的人,不能忘记身上所肩负的发扬藏族手工艺文化的使命和责任。"父亲的离世让年少的洛桑扎西一夜之间更加清晰且坚定他未来要走的路。二十岁时,他怀揣着发扬藏族手工艺的梦想,徒步六天走到县城,从摆摊加工银碗、藏刀、首饰开始,因技艺精湛被德钦县手工业管理局聘请为师傅,负责工艺品的制造,后被请去德钦县民族银制品厂任师傅和技术总监。为了进一步深化自己的手工技艺,他凭借自己精通藏汉文的优势,自费到昆明、上海、拉萨,以及印度、尼泊尔学习深造传统工艺和先进技术,并在继承家族优秀的铸造技艺的基础上，潜心研究 2 年多，终于研制出仿银变色药水，解决了在海拔 3300 米以上地区长期存在的镀银和纯银在使用和储存期间的氧化变色问题。在铸造佛像中，他将传统古老的砂型铸造改为特殊工艺精密制造，在印度、尼泊尔传统汞金镀和氰化镀金工艺上创新设计了亚硫酸盐电镀镀金和金箔工艺，清除了氰化钾和汞的剧毒成分。

洛桑扎西金属铸造工艺独特且造型多样、精美，在业内普遍得到认可。据洛桑扎西介绍，藏族佛像铸造、雕刻造型等金属铸造工艺在借鉴吸收汉族绘画、雕塑和建筑艺术的同时，也受印度犍陀罗艺术的影响，以印度佛教故事为题材，以希腊艺术为形式，发展成一门独特的佛像造型艺术。关于造型设计，藏族传统金属铸造工艺的造像处理，基本上与《造像量度经》《佛像三百幅》等佛像造型相符，删除不必要的细节以强调整体效果，充分发挥线条的节奏感和运动感。佛像的人体比例一般以造型中人的手指为其基本度量单位：十二指为一个面部宽，三个面部宽为一个身宽；坐佛的身高为五个面部宽，立佛的身高为九个面部宽。根据这个比例，就可以按佛画的内容先画尺寸草图，然后定好画中的视点，在不同大小的草图内造型出人物的各个部位。藏族传统金属铸造及雕刻佛像布局尤其别具一格，一般为组佛造型和众佛造型，如佛祖常说的有佛本生记的故事等，其画面多用浮云、流水、树丛、山石等切开，每个佛像为一个故事或几个佛像为一个故事。

其铸造工艺流程主要包括设计羊油松香蜂蜡模型造型、涂耐火泥和青稞麦皮制壳、金属冶炼和脱蜡油、浇铸和脱壳、清理打磨压缩锤击、拼接、焊接对接、镂花、模具打造金属片沟槽花纹、拉丝、切磨贯珠状造件、铰合银丝、制作金属珠、焊粘瓦楞形造件、金属恢复新色、火垢、改色、鎏金、涂防锈锡等数十道工序,其中金属冶炼、浇铸和模具制作等方面最具独特性。首先是模型的设计与制作,使用原料有羊油、松香和蜂蜡,且对原料有着较高的要求,羊油要精炼,松香要用上等松香炼制而成,蜂蜡以喜马拉雅峰蜡为最好。备料完成,使用木拍、木刀、压锤、刻纹刀、雕刻刀、蘑菇状模、直条形蜡垫、压平锥状铁棍等13件制作工具制模,待模成形后,以耐火泥木炭和青稞壳工艺制作外壳再入炉浇铸。这一道工序较为繁杂,先以高岑土或长石土制成白泥、紫泥、红泥、黄泥、磁泥等耐火泥,再制作泥型面料和泥型背料,并在泥土中掺入砂(石英砂、江砂、河砂、旧砂)、废泥型碎屑,再以木炭末、麦草屑、麦糠、若芥壳增加强度和透气性,用石英粉、青稞秆灰、杂草灰、炭灰、烟灰加水调成涂料。用手工做好泥料后装入湿牛皮袋放置1—2天待渗透均匀后制型,成型后进行烘干处理。用文火烘干后再阴干1—2天,以保证泥型寿命。泥型烘干发白后,进行修补,敷以涂料后再烘干,冷却至400—500℃即可浇铸。据洛桑扎西介绍,羊油松香蜂蜡模具造型及涂耐火泥和青稞壳制壳技艺为藏族聚居区独门绝活。接下来,进行脱壳、打磨、拼接、焊接、镂花等传统金属加工工艺流程，其中"火炭汞剂炼金法"是又一个藏族聚居区独有的鎏金工艺绝活。以洛桑扎西为代表的迪庆藏族传统金属铸造工艺，尽量保留与延续了传统铸造方式，除了古老而原始的工具外，在铸造方面至今还保留着用泥型浇铸，羊油、松油、蜂蜡制作工艺品模型，工艺品造型制造后，用松香蜂蜡雕刻方式制作的传统工艺。

如今，在洛桑扎西对迪庆藏族传统金属铸造工艺的保护、传承与推广下，金银制品及民族用品种类已超过 2000 多种，宗教佛像品种多样，共计绘画装饰图案等 800 多个，并开发有香格里拉旅游产品系列、朝拜卡瓦格博神山（梅里雪山）的旅游产品系列、藏族文化旅游产品系列等，创办德钦县民族用品开发有限责任公司，积极将藏族传统金属工艺品推向市场，走规模化、市场化道路，产品于国外销往印度、日本、美国、尼泊尔、泰国等国家；于国内销往西藏、云南、甘肃、四川、青海等地的 10 个涉藏地区和中国台湾、香港、澳门地区。既较好地满足涉藏地区群众传统生活用品和藏传佛教寺院法器所需，又为当地政府提供一定的税收收入，同时也为进一步保护、传承、发扬藏族传统金属铸造工艺提供了物质保障与市场空间。

日常礼仪里的精神

迪庆藏族对万物有灵的信仰、对万物平等的和谐观念、对万物共生的善念，都体现在他们的民族精神、民族性格、民族文化、民族风俗习惯之中。在藏族的日常世界中，他们认为万物有灵、世道轮回，崇拜自然神灵，如神山、圣湖、神树、神鸟等，以平等之心视万物，敬畏且崇拜，虔诚且神圣。

在迪庆，山神是最受崇拜的保护神，人们把山神分为总山神与分山神，在每个自然村还有各自的分管山神，且赋予这些山神各自的属性。德钦县境内的卡瓦格博是八大神山之首，属羊，是藏族人心中的"大山神"，每逢农历初一、十五，附近的藏族人都要赶早去祭祀，每年也会有从西藏、青海、四川等地的藏族人前来转山，尤其是到藏历羊年，前来转山的藏传佛教教徒更是不远千里来转山、祭拜神山。除此之外，每个区域也都会有一个总山神，藏族人除了日常祭祀外，每逢重要节日，男女老少都会盛装出席，参与对山神的隆重祭祀活动。介于对山神的崇拜，世代藏族人守护着神山上的一草一木，这是一份至上的使命和责任，并对砍伐、打猎等行为有着非常严苛的规定。他们禁止在神山上砍伐树木，禁止在神山上打猎，禁止在神山上采集挖掘，禁止将神山上的任何物种带回家，不管是自然死去的野生动物还是枯树残枝。而对于日常上山砍柴、采集菌子、虫草等，都要进行祭祀。

杀生在佛教中是非常严重的罪行，戒杀生也是佛教根本戒律之一，包括对人、动物、植物等。但在日常生活中，砍伐、杀生是避免不了，尤其在牧区藏族人的食物短缺，只能以牛、羊肉作为食物，因此对于杀生为恶深化于心的藏族人来说，他们要祭祀、转山、转经以忏悔自己对神灵的不敬和罪过，并在自己死后让肉体重新回归自然，这是藏族信仰中的轮回观念。除了基本的生活饮食需求，藏族人是禁止捕杀野生禽类的，不仅如此，还有放生习俗，在农耕和牧区，耕牛和奶牛是主要的劳动力，它们从小生活在主人家里，勤勤恳恳十几年，为主人家奉献一生，待到暮年，它们不会被随意杀死或丢弃，而是得到关爱，可自由生活。如果因病或年迈去世，主人会将其好好埋葬，并取其头骨刻上六字箴言挂在家中，以示感恩与纪念。也有部分藏族家庭为祈求平安，会将家里某一指定的牛或羊选出，在其耳朵上穿上孔，系上不同颜色的布条，做好标记将其放生，这表示它们是自由自在的放生牛或羊，不属于任何主人。在藏族聚居区放生最多的、最常见的是公鸡，尤其是当家里有人生病，就会放生一只或几只公鸡，或送至寺庙或放归神山之中，任其自由自在，即使它们自行返回家中，也不会遭到杀害或出售。另外，藏族人还有一大禁忌——捕鱼，大多数坐落在水边的藏族人家，从不打鱼，不吃鱼肉，甚至有些上了年纪的老人家经常守在河边劝说外来的渔民不要打鱼，更有甚者还会将其打捞的鱼花钱买来进行放生。戒杀生的观念，早已深入藏族人的骨髓。

他们世代守护神山神水中的万万千千的生灵，守护着自然与人心中的那片净土。

迪庆高垒的玛尼堆、飘扬的风马旗、煨桑的芳香一定让你印象深刻。玛尼堆，源于古时的灵石崇拜，是由一块块大小不一的石头垒起来的塔形石堆。人们将石头视为有灵性的生命体，而这些垒起来的石头被称为"玛尼石"，它是由专门的艺人将佛尊、保护神、六字箴言等刻于玛尼石，堆叠在高山之巅、神山圣湖、江河沿岸、村寨寺庙、田园道边等地方，每逢吉日或重要节日，人们一边煨桑，一边神圣地用额头碰玛尼石，口中默诵祈祷词，然后丢向玛尼堆。天长地久，一座座玛尼堆拔地而起，一层层玛尼石堆叠出了千年岁月的沉淀和藏族人永生的信仰。在玛尼堆旁边，总是能看到随风飘扬的风马旗，如同飘逸成诗句的萨格尔英雄传奇飘展在天上，沟通着天地与苍穹，与玛尼堆一起守卫着每一寸土地。

风马旗也是迪庆一道独特的风景线，一片片以经咒图像木版印于布、麻纱、丝绸和土纸上的五色风幡（颜色依次是蓝色、白色、红色、绿色和黄色）结为一组，数组相连结成一挂。据说风马旗结得越长、挂得越高，就可能更近地与神灵沟通，所以在高山之巅、垭口之处，有些风马旗可长达数百米，在垭口迎风呼啸飘荡，呼啦啦的经幡声像是为神灵送去人间的诵经与祈福。另外，还有一种纸印风马片，将经咒图案印在蓝、白、红、绿、黄五色纸片上，或结为一挂作为供奉于神灵排位前，或直接张

▲ 风马旗

贴于室内，而在佛教祭祀仪式中，一边煨桑，一边将风马片作为祈祷语洒向空中。风马片随着阵阵烟雾，伴着祭祀祷词扶摇而上，只听道："今日风马升起来，袅袅升向空中。没有升起的风马，请连连升起。满是吉祥，风马呦，愿你都升入高空……"

煨桑是迪庆常见的一种祭祀习俗，在日常生活中也占据着重要地位。人们通过烟雾来通达神灵，消除邪气、秽气，以求平安幸福。煨桑的材料都以植物为主，不能混入血肉或动物皮毛等。提到煨桑，我们仿佛又能闻到空气中弥漫的那种松柏的芳香气味。实际上，煨桑材料除了松柏之外，还有十几种或几十种的配料混合，大致分类主要是精料、净水和粗料，精料有炒青稞面、"三白"（牛奶、奶渣、酥油）、"三甜"（红糖、白糖、蜂蜜）、"五谷"（大麦、玉米、青稞、藏红花或土红花、小麦）、清茶水、青稞酒（亦可用红葡萄酒或啤酒代之）、芝麻（少数家庭用）、多种花的干制花枝叶的混合物、杧果、苹果等；净水多使用的是水、奶或青稞酒，或者是几种混合而成的液体；而粗料就是我们首先闻到的松柏枝叶，其中侧柏是煨桑粗料的首选，一是味道清香，二是叶形类似佛手合十，具有佛缘。藏族人家庭每日早晚都要在煨桑炉中煨桑一次；每月农历初一、十五的早上都要到神山祭祀，9点之前完成煨桑仪式；每逢佛事典礼或重要节日，全村社的民众都要参与举行重大特殊的煨桑仪式。一般在煨桑前先净手，然后将精料装在一个特制的布袋中，与装净水的瓶子系在一起，挂在高处，先引火，将干净粗料放在煨桑炉中点燃，燃烧过程中洒入精料，然后在炉内或炉口洒些净水，一是可以压火生烟；二是通过净水来保持煨桑材料和烟的圣洁，以示对神灵的敬重与内心的虔诚。

结婚是人生礼仪中隆重的部分之一。藏族人对婚礼极为重视，婚礼通常都是由村寨长老亲自主持，几乎每一场婚礼都必须举行哭嫁仪式。婚礼过程一般为三天，分为提亲、定亲、送亲、迎亲和回门五个环节。提亲环节，是在男女双方经过歌会结好之后开始自由恋爱，待一段时间以后由男方向女方提亲，一般会请家族中德高望重、能说会唱的老人前去，带上一对枣红色

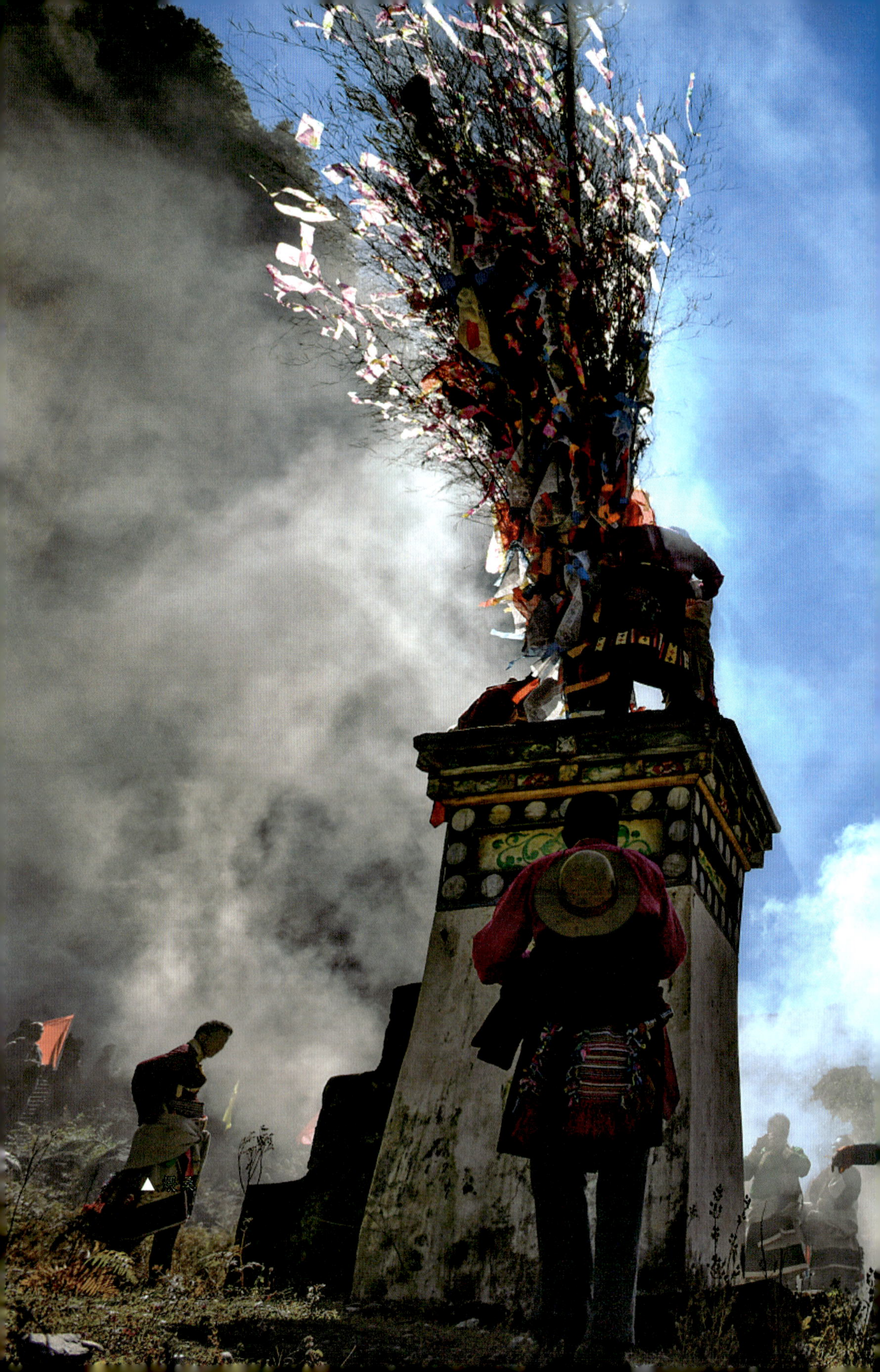

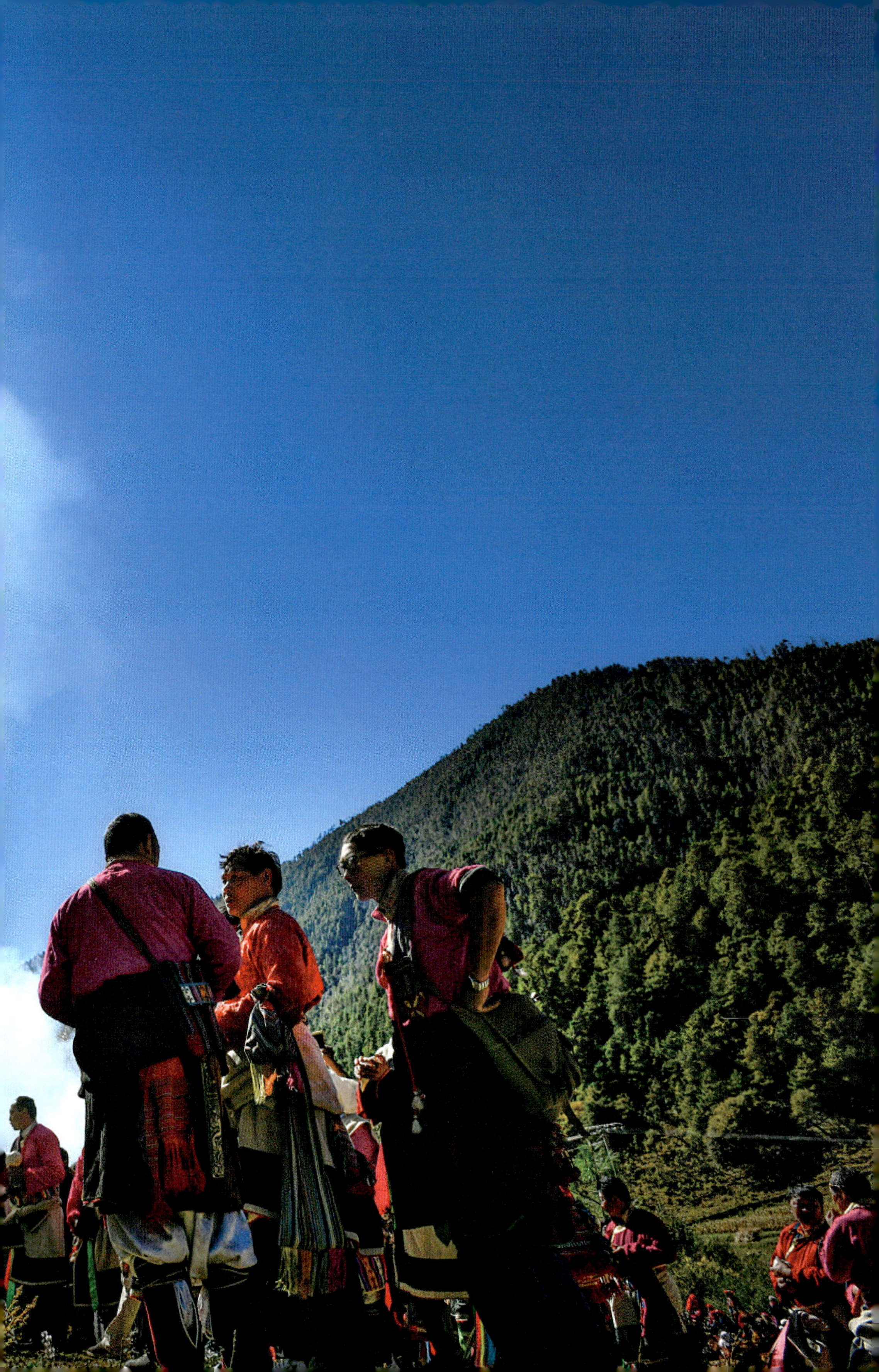

的红糖、一对漆黑的茶砖、一对洁白的哈达，寓意甜蜜、纯洁的感情。传统定亲环节中，双方家族亲属要见面，一般是由男方携礼前往女方家中，主要协商婚礼仪式及相关事宜。一般是双方商定好送亲和迎亲队伍人数，安排好各环节和仪式的负责人，而婚礼重要的负责人一般是挑选熟悉婚礼仪式流程、能说会唱、能随机应变的能手。

送亲环节的"哭嫁"是最具特色与意义的仪式。哭嫁仪式分为两场，第一场是在新娘家中，主要由新娘父母、兄弟和村寨长老对两个新人以后要相互敬爱、同甘共苦展开教导，主要是告诫新娘、新郎要互敬互爱、尊重双方长辈、勤劳治家，并由村中长老捧出哈达分别放在新郎、新娘的肩头，新娘与送亲亲友在家中吃最后一餐饭后，由"拔奔"手捧哈达带领新娘与送亲队伍绕中柱三圈，并感谢父母的养育之恩，最后把哈达献于中柱上的箭旗上，然后离开新娘的家里前往村口准备送别。第二场是在新娘家的村口，亲朋好友前来参加，并献上哈达表示祝福，新郎、新娘哭诉表示对父母养育之恩的感谢、对亲人

▲ 藏族婚俗

朋友的不舍、对青涩懵懂的青春告别。而大家在一曲曲的歌唱声中不断告诫新娘为人处世、孝敬公婆、相夫教子、邻里和睦之理。哭嫁仪式结束后，在送亲队伍的颂赞歌中护送新郎、新娘前往新娘家中，一路走一路唱，如"启程歌""过桥歌""进门歌"等，根据不同的新人、不同的天气与环境即兴演唱，喜送新人。与迎亲队伍接洽时，要唱起锅庄对歌，一问一答，煞是欢乐，直到新郎家门前。这时，新郎家长辈要在楼梯口用柏枝给新人和送亲队伍洒水祛除污秽，还要准备一个盛满清水的铜盆，送亲喜官要把金银碎块放进去铜盘，让新郎回答完一系列的问题，迎亲喜官才拿一把钢刀在铜盆上擦几下，并一脚把铜盆踢翻，才把送亲队伍迎进新房。晚宴时迎亲和送亲的队伍唱着歌再次围绕一对新人跳舞唱歌，全村人一起唱跳锅庄，饮酒狂欢。迪庆藏族婚俗随着社会发展已然发生极大的变化，很多传统环节都被简化或废弃，但其传统婚俗仪式中所包含的一系列优秀习俗与观念不应被新的时代所抛弃，如长辈对新人的婚前教育、众亲朋对新人的祝福以及全村全族人的团结统一，都是我们所不能丢弃的东西。

在迪庆，人们日常面对苍茫的大山大河，自然的雄壮滋养了人们开阔的胸襟，感受到生命渺小却又强大的情感体验，因而有了诸多超越世俗的精神力量。这力量融入生活，人们就能在日常世俗的世界里，安放另一个完美的精神家园。

在节日里狂欢

位于青藏高原东南缘的迪庆，处在藏地与汉地以及少数民族地区的交汇处。春节与藏历新年都是迪庆较为重要的节日，迪庆藏族人大多数过农历春节，把农历春节看作隆重的节日，节期为每年农历正月初一至十五日。藏历新年也在此期间过，藏历新年与春节的时间相差不大，一般而言多则相差一个月，少则相差几天，有时藏历新年与春节甚至是同一天。节日期间，活动丰富多彩，喜庆气氛极浓。香格里拉各地藏族同胞都会身着节日盛装，参与丰富的文体娱乐活动之中，载歌载舞共同庆祝这一盛大节日。

过年前，人们纷纷上街置办年货，藏族同胞们都会提前开始准备糕点，最常见的有果子、树皮、鸡蛋糕、饵丝糖、白饼、

▲ 制作糕点

大饼等，大多都用精面、酥油、糖等原料揉成吉祥结状加工制作而成，香脆可口、酥而不腻，是待客和节日庆典的最佳美食。除了要准备味美色香的各类传统美食之外，量身定制的精美藏族传统服饰也必不可少。年夜饭必备的藏式火锅要有香肠、琵琶肉、豆腐、野菜。

除夕夜，各家各户在信仰的神或名人像的下面供放各种油炸果、涂有各种颜色的绵羊头或面捏羊头、糖果、酥油茶、青稞酒。大年初一是春节中最神圣吉祥的日子，鸡叫头遍，家庭主妇要到水井或泉边撒五谷，背回第一桶"头轮水"。早晨，家中年长的老人先起床梳洗后，口念六字真言，烧天香祈祷新的一年全家发达兴旺，老幼平安。佛龛前供上青苗，摆设一个画有彩图的"切玛盒"（五谷斗），在"切玛盒"内装满酥油拌成的糌粑、炒麦粒、人参果等，并插上彩色的干青稞穗、鸡冠花和用酥油做的彩花板，还要准备一个彩色酥油塑的羊头。等全家起床洗漱穿上新衣、老小依序坐定后，开始向长辈们恭贺新年。煨桑祈福、挂经幡是迪庆藏族春节与藏历新年的习俗。新年的第一、二天一般不串门，第三天开始探亲访友，相互拜年，这已成为一种习惯，一般延续一个星期。过年期间一般要举行赛马、赛牦牛、跳锅庄、对山歌、看藏戏等娱乐活动。

奔子栏一带的藏族村寨，初一清晨男子无论长幼齐出动上神山烧香，妇女们一路歌舞送其出村口。待男人们归来，妇女又齐聚村口迎接，此时红男绿女各式各色华丽鲜艳的服饰，竞相炫耀，光彩夺目。隆重热烈的欢迎仪式，充分显示家庭邻里的和睦相亲，整个春节期间到处一片欢腾，各村寨之间还进行歌舞、骑射比赛，人们按年龄辈分相约，或郊游或转经或做客，直至农历正月十五后，才开始劳动。

春节之后，每年的6月中旬是香格里拉草原最漂亮的时候，漫山遍野盛开的格桑花，草原上静静吃草的牦牛，构成一幅美丽的人间天堂之画。节日期间，农牧民身着艳丽的节日盛装，带上青稞酒、酸奶子等食品，带上各类图案美丽的帐篷、卡垫，骑着马，从四面八方涌向草场。来到草绿山青的五凤山下，在山脚坝边搭起帐篷，宁静的草原上人山人海，热闹非凡。人们欢聚在一起喝酒聊天，唱歌跳舞。最隆重的赛马节到了。香格里拉传统赛马节是云南省非物质文化遗产，是迪庆高原一年一

▲ 牦牛

度的古老的传统节日，也是香格里拉的法定节假日。

　　藏族人民对马的感情，是浓烈的、醇酽的，马是藏族人民日常生活中最亲密的伙伴，爱马是藏族人民的天性，马是牧人心中的生命。赛马是藏族民众十分喜爱的一项活动，不仅是农牧民闲暇之余的集会、交流农牧业生产经验的场所，也是藏族人精神的展示、人民娱乐生活的主要内容，有着悠久的历史。所有民间传承的藏族节日中，几乎都少不了赛马活动，四季之中的很多节日都由赛马活动唱主角或配角，为节日增色不少。

　　赛马会开始时，人们齐聚在宽敞的草坪上，观看来自各村寨骑手们的精彩骑赛。参加比赛的骑手们，飒爽英姿，骏马昂头挺立。发令声一响，赛马开始，骑手们扬鞭抽马，疾驰狂奔，一匹匹骏马四蹄腾空，骑手们骑在马上，好像闪电一样从人们面前一掠而过冲向终点。赛马会上，有比速度、比步法、比马上枪旗、跑马拾物等传统的马术比赛，英姿飒爽的藏族男儿与盛装打扮的马儿一道飞驰出场，或站立，或翻腾，或叠罗汉，马与人配合得天衣无缝，瞬间尽显的力量之美令人叹为观止。还有牦牛赛跑、牛拉杠等民间传统体育比赛和民间马具展评等多种活动，还有文艺会演、民歌大赛、民族服饰展演等。赛马会就是一个民族的盛会。

　　香格里拉赛马节是传承弘扬香格里拉民族传统文化和康巴文化，展示香格里拉形象，提升香格里拉品牌的重要桥梁，同时促进周边区域经济文化交流。近年来，香格里拉赛马节已成为迪庆州开展精神文明活动和物资交流的盛会。赛马节期间除传统的开幕式、马术表演和文艺演出外，还有特色商品展销会、特色小吃评选、书法艺术展、文化遗产宣展等丰富多彩的活动。

冬长夏短的高原，漫长的冬天过后，短暂的夏天来临，阳光明媚，风和日暖，对生活在高原的藏族人而言，这是一年中最为宝贵的季节。而且恰逢农闲季节，正是人们享受、体验大自然无限美好的时节。酷爱户外生活的藏族人民，夏天纷纷进入林卡游乐避暑。林卡，藏语指的就是园林、树林。过林卡就是郊游、踏青，亲朋好友相约于美景中聚会、野餐、休闲。过林卡是藏族人最普遍的休闲娱乐方式，是根据高原的气候、环境和生活条件形成的一种民族习惯，多集中在每年6—9月天暖时节，经常可以看到路边的草坪或林地上有成群的藏族人围成一圈其乐融融过林卡，一个帐篷、一块绿地、一处树荫都可以成为大家过林卡的地方。藏历5月15日林卡节，据说是纪念莲花生大师于猴年五月降伏了藏地的一切妖魔，这一天，过林卡活动进入高潮，热爱大自然又能歌善舞的藏族人民身着节日盛装，带着青稞酒、酥油茶及各种食品来到林荫密布的林卡，搭起帐篷，边吃边喝边歌舞，进行一些宗教祭祀跟藏戏表演等活动，尽情享受大自然。过林卡这种以感谢神明为主题的节日，已逐步演变为一种全民休闲娱乐活动。

林卡节活动内容总的来看离不开两个主题：敬神和娱乐。藏族是一个十分热爱大自然的民族，树茂草盛、百花初放的夏天，身着鲜艳服装的藏族群众或合家而出，或约亲邀友，人们三五成群，带上食物，走出家门，来到浓荫密布的林卡，相聚在一起唱歌跳舞，聚会娱乐。有的在林卡里搭帐篷，帐篷大都是白色的，绣着蓝色的吉祥图案，朴素而美观。还有的人家围上几块五颜六色的床单与塑料布，架起炉灶，安置桌椅，铺上卡垫，摆出各种点心，一边喝着青稞酒、酥油茶，一边打藏牌、讲故事、玩游戏，有时还看电影和藏戏，进行传统的射箭、竞技比赛等，度过别有风味的假日。过林卡，可以换一种心情，更好地感受大自然的美。

香格里拉松赞林寺一年一度的格冬节，一个欢乐祥和而神圣的节日，是迪庆州最隆重的宗教活动之一，是藏传佛教寺院专门组织的一种跳神驱鬼的宗教活动，既是藏传佛教密宗诸神及护法亮相人间的盛大法会，又是藏族民众朝佛观光、祈求来年幸福吉祥的聚会。格冬节即跳神节，是噶丹·松赞林寺最隆重的跳神舞会，又名面具舞，寺院的僧人通过跳神为民众祈福，祈求来年风调雨顺，驱逐世间的邪恶。格都节是一场宗教的盛会，也是一场对藏文化深入了解的盛会。

格冬节期间人潮涌动，热闹非凡，人们穿着色彩鲜艳的藏袍从四面八方赶来共同欢庆节日。僧人们戴着面具跳神，庆贺当年丰收昌顺，祈求来年太平昌盛。跳神的僧人之前念了很多天经文，跳神的时候身上都带着佛光，言语间充满虔诚的崇敬。格都节持续四天，第一天为跳神预演，第二、三天为诵经法会，第四天为面具舞，气氛达到高潮。

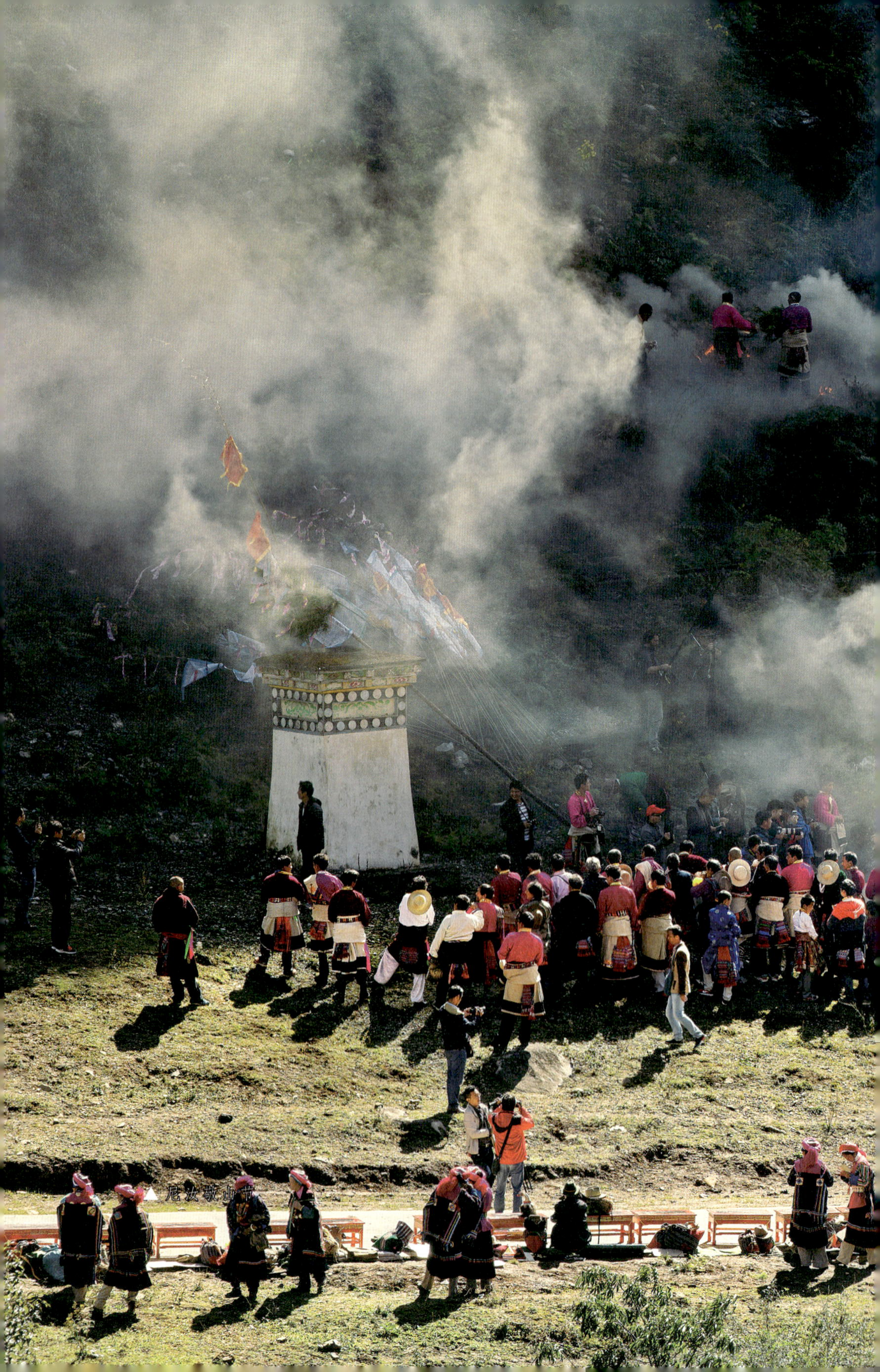

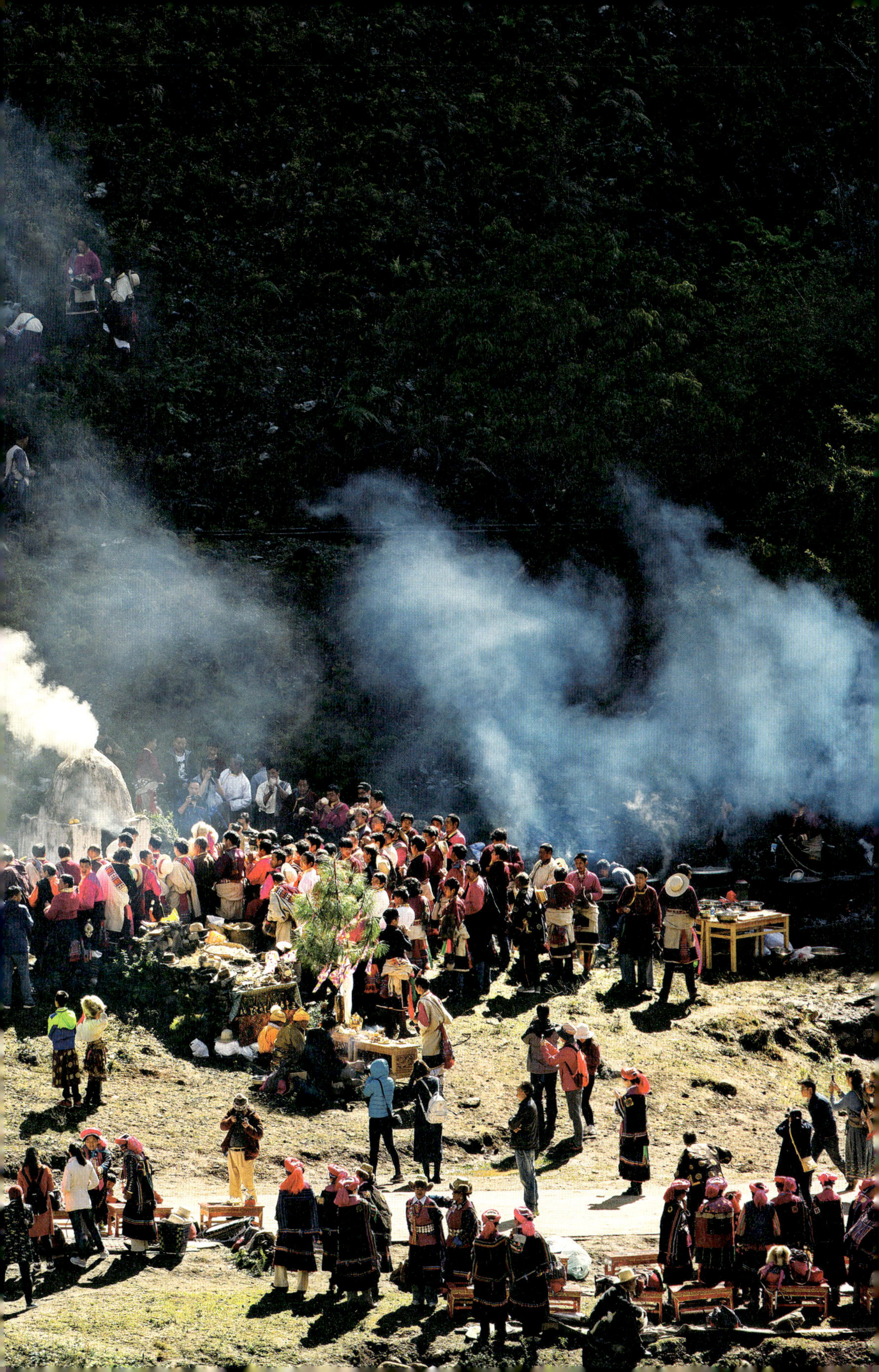

松赞林寺是云南省最大的藏传佛教寺院，也是康区有名的大寺院之一。每年格冬节，松赞林寺人潮涌动，热闹非凡，人们穿着色彩鲜艳的藏袍从四面八方赶来共同欢庆节日。凌晨，通往噶丹·松赞林寺沿途的山路上早已有藏族同胞磕着长头前去朝拜，虔诚之至，着实令人感叹。天还没亮，松赞林寺的大殿广场上，已聚集了成千上万的藏族同胞及群众，大家都在安静地等待盛会的开幕。金色的阳光射向大地，大殿广场上，彩幛锦缦、香火缭绕，法号鼓乐此起彼伏，气氛庄严神秘而欢快。唢呐、混金大钹、长号、白螺号等，音乐低沉庄重。依照全过程专用舞谱，僧人们戴着面具依次出场，手舞足蹈，一出出神舞，演绎出一段段的历史、一个个故事，其中，送冬迎新春舞狮和舞鹿是不变的主题。

跳面具舞的"跳神"们，形态各异，戴着制作精美的马、牛、羊、牦牛和狗等各不相同的面具，给人神秘虚幻的感觉。龙、虎、牛、乌鸦、马鹿等动物，分别代表不同的宗教形象，有其特定的寓意。如黄、白、红、蓝四条龙，代表阎罗法王的四大弟子，管理着东南西北四个方位；蓝绿龙则代表阎罗法王夫人及随从，手执法器为众生超度、祈福；蓝老虎、黑红老虎代表的是六臂吗哈嘎啦及其随从，他们的职责是抓捕魔鬼，维护治安；一蓝两白老虎则代表着吉祥天母及其随从；乌鸦是佛祖的情报员，而佛祖则化身为辟邪的马鹿……夸张的色彩、粗犷的线条、近似狰狞的表情、写满故事的服装、来自神话的法器，所有的一切都在低沉的音乐中显得神秘而庄重。还有盘旋在松赞林寺上空的乌鸦，缭绕的香火、低沉的法号、悠远的唢呐，所有的种种都为松赞林寺笼罩起一种肃穆的神秘。格冬节最后的仪式是活佛亲自上场主持，将代表魔鬼的心脏烧掉，为全体民众驱邪消灾——烧掉的不是具体某个魔鬼，而是每个人心中的烦恼、欲望，寓意是灭掉心中的魔鬼，祈求众生的平安。

对于生活在迪庆的彝族来说，火把节是他们最喜欢的节日。农历六月二十四日至二十六日的火把节被称为"东方的狂欢节"，有着深厚的民俗文化内涵，不仅包含了彝族的火崇拜、原始崇拜以及歌、舞、乐等诸多文化现象，同时还包含了彝族人民在漫长的历史发展过程中逐步形成的各式各样的生产生活习俗、

▲ 火把节

饮食、服饰等传统文化。在迪庆，不仅彝族过火把节，彝语支其他民族如纳西族、哈尼族、傈僳族、拉祜族、基诺族等也有过火把节的久远历史。火把节习俗在这些民族中的形成与发展，一方面与各民族的原始崇拜、民间信仰以及本土宗教有直接联系，另一方面也与这些民族尤其是彝语支民族的历史源流、文化传承和社会交往紧密相关。

在节日活动中，毕摩为大众祈福，年轻的姑娘为尊贵的客人献上最高礼节——敬献羊肩胛骨，年老智者用古老的彝族敬酒仪式为来宾敬酒。不同的民族举行火把节的时间不尽相同，但大多是在农历六月二十四日，夜幕降临，村民们手执火把在田间环绕，祈祷庄稼丰收。青年男女围绕篝火，尽情歌舞作乐，热闹非凡。有的村寨还举行摔跤、斗牛、斗羊、斗鸡、赛马、摔跤、歌舞表演、选美等活动欢度佳节。人们还利用集会欢聚之机，在节日开展商贸活动。在新时代，火把节被赋予了新的民俗功能，产生了新的形式。

相传在远古的时候，天上有六个太阳和七个月亮，白天烈日暴晒，晚上强光照耀，土地荒芜，妖魔横行，世间万物面临着灭顶之灾。就在这个时刻，彝族英雄支格阿龙射掉了五个太阳和六个月亮，驯服了剩下的最后一个太阳和最后一个月亮，制服了肆虐的洪水，消灭了残害人间的各种妖魔。但是，统治天地万物的天神恩体古孜看到人间如此繁荣富足，心怀不满，于是派他的儿子大力神斯热阿比率天兵到人间征收苛捐杂税。

支格阿龙的故乡出了个彝族英雄叫黑体拉巴，力大无穷，智慧超人。斯热阿比下凡挑战，与黑体拉巴摔跤决斗。结果，斯热阿比被彝族民间英雄黑体拉巴摔死，天神为此大怒，便放出铺天盖地的天虫（蝗虫）到人间毁灭成熟的庄稼。一位德高望重的大毕摩翻看了天书，告诉黑体拉巴消灭蝗虫要用火把。于是农历六月二十四日那一天，黑体拉巴带领民众上山扎蒿秆火把，扎了三天三夜的火把，烧了三天三夜的火把，终于烧死了所有的天虫，保住了庄稼。为了纪念这一天，每年的农历六月二十四日，彝族人民都要以传统方式击打燧石点燃圣火，燃起火把，走向田野，祈求风调雨顺、来年丰收。人们载歌载舞，普天同庆抗灾的胜利，歌颂英勇黑体拉巴。久而久之，便形成了彝家一年一度的火把节。今天，香格里拉彝族人民在党的民族政策照耀下，高举这支穿越漫漫时空、燃烧不熄的火把祝福美好生活，向着中华民族伟大复兴的宏伟目标阔步前行。

纳西族的二月八节也是热闹非凡。相传，迪庆纳西族集聚地白水台是白水女神兄妹俩为了让人类学会开垦天地而创造的，为了能让人们过上风调雨顺的日子，又让泉神引出了永不枯竭的泉水，因此，白水台又被称为"仙人遗田"。另有一民间传说。相传纳西族东巴教的第一圣祖丁巴什罗从西藏学习佛经归来，途径层层叠叠的白水梯台，清泉四溢，泉台如弯月，洁白似玉，东巴圣祖立即被眼前的美景吸引，决定留下来在此地设坛传教，由此，白水台成为迪庆纳西族东巴教徒的圣地。据东巴经文记载，在东巴圣祖复活升天时，徒弟们特设百帐、供白食、宰白牛白马来供奉师尊。因此，在纳西族东巴教徒心中，白水台是神佛出没的地方，是心中之圣地，并于每年的农历二月初八日，集聚白水台举行声势浩大的祭祀活动，祭奠白水女神、东巴圣祖、家族祖先，以祈求来年风调雨顺、平安幸福。

节日当天，不管男女老少都早早起床，换上早已准备好的民族服装，结伴走出家门，簇拥着前往白水台，伴着东巴经师的念经声，由家族年长男性烧天香，接着抢先在自家香火地上烧上第一把天香。陆陆续续赶来的男女老少，不分性别长幼，来到白水女神像前恭敬地磕上几个头，祈求白水女神赐福保佑。在云雾缭绕、阵阵经文声中，人们仿佛置身于神佛栖身之地，飘飘然似洗礼般，身心得以净化。然后便是野炊，以家庭或家族为单位在各自的香火地上，席地而坐，偎聚在一起，杀鸡、煮茶、喝酒、吃花饵块、油饼……子孝长慈，和谐欢闹，共享天伦之乐，好不惬意！欢乐的午饭时间过去，进入二月八节的高潮活动——歌舞。往往先由阿卡巴拉舞拉开序幕，"唱调从头唱，人头不一般。黑发结丝带，丝带头上飘。打扮一般样，都来跳舞吧！"一曲唱罢，又起一曲。阿卡巴拉舞曲歌词平实，却富有生活哲理，舞蹈动作有一定难度，往往需要专门的训练才能够整体划一。阿卡巴拉舞后还有亚哈哩舞、葫芦笙舞，众人围成一个圈，唱跳到夜晚时分，还生起篝火，众人和着节拍转圈舞动，直至节日结束。

美美相形——异彩纷呈的民俗生活

不同的地方过节时都有不同的习俗，但相同的是那份对生活的美好愿望。无论是传统的新年、赛马节、格都节、火把节、二月八节，还是举国同庆的国庆节、元旦节、劳动节，都是人们团圆欢乐的好日子。56个民族你中有我、我中有你，像石榴籽一样紧紧地抱在一起，共同欢度幸福的节日。

▲ 舒古呢斯节

快递一份到家

清晨生长在香格里拉山林间带着露珠的松茸，晚上就会出现在上海黄浦江畔的餐桌上。迪庆琳琅满目的特色产品是这片土地的厚赠，我们今天足够幸运，可以将雪域高原的珍贵传送到世界的各个角落。

迪庆高原最珍贵的特产当属野生特色动植物及药材。包括冬虫夏草、白雪茶、红雪茶、贝母、天麻、当归、杜仲、雪莲花、藏红花、红景天等，其中银杏、云南红豆杉等30余种为国家一、二级保护树种。种植药材主要有川乌（附子）、当归、秦艽、木香、桔梗、白术、重楼、党参、续断、草乌、天麻、金铁锁、藏红花等。

▲ 松茸

据杨竞生编著的《迪庆藏药》记载，迪庆有植物药 448 种、矿物药 76 种、动物药 74 种，许多药材是迪庆特有种类及滇西北或横断山中段的特有品种。迪庆藏药历史悠久，藏医药被列入国家级非物质文化遗产代表性项目名录。著名的 70 味珍珠丸，由珍珠、藏红花、牛黄等 70 多种名贵药材制成，主治中风瘫痪、半身不遂、脑出血、癫痫、脑震荡、心脏病、高血压等；25 味珍珠丸，由珍珠、藏红花等 25 种珍贵药材制成，主治血压失调、神志不清、小腹胀痛、大便不通及各种神经性疾病；常觉，由牛黄、藏红花等 100 多种名贵药材制成，主治慢性胃炎、胃溃疡、中毒、肝炎等。

冬虫夏草是迪庆高海拔地区一种独特而稀有的存在。虫草是麦角菌科真菌寄生在蝙蝠蛾科昆虫幼虫上的子座及幼虫尸体的复合体，麦角菌科的虫草菌与蝙蝠蛾幼虫在特殊条件下形成菌虫结合体，冬季，菌丝侵入，蛰居于土中的幼虫体内，使虫体充满菌丝而死亡，就是所谓的冬虫；夏季，当气温回升后，菌丝体就会从冬虫的头部慢慢萌发，长出像草一般的真菌子座，称为夏草。

迪庆州平均海拔 3380 米，雪域高原特有的碱性土壤，再加上丰富充足的日照、丰沛的降水……得天独厚的自然条件让迪庆野生冬虫夏草中饱含强大的生物活性与能量。每年 5 月中旬到 7 月是开挖虫草的季节，海拔越高，天气转暖就越慢，冬虫夏草的采挖期同样就越晚。为了获得最新鲜、优质的虫草，高原积雪才刚刚开始融化，农牧民们就顶着寒风进山挖掘，一般6月进入冬虫夏草采挖、销售旺季，采挖冬虫夏草是群众的重要收入来源之一。

迪庆境内的虫草分布区主要有香格里拉东旺乡和德钦梅里雪山、白马雪山（德钦县羊拉乡）三个产区，年产量在800千克左右。其中海拔在4000米以上的香格里拉东旺乡是虫草集中生长的核心区域，每年的5—6月份这里就迎来了一年中最热闹的时节，村里的青壮年们携儿带女地到虫草山区安营扎寨，开始为期2个月的挖虫草生产生活。年产虫草20万—30万棵，约占云南冬虫夏草总产量的70%左右，人均收入1万—2万元。

挖虫草的过程并非一帆风顺。2020年5月就有过数千村民在挖虫草时遭遇大雪后滞留雪山的报道。在虫草山上，很多地方不通电、没有通信信号，上山的路险峻崎岖。他们在寒冷缺氧的山区白天弯腰挖虫草，夜幕降临时则生起篝火，唱起欢乐悠扬的曲调，喝着青稞酒，围跳锅庄，慰劳自己的同时也感恩大自然、感恩生活。坚强乐观的香格里拉儿女骨子里的那种不屈不挠、微笑生活的精神令人动容。

值得一提的是，2020年3月初，由迪庆州发出的2000盒蛹虫草粉抵达武汉，送至夜以继日奋战在第一线的医护人员手中，为其增强免疫力、缓解体力疲劳，为健康增添一份保障。据迪庆州香格里拉东旺生物科技有限公司总经理冯秀兰说，这是迪庆州香格里拉经济开发区30多位离退休老干部主动前来，

▲ 虫草

参与了2000盒蛹虫草粉的打包、装运，共同完成的，体现着迪庆人民同全国各族儿女站在"疫"起，团结"疫"心，同舟共济，为打赢疫情防控阻击战添砖加瓦。

迪庆大量的中药材生产，对当地人的健康养生观念和行为有着或多或少的影响，如在饮食方面，研制出许多强身疗病、养生补气的传统药膳菜肴，如虫草鸡、药膳火锅、天麻炖猪肝、当归煮羊肉等，形成独具一格的迪庆药食文化。

迪庆充分利用自然资源优势，加快中药材产业结构升级，中药材种植已成为农民脱贫增收的特色产业。香格里拉市、德钦县、维西县被认定为"云药之乡"，年蕴藏量25万吨左右，药用植物资源总面积1074万亩。其中种植的秦艽、当归、纹党参、藏木香、桔梗、金铁锁等道地药材和系列藏药产品，深受药材市场青睐。"云药之乡"的认定及建设，使生态环境优势和地道中药材种植资源的优势得到较好发挥，香格里拉药材品牌优势逐步显现。近年来，随着特色产业的发展，迪庆州政府和企业极为重视对中药材产业的扶持与发展，以云南香格里拉健康产业发展有限公司为代表的一批民营企业，采取"订单+基地+农户"模式向农户收购大量中药材。长期稳定的"订单式"收购，为广大农户提供了相对稳定的销路保障，加上近两年，中药材市场整体需求量激增，中药材产业迎来了发展高峰期，这也将造福于更多的迪庆种植中药材的百姓。维西永春乡的农户对这种发展模式很是认同，他们说，有人指导，有人收购，种出来的药材不愁销路，这是我们最高兴的事。攀天阁乡的村民兴奋地告诉采风组说，他家每年的药材收入比孩子们外出打工挣到的钱还要多！没有什么比得上实实在在、鼓鼓囊囊的钱包，只有真切地让农民增收致富，才能让他们过上真正的幸福生活，绽放开心的笑颜。

除了珍贵的药材，迪庆的特色餐饮也让人念念不忘。酥油是藏族食品中的精华，含多种维生素，补充人体多方面的需要，有较高的营养价值，在食品结构较单一的藏族聚居区，每个藏族同胞家庭随时随地都可以见到酥油。雪域高原酥油是用牦牛奶制作而成，以前，牧民提炼酥油的方法是把牦牛奶加热煮沸，倒入一种叫作"雪董"的大木桶里（高4尺、直径1尺左右），用力上下抽打，来回数百次，用勺搅得油水分离，冷却后凝结在上面的一层就是酥油，把它舀起来，灌进皮口袋，冷却后便成了酥油块。现在，许多牧民逐渐使用奶油分离机提炼酥油。夏、秋两季生产的牦牛酥油，色泽鲜黄，味道香甜，冬季生产的则呈淡黄色。一头母牛每天可产四五斤奶，每百斤奶可提取五六斤酥油。酥油在藏族聚居区用途之广、功能之多，如非亲眼所见，简直令人难以置信。

酥油茶是藏族人民生活中不可或缺的东西。在严酷的自然条件下生活，藏族人民创造了酥油茶文化。清晨的迪庆，阳光倾洒在家家户户的房子上，从大大小小的窗口飘出了打酥油茶的声音，老老少少端着一碗酥油茶，坐在窗边，话话家常。从清晨到日暮，酥油茶就这样存在于迪庆藏族人家的年年岁岁里，将用茶叶或砖茶熬好的茶水倒入酥油茶桶，加入酥油、食盐和核桃仁、花生米、芝麻粉、松子仁等，用酥油茶桶上的木棍上下来回抽几十下。根据藏族人的经验，当抽打茶筒内发出的声音由"咣当、咣当"转为"嚓、嚓"时，就表明茶汤和作料已混为一体了，倒进锅里加热后，便成了喷香可口的酥油茶，打得好的酥油茶，油和茶分都分不开。现在也可以用电动搅拌机打酥油茶，或是在茶碗里加一片酥油，使之溶化在茶里，就成了最简易的酥油茶。迪庆高原气候寒冷，具有极高热量的酥油茶，醇香可口，喝上一口，精神顿爽。第一口，往往觉得过油过腻，第二口却醇香流芳，第三口就永世不忘。没有喝过酥油茶，就不算到过迪庆高原。德钦藏族喜欢在酥油茶里加奶渣,香格里拉、维西的藏族则追求纯正。喝惯了酥油茶,便能够熟悉迪庆藏族人家的生活规律和生活方式。

"糌粑",藏语意思就是青稞炒熟后磨成的炒面,是藏族人民天天必吃的主食,在藏族同胞家做客,主人一定会双手端来喷香的奶茶和青稞炒面。糌粑吃法简单,携带方便,很适合游牧生活。牧民们出远门时腰间总要挂一个糌粑口袋,饿了,就从怀里掏出一个木碗装些糌粑,倒点酥油茶,加点盐搅拌几下,用手抓捏成团来吃,边吃糌粑,边喝酥油茶。糌粑营养丰富,发热量大,可充饥御寒。而对于大众游客而言,糌粑一度成为不被接受的食物之一。作为一个地道的北方人,笔者在几年前第一次进入涉藏地区入户采访时曾制作、食用过糌粑。当时热情的藏家阿妈为我们端出炒面和奶茶,我们一时不知从何下手,当地的领队兴冲冲地为我们示范糌粑的吃饭,只见他拿起一只小碗,放入炒面、茶水,一手端碗一手放在碗中开始搅拌,待充分搅拌均匀,改用手指的力量沿着碗边压面,整只碗在他手里不停旋转跃动,甚是娴熟、有趣。直到碗中的面全部被揉捏在团,颜色均匀,就可以用手揪着食用了。制作和食用糌粑,全程都是用手来操作,不借助任何工具,可能会有人质疑它是否卫生,这也是大众游客不能接受它的重要原因。但了解后会发现,其实大多数藏族人都有一种别样的清理手部卫生的方式,即在制作糌粑之前,先用一小撮糌粑在手中不断揉捏以去除手上的污垢。而在一些酒店、餐厅等地方，为了让游客吃得放心，大多将糌粑直接制成各种类似饼干的形状，供游客品尝食用。不过，如若你想体验和感受藏族人真正的饮食文化，一定要亲自揉捏来吃，再配上一碗酥油茶，那种咸香、黏糯的口感将会让人长久难忘。

酥油除了是美食，还是艺术。酥油花在藏语中为"觉安钦巴"，意为"十五供品"。原料酥油自然状态下呈凝固状，柔软细洁，可塑性极强，因此可用它制作出各种佛像、人物、山水、亭台楼阁、飞禽走兽、花卉树木等形象，从而形成题材多样、内容丰富的立体画面，是一种特殊形式的雕塑艺术。酥油花的造型特点和手法类似国外盛行的蜡像艺术，主要是藏传佛教寺院做供品用，这也是藏传佛教的一大特色。相传，酥油花产生于公元641年唐朝同吐蕃联姻时，文成公主携一尊释迦牟尼12岁等身像入藏，将其供奉于大昭寺。按印度传统的佛教习俗，供奉佛和菩萨的贡品有六色，即花、涂香、圣水、瓦香、果品和佛灯，

▲ 酥油花

▲ 酥油花制作

可当时天寒草枯没有鲜花，只好用酥油塑花献佛。由此，便逐渐形成了酥油花的制作技艺与每年农历正月十五展示酥油花的传统。酥油花初期主要以莲花为主，形制较为单一，制作粗糙，随着专门培养油塑艺僧的花院成立，油塑技艺愈加精湛，内容题材不断丰富变化。笔者有幸目睹过展示期间的酥油花，大厅四周墙上倾斜地挂着一排，高高低低，悬空挂立，技艺精湛、精美绝伦，实在壮观，令人惊叹。了解后得知，酥油花熔点低，15℃熔点变形，25℃就会熔化，制好的酥油花因受气温影响，每年都要重塑。酥油花的易熔性增加了酥油花的制作难度和制作周期。为赶上每年农历正月十五的展示期，油塑艺僧一般从藏历10月份就开始着手准备工作，一直到农历正月十五展出，足足要花费3个多月的时间，而且每天要长时间处于低温下制作，为防止手温对于酥油花造型的破坏，每每在捏塑之前都要把双手浸泡在刺骨的冰水中，且为了防止双手回温还要不时手抓冰块，整个制作周期完成后，油塑艺僧大多会患上不同程度的关节病，甚至会落下残疾。这对于普通人是难以想象的，而对于油塑艺僧而言，则是一项神圣而光荣的使命。他们对信仰的虔诚、对宗教艺术的奉献，值得我们敬佩与深思。迪庆也正因有他们，才让寒冷的冬季通过他们冰凉的双手绽放出最温暖、最绚丽的色彩。

如果说酥油是迪庆人生活智慧的结晶的话，那么松茸就是迪庆人生态保护观念下获得的美好回报了。

松茸是一种纯天然的珍稀名贵食用菌，具有独特的浓郁香味，被誉为"菌中之王"，因其生长在松、栎林地，菌蕾期状如鹿茸而得此名，为国家二级重点保护物种。松茸对生长环境要求极为苛刻，长在寒温带海拔3500米以上、没有污染和人为干预的高山林地中，通常寄生于赤松、偃松、铁杉、日本铁杉的根部，生长过程极为缓慢。

香格里拉作为中国松茸主产区，其松茸产量占全国总产量的70%，因产茸品质最好，每年出口供不应求，是连续30年的松茸出口冠军。香格里拉松茸每年7—10月采集于海拔3500—4000米的原始亚寒山针叶、阔叶林带，以菇体肥大、肉质细嫩、香味浓郁闻名中外，富含蛋白质、粗纤维及人体所需的各种维生素，具有强身健体、防癌抗癌等特殊功效。

一朵小小的松茸为香格里拉农户撑起了致富伞。香格里拉被称为中国的"松茸之乡"，是迪庆唯一的大宗出口商品，也是香格里拉农户脱贫致富的主要经济来源之一。香格里拉的吉迪村是名副其实的松茸村，当地的农民靠山吃山，松茸和牦牛

▲ 松茸

是吉迪村主要的收入来源，而松茸收入占总收入的70%左右。每年6月下旬开始至9月有将近3个月的松茸采摘期，据不完全统计，香格里拉每年的松茸采集量在500—900吨，而吉迪村的松茸纯收入户均6万元左右。当地有文化、有头脑的农户还创办了松茸收购、加工、销售公司，在当地推起了"松茸一站式"服务。松茸逐渐成为香格里拉增收致富的重要产业，为香格里拉带来了巨大的经济、社会效益。

近年来，国内外消费者对松茸的消费热情日渐高涨，尤其是随着保鲜技术、运输技术的提升，国内北上广深等城市对松茸的接受度越来越高。近两年国内松茸的消耗量年均有5%—20%的增长，这也导致了松茸的价格不断地水涨船高，产区农民对松茸的采收逐渐突破以往的采摘红线，致使全球松茸产量逐年递减。据相关统计，截至2020年，全球松茸近50年评估期内数量下降了30%，并首次被世界自然保护联盟（IUCN）列入世界濒危物种红色名录。因此有专家呼吁，如不迅速加强对松茸资源的保护，在不久的将来，我们将永远失去松茸这一珍稀物种。2021年7月2日，迪庆州松茸保护与发展计划领导小组办公室发出《保护松茸资源　杜绝采收5厘米以下童茸》的倡议，倡议提出要加强对松茸资源的保护，促进合理开发，科学采集，规范收购，保护青山绿水，实现林下经济持续健康发展。

迪庆生活离不开美酒，最著名的就是青稞酒了。青稞酒藏语称"纳然""羌"，用青藏高原出产青稞酿制，具有清香醇厚、绵甜爽净，饮后不上头、不口干的独特风格，在酒类行业中独树一帜。2007年，青稞酒及其酿造技术被评为云南省第二批一类非物质文化遗产。2011年11月，青稞酒及其酿造技术被评为中国三类非物质文化遗产。2013年11月，到尼汝村迪庆青稞酒制作技艺传承迪庆酒制作技艺（青稞酒）入选云南省第三批非物质文化遗产代表性项目名录。

2021年4月份，采风组的车子徐徐开进尼汝村中，在一个弯道高处便是扎西拉姆家。扎西拉姆——一位热情、慈祥的阿妈，早已在门口迎接并为我们准备好了饭菜。餐毕，扎西拉姆带我们去二楼参观她的酿酒作坊，刚进门一股清香扑鼻而来，走进较为昏暗的房间，只见正中间放置着一口桶式大锅，一根细细的锅嘴对接着一只壶嘴，锅下还残留着燃烧后的灰烬。据扎西拉姆介绍，在尼汝都是由女人来做酒，她从20岁开始跟着祖母学习藏族青稞酒制作技艺，或许是天赋予勤奋使然，很快便能娴熟地掌握传统酒曲制法，并在几十年的制作中不断融入自己的想法。酒曲是制酒的灵魂所在，每年秋季制作酒曲，采用的原料是高山草甸特有的酒曲草（龙胆草）、红景天、苦荞叶子、雪莲花、雪茶、黄果皮等药材，加入青稞、大麦、小麦、荞麦等粮食作物，一起搅拌均匀，置于密闭的罐子或坛子里发酵15—20天。发酵而成的酒酿放置在大桶中，上面压冷水，烧火加热蒸馏，去杂质、提纯度，七八次之后就蒸馏完成了。扎西拉姆酿造的青稞酒，清香浓郁，口感绵柔，在整个迪庆地区

独·与·天·地·相·往·来
走进世界的香格里拉

▲ 尼汝村传统青稞酒制作传承人

▲ 尼汝村传统青稞酒制作传承人

享有盛誉。青稞酒，早已融入藏族人的日常生活，成为藏族人生活的重要部分，尤其每逢过节、结婚生子、迎送亲友，青稞酒更是必不可少。制酒、饮酒，是技艺，是乐趣，更是生活。

如果觉得青稞酒太过浓烈，那风味独特的迪庆葡萄酒可以让人轻酌慢饮。170年前，法国传教士把法国葡萄"玫瑰蜜"带进了德钦云岭、燕门地区的河谷中。澜沧江畔昼夜温差大、光照充足、天然雪水灌溉、空气纯净，是葡萄生长的天然温床，生态条件得天独厚。经过一个半世纪的精心培育，紫黑色的"玫瑰蜜"葡萄在德钦枝繁叶茂，无论在金沙江畔的奔子栏地区，还是在澜沧江河谷两岸，都可以见到葡萄园，酿出了独具特色的高原葡萄酒。"玫瑰蜜"这一品种目前在法国基本绝迹，令人想不到的是，远在异国他乡的香格里拉竟然将这一品种延续至今，自 2008 年以来，高原系列的葡萄酒更是在国际上屡获殊荣。以德钦葡萄为主原料的冰葡萄酒获得第二届亚洲葡萄质量大赛银奖，高原系列葡萄酒在国内外葡萄酒各项大赛中屡获殊荣。2008 年 4 月在第三届亚洲葡萄酒质量大赛中获得一项金奖；2008 年 7 月在第二届国际葡萄酒、烈酒品评赛中获得一项金奖，一项银奖；2009 年 9 月获得第三届"克隆宾"杯国际葡萄酒质量大赛"特别金奖"；2010 年 4 月在第四届亚洲葡萄酒质量大赛中获得一项金奖。

迪庆所处的"三江并流"地区拥有的自然条件极好，被公认为是酿造葡萄酒及冰酒的黄金地带。目前在"三江并流"核心区的德钦县和维西县金沙江、澜沧江沿岸建设有优质的葡萄基地，推广种植赤霞珠、西拉、美乐、霞多丽等世界著名酿酒葡萄品种，葡萄种植面积已有 1.9 万多亩，葡萄产量 6900 多吨，涉及农户 1 万多户，每亩葡萄年收入都超过了 4000 元。迪庆州委和州政府在葡萄酒产业上频频发力，重点引进专业公司、合作社、专业大户从事葡萄种植和葡萄酒加工销售，按照"小酒庄、大产业、精品化"的发展思路，采用"公司＋农户＋基地"的运作模式，年加工生产葡萄酒 3000 多吨，年产值达 15 亿元，年销售收入超过 10 亿元。香格里拉葡萄酒业已发展成为产业链较为完整的高原、高效、高端的现代化产业。

云南网的记者曾走访兰永村葡萄基地，当地的农户兴奋地对记者说："别小看这小小的葡萄，它可是我们村脱贫致富的

'功臣'！去年，我家光种植葡萄一项，收入就有7.4万余元，今年在技术员的精心指导下，估计收入还会更高些。"村民们心中有本账，自从政府引进龙头企业，引导农户种植葡萄，他们的农作物收入较原来已经翻了5倍不止。如今，冰酒小镇落户香格里拉，更是一记福音。省委领导在视察时品尝过帕巴拉冰酒后便对其大加赞赏，并将冰酒小镇纳入省政府特色小镇建设计划，要求加大宣传和市场推广力度，扩大帕巴拉冰酒的产品知名度和市场影响力，提出"把规模做起来，把产量做起来，把市场做起来，要在昆明机场和香格里拉机场把品牌形象树立起来"。相信在省委、省政府的大力支持下，香格里拉冰酒产业必将大有作为、大有可为，我们一起期待冰酒的春天。

曾经，迪庆众多珍贵的特色商品藏在深山人未识，随着交通的便捷，电子商务蓬勃发展，越来越多的人能够认识和享有迪庆特有的生态特色美食，获得林下经济发展壮大形成中医药养生及治疗，世界的香格里拉不仅有美景，还有美好的生活与向往。

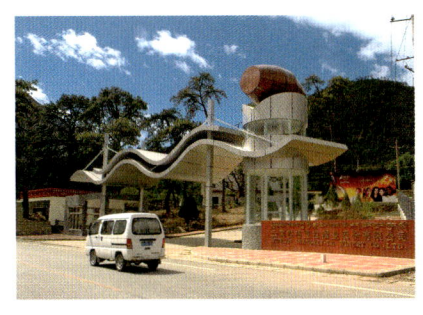

▲ 香格里拉高原葡萄酒

等您来，等您再来
——迪庆多彩斑斓的幸福生活

香格里拉，是人们心中的日月，是人间仙境，是幸福生活的乐土。无论您从哪里来，只要身入其境，心便被融化。

歌舞乐三位一体是生活在雪域高原上各族人民的生活本色，无论是欢快激昂的弦子锅庄，还是生动活泼的阿尺木刮；无论是神秘震撼的羌姆，还是神圣庄严的东巴舞；无论是奔放自由的热巴，还是浪漫的多情的瓦器器……无时无刻不在与大山相伴起舞，与大江合唱欢歌。

千百年来，这里的人民依托自然、热爱自然、信仰自然、保护自然，又充分利用大自然的厚爱与恩赐，创造了多彩多姿的物质文明和精神文明，留下了极其丰富的物质文化遗产和非物质文化遗产。他们敬山神、水神、树神、土地神，信万物有灵，林中的猛兽、天空中的秃鹫与鹰、河里湖里的鱼虾，甚至原野上的花草，无不视为自己的兄弟姐妹，因而香格里拉人民与自然高度和谐共生，各民族间更是高度和谐相处。他们敬神，然而神是什么？在他们心中，神，就是对自然的敬畏，对祖先的崇拜。

追求美，是人类的天性。香格里拉人民更是把美的生活编织得如春色满溢的五花草原，色彩缤纷、五彩斑斓。把美穿在身上，于是有了富贵奢华的藏袍藏装，有了披星戴月的纳西服饰，有了刺绣精美的傈僳盛装和样式复杂的彝族服装；把美放进肚子里，于是有了精美丰盛的藏餐，有了淳朴自然的傈僳美食，有了天然美味的松茸虫草、美味香甜的酥油奶茶、热量充盈的糌粑、牦牛鲜肉；把美揉进生产中，于是把建房盖屋的夯墙劳作变成了歌舞伴生的打吓嘎，有了高山草甸的牧歌互答；把美变成日子来过，于是藏族有藏历新年、五月寨赛马会、过林卡、格都节，傈僳族有了阔时节、新米节，纳西族有了三多节，彝族有了火把节，白族有了祭本祖、三月街，各民族还共同过起了汉族的春节、端午节、中秋节；把美体现在艺术创作中，于是有了独特的迪庆唐卡画派、尼西黑陶工艺、东巴造纸技艺、奔子栏糌粑盒及木碗制作工艺、阿墩子藏式金属制造工艺；把美融进大自然，于是有了梅里雪山日照金山的神奇、三江并流的奇观、虎跳峡的险峻、巴拉格宗的神秘、南姐洛的空灵、普达措的秀美、尼汝七彩神瀑的诱人、石卡雪山的浑厚、碧沽天池的静谧、小中甸狼毒花的火红、哈巴杜鹃花的缤纷、白马雪山的精灵——滇金丝猴和帕纳海草甸上成群的牛羊。蓝天、白云、碧水、绿林……构成了香格里拉永恒的主色调。

　　香格里拉是迪庆的，是云南的，是中国的，更是世界的。请您来，请您再来！高山的杜鹃怒放，雪山的笑颜常开，蓝天白云下，迪庆人民用洁白的哈达和醇香的酥油茶、青稞酒，欢迎您来，欢迎您再来！

参考文献

1. 迪庆藏族自治州地方志编纂委员会．迪庆州志．昆明：云南民族出版社，2014．

2. 德钦县志编纂委员会．德钦县志．昆明：云南民族出版社，1997．

3. 维西傈僳族自治县概况编写组．维西傈僳族自治县概况．北京：民族出版社，2008．

4. 维西傈僳族自治县文化和旅游局，维西县文化遗产保护所．维西傈僳族自治县非物质文化遗产名录．昆明：云南人民出版社，2019．

5. 郭家骥，边明社．迪庆州民族文化保护传承与开发研究．昆明：云南人民出版社，2012．

6. 吴春光．迪庆藏族自治州非物质文化遗产保护名录．昆明：云南民族出版社，2010．

7. 王恒杰．迪庆藏族社会史．北京：中国藏学出版社，1995．

8. 徐晓彤，白靖毅．裳舞之南：云南（迪庆）傈僳族舞蹈与服饰文化研究．北京：中央民族大学出版社，2010．

9. 白靖毅，徐晓彤．裳舞之南：云南（迪庆）藏族舞蹈与服饰文化研究．北京：中国纺织出版社，2015．

10. 李菊芳．香格里拉文化研究．昆明：云南民族出版社，2008．

11. 李钢，李志农．历史源流与民族文化："三江并流地区考古暨民族关系研究学术研讨会"论文集．昆明：云南大学出版社，2011．

12. 李自强，胡耀辉，周建华．傈僳族弩弓文化．昆明：云南民族出版社，2019．

13. 林永辉，维西傈僳族自治县文化体育局．维西傈僳族民间音乐选．昆明：云南民族出版社，2010．

14. 扎西尼玛，斯朗伦布．德钦文学作品集．昆明：云南人民出版社，2016．

15. 斯郎伦布．卡瓦格博史迹：德钦文物集锦．北京：民族出版社，2018．

16. 李旭．茶马古道各民族商号及其互动关系．北京：社会科学文献出版社，2017．

17. 光映炯．茶马古道上的旅行者和旅游文化．昆明：云南大学出版社，2015．

18. 蒋文中．茶马古道研究．昆明：云南人民出版社，2014．

19. 尤祥能．云上巴拉．昆明：云南教育出版社，2018．

20. 李佛一．南荒内外．昆明：云南人民出版社，2020．

21. 德钦县文联，汤世杰．一路向上．北京：民族出版社，2017．

22. 韩汉白，崔明昆，闵庆文．傈僳族垂直农业的生态人类学研究：以云南省迪庆州维西县同乐村为例．资源科学，2012（7）．

23. 孙九霞，刘相军．生计方式变迁对民族旅游村寨自然环境的影响：以雨崩村为例．广西民族大学学报：哲学社会科学版，2015（3）．

24. 杨德鋆．聚展香格里拉乡土艺术的重要历史瞬间：1980年迪庆州首次民族民间歌舞会演大会回顾．民族艺术研究，2007（6）．

25. 李志农．文化边缘视野下的云南藏族丧葬习俗解读：以德钦县奔子栏村为例．云南社会科学，2009（5）．

26. 李志农，邓云斐．抗拒阈限："中阴得度"观下的羌姆法舞研究：基于云南迪庆东竹林寺的调查．北方民族大学学报：哲学社会科学版，2015（5）．

27. 丹增次仁．羌姆．西藏艺术研究，2001（2）．

28. 李娜．苯教文化视阈下的"羌姆"法舞源流考．中南民族大学学报：人文社会科学版，2015（5）．

29. 郭怀志．维西傈僳族歌舞《瓦器器》探微．民族音乐，2015（3）．

30. 李晓岑，李云．中国西南少数民族的火草布纺织．云南社会科学，2010（2）．

31. 李茂林，许建初. 云南藏族家庭的煨桑习俗：以迪庆藏族自治州的两个藏族社区为例. 民族研究，2007（5）.

32. 魏乐平，邹岚. 图说哭嫁：香格里拉深处之迪庆藏族的婚礼习俗. 广东省民俗文化研究会民俗非遗研讨会论文集，2015-10.

33. 李元元. 神圣与市场之间. 兰州大学博士学位论文，2013.

后 记

编辑出版《独与天地相往来——走进世界的香格里拉》一书，是新时代迪庆自然生态保护、优秀文化传承、经济社会跨越发展、多民族团结和睦、人们生活幸福美好的整体描绘，是对迪庆州改革开放以来在政治、经济、社会、文化等方面取得成就的全面展示。2020年12月底，与中共迪庆州委书记王以志、原州委常委、州委宣传部部长孔维华及相关同志研讨商议后，课题组范建华、汪榕、宋磊、秦会朵四位同志迅速展开实地调研、资料搜集、创作撰写等工作。我们试图以记者的眼光、作家的文笔、学者的思想、摄影家的镜头，围绕"民族团结进步的标杆""生态文明建设排头兵"的主题，全面展示迪庆州的自然山川、生态环境、精神价值、民俗文化、城乡生活等主要内容，为建设"世界的香格里拉"提供一部集思想性、学术性、知识性、实用性、可读性为一体的理解和进入香格里拉的范本。

后　记

　　在本书付梓之际，我们对在本书编撰过程中给予帮助的各位领导和同志表示深深的感谢。感谢中共迪庆州委书记王以志同志认真听取课题组的工作汇报，并给予指导工作；感谢原州委常委、州委宣传部原部长孔维华对本书撰写提出具体要求；感谢州委宣传部松建明、陈树华、唐晓、安丽云等同志积极配合与指导；感谢香格里拉市委宣传部杨超、五六等同志，德钦县政府汪莉娜、县委宣传部此里白永、县革命历史陈列馆斯郎伦布等同志，维西县委宣传部李建生、县非遗中心和琼辉、塔城镇陈兆发等同志在我们调研中给予的大力帮助；感谢香格里拉市尼西乡黑陶开发有限责任公司经理扎巴、巴拉格宗生态旅游开发有限公司董事长斯那定珠以及非遗传承人鲁茸恩主、洛桑扎西、扎西拉姆、卓玛拉柱等在采访中给予的支持。此外，还要感谢云南摄影家协会徐晋燕、维西县委宣传部李建生、本书作者范建华等同志为本书提供大量精美的摄影作品，正是因为上述领导与同志们的鼎力支持与热情帮助，才使本书得以顺利完成。

本书编写组
2021 年 12 月 27 日